창궁의 묘성(하)

蒼穹　昴星

창궁의 묘성(하)

蒼穹　昴星

아사다 지로 장편소설

이 주 영 옮김

한경북스

This book is originally published in Japanese under the title,
SOKYU NO SUBARU / Jiro Asada by KODANSHA LTD. , Tokyo, Japan.

原書名 / 蒼穹の昴
著 者 / 淺田次郎
發行社 / (株)講談社

北京地圖

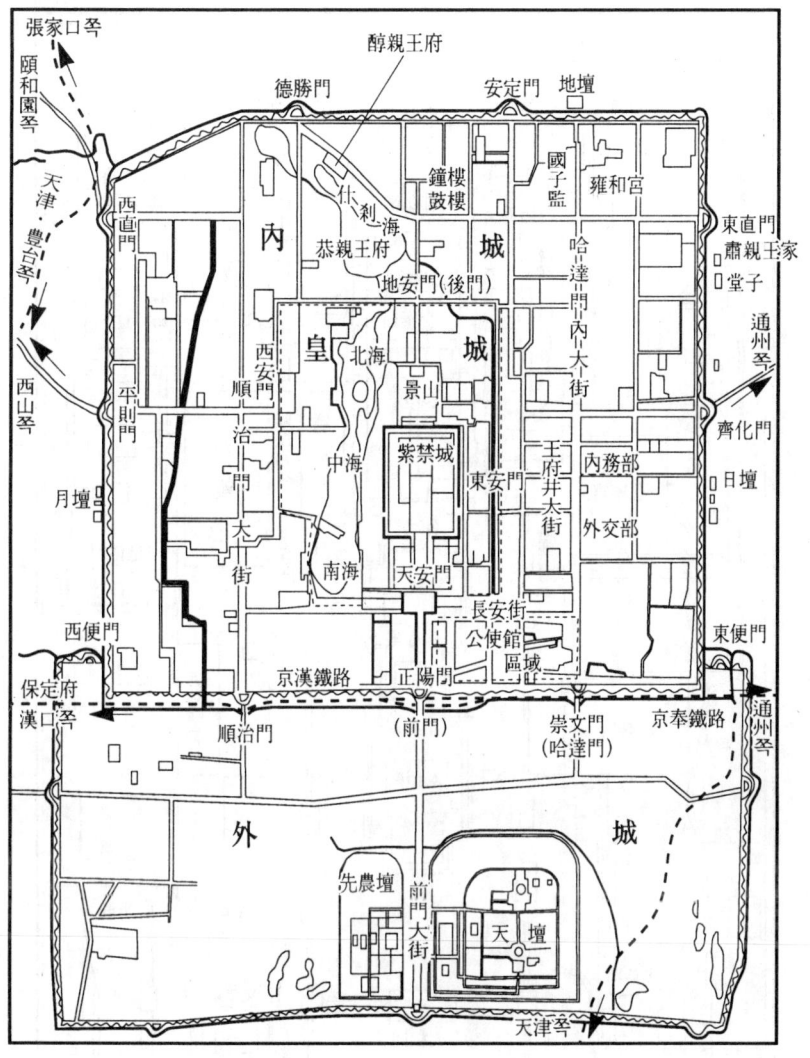

張家口峇
頤和園峇
天津·豐台峇
西山峇
醇親王府
德勝門
安定門
地壇
西直門
內
城
鐘樓
鼓樓
什剎海
國子監
雍和宮
恭親王府
東直門
肅親王家
堂子
地安門(後門)
通州峇
皇
城
西安門
北海
景山
齊化門
平則門
順治門
中海
紫禁城
東安門
王府井大街
內務部
日壇
月壇
大街
南海
天安門
外交部
西便門
長安街
東便門
公使館
區域
保定府
漢口峇
京漢鐵路
正陽門
順治門
(前門)
崇文門
(哈達門)
京奉鐵路
通州峇
天津峇
外
城
先農壇
前門大街
天壇
天津峇

紫禁城내부지도

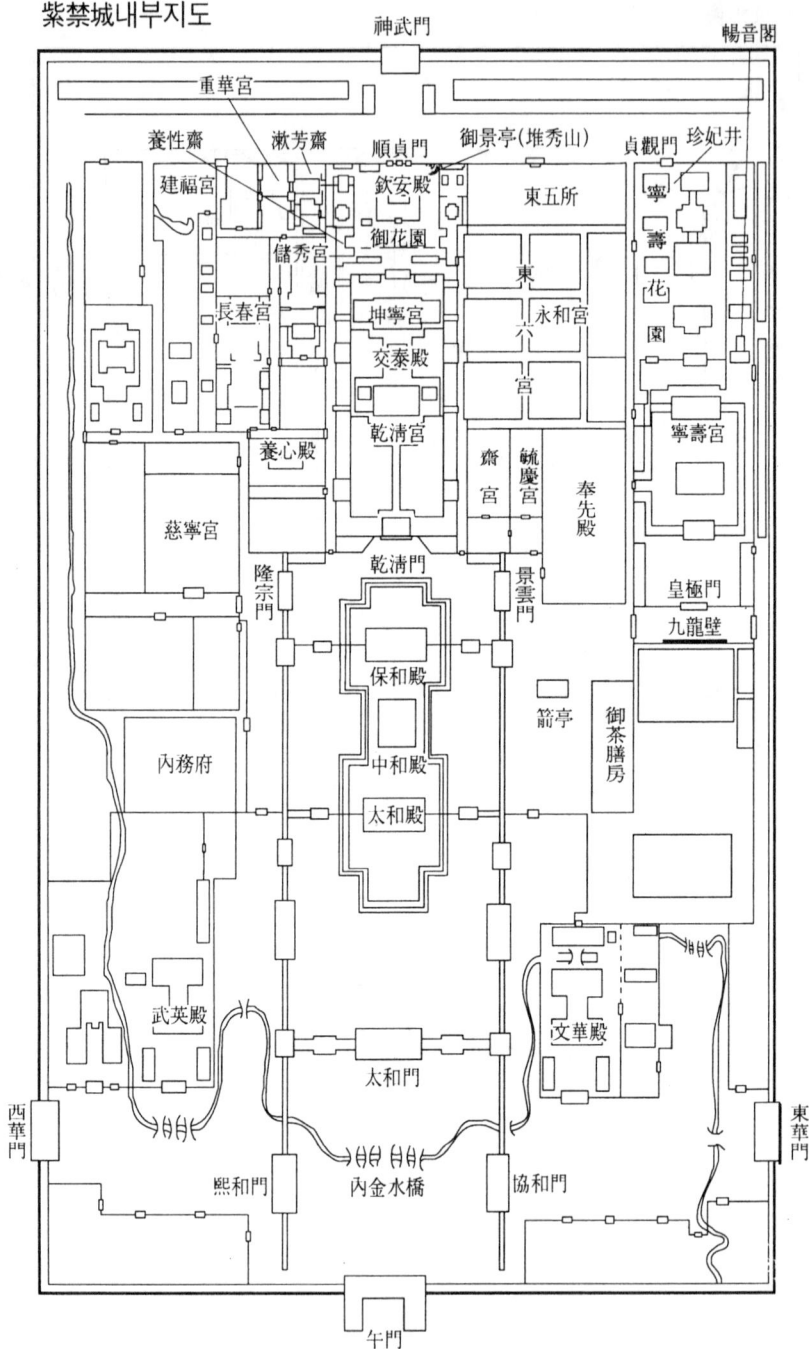

神武門

暢音閣

重華宮

養性齋　漱芳齋　順貞門　　御景亭(堆秀山)　　貞觀門　珍妃井

建福宮

欽安殿　　東五所

御花園

儲秀宮

長春宮

坤寧宮

東六宮

永和宮

寧壽花園

交泰殿

養心殿

乾清宮

慈寧宮

齋宮　毓慶宮

奉先殿

寧壽宮

隆宗門

乾清門

景雲門

皇極門

九龍壁

保和殿

箭亭　御茶膳房

內務府

中和殿

太和殿

武英殿

文華殿

西華門

東華門

太和門

熙和門　　內金水橋　　協和門

午門

차 례

창궁의 묘성(하)

제 6 장

쌍두(雙頭)의 용

53

메이지 31년(1899) 5월 31일자 만조보는 청나라의 동정을 보도하는 기사로 가득 메워져 있었다.

청일전쟁에서 대승을 거둔 흥분은 아직도 색이 바래지 않아, 일본 국민 대다수는 청나라가 붕괴된 중국대륙은 이제 머잖아 일본의 영토가 될 것이라는 환상을 품고 있었다.

아이들이 들고온 소학교 교과서에서 일본의 국토가 겨자씨 만하다는 사실을 치음으로 깨닫고는 경악을 금치 못한 국민들에게, 이 전쟁의 승리는 그야말로 꿈같은 이야기였다. 전장으로 달려나간 바로 그들의 아버지랑 남편이랑 형제들이 거대한 중국을 깨뜨려 부순 것이다. 많은 농민들과 가난한 도시생활자들은 자기들이 지배자가 되는 새로운 질서를 꿈꾸었다. 촌락의 식자들이나 어린 학생들이 읽어주는 신문 기사내용은, 그들에게는 신시대 바람을 타고 내닫는 배의 돛대 위에서 힘차게 펄럭이는 환상의 깃발이었다.

이렇게 서민 독자층의 인기를 얻어 일본 제일의 발행부수를 자랑하는 만조보가 청나라에 관한 것이라면 시시콜콜한 동정까지 즐겨 다루는 것은 말할 필요도 없다.

같은 날짜의 지면은, 1면에 이홍장과 영국 전권특사에 의해 조인된 홍콩의 열 배 확장안이 영국측의 일방적인 주장에 따라 타결된 것으로 크게 보도하고, 또한 사설로서 일본도 열강의 세력에 뒤지지 않도록 전승국으로서의 이권을 차지해야 한다고 강하게 주장했다.

그리고 그 옆에는, 마치 청나라의 붕괴가 내일로 닥쳐오기라도 한 것처럼 재상 공친왕의 죽음을 알리는 부음기사가 야유조의 조의를 섞어 실려 있었다.

그런데 지면을 넘기면, 눈길을 끄는 묘한 기사가 있었다.

중국 특파원 오카 게노스케가 쓴 〈환관 회견기〉였다.

그것은 앞면에 실린 딱딱한 논조와는 대조를 이루는 단독 인터뷰 기사인데, 서태후의 측근 환관이 밝힌 후궁의 내부 생활이 독자들의 호기심을 부채질하는 표현으로 상세하게 기술되어 있었다.

겉면의 정치기사에 대한 반대 급부로 속면에서는 내막을 보여주는 교묘한 지면 구성이, 독자들에게 인기를 얻고 있는 〈만조보〉의 진면목이다.

커다란 활자의 도입부가 우선 눈에 두드러진다.

〈환관 회견기 — 청나라 후궁의 경악할 실태〉
지난 5월 어느날, 본사 천진 주재 오카 게노스케 특파원은 북경 외성구 정양문 밖 모 처에서, 수수께끼의 중국인 협력자 장 모양의 주선으로, 청나라 국모 서태후 자희 폐하의 측근 중에서 제일인자로 알려져 있는 고급 환관 이춘운 (23세) 과의 회견에 성공했다. 여기에 그 전말의 일부를 게재한다.

서태후의 인상은 〈괴상한 여인〉으로, 이미 전세계 독자들의 머리 속에 낙인찍혀 있다.

간결하게 말하면 일본 명치 궁정의 정(正)에 대한 사(邪), 영국 빅토리아 여왕의 명(明)에 대한 암(暗)이다.

특히 일본에서는 한나라의 여후(呂后)나 당나라의 측천무후와 같은 역사적 악녀의 인상과 겹쳐, 서태후에 관한 것은 오락적인 읽을거리로서도 흥미를 끌기에 충분했다. 그래서 정치동향에 긴장한 독자에게 숨돌릴 틈도 주지 않고 〈청나라 후궁의 경악할 실태〉가 실려있는 것이다.

― 먼저, 청나라의 정치체제 일신에 대한 서태후 폐하의 의견은 어떠하신지?

이 : 서태후 폐하께서는 머지않아 북경 근교에 있는 이화원으로 거처를 옮기시고, 광서 폐하의 완전한 친정을 촉구하실 예정입니다.

― 그것은 매년 있어온 단순한 피서가 아닙니까?

이 : 아닙니다. 올해 북경의 더위가 예년보다 더욱 혹심해서, 아마 황제 폐하께서도 함께 가시리라고 생각됩니다만, 친정이 개시되는 것은 틀림없습니다. 그리고 곧 칙서도 발령될 것입니다.

― 이번에 광서 폐하께서 단행할 변법이란 어떤 것인지 설명해 주시기 바랍니다.

이 : 세계 정세에 맞지않는 청조의 구법(舊法)을 고쳐서, 시대에 부응하는 군주국가를 만드는 유신을 말합니다. 그러나 갑작스레 옛것을 다 부수어버리고 새것만을 좇겠다는 것이 아니라, 옛것을 바탕으로 해서 새 업적을 이루는 중체서용(中體西用)으로서, 확고한 새 정치체제를 실현시킨다는 것입니다.

― 헌법제정과 의회개설의 칙서도 발령됩니까?

이 : 급격한 개혁은 경계해야 할 점이라서 점차지등(漸次之等)을 구현하는 연구가 필요합니다. 현재 모범으로 삼고 있는 것은 일본의 입헌

군주제입니다.

— 청나라 고유의 9품관 제도와 과거제도도 개혁합니까?

이 : 관료제도의 간략화 및 관학 정비는 해야 하겠지만, 옛법의 장점은
존중되어야 합니다. 더한층 연구가 필요하겠지요.

— 차기 군기대신이 되리라 예상했던 양희정 공이 이미 하야했다는 말
을 들었습니다. 앞으로 변법 정부에서 집정하게 될 인물은 누구누구
인지?

이 : 외조의 인사에 대해 저희들 내정 환관은 알지 못합니다. 대답을 피
하도록 하겠습니다.

— 그러면 황태후 폐하의 인품과 평소의 생활모습에 대하여 묻고 싶은
데 어떠하신지요?

이 : 그에 대하여는 기탄없이 대답해 드리지요. 애초부터 우리 청나라
조정은 정명공대를 국시로 해왔습니다. 우리나라에 대한 작금의 잘
못된 인상을 불식시키기 위해서도 있는 그대로 알려드리겠습니다.

인터뷰는 표면적인 딱딱한 얘기로 시작해서, 점차 서태후의 후궁
생활에 대한 본격적인 화제로 들어갔다.

만조보가 대중의 지지를 얻는 한편, 관헌의 대단한 압박과 함께 다
른 신문이나 식자층에게 백안시당하는 이유도, 이런 지면 만들기에서
기인한 것이다.

이 기사가 대단한 반향을 불러일으켜, 독자들로부터 감상과 문의가
쇄도했을 것임을 상상하기는 그리 어렵지 않다. 주필 구로이와 루이
코를 필두로 하는 편집국 스탭들은 타사에서는 결코 흉내낼 수 없는
이 기획에 만족해 하며, 급거 2개 면을 제작해 신바시(新橋)와 요코
하마(橫浜) 역 앞에서 호외로 뿌렸다.

그러나 그들은 알지 못했다.

시차 때문에 날짜는 다르지만, 일본 독자들이 눈을 크게 뜨고 만조

보를 읽던 그 시각, 맨해턴의 미국 독자들도 뉴욕타임스를 손에 들고 동양의 궁정을 폭로한 똑같은 기사에 시선을 빼앗기고 있었음을.

　　──그 사내, 이춘운이 비밀 인터뷰를 위해 성문 밖에 위치한 고급 요정 〈혜풍당〉 구석방에 나타났을 때, 오카 게노스케와 토머스 버튼은 자신들의 밀담 현장이 노출돼 관원이 조사하러 나온 것으로 생각했다.

　그 정도로 이춘운의 인상은, 음험하고 어딘가 모르게 기분 나쁜 느낌을 줄 것이라는 환관에 대한 일반적인 상상과는 너무나 동떨어져 있었다.

　자그마한 몸매에 검은색 파오를 입고, 공단으로 만든 모자를 쓴 그의 모습은, 마치 약식 관복차림의 관리처럼 보였다. 윤곽이 뚜렷한 얼굴에 긴장감이 서려 있어, 아무래도 그의 등 뒤로부터 건장한 포졸이 금세라도 튀어나올 것만 같은 기분이 들었다.

　그러나 그 뒤를 따라 들어온 사람은 평범한 아가씨로 꾸민 미세스 장이었다.

　소개를 하기 전에 이춘운은 무릎을 굽히고 팔을 내려, 〈청안 請安〉이라 부르는 만주식 인사를 했다. 그 모습이 너무나도 정중한 의례로 보여, 오카는 자신도 모르게 깊이 머리를 숙여 답례했다. 그러면서 악수를 하려고 내민 톰의 손을 얼른 잡아당겼다.

　원탁을 둘러싸고 자리에 앉자, 미세스 장은 노래 부르는 듯한 북경어로 세 사람을 소개했다.

　"이쪽이 서태후를 모시고 있는 어전 태감 이춘운 씨. 보시는 바와 같이 아직 젊은 분이지만 내정에서는 대총관과 부총관 다음으로 높은 계급인 장안적으로 3품관입니다."

　3품의 관위라면, 성청(省廳)의 차관, 혹은 지방의 지사에 상당한다. 오카는 앉은 자세를 바르게 가다듬었다.

"장안적이라고, 한자로 어떻게 쓰는지요?"

오카의 물음에 이춘운은 고개를 한번 끄덕이고 나서, 탁자 위에다 손가락으로 써보였다.

"아, 알겠습니다. 그렇군요."

필시 만주어를 한자로 표기한 것이리라. 그래서 한자는 별다른 의미를 지니지 않는다. 수첩에 〈掌案的〉이라는 한자를 흘려서 적어놓고 보니, 그 글자만으로도 오카는 무어라 표현할 수 없는 이상스런 기분에 사로잡혔다.

이 사람은 만주벌판에서 만리장성을 넘어온 정복왕조의 이민족적인 관습과 의례가 가득찬 미지의 후궁에 살고 있다.

미세스 장은, 토머스 버튼이 뉴욕타임스의 특파원이며, 오카 게노스케는 만조보의 중국 특파원인 것을 알리고, 두 사람 모두 결코 흥미 본위의 날조 기사 따위는 쓰지 않는 신뢰할 만한 신문기자라고 설명했다.

이춘운이 한점의 의심도 없이 고개를 끄덕이는 모습을 보며 오카는 다소 양심에 가책을 느꼈다.

어쨌거나, 이춘운은 오카가 머리 속에서 그리고 있던 환관의 인상과는 완전히 어긋났다. 그 용모에서 풍겨나는 청결함과 성실함은, 오히려 과거 출신의 사대부를 연상시킨다. 그러면서도 조금도 거만스러운 느낌을 주지 않는다. 옛날 일본의 귀족이라 할 화족(華族)들의 관리인이나 궁내성 시종들과는 전연 달랐다.

"게이. 그의 신체적 결함에 대해서는 절대로 물어선 안 돼."

오카는 잠시 생각했다. 톰이 〈결함〉을 표현할 때 'flaw'나 'fault'라 하지 않고 'defect'를 사용한 것에서, 오카는 그 충고의 의미를 충분히 납득했다. 남성의 상징물을 잃었다는 사실은, 분명 한마디라도 화제에 올려서는 안 될 〈중대한 결함〉임에 틀림없다.

오카는 먼저 신경 거슬리지 않을 일들에 관해 물었다.

"당신의 출신지는 어디입니까?"

대답을 조금 주저하면서 이춘운은 소년처럼 수줍어했다. 연지를 바른 것처럼 붉고 도톰한 입술에 살포시 떠오른 그 미소를 보고, 오카는 금세 매료되고 말았다.

"정해. 직례성의 정해입니다."

"정해라면… 저도 압니다. 천진에서 남쪽으로 운하를 따라 내려간 곳이지요?"

"그렇습니다. 토지가 너무나 척박해서, 옛날부터 환관이 많이 배출되는 지방입니다."

그가 말하는대로 수첩에다 한자를 배열해 나가다가 오카는 문득 손을 멈추었다. 거침없이 대답하는 말 속에, 입으로는 이루 다 표현할 수 없는 진득한 고통이 숨겨져 있음을 깨달았기 때문이다.

"왜 그러나? 게이."

"아니… 아무것도."

오카는 중국에 있는 일본인 기자들과 함께 남쪽 운하를 따라 짧은 여행을 했었다. 그 때 본, 정해라고 불리는 그곳―, 억새풀과 갈대로 뒤덮인 끝없이 광활한 습원의 모습이 눈앞에 떠올랐다. 그곳은 겨울엔 온통 얼음들판으로, 여름에는 사막으로, 홍수가 나면 거대한 호수로 변하고 마는 황량한 토지다.

(중국말로 메이화즈[没法子]는 〈방법이 없다〉는 뜻으로, 이곳 농민들에겐 인사처럼 돼버린 말이다―.)

고참 기자가 들려준 말이다.

그 때 오카는, 후쿠시마(福島)의 아이즈에서도 산길로 5리나 더 들어가야 하는 자신의 고향이 생각나 암담한 기분을 느꼈었다. 지금도 어머니와 형이 살고 있는 고향―, 산중턱을 일궈 만든 밭에는 고구마와 잡곡뿐, 일년에 반은 눈 속에 파묻히는 가난한 고향이다.

몰락한 옛 지방귀족의 후손을 가엾이 여긴 어느 독지가의 도움으로, 형제들 가운데 운좋게도 오카만이 중등교육을 받을 수 있었다. 그리고 재능을 인정받아 동경으로 올라가 신문사 급사로 일하면서 야간 학교를 다녔다.

그렇게 역경을 헤쳐온 것을 결코 창피하게 생각지는 않지만, 인생경로를 뒤돌아보면 지금의 자신의 모습이 기적에 가깝다는 생각이 든다. 어쩌면 이춘운이라는 이 중국인도 자기와 비슷한 환경에서 자라나 스스로 남성을 버리기까지 하면서 기적을 일으켰을지도 모른다고 오카는 잠시 생각했다.

이춘운의 미소 띤 얼굴은 눈이 부실 지경이었다. 그 따스한 웃음을 보고 있는 동안에 오카는 웬일인지 견딜 수 없는 슬픔을 느꼈다.

찢어진 가난과 역적이라는 오명은 깊은 〈마음의 상처〉가 되었고, 그것은 지금도 치유되지 못한 채 남아있다. 하지만 이 사람은 눈에 보이는 〈육체의 상처〉를 지니고 있다. 세상에 무엇과도 바꿀 수 없는 남성의 상징을 버린 대가로 고급 태감의 지위를 얻었다. 그런데 순진무구한 소년같이 따스하고 눈부신 이 미소는 대체 무엇인가.

"왜 그래요? 게이."

미세스 장이, 푹 숙이고 있는 오카의 얼굴을 들여다보았다.

"아니, 정말 어떻게 된 일이에요? 톰. 게이가 울고 있어요."

오카의 출신 내력을 잘 알고 있으며, 자기 역시 비슷한 처지를 경험했던 톰은 오카의 서러움을 이해했다.

"이건 비즈니스야, 게이. 용기를 내야지."

그렇다! 이 사람을 인터뷰하기 위해서는 용기가 필요하다. 오카는 그렇게 마음먹었다.

오카 게노스케는 테없는 안경를 밀어올려 눈시울을 닦고 나서 혼신의 힘을 다해 정확한 북경 관어로 준비한 질문을 던졌다.

"그러면 본격적인 질문을 드리겠습니다. 서태후 폐하께서는 머잖아 이화원으로 옮겨가시고, 드디어 광서 폐하의 친정이 시작될 것으로 듣고 있습니다만?"

이춘운은 높고 맑은 억양으로 대답했다.

"말씀하신 대로입니다. 이번의 거동은 예년의 피서와는 좀 다릅니다. 황상 폐하께서도 함께 성을 떠나시기는 하지만, 가을로 접어들어도 노조종께서는 성으로 돌아오시지 않을 것입니다. 황상 폐하의 친정이 개시됩니다."

톰의 펜이 잠시 움직임을 멈추었다. 손끝을 뺨에 대고서, 아무것도 모르는 것처럼 물었다.

"흐음. 친정이 개시되면, 폐하의 사부로서 신뢰가 두터운 양희정 공께서 정치를 총괄하겠군요?"

이춘운의 표정에는 아주 작은 당황함도 없었다. 양희정이 죽은 것을 모르는 것인가. 만일 알고 있으면서 저리도 태연할 수 있다면, 이보다 더 대담한 사람은 없으리라고 오카는 생각했다.

"양희정 각하께서는 하야하셨습니다. 이에는 노조종 마마의 사려 깊은 배려가 계셨습니다. 공평한 친정의 열매를 거두기 위하여, 즉 황제당과 태후당이라는 묘한 파벌의 뿌리를 뽑기 위해, 마마께서 은퇴하심과 동시에 양희정 각하께도 휴가를 내리신 것입니다. 글쎄, 그이상에 대해서는 태감이 간여할 것이 아닙니다. 죄송합니다. 부디 나쁘게 생각지 말아 주십시오."

이춘운은 강한 의지를 나타내는 것처럼 입을 반듯하게 다물었다. 이야기가 틀리지 않느냐고 나무라는 것처럼 보이기도 했다.

"노조종의 인품과 생활상은 어떠하신지, 그런 일들에 관해 묻기로 한 것이 아니었던가요? 저는 저분께 그렇게 들었습니다만."

이춘운이 손끝이 보이지 않는 긴 소맷자락을 쳐들며 미세스 장을 힐끗 바라보았다. 미세스 장은 문앞에 선 채 오카를 향해 고개를 저어보였다.

후궁생활을 취재한다는 핑계로, 양희정 사건의 진상을 캐보려 했던 오카와 톰의 계획은 이것으로 깨지고 말았다. 이춘운은 그 온화한 풍모 아래, 생각지 못했던 강인함과 명석함을 감추고 있었다.

"노조종의 인품에 대하여 해외에서는 대단히 잘못된 소문이 돌고 있는 것 같습니다. 저는 그것을 바로잡기 위하여 노조종의 허락을 받고 온 것입니다."

오카와 톰은 동시에 얼굴을 번쩍 쳐들었다. 서태후의 허락을 받고 왔다니, 전혀 뜻밖의 말이었다.

"잠깐만."

토머스 버튼은 무의식 중에 영어로 말하고 나서 이춘운에게 되물었다.

"잠깐만 기다려주세요. 그러면 이건 밀담이 아니란 말씀입니까? 그렇다면 공식회견이 되는데요."

"공식적인 것은 아닙니다. 우리나라에서 공식이라는 것은 궁전에서 하는 회견을 말합니다. 이렇게 성문 밖의 요정에서 이야기한다는 자체가 전혀 공식적인 것이 아니지요. 저는 지극히 사적으로 노조종의 허락을 받았을 뿐입니다."

토머스 버튼은 어깨를 움츠려 놀랐다는 시늉을 해보이면서, 오카의 귀에 대고 영어로 속삭였다.

"놀랐다. 게이. 어째 이 태감은 보통내기가 아닌 것 같애. 어쩌면 서태후가 마음을 터놓고 대할 수 있는, 이 세상에 단 하나뿐인 태감일지도 몰라."

영어로 귀엣말을 하는걸 보고 뭔가 의심스러운 느낌이 들었는지, 이춘운은 엄격한 어조로 말했다.

"지금부터는 당신들의 질문에 제가 대답하는 형식은 그만두기로 하겠습니다. 저는 당신들만큼 머리가 좋지를 못하니까요. 제가 하는 이야기를 받아 적는 형식을 취해 주시기 바랍니다. 됐습니까?"

이춘운은 강한 어조로 단호하게 그렇게 말하고 나서, 후궁의 의례를 피부로 느낄 수 있는 온건한 말투로 이야기를 시작했다.

54

— 여러분들이 보통 〈서태후〉라고 부르는 그분의 정확한 명칭은 〈慈禧佑康頤昭豫莊誠壽恭欽獻崇熙皇太后 자희 우강이소 예장성수 공흠헌 숭희 황태후〉라고 합니다.

〈서태후〉라는 호칭의 유래에 관하여 말씀드리자면, 함풍 폐하께서 붕어하신 후 어리신 동치제의 수렴청정을 하셨던 두 분의 황비 마마 가운데, 정실인 자안 마마는 내정의 동쪽에 거처하시고, 동치제의 생모인 자희 마마는 서쪽에 기거하셨으므로, 자연스럽게 〈동태후〉〈서태후〉로 부르게 되었던 것입니다.

그러나, 내정에서는 그런 불경스러운 호칭을 일체 사용하지 않습니다. 될 수 있으면 여러분들도 정식 명칭의 일부를 떼어서 〈자희 태후〉 혹은 〈공흠헌 황태후〉라고 불러주시면 좋겠습니다.

통상, 저희들 태감이나 곁에서 시중을 드는 궁녀들은 〈노조종 마마〉라고 부릅니다. 가장 많이 통용되는 〈노불야〉라는 호칭은, 외조의 관리들이나 시정 사람들이 경의와 애정을 담아 부르는 말인 것 같습니다.

〈자희 마마〉라고 부르는 사람은 왕가의 친왕이나, 가족같이 그분의 심정을 잘 아는 측근, 태감 중에서는 구당 대총관 상연충과 황태후궁의 대총관 이연영, 부총관 최옥귀 그리고 항상 가장 가까이에서 모시는 어전 장안적인 저 정도겠지요. 만일 일반 태감이 면전에서 그런 호칭으로 불렀다가는 그야말로 현장에서 곤장 오십대는 면할 수 없을 것입니다.

자희 마마는 만주 팔기 가운데서도 최하위급으로 여기는 양남기 섭혁나랍씨 출신입니다. 한편 함풍제의 정실이신 동태후 자안 마마는, 위로부터 두번째인 양황기 유호록씨(鈕祜綠氏) 출신입니다. 그런 출신의 차이가 훗날 두 분이 화목하지 못하다는 소문의 근원이 되었습니다만, 제가 들은 바로는 불화설은 전혀 사실무근의 소문에 불과합니다. 더욱이 자안 태후를 자희 태후가 돌아가시게 했다는 따위의 헛소문은 대체 누가 퍼뜨린 것일까요. 아무리 소문이라 하지만 너무 불경스럽습니다.

원래, 여진 달단족 사회에서는 장정 3백명으로 일 니루를 이루고, 오 니루로 일 잘란을, 오 잘란으로 일 구사가 되는데, 그것이 한어로 〈기 旗〉입니다. 따라서 〈기인 旗人〉은 누구나 똑같은 7천5백 명으로 구성된 달단군의 장(長)이므로, 비천은 별로 따질 게 못됩니다.

더구나 이들은 애친각라 가문을 수호하는 금위군이 아닙니다. 본디 태조이신 누르하치 공도 일개 〈정황기〉의 우두머리셨으므로, 팔기는 만주 부족의 연합군이라고 말하는 편이 옳을 것입니다.

산해관을 넘어와 나라를 세운 후 강희·건륭제의 태평성세가 계속되는 동안에, 원래 제각각 군사령관이었던 팔기 가문은 군병을 거느리지 않는 귀족이 되고, 그즈음부터 재산의 많고 적음에 따라 신분의 비천이 나누어지게 되었을 것입니다. 그러나, 그것이 두 분 사이에 불화를 일으킬 만큼 중대한 것은 아닙니다.

평소부터 자희 마마는 자안 마마의 고결하신 인품을 깊이 존경하셨고, 자안 마마 또한 자희 마마의 총명하심을 대단히 신뢰하고 계셨습니다.

두 분은 함풍제의 유지를 받들어 어린 동치 폐하를 도와가며, 화목한 가족으로서 생활하셨습니다.

실상, 제가 성으로 들어간 것은 자안 마마도 동치 폐하도 모두 돌아가신 훨씬 후의 일이기는 합니다만.

서양 달력으로는 몇년 몇월 며칠이라고 하는 것 같습니다만, 광서

15년 중양(重陽)때쯤, 저는 열네 살 나이에 성으로 들어왔습니다.

그 때까지 한동안 시정의 극단에서 연극 견습생으로 있었던 것이 저에겐 천운이었는지, 전혀 생각지도 못했던 때에 자희 마마의 눈에 띄게 되어. 전례가 없을 정도로 빨리 출세를 하게 되었습니다.

취미로 익혀둔 재주가 궁할 때 생활에 도움이 된다는 말을 곧잘 하는데, 달리 이렇다할 특기는 없습니다만, 기예만은 내놓고 자랑할만 했습니다. 지금도 어전 장안적으로 근무하면서, 환관들로 구성된 남부극단 총감독 겸 주역배우로 자주 무대에 서기도 합니다.

자희 마마께서 연극을 좋아하시는 것은 유명하지요. 그러나, 오해하지 않기를 바라는 것은, 자희 마마는 결코 가무음곡에 빠져서 정치를 소홀히 하시는 분이 아니라는 점입니다. 평상시 아무런 즐거움도 없이 정치를 돌보시기에 바쁘고, 또한 과부로서 쓸쓸한 생활을 하실 수밖에 없는 자희 마마께, 연극은 단 하나밖에 없는 오락입니다.

아니, 단순한 오락만은 아닙니다. 내정의 창음각이나 별궁인 이화원의 무대에 황제 폐하를 비롯한 백관들을 초청하시어 함께 연극을 관람하시는 것에는 커다란 뜻이 있습니다. 여러분들의 나라에서 행하는 무도회나 혹은 친목을 위한 야회라든가, 그런 비슷한 유의 것이라고 이해해 주시면 좋겠습니다.

궁정 생활은 모든 것이 옛날부터 정해진 의례에 묶여 있습니다. 그래서 연극을 관람하실 때는 자희 마마께서 황상 폐하와 보좌를 나란히 하시고, 기탄없이 대화를 나누는 일에 중점을 두고 계십니다. 또한 백관들도 이 시간만은 표면적인 신분관계를 떠나 서로의 친목을 도모합니다. 제게는 이런 연극 관람장이 결코 사치스러운 곳이라고는 생각되지 않습니다만.

금상의 황제이신 광서 폐하는 자희 마마의 조카이십니다.

친아들이신 동치제께서 요절하신 후, 어대를 이을 분이 안 계셨으므로, 순친왕가로 출가하신 여동생의 아들 재첨 왕자를 옥좌에 앉히셨습니다.

이 점에 대하여도 여러 가지 억측이 많았던 것으로 알고 있습니다만, 공명정대하신 자희 마마께 다른 마음은 없으셨습니다. 요컨대 선제 동치제와 보다 가까운 혈통을 지니신 분을 후계로 세우시는 것이, 가장 도리에 어긋나지 않는 것이라 생각하셔서 행한 일일 뿐입니다.

당시, 이런 이치를 이해하지 못하는 관리들 사이에서는 여러가지 나쁜 추측들이 나돌았고, 결국에는 어사 오사독(吳史讀)이라는 사람이 간사(諫死 : 죽음으로써 간언함)하는 등의 대소동이 벌어지기도 했습니다만, 하여간 여인이 천하를 관장하는 데에는 항상 오해가 따르는게 아닌지요.

광서제의 친부이신 순친왕 혁현 전하는 함풍제의 동생이시므로, 동치제와 광서제는 아버지끼리가 형제고 어머니끼리는 자매이므로, 가장 가깝고 진한 피를 나눈 사이입니다. 누가 어떻게 생각하든 일계의 황통을 이어받아야만할 분을 꼽는다면, 광서 폐하 이외에는 안 계실 것입니다.

분별없는 사람들이 자희 마마가 정권에 집착한 나머지 어린 재첨 왕자를 옥좌에 앉히고, 얌전한 성격의 순친왕 전하를 후견인 역으로 세웠다는 좋지 않은 소문을 퍼뜨렸습니다.

즉, 돈친왕가나 공친왕가 그리고 다른 나머지 왕가에 나이든 왕자들이 얼마든지 있는데도, 자희 마마는 자신의 호신을 위해서 그랬다는 것입니다.

부디 이런 사실들을 정확하게 전해주십시오. 금상의 폐하는 동치 선제와 가장 혈통이 가까운 형제나 다름없는 분이십니다.

오래된 태감들 말에 의하면, 황상 폐하는 그야말로 동치 선제의 복사판이라고 합니다. 오직 하나 닮지않은 부분이 있다면, 글쎄 그것은 상상에 맡기겠습니다. 여하간 광서 폐하는 멋지고 총명하신 분입니다. 여러 사부의 가르침을 모조리 체득하시어, 공자님의 제자로서 부족함 없는 성덕이 옥체를 빈틈없이 가득 덮어싸고 있습니다. 이것은 사부의 한 사람인 양희정 각하로부터 제가 직접 들은 말씀입니다. 양희정 공으로 말씀드리자면 당대 유학자의 봉두이며, 가식없는 논객으로서 일찍부터 이름을 날리신 분입니다. 그런 양희정 공을 감탄시킬 정도의 영명함이니, 존경받는 건륭 대제의 현손임을 그대로 나타내고 계십니다.

불학무식한 제가 이런 말씀을 드리는 것은 몹시 외람된 일이라고 생각합니다만, 광서 폐하는 인의예지신(仁義禮知信) 오덕의 가르침을 몸소 행동으로 보여주시는 이상적인 군주의 실체이십니다.

여기에 또 하나, 자칫 항간의 오해를 살 요소가 있는지도 모르겠습니다.

황상 폐하는 양어머니이신 자희 태후를 여하한 경우에라도 소홀히 하시는 일이 없습니다. 항상 신하의 예와 아들의 예를 다하여 모십니다. 그런 일이 어쩌면 타인들의 눈에는 자희 태후의 위엄을 두려워하는 허약한 분으로 비칠는지도 모릅니다.

황상 폐하는 다른 황족이나 노신들에 대해서도 결코 의심하는 일 없이 마음 속 깊이 신뢰하고 계십니다. 거듭 말씀드리지만 성격이 그 정도로 다정다감하신 분입니다.

때로 신하에게 친밀한 말씀을 건네실 때에도, 파벌을 가린다거나 관작의 높고 낮음에 전혀 관게없이 진정한 마음에서 우러나오는 배려를 보이십니다. 남의 험담을 좋아하는 사람들은 천자로서 자신의 의견이 분명치 못하고 식견이 모자란다고 폄하하지만, 그것은 잘못 판단한 것입니다.

이제 모든 것을 아셨겠지요.

요컨대 자희 태후와 황상 폐하 사이에는, 항간에 떠도는 소문과 같은 정치적인 대립 따위는 전혀 없습니다. 황제당이니 태후당이니 하는 파벌도, 관리들이 자기들의 사리사욕때문에 멋대로 도당을 만들어 그렇게 부르고 있을 뿐입니다.

말하자면, 자희 태후는 이렇게 나라가 위급한 상황에 처해 있는 때에, 광서 폐하께 정권을 이양해야 하는 일을 가슴 아프게 생각하시며, 또한 황상 폐하는 그러한 자희 태후의 인자한 마음을 통찰하고 계십니다. 이렇게 다정한 모자 군신의 애정을 간신들이 정권다툼의 대의명분으로 바꾸어 놓고 있습니다.

이렇게 말하는 저도 자희 태후 곁에 있는 한, 본의는 아니지만 황상 폐하를 둘러싸고 정치를 제멋대로 하려드는 모리배들에게 저항하지 않을 수 없습니다. 나를 태후당의 일원이라 한다면, 그것은 그것대로 어쩔 수 없는 일 아니겠습니까.

세상 일은 참 묘합니다. 황상 폐하를 곁에서 모시는 어전 수령 가운데, 저와는 도제 시절부터 친숙한 난금이라는 태감이 있습니다. 저와 난금과는 예전부터 깊은 인연이 있어서… 그렇지, 이것 보세요. 아주 예쁜 머리꽂이지요?

이 나비모양의 머리꽂이는 난금이 돌아가신 어머니께 물려받은 하나밖에 없는 유품입니다. 난금은 저와 알게 되어 얼마 지나지 않았을 무렵인 아주 어린 나이 때, 우정의 정표로서 이것을 제게 주었습니다.

그 후, 서로가 처해진 상황때문에 새로이 의형제를 맺을 기회는 놓치고 말았습니다만, 저와 난금은 형제 이상의 질긴 인연으로 묶여있습니다.

그런 난금이 저를 만날 때마다 탄식합니다.

형과 나는 이렇게 서로를 아껴주고 있는데, 마치 철천지 원수같은 일을 해야만 하다니, 라고 말입니다.

난금도 저와 마찬가지로 황상 폐하를 지켜드리기 위해 밀정 노릇을 안 할 수 없습니다. 난금은 태후당의 동정을 살펴서 황제당 사람에게 보고합니다. 그리고… 저는 그 반대의 일을 합니다.

각각 3품과 4품의 관위를 받은 몸이면서도, 그런 일을 해야 하는 저희들을 여러분들은 이상하게 생각하시겠지요.

대답은 간단합니다. 분명 저는 3품인 장안적이고 난금은 4품인 어전 수령입니다. 허나 저희들은 환관입니다.

환관은 인간이 아닙니다. 후궁의 노예입니다. 자희 태후나 황상 폐하 앞에서 스스로를 〈노재〉라고 부르는, 애친각라 가문의 노예입니다. 품위는 궁에서 봉사하는 데 대해 내려진 한낱 명예일 뿐, 진사출신 외조 관리들의 관위와는 의미도 중요성도 전혀 다릅니다.

그래서 저희들은 자신의 의견을 주장할 수 없습니다. 그저 각자의 주인을 정성을 다해 섬기며, 관리들이 명하는 대로 바삐 돌아다닐 뿐입니다.

저희들은 주인의 심중을 누구보다도 잘 압니다만, 노예에게도 눈과 귀는 있습니다. 다른 사람들과 마찬가지로 진실된 마음도 지니고 있습니다. 그럼에도 불구하고 자신의 뜻과는 상반된 행동을 하지 않을 수 없어, 파벌의 밀정으로서 상대편 사정을 샅샅이 파헤치지 않으면 안 되는 저희들의 괴로움을 부디 통찰해 주시기 바랍니다.

근래에는 양쪽 진영의 모략이 갑작스럽게 심해졌습니다. 중재역을 맡았던 이홍장 각하께서 물러나시고, 더욱이 황제당의 젊은 분들을 제어하고 계셨던 양희정 공마저 갑자기 낙향하심으로 인해, 그들을 조이고 있던 테두리가 헐거워졌기 때문입니다.

실은 여기서만 하는 얘기지만 저와 난금은 한달에 한 번, 이 혜풍당에서 비밀리에 만나고 있습니다. 둘이 만나면, 예전에는 서로가 가진 정보를 교환했습니다. 불쌍한 주인님 자희 태후와 황상 폐하를 위한 것이었습니다.

그러나 상황이 긴박해진 요즈음은 서로 입을 굳게 다물고 있을 뿐입니다. 며칠 전에 만났을 때도 저는 꼭 전해야만 할 중대한 사실을 결국은 말하지 못했습니다. 난금은 난금대로 역시 무언가 중요한 말을 못하고 있는 모습이었습니다.

저희들은 성심으로 주인을 섬기고, 진정으로 서로를 아끼며 위하는데, 그날밤은 결국 둘 다 아무말도 하지 못했습니다. 묵묵히 쓰디쓴 술잔만을 나누다 인형처럼 자리에서 일어났을 때, 난금은 큰소리로 통곡하면서 돌아서는 저를 등뒤에서 껴안았습니다.

형, 미안해! 미안해! 하면서 울었습니다.

울면서 이렇게 말했습니다. 할 수만 있다면 다시 한번 도자장의 집으로 가서, 입을 꿰매버리고 혀를 잘라내고 싶다고.

그 때, 몸부림치며 우는 난금을 그저 거두어안는 것밖에, 제가 무엇을 할 수 있었겠습니까.

제 마음도 마찬가지였습니다. 아니, 저도 눈을 멀게 하고 귀를 떼어내고 싶었습니다.

저희들의 육체는 여자를 안을 수 없습니다. 물론 그러한 육체를 가슴 아프게도 생각합니다. 그러나 그 때만큼은, 가능하다면 그곳뿐만이 아니라 눈도 코도 입도 없는 그냥 고깃덩어리가 돼버리고 싶다고 마음 속 깊이 한탄했습니다. 그래요… 진심만이 통할 수 있다면 그야말로 고깃덩어리가 되어버린다 해도, 하나의 따뜻한 인간으로 남아있을 수 있으니까.

이제 앞으로 저와 난금이 친밀하게 이야기를 나누는 일은 두번 다시 없을 것입니다.

……웬지 이야기가 좀 침울한 쪽으로 흐른 것 같군요.

이야기를 자희 태후의 생활상으로 다시 돌아가도록 할까요.

머지않아 자희 태후는 별궁인 이화원으로 옮겨가십니다. 예년과 마찬가지로 필시 황상 폐하께서도 더위를 피하여 이화원으로 가시리라 생각합니다만, 그 이후부터는 두 분의 생활이 전과는 달라지리라 예상됩니다.

자희 태후께서는 곤명호 부근에 있는 낙수당으로 들어가시어 매일매일을 독서와 독경으로 소일하시게 되겠지요.

한편, 황상 폐하께서는 인수전의 천황 옥좌에 오르시어, 새로운 정치를 시작하게 되실 것입니다.

저도 자희 태후를 모시고 낙수당으로 가서, 폐하께서 원하시면 이락전 무대에서 연극을 공연할 생각입니다. 번잡한 세상사에서 벗어나 본래의 자상한 어머니가 되신 자희 태후께 감동적인 연기를 보여드릴 그 날이 오기를 저는 지금부터 손꼽아 기다립니다.

그 때, 만일 허락이 내리신다면 저는 자희 태후를, 정해에서의 어린 시절에 그랬던 것처럼, 제 모든 정성을 다한 존경심으로 〈노불야〉라고 불러보고 싶습니다.

모든 정치에서 물러나신 자희 태후는 누구의 눈에나 아름답고 자비로운 부처님으로 비칠 것임에 틀림없으니까요.

자희 태후는 특별한 의례가 있을 때를 빼놓고는 언제나 과부를 상징하는 검은색 옷을 입고 계십니다. 화장도 않으시고 번쩍거리는 보석도 치장하지 않으십니다. 붕어하신 함풍제의 아내로서 지금도 상청을 지키십니다.

그런데 항간에는 자희 태후가 황제의 용포를 입고, 황금과 보석으로 휘감고 설친다는 소문이 깔려 있습니다.

그런 일은 절대로 없습니다. 그분처럼 얌전하고 여자답고 절도있는 사람은, 기인이나 왕가의 부인 가운데에서도, 아니 지방의 향신층 집안에서조차도 찾아보기 힘들 것입니다.

그래서 저는 자희 태후께서 이화원으로 물러가시고 나면, 아주 자그마한 일들을 권유해 드리려고 합니다. 비단옷과 금팔찌 그리고 비취 목걸이 등, 여러 가지 자희 태후께 어울리는 장식품들을 낙수당 저장고에서 꺼내어 찬란하게 장식해 드리고 싶습니다.

육십여세가 되는 오늘날까지 여자라는 것을 잊고서 국사에 시달려온 자희 태후를, 아름다운 한 여인으로 돌아가게 해드리고 싶습니다.

예의가 아닌 줄은 알지만 이 기회에 분명히 말씀 드리지요.

그분은 열여덟 살에 자금성으로 출가하시어, 무능한 남편 대신 모든 국사를 돌보았고, 과부가 되신 스물일곱 살 때부터는 무거운 짐을 줄곧 혼자 지셨습니다. 그것은 한 인간에게는 너무나도 벅찬 5천년 역사의 무게이며 4억 백성들의 무게입니다.

더욱이 자신이 낳은 아들은 아버지를 닮은 방탕아여서, 향락에 빠져 일신을 망친 끝에 뇌성매독에 걸려 죽었습니다. 친척의 어린 아기를 양자로 들여서 후사를 이어, 다시 일가를 일으켰습니다. 그분은 그렇게 사십여년 동안 노심초사, 다 낡아빠진 집안의 기둥을 지켜 오셨습니다.

그렇게 씩씩하고 다기차게 가문을 지탱해온 며느리를, 당신네들은 어째서 심술궂은 시누이처럼 마녀라 부르고 악녀라 매도하며, 마치 측천무후나 여후같은 망국의 요녀라고 선전하는 것입니까. 대체 그분이 언제 어디서 누구에게, 악마같은 행동을 보이셨다는 말씀입니까.

제가 지금 이렇게 하는 말도 분명히 여러 가지로 각색되어서 온 세상에 전해지게 되겠지요.

그렇다고 해서 당신들만을 책망할 수도 없겠지요. 어차피 저와 마찬가지로 어딘가에 매인 몸일테니까.

그러나, 당신들에게 인간으로서의 양심이 있다면, 소속된 곳에 대한 임무를 다 마친 어느날엔가는 반드시 이러한 진실을 소상하게 밝혀주시기 바랍니다.

자희 태후는 당신네들 나라의 형편에 맞추어 악녀 취급을 받은 것입니다. 자희 태후가 오늘날 이 세상 모든 사람들로부터 악녀로 매도당하는 것은 당신네들 사정으로는 어떻게든 악녀로 만들지 않으면 안 되었기 때문이겠지요.

그런 일을 벌이지 않아도, 어차피 이 나라는 멸망할 것입니다. 하지만 4억의 백성들은 계속 생존해 갑니다. 그러나 백년 후에도, 아니 세상 끝날 때까지, 저 구슬처럼 귀한 달단의 부인이 그 생애 전부를 걸고 구하려 했던 4억의 백성들로부터 악녀라는 오명으로 매도당할 억울함을 생각하면, 저는 안타까워서 견딜 수가 없습니다.

저는 제 자식에게 진실을 전해주는 일조차도 할 수 없는 환관입니다.

부탁 드립니다. 아무쪼록 저를 대신해서, 후세에 진실을 전해 주십시오.

정해의 가난한 말똥주이 어린애였던 저는, 어떤 불가사의한 운명의 실에 이끌려 지금 이 자리에 있습니다. 예전에는 야망도 있었습니다. 그것은 한줄기 집념이라고도 할 수 있는, 가령 내 손으로 내 몸의 일부분을 잘라낼 수 있을 정도로, 부유함에 대한 당치도 않은 갈망이었습니다. 그렇게까지라도 하지 않으면 풍요로워지지 못할 것이라고, 아니, 그리하지 않으면 나도 내 가족도 정해의 습지에서 굶어 죽을 수밖에 없을 것이라고, 생각을 거듭한 끝에 저는 결행했습니다.

부모에게서 물려받은 몸의 한 부분을 잘라낸다는 것이 얼마만큼의 불효인지, 어린아이의 마음에도 잘 알고 있었습니다. 그러나, 그러므로써 어머니와 여동생의 목숨을 구할 수 있다면 결코 불효만은 아닐 것이라고, 열살이었던 저는 그렇게 생각했습니다.

그런 제가 궁정 생활에서, 가난과 풍요로움이 무엇인가를 확실히 깨달았습니다.

인간의 행복이란 결코 금품으로 이루어지지 않습니다. 사람을 마음 깊이 진정으로 사랑하는 일, 그리고 사람으로부터 진정한 사랑을 받는 일, 그것만이 인간의 인간다운 행복이라고, 자희 태후는 몸소 제게 보여 주셨습니다. 이 세상에서 가장 불행한 인간인 자희 태후께서 그렇게 가르쳐 주신 것입니다.

저는 하다못해 자희 태후의 몫까지 사람들로부터 사랑받고 싶습니다. 사람을 사랑하고 싶습니다.

그래서 저는 자희 태후를, 황상 폐하를, 난금을, 그리고 가난한 환관들을 사랑합니다. 아니 양희정 각하와 공친왕 전하도, 영록장군과 이연영 대총관도, 궁녀들이랑 이홍장 각하도 사랑합니다. 저는 이 세상에 살아있는 모든 사람들을 마음 속 깊이로부터 진정 사랑하고 있습니다. 그리고 물론 당신네들도.

그러므로 부탁합니다. 당신들도 저를 사랑해 주십시오.

피부 색깔이 다르고 이상스런 풍물과 관습에 물들어 있는 이 나라 백성들을 똑같은 인간으로, 마음의 가장 밑바닥으로부터 진정 사랑해 주십시오.

그것만이, 오직 그것만이 모든 인간에게 행복을 가져다주는 유일한 방법이니까요.

55

오카 게노스케와 토머스 버튼은, 푸른 잎새들이 눈부시게 싱그런 북경 시가지 북쪽을 향해 걸었다.

정양문을 빠져 나가면 동쪽은 동교민항이라 불리는 외국 공사관 구역이다. 거대한 성벽이 문 밖에 있는 서민층 거리와 안쪽의 서양식 건물들을 확연하게 갈라놓고 있다.

도성은 몇 겹이나 되는 성벽과 수많은 대소 성문으로 나누어져 있는데, 그 문을 하나 빠져나갈 때마다 전혀 다른 거리의 모습에 부딪치게 돼서 당황할 때가 많다. 다만 어디까지 걸어가든 감탄하게 만드는 것은 우거진 수목이다. 도로에도 뜨락에도 크디큰 상록수들이 무성하게 뻗어, 참 모습을 알 수 없는 잡다한 풍물과 자욱하게 끼어있는 이상한 냄새를 아주 교묘하게 뒤덮어 감춰주고 있다.

명나라와 청나라 두 시대에 걸친 중국의 수도. 그 예전 마르코 폴로가 눈부신 번영에 깜짝 놀라, 자신이 본 것을 기록으로 남겼던 원

나라의 대도시. 더 옛날로 거슬러 올라가면 금나라의 심장─. 그렇게 도합 3대의 정복 왕조와 1대의 한족 왕조가 750년이라는 긴 세월에 걸쳐 끊임없이 쌓고 다듬어 만든 북경─, 그것은 이 세상 어디에도 다시 없는 최대의 도시였다.

"…〈연미〉라는 말을 아나?"

파이프를 입에 문 채 천안문이 정면으로 바라다보이는 대로를 걸으면서 톰이 물었다.

"영어가 아니야. 중국어의 연미다."

연미라는 단어만을 정확한 북경어로 말하며 톰이 다시 물었다. 아메리카 남부출신이라는 것뿐, 이제는 완전히 국적불명이 돼버린 이 저널리스트가 가장 정확하게 할 수 있는 말은 중국의 표준어인 북경관어일 것이다.

오카 게노스케는 얼른 〈燕迷〉라는 한자에 생각이 미쳤다.

"그래, 알고 있어. 연미라는 거 말이지. 처음 여기에 왔을 때 선배한테 들었다. 북경의 뒷골목은 거미줄처럼 얽혀서 복잡하기 때문에 함부로 들어서면 안 된다고, 평생 빠져나오지 못한다고 말이야."

북경의 옛 이름은 연경(燕京)이다. 오카도 몇 번인가 복잡하게 얽키고 설킨 골목에서 길을 잃고 헤매, 그 〈연미〉를 경험한 적이 있다.

톰이 파이프를 입에 문 채 두터운 입술 끝에 미소를 머금었다.

"게이. 자네는 아직 연미를 모르는군."

"몇 번이나 있었어. 골목길에서 어디가 동쪽인지 서쪽인지 분별을 할 수 없었던 그 불안함이라니. 같은 대도시라도 동경에는 언덕이 있지. 교토에는 산이 있고 오사카에는 강이 있는데, 여기에는 목표물로 삼을 게 아무것도 없어. 게다가 나뭇가지와 높다란 담장들이 시계(視界)를 가리고 있어서…, 아무튼 세계 최대의 미로다."

"그게 아니야. 그런 말이 아니고… 아, 뭐라고 할까. 어쨌든 자네는 아직 연미가 뭔지 잘 모르고 있어."

광대한 천안문 광장으로 나서자 톰은 동쪽에 있는 공사관 거리로 향하지 않고 서쪽으로 발걸음을 옮겼다.

"어디로 가는거야？"

"아직 대낮이야. 한동안 길 잃은 아이처럼 헤매고 돌아다녀 보자."

왕래하는 외국인들의 모습이 눈에 띄었다. 특히 양복차림의 일본인들이 두드러진다. 양키들을 완강하게 거부해 왔던 북경은, 지금 무서운 기세로 그 모습이 변해 가고 있다.

"연미라는건 말이야……"

톰은 한동안 묵묵히 걸어가다가 문득 생각난 것처럼 입을 열었다.

"북경이라는 거리의 포로가 되는거야. 이 거리에는 말로 설명할 수 없는 불가사의한 매력이 있어. 칠백 년 동안이나 변하지 않은 옛 도시의 모습, 사계절의 변화, 사람들이 살아가는 모습과 전혀 길들여지지 않는 미각, 그리고 이 세상에서 가장 아름다운 언어. 누구라도 여기에서 일주일만 지내면 완전히 도취되고 말아. 여기가 어디고 내가 누군지 알 수 없게 돼버리고 말지. 요컨대 그게 바로 연미라는거야."

"과연…, 그래 알겠어. 알 것 같은 기분이 든다."

아니, 일본해와 하북평야만을 거쳐왔을 뿐인 일본인은 정확하게는 알 수 없으리라. 그래도 두 나라 사이에는 오랜 교류와 공통의 문자가 있어 이해하기 쉬운 편이다.

하지만 유럽이나 아메리카 사람은 분명 실크로드를 통해 찾아왔던 마르코 폴로같은 기분이 들 것이다. 그런 그들이 느끼는 연미는 참으로 넋을 잃고 깨어나지 못하는 꿈일 게 틀림없다.

"그것은 일본의 고도(古都) 교토에서 느끼는 기분과는 또 다르지. 물론 런던이나 파리와도 달라. 이렇게 불가사의한 분위기를 분출해 내는 조형의 매력이 무엇일까 하고, 나는 줄곧 생각해 왔네. 그랬던 게 지난 이른 봄 아주 굉장한 황사에 뒤덮힌 어느 순간 문득 생각이

났어. 무언지 아나? 게이."

"글쎄……?"

"눈이랑 입이랑 모래 범벅이 되면서 생각이 난거야. 이곳은 아주 먼 옛날에… 아마도 오아시스였을거야."

"오아시스?"

"그래. 여기서 서쪽으로 가본 적은 없지만 제일 바깥쪽 성벽을 빠져나가 몇십 마일쯤 가면, 그 다음은 끝도 없는 사막일거야. 이곳 북경도 옛날엔 황야였을 거다. 아니, 먼먼 옛날에는 사막이었을지도 모르지. 사막 속에 있던 오아시스가 어느 틈엔가 마을이 되고 도시로 변했다. 요컨대 전혀 임의로 만들어진 인공적인 도시, 아마 그런 애매한 정체가 이 거리의 매력일거야."

"그렇다면 우리는 결국 미지의 땅에서 낙타를 타고 찾아온 캐러밴인가?"

"비슷하지 뭐. 실크와 보석을 구하러 찾아온 성질 고약한 이국인. 장사만으로는 성이 차지 않아서 백주에 당당히 도둑질을 하는… 어떤가, 게이. 우리들은 지금 환상의 오아시스 위를 걷고 있다. 그런 기분 안 드나?"

두 신문기자는 소년처럼 잡담을 나누며 성벽을 따라 걸었다. 확실히 이 거리에는 피로도 갈증도 잊게 만들고, 꿈꾸는 듯한 기분으로 사람을 이끌어들이는 그 무언가가 있다.

장안가를 북쪽으로 돌아들면 중국풍의 장대한 관청 건물이 이어진다. 옥상에다 지붕을 덧씌우듯이 하여 도깨비 가면처럼 울툭불툭한 그 건물들은 마치 성벽으로부터 삐져나온 것처럼 보였다.

"그런데… 조금 전에 만난 환관 말이야, 인터뷰한 감상이 어떤가?"

한 시간이나 계속 걸은 후에 토머스 버튼이 드디어 입을 열었다.

집요한 사전교섭을 벌인 끝에 겨우 이루어진 인터뷰였는데, 끝을 맺는 순간 다시 생각하기도 싫은 기분이 든 것은 무슨 까닭이었을까. 내용에 불만이 있어 그랬던 것은 아니다. 취재는 더할 나위 없이 완벽했다.

감상을 말로 표현하려고 하니, 그 이춘운이라는 젊은 환관의 모습이 가슴을 가득 채웠다. 끊임없이 미소를 띠고 있던 얼굴 표정과 나긋나긋하고 자그마한 몸매가 망막에 화인처럼 찍혀있다.

말을 주저하고 있는 오카의 안색을 살피면서, 톰 자신도 당황스러움을 감추지 못하는 표정으로 말했다.

"뜻하지 않은 설교를 들었다. 그는 마치 예수님 같았어. 설마하니 크리스천은 아니겠지."

"환관이 크리스천일 리가 없겠지. 기독교는 얼마 전까지만 해도 금지됐었으니까."

그렇게 말하면서 오카는 깜짝 놀랐다. 만조보에도 크리스천이 몇 명 있다. 그들이 전도삼아 들려준 예수의 가르침은 분명 그 환관이 한 말과 같았다.

"지금도 실질적으로는 금지돼 있어. 이 나라에서의 기독교는 탄압과 순교의 역사만이 있을 뿐이지. 그런데, 게이… 그 사람의 말은 정말 고마운 설교이기도 했어. 마치 미사에 다녀온 기분이다. 오늘이 무슨 요일이냐?"

거기서 토머스 버튼은 기분전환을 하려는지 서쪽으로 기울어가는 저녁해를 올려다보고, 오랜 잠에서 깨어날 때처럼 두 눈을 깜박거렸다.

"지금 이렇게 산책을 하는 데는 목적이 있어. 조금만 더 같이 가보자."

"어딜 가는건데?"

"그 사람을 만난 후 아무래도 가보고 싶은 곳이 생각났어. 진짜 성당에 가는거야."

토머스 버튼은 드디어 속마음을 털어놓고, 서안문 가까이에 있는 가톨릭 북당을 향해 걸음을 빨리 했다.

　동쪽 하늘이 유난히 밝다.

　초여름의 태양빛을 중남해가 거울처럼 반사시키기 때문이리라. 이윽고 성벽이 직각으로 꺾여져 돌아간 호숫가에, 낡은 벽돌담으로 둘러싸인 울창한 숲이 모습을 드러냈다. 담장은 허물어져 있고 키작은 단풍나무 가지가 머리 위를 스칠 정도로 뻗어있다.

　"어, 진짜 성당이 있네. 꽤 오래된 모양이군."

　나무들 사이로 두 개의 첨탑이 있는 성당이 보였다.

　"진짜 성당이지만 지금은 사용안해. 북당은 십 년 전에 이전했어. 저 막다른 거리를 서쪽으로 반 마일쯤 간 곳이지."

　"반 마일? 아주 가까운 곳으로 이전했군. 이렇게 훌륭한 성당을 두고서 뭣 때문에?"

　토머스 버튼은 서안문 대로에 당도하자, 방치된 옛날 성당은 곁눈질도 않고 서쪽으로 부지런히 걸음을 옮겼다.

　큰길 저편의 민가 지붕 위에 또 하나의 첨탑이 높다랗게 솟아 있다. 오카는 뒤를 돌아보며 근접한 거리에 떨어져 우뚝 솟은 똑같은 모양의 성당과 비교해 보았다. 어째서 이렇게 가까운 곳에 이전하고, 한쪽은 십 년이나 방치해 두었을까.

　"이상하지? 아주 재미있는 수수께끼야. 가르쳐 줄까?"

　아무리 둘러봐야 이런 일은 나밖에 아무도 모른다는 식으로, 톰은 만면에 웃음을 띠고 있었다.

　"북경에 있는 네 군데 천주교성당 가운데 가장 오래된 것은 선무문 밖에 있는 남당이지만, 가장 격식이 높은 곳은 이 북당이야. 주교 신부가 있으니까. 요컨대 다른 세 군데는 보통 성당이지만, 저 북당은 주교 성당이란 말이야. 북경의 가톨릭 북당은 동양 전도 사상 가장 영광스런 프랑스 미션의 심벌이지."

"어려운 이야기는 하지마, 톰. 나는 크리스천이 아니야."

"나 역시 무신론자인걸. 하느님의 은총이 있었다면 이십 년이나 이런 곳에서 썩고 있겠어? 북경의 가톨릭 포교 활동은 예수회 소속의 마테오 리치로부터 시작됐지. 사백 년이나 전의 이야기다."

예수회라는 가톨릭의 회파 이름을 전에도 들은 적이 있다. 그렇다, 일본에 기독교를 전파한 프란시스코 사비엘도 예수회 소속의 수도사였다.

"명나라 만력제(萬曆帝) 시대의 일이야. 청나라에서의 포교활동은 이자성이 일으킨 병란의 와중에서 남당을 구해낸 아담 샬로부터 시작된다. 그는 우연히도 왕권이 교체되는 시기에 파리에서 이곳으로 왔어. 명나라의 만력제라는 인물은 굉장한 뚱뚱보여서 가톨릭을 보호해줄 것 같은 느낌이 드니까 그냥 그렇다 치지만, 정복 왕조인 청나라의 순치제가 포교를 허락한건 좀 의외야. 아무튼 바티칸의 동양전략이 성공한 셈이지."

톰의 말을 오카가 받았다.

"포교하는 대신에 서양의 지식을 공여한다는 전략 아닌가. 그런 활동은 일본에서도 마찬가지였어. 오다 노부나가(織田信長)라는 무장은 새로운 문물을 좋아해서……."

그런건 설명 안 해도 다 안다는 듯, 이번엔 톰이 오카의 말을 끊고 들어왔다.

"하지만 노부나가가 가톨릭을 보호했던 이유는 달라. 그는 낡은 권위에 얽매인 불교를 저주하고 있었으니까."

오카는 톰의 박식함에 새삼스레 놀랐다.

북당의 첨탑은 항구로 들어오는 거대한 배의 마스트처럼 서서히 다가왔다.

"하지만 말이야. 중국에는 기독교와 대항할 만한 신앙이 원래부터 없었어. 소위 유교라고 부르는 공자교는 종교가 아니라는 것쯤은 자네도 알고 있겠지. 다시 말해서 신다운 신이 없는 이 나라 백성들에게 전도한다는 것은, 그들에게 오페라를 이해시키는 것만큼이나 어려운거야."

"위정자들도 이해시킬 수 없다는 말인가?"

"그래. 그래서 아담 샬은 좋은 방법을 생각해냈지. 무언지 알겠나? 그건 캘린더였어."

"캘린더……?"

"그래, 달력과 천문학! 백성들 대부분이 농사를 짓는 이 나라는, 정확한 달력을 만드는 것이 가장 중요한 정책의 하나라고 할 수 있지. 그러나 이 나라의 전통적인 달력과 천문학으로는 인간의 운명은 예지할 수 있어도, 내일의 날씨는 예측할 수 없는거야. 농민들을 착취하는 일밖에 생각지 못하는 봉건국가지만 기후를 예측한다는 것은 대단히 중대한 문제다. 아담 샬이 나이어린 순치 황제를 받들고 있는 섭정왕 다이곤에게 서양의 역법을 설파했더니, 만주족 순치 2년의 달력을 만들도록 했다. 그런데 어떻게 됐겠나? 위대한 천문학자이기도 했던 아담 샬의 예보는 모조리 맞아 떨어졌지. 다이곤은 샬을 천둥과 우박을 예지하고 날씨를 제 마음대로 조종할 수 있는 특이한 능력을 지닌 사람으로 믿어버렸다. 그래서 관위를 수여해 천흠관으로 근무토록 해줌과 동시에, 선무문 안에다 유럽에서나 볼 수 있을 정도의 성당을 짓도록 허락했다는 얘기야. 이러한 성공사례를 알게 된 바티칸에서는 이후 〈특이한 능력자〉를 계속 보내왔어. 전도활동은 다음 차례고. 우선 여러 분야에서 활약할 기술자들에게 수도사 옷을 입혀 전도의 첨병으로 내세운거지."

"잠깐만, 톰."

오카는 반신반의하며 물었다. 역사적인 사실에 입각한 것인지, 아니면 그의 특기인 날조한 이야기인지 구별이 안 갔다. 이렇든 저렇든, 뉴욕타임스 연재란에 싣는다면 맨해턴의 독자들을 열광시킬 것임에는 틀림없다.

"청교도 나라에서는 박수갈채를 받을 만하겠지만……."

"어이구, 의심하는 건가? 글쎄 그건 자네 마음이지만 이야기치고는 재미있지 않나."

"재미있어. 분명 재미있는 이야기다. 하지만 만조보에는 실을 수 없어."

"어째서?"

"구주화 정책에 저촉되니까. 녹명관 잔당들처럼 깨지게 될걸."

"그런가. 그건 좀 아쉬운데… 또 한번 자네의 주가를 올려주게 될 거라고 생각했는데."

"내 상사가 누군지 알고 있지?"

"그래… 우치무라 간조."

톰은 스쳐지나는 중국인들이 깜짝 놀랄 정도로 크게 웃으며 이야기를 계속했다.

"역전의 용장인 다이곤이 두려워할 정도였으니까, 어린 순치제는 아담 샬을 신처럼 존경했지. 치세가 몇 년만 더 계속되었더라면 그는 아마 크리스천이 됐을지도 몰라. 하지만 요절하고 말았어. 자, 다음은 강희대제다. 이 사람은 보통으로 생각할 수 없어. 여하튼 세계사에 길이 남을만한 영명한 군주니까 말이야. 강희대제는 우선 천문학에 관한 실험을 거듭해서 서양 역법의 우위를 확인했다. 그리고는 칙서를 내려 가톨릭 전도를 허용했지."

"뭐야, 바티칸이 예상했던 대로 된거 아냐?"

"아니지. 강희대제의 예상대로지. 요컨대 강희제는 서양과학을 천문학의 부수적인 것으로 인식했던 거야. 바티칸에서 보내오는 선교사들을 마음껏 이용했지. 전도할 틈도 주지 않을 정도로 말이야. 의학과 약물학과 연금술, 광물학과 건축, 회화, 토목치수 그리고 군사학과 도시계획 등등. 그야말로 위대한 황제다. 이렇게 해서 청왕조는 명나라의 치세를 압도적으로 능가하는 근대국가가 되었다. 겨우 삼십만밖에 안되는 만주족이 4억이나 되는 한족을 지배한 비결은, 바로 이것이 아니었겠나 하고 나는 생각해. 그런데 선교사들로부터 얻어낼 수 있는 것을 모두 얻어낸 뒤, 다음 황제인 옹정제가 갑작스레 가톨릭을 금지시켰어. 박해의 역사가 시작된거지. 궁정에서 봉사하는 기술자들만을 남기고 기능이 없는 선교사들은 모두 국외로 추방하고 신도들을 탄압했거든."

"끔찍하군… 그들에게 필요한 외관은 다 차지하고 진짜 알맹이는 말도 못하게 하다니. 궁정에 남은 기능직 선교사들은 어찌할 방도가 없었겠군."

"그렇지, 일본에 그런 경우에 쓰는 속담이 있지 아마. 뭐라 그러더라… 사다리하고 지붕이 어쨌다든가 그런거."

"으응, 지붕에 올라갔더니 사다리를 치워버렸다는 속담. 말 그대로구먼. 그래서 그 다음엔 어떻게 됐는데?"

"그 다음의 건륭황제도 박해 정책을 그대로 답습했다. 그는 영명한 군주라기보다 대왕이라고 해야겠지. 영토를 확장하여 지금 현재의 대청제국 판도를 확정시켰으니까. 정치적으로도 군사적으로도 일종의 천재야. 적어도 나폴레옹 이상으로 천재인 것만은 틀림없다. 그리고 그 천재적 군주 밑에 천재적 기술자가 나타났다. 낭세령ㅡ. 본명은 주세페 카스틸리오네라고 하지. 바로크의 괴물이야."

"카스틸리오네? …누군지 모르겠는데. 이탈리아 사람인가?"

"음. 밀라노 출생인데 베네치아에서 여러 가지 기술을 습득한, 말하자면 미켈란젤로나 다빈치 같은 사람이지. 건륭제는 그를 몹시 총애하여 그로 하여금 대청제국의 아름다움을 완성하도록 한거야."

북당이 아주 가까워졌다. 토머스 버튼은 길가에 발걸음을 멈추고 서서 아름다운 서안문 거리를 둘러보았다.

"이 짙푸르게 우거진 가로수. 나는 처음 이곳에 왔을 때 파리를 연상했어. 건륭제의 명을 받은 카스틸리오네는 파리보다도 아름다운 도시를 이 동양의 거리에다 재현시켜 보였다. 이곳을 찾은 사람들이 느끼는 〈연미〉는, 주세페 카스틸리오네가 풀어놓은 마법에 걸린 것이야…….”

오카는 처음으로 이름을 알게 된 카스틸리오네라는 인물에 대해 강한 흥미를 느꼈다. 바로크의 괴물—. 톰이 그 한마디로 표현한 예술가의 검은 그림자가 오카의 가슴에 커다랗게 덮쳐왔다.

“가만, 이야기가 빗나간거 같은데, 무슨 얘기를 했었지 ? ”

“두 군데 북당 이야기였잖아.”

“아 참 그렇지. 십 년 전에 갑자기 북당을 이전하게 된 이유—. 그게 또 재미있지. 실은 그 때, 서태후가 어떤 곳에다 어전을 지으려고 했었어.”

톰은 곧게 뻗은 가로수길을 되돌아보며, 멀리 보이는 옛 성당의 첨탑을 가리켰다.

“서태후가 어전을 ? ”

“십 년 전 이야기이긴 하지만 책임질 수 있어. 서태후가 어느날 갑자기 그런 말을 꺼냈다. 저 성당으로부터 중남해 호수에 이르는 그 일대에 장대한 궁전을 지으라고 말이야. 따라서 교회는 반 마일쯤 서쪽으로 옮기라고. 조건이 나쁘지는 않았어. 새로운 부지는 영광된 프랑스 미션의 아성으로서 부족함이 없는 넓이였으니까. 주교가 관장하는 대성당 외에도 수도원이랑 고아원 그리고 의료원도 지을 수 있었지. 수도사들은 자급자족을 위해서 곧잘 가내 수공업을 하는데 그런 공방도 갖게 됐어. 더욱이 이전 비용으로 조정에서 삼십오만 냥을 지원하고, 덧붙여 공정 기간이 한달 빨라지는 데 대한 장려금으로 오천 냥을 주겠다고 했다.”

“그건 또 뭐야, 덧붙여 준다는건.”

“한시라도 빨리 궁전을 짓겠다는거지.”

"이유는?"

"그게 문제야."

톰은 주의 깊게 오카를 쳐다보았다. 정수리에 맺힌 땀을 닦으며 입꼬리를 끌어올려 웃는다. 그가 자신만만한 추리를 설명할 때 보이는 버릇이다.

"십 년 전, 정확하게는 1887년 연말의 일이야. 실은 그 때, 서태후가 은퇴하고 광서제가 친정을 개시한다는 소문이 돌았지. 제법 신뢰할 수 있는 곳으로부터 흘러나온 정보였다. 나는 문득 이렇게 생각했다… 서태후는 진심으로 은퇴하려고 한다. 이화원이라는 별궁은 황제가 여름 집정장소로 사용하는 곳이라서, 서태후가 은퇴하여 그곳에 거처하는 것은 별로 의미가 없다. 당시 황제는 열일곱 살밖에 안 됐을 때니 서태후를 보면 응석을 부릴테고, 관리들도 서태후를 의지하려 할 것이다. 그렇다고 해서 열하의 별궁으로 가기에는 너무 먼 데다 겨울엔 추위를 견딜 수 없다. 그래서 태후는 황제의 거처와는 떨어져 있고, 대신들과도 얼굴을 마주치지 않으며 일단 유사시에는 신속한 대응이 가능한, 중남해 호숫가에 자신의 거처를 만들기로 했다."

"그럴싸한 추론인데! 그런데 왜 실행하지 못했나?"

"측근들이 반대했겠지. 광서제의 친정은 유신정치가 개시된다는 뜻이야. 조종의 옛법을 모조리 뒤집는 변법이 실시된다. 허나 당시에는 아직 개혁파의 인재가 적었고 수구파 세력이 압도적이었다. 대부분의 고관들은 불안감을 품을 수밖에 없었고, 기존의 권익에 집착한 대관들이 맹렬히 반대한 것은 당연한 일 아니겠나. 서태후의 희망은 그들에 의해 깨져버렸을 테지. 그러나 그 여인은 한다고 결심하면 굉장한 행동력을 발휘하지. 교섭의 전문가인 이홍장을 주교단에게로 보내 단숨에 이야기를 끝내버렸다. 삼십오만 냥의 돈을 내주고 바티칸과 계약을 체결해버리면 주위의 반대를 물리칠 수 있으리라고 생각했겠지. 필시 서태후와 이홍장의 공동전선이었을거야. 조기이전에 장려금을 지불한다는 아이디어도 어쩌면 이홍장이 생각해낸 걸거야. 그는 광산을 개발할 때나 철도를 개설할 때에도 자주 그런 방법을 사용해서 성공시켰던 경험이 있으니까 말이야. 허나… 자신들의 존망이 걸려 있음을 잘 알고 있는 수구파들의 반대는 생각 외로 완강했다. 어쨌거나, 북당은 삼십오만 냥의 공사비와 장려금 일만 냥을 받고서 반 마일 떨어진 곳에다 훌륭한 성당을 새로 지었다는 얘기야. 예전 성당은 쓸데도 없고 헐어버릴 이유도 없으니까 저기에 그대로 서있을 뿐이고. 아무도 돌보는 이 없이 잡초만 우거지고…….”

톰은 한숨을 섞어 말하며 파이프 자루로 큰길 끄트머리를 가리켰다.

“저 폐기된 옛 성당은 서태후라는 소견 좁은 여자의 속마음을 드러내는 증표다. 그렇게 보이지 않나, 게이.”

맑게 개인 하늘 아래 우뚝 솟아있는, 버려진 성당의 첨탑 끝에는 십자가가 보이지 않았다.

56

동양에서 가톨릭 선교의 역사를 만들어낸 예수회는 16세기 중반에 결성된 비교적 새로운 회파다.

젊고 우수한 인재들이 모여든 예수회는, 기존의 프란시스코회나 도미니크회 등의 구회파를 제치고, 눈깜박할 사이에 유럽의 여러 왕실로 청문사제를 파견할 정도로 극적인 성장을 이루어냈다.

그러나 점차로 유럽 제국의 왕권이 급속히 실추되고 재상의 권력이 강화되자, 그에 따라 예수회도 몰락의 길을 걷게 됐다. 18세기 후반 포르투갈에서 예수회 수도사들을 추방시킨 일이 기화가 되어, 프랑스와 이탈리아에서도 똑같은 형태의 배척운동이 일어났다. 1773년 교황

크레멘스 14세는 예수회에 대해 해산명령을 선언했다.

위기를 감지한 북경의 선교사들은 서둘러 본국으로 돌아갔지만, 시기를 놓친 일부 사제들은 교단이 해체된 그 순간부터 선교의 근거지가 없는 재속 사제의 신분으로 황폐한 이국의 성당에 틀어박힐 수밖에 없었다.

먼 옛날 명나라 만력제 때부터 바티칸이나 각국 왕실의 정치적 의도를 알지 못한 채, 오로지 박해를 견디어 오기만 했던 예수회의 선교사들은 이렇게 역사로부터 잊혀져 갔다.

프랑스 국왕 루이 16세는 이런 상황을 심각하게 우려했다. 선교사의 해외파견은 이권과 결부된다. 그러니 프랑스 예수회를 대신해 포르투갈의 다른 회파를 북경으로 보낼 수는 없었다. 그 절충안으로, 가장 정치적인 색채가 엷은 신흥 교단 라자리스트 선교회의 수도사들을 보내야만 한다고 바티칸을 책동했다. 라자리스트 선교회는 역사는 짧지만 순수한 프랑스 미션 계통이다.

루이 16세의 열정은 교황을 움직였다. 1784년, 라자리스트회 소속의 선교사 세 명이 황폐해진 북당으로 들어가, 살아남은 예수회 수도사에게서 명나라 시대부터 면면히 이어져온 가톨릭의 법통을 인계받았다.

그러나 북경으로 급파된 라자리스트회의 선교사들 또한 운이 나빴다. 예전 예수회의 선교사들이 교황의 해산선언에 의해 이국에 버려졌던 것처럼, 그들이 북경으로 들어온지 얼마 안 되어 본국에서 일어난 프랑스 대혁명과 그에 이은 나폴레옹 전쟁 때문에 모든 후원자를 잃어버리게 된 것이다.

그들 또한 청나라 황제 아래서 일하는 기술자 신분으로, 본의 아닌 업무에 종사하는 방법 이외에는 살아갈 길이 없었다. 그런 동안에도 가톨릭 교도에 대한 박해와 탄압은 중국 전역에서 계속되었다.

라자리스트회의 전도사들은 1860년 청불전쟁에 의한 종교적 해방이 이루어질 때까지, 청나라 황제의 노예생활을 했다.

그들이 중국 대륙에서 행한 전도활동은 박해와 순교의 역사였는데, 특히 수도 북경에서는 순수한 종교적 의미와는 전혀 관계없는, 국가의 야망과 바티칸의 권위에 끊임없이 농락당한 역사였다.

서안문 대로에서 북쪽으로 꺾어져 벽돌로 쌓은 작은 탑들이 줄지어 있는 철책 골목길을 걸어가면, 길이 직각으로 구부러진 곳에 바로크 스타일의 부조가 장식된 정문이 나온다.

문에는 〈칙건 勅建〉이라는 명판이 붙어있다. 물론 그 의미는 로마 교황과도 프랑스 국왕과도 관련이 없다. 대청제국 황제가 삼십오만 냥의 건립 비용을 하사했다는 증명일 뿐이다.

아직도 신축 건물처럼 보이는 성당 외벽의 벽돌은 선명한 빨간색이고, 그것들을 둘러싼 회칠은 눈이 부실 정도로 순백색이다. 정원의 수목들은 아직 키가 작다. 건물을 가리는 것이 없는 성당의 모습은, 마치 푸른 하늘을 향해 우뚝 솟은 유럽의 성곽을 연상시킨다. 성당 양쪽에는 중국풍의 작은 누각이 세워져 있다.

활짝 열린 아치형의 커다란 문 안쪽으로부터 오르간의 음색이 흘러나온다. 올려다보니 편액에 금빛 글자로 〈만유진원 萬有眞原〉이라고 씌여 있다. 진지하고 정확한 필적이 강희대제의 인품을 잘 드러내고 있다.

계단을 오르면서 토머스 버튼이 오카에게 속삭였다.

"자, 가련한 라자리스트의 후예를 만나보도록 하자. 때가 때인지라 저 바하는 어울리지 않군. 엄숙함이 지나쳐서 공포스러울 정도야."

인기척 없는 성당은 정말 공포스러운 느낌마저 들었다. 성당 안으로 발을 들여놓는 순간 오카는 그 내부 장식의 화려함에 눈을 둥그렇게 떴다.

무수히 많은 녹색의 원기둥으로 받쳐진 높다란 천장은, 복잡한 곡선을 그리며 몇 겹으로 겹쳐진 돔의 형태를 이루고 있다. 기둥과 기둥 사이에는 긴 진유(眞鍮 : 놋쇠)봉에 매달린 샹들리에가 빛나고, 높다란 창문을 장식한 스테인드 글라스에서는 빨갛고 파랗고 노란 모자이크를 투과한 햇살이 넘쳐들고 있었다.

맑게 닦여진 마호가니 의자 한구석에 베일을 쓴 노인이 혼자 오두마니 앉아 조용하게 기도를 올리고 있다.

입구 벽에는 커다란 정밀화 한장이 걸려 있다. 눈에 보이지 않는 힘에 이끌리는 듯한 기분을 느끼면서 그 그림을 올려다본 순간, 오카는 화면에서 뿜어져나오는 정체를 알 수 없는 힘에 압도당하고 말았다.

"굉장하군 이 그림. 종교화 같지는 않은데……."

톰은 벽을 올려다보며 설명했다.

"조금 전에 이야기했지. 예수회의 조수사, 주세페 카스틸리오네 작품이야. 베네치아에서 왔다는 바로크의 괴물……."

"원래 화가였었나?"

"무어든 하지. 미켈란젤로와 다빈치의 흐름을 물려받은 베네치아의 예술가들은 모두 그냥 화가만이 아니야… 파리의 베르사유 궁전을 본 적 있나?"

"공교롭게도 아직 파리에 가본 적이 없어."

"기회가 오면 아주 꼼꼼히 살펴보도록 하게. 그건 백 년이나 걸려서 지은 바로크의 전당이지. 조반니 바티스타 디에폴로라는 베네치아 화단의 거장이 마지막 마무리를 했다네. 말하자면 이 성당도 그들 일족의 손에 의해 만들어진 거나 마찬가지지. 이곳은 저쪽에 있는 옛날 성당을 충실하게 모방해 놓은 것에 불과하지만."

성당 안의 현란한 장식에 둘러싸인 그 무채색의 그림은, 오히려 모든 것을 압도하는 느낌이었다. 전장에서의 투항식 모습인가. 섬세한 터치로 그려진 화면에서는 병사들의 함성과 말들의 울음소리가 들려오고, 승자의 자부심과 패자의 절망까지 표출되고 있는 듯했다.

"이건 〈득승도〉라고 하는 카스틸리오네가 만년에 그린 걸작이야. 다만 육필화가 아니라 인쇄된 복제화다. 믿어지나？"

"인쇄！ 정말이야？"

오카는 기둥을 붙들고 발돋음해 보았다.

"건륭제는 완성된 이 작품을 보고 감동하여 원화를 파리로 보냈지. 콧샹이라는 판화의 명수가 이것을 확대해서 아주 훌륭하게 복제했고. 이것은 그 가운데 한 장이야. 어떤가, 예술이 역사와 함께 쇠약해져 간다는 말을 납득할 수 있겠지. 이런 화가도 영원히 나타나지 않겠지만, 이렇게 완벽하게 복제할 수 있는 명장도 이제는 세상 어디를 찾아봐도 없을걸."

오르간소리가 그치고 검은 수사복 위에 하얀 사제복을 걸친 젊은 수도사가 중앙 통로를 거쳐서 다가왔다.

"봉주르 톰. 오랜만입니다."

가련한 라자리스트의 후예는 친밀한 미소를 보였다.

"여어. 파비에 신부님은 안녕하신가？"

"신부님은 글라스 공방에 계십니다. 모시고 올까요？"

"아니, 그건 너무 황송하니까. 내가 가도록 하지."

톰은 어느 틈에 준비한 것인지 봉투에 넣은 헌금을 수도사 손에 건네주고 대리석 바닥 위에 무릎을 꿇고는 십자 성호를 그었다. 어쩐지 허무맹랑한 짓을 하고 있는 것처럼 보이기도 했지만, 오카도 곁눈질로 흉내를 내며 간단한 예를 표했다. 폭이 넓은 사제복 소매를 걷어 올려 봉투를 집어넣은 수도사는 두 사람의 머리 위에 축복을 내려주었다.

성당의 정원은 뜻밖으로 황폐하다.

"무슨 소리야？ 글라스 공방이라니."

풀밭에서 뿜어나오는 열기 속에서 땀을 닦으며, 토머스 버튼은 성당 뒷편에 있는 벽돌 건물을 가리켰다.

"수도사들의 작업장이야. 그들은 옛날부터 이 나라에서 살아남기 위해 무언가 기술을 습득하지 않으면 안 되었지. 북당의 수도사들은 대대로 글라스 공예를 전승하고 있네. 요컨대 라자리스트회의 수도사들은 늙어 꼬부라진 예수회 수도사들로부터 그런 것까지 배우지 않을 수 없었다는 얘기야."

"교회를 유지하기 위해서인가. 기부금만으로는 운영이 안 되나?"

방금 전에 톰이 내놓은 헌금 봉투를 생각하며 그렇게 말하고 나서 오카는 자신의 어리석음을 깨달았다. 톰은 일순, 대체 지금까지 무슨 이야기를 듣고 있었느냐는 듯한 표정이었다.

"여기는 뉴욕이 아니야. 눈에 뜨일 정도로 기부금을 낼 독지가가 없어. 그들은 줄곧 가내공업을 하면서 선교를 계속해 왔어."

"뭔가 좀 비참한 느낌이군."

"정말이야. 성당을 지키기 위해서, 선교사이기보다 먼저 마에스트로[匠人]가 돼야만 했지. 슬픈 일이지만 그것이 마테오 리치 이래로 사백 년 동안이나 변하지 않는 그들의 전통이다. 그런 생활이 완전히 틀에 박혀버려서 아직까지도 주교님이 손수 고블릿(굽이 달린 유리잔)을 만든다 그 말씀이야."

"주교님이 손수 글라스를 만든다고?"

"하지만 업신여길 일이 아니야. 훌륭한 전통 공예야. 선물로 가지고 돌아가서 베네치아의 산 마르코 광장에서 사왔다고 말해봐. 누구나 정말인 줄 알걸. 미스터 우치무라는 분명히 무릎을 꿇고 십자가를 그을 것이고, 무슈 구로이와는 눈물을 흘리며 자네에게 고맙다고 할 거야."

글라스 공방과 교회 사이에 있는 뒷마당에는, 고아원 같은 건물이 있어 아이들의 함성이 들려왔다. 풀밭을 좀더 걸어가 경첩이 망가진 문을 밀어젖히자 북당의 청정함과는 전혀 다른 시정의 열기가, 활짝 열려 있는 공방의 창문에서 내뿜어지고 있었다. 생활과 복지를 위해 성직자들이 정성을 쏟고 있는 분위기가 피부에 진하게 전해져 왔다.

공장 내부는 몹시 무더웠다. 한발 들여놓은 순간 두 사람은 견딜 수 없는 열기 때문에, 넥타이를 느슨하게 풀고 모자를 벗어서 얼굴을 부쳤다.

파비에 주교는 수도복 등줄기를 땀으로 흠뻑 적신 채 글라스에 공기를 주입시키고 있었다. 완전히 벗겨진 머리에는 구슬같은 땀방울이 총총하게 방울져 맺혀 있고, 볼을 불룩하게 하며 숨을 불어넣을 때마다 얼굴을 반쯤 뒤덮고 있는 하얀 수염이 펼쳐졌다 오므라들었다 하는 모양이 재미있게 보였다.

"안녕하세요, 주교님."

톰은 모자를 가슴에 대고 허리를 굽혀 북경어로 인사했다.

주교는 알고 있는 모양이지만 뒤를 돌아보지는 않는다. 입에 물고 있는 대롱에다 숨을 불어넣어 엿처럼 말랑하게 녹은 글라스를 부풀린다. 둥근 고블릿 모양이 만들어지면 재빨리 대롱을 끌어내고, 펜치로 형태를 가다듬어 조수에게 넘긴다.

그 한 공정을 마치고 나서야 파비에 신부는 쟁반같이 둥근 얼굴을 활짝 펴며 자리에서 일어났다.

"안녕하세요, 톰. 한동안 못 본 사이에 머리가 아주 시원하게 벗겨졌군요."

노래부르는 듯한 주교의 북경말씨가 이국에서 오랫동안 생활해 왔음을 느끼게 한다. 공이 구르듯이 자그마한 체구를 탄력있게 움직여 다가오더니, 주교는 땀으로 흠뻑 젖은 몸을 전혀 상관치 않고 톰을 껴안았다. 등을 가볍게 두드리면서 프랑스어와 북경어가 섞인 기도로 축복을 내려준다.

주교라면 적어도 북경에서는 최고위의 사제다. 아니 어쩌면 중국

50

전체에서 가장 높은 사제일지도…. 그런 사람치고는 어지간히 소탈한 사람이구나하고 오카는 감탄했다.

"머리 벗겨진거야 마찬가지 아닙니까. 주교님도 못뵙는 동안에 한 단계 더 진보하셨군요."

톰은 그렇게 말하면서 자신의 턱밑까지밖에 안 오는 주교의 머리에 맺혀 있는 땀을 손수건으로 닦아주었다.

"아 이런, 친구신가? 일본사람이시군요."

역시 프랑스어보다 북경어가 편한 모양이다. 주교는 일본이라는 단어만을 〈쟈퐁〉이 아니라 〈리벤〉이라고 발음했다.

"제 친구인데, 게이 오카라는 신문기잡니다. 프랑스어도 북경어도 유창하니까 마음 놓으시고 자유롭게 말씀하십시오."

"아 그래요. 봉주르 무슈 게이. 만나게 돼서 반갑습니다. 주님의 은총이 함께 하시기를…….."

새로 맞춰 입은 여름 양복인데 주교가 막무가내로 껴안고 들어오자, 오카는 난처한 표정으로 톰을 바라보았다. 상대방이 영광된 프랑스 미션의 주교님이시라, 아무려나 땀방울로 흠뻑 젖은 축복 기도 속에서 몸을 돌려 빼낼 수도 없는 노릇이다.

"그런데 당신은 크리스천인가요?"

주교가 오카의 가슴에서, 가득한 수염때문에 솔처럼 보이는 얼굴로 물었다.

"아니오, 불교도입니다만, 안 되나요?"

"특별히 안 될 거야 뭐 있겠소. 나 자신도 요즈음 때로는 크리스천 인지 아닌지 스스로 분간이 안 되는데. 하기사 솜씨 좋은 마에스트로 인 것은 분명하지만."

"그런 농담을… 주교님."

"그렇게 부르는 것은 그만 두시게나. 불교도에게서 그런 말을 들으면 어쩐지 놀림을 당하는 것 같은 기분이 들어. 여기는 너무 더우니

안으로 들어가서 땀을 좀 식히도록 하세."

주교는 넓은 공방을 가로질러, 방금 구워낸 고블릿이랑 와인글라스
와 샹들리에의 꽃모양 장식품이 가득히 쌓인 뒷편으로 두 사람을 데
리고 갔다. 그러나 그곳은 아직 식지 않은 제품의 열기가 가라앉아
오히려 더 더웠다.

중국인 아이가 푸른색 고블릿에 담긴 레몬수를 가져왔다. 신부는
쟁반을 받아들고, 신도들에게는 결코 내보이지 않을 거친 기술자의
손으로 변발한 아이의 이마를 사랑스럽게 쓰다듬었다.

"오해하지 마시기 바랍니다, 무슈 게이. 나는 중국인들을 혹사시키
고 있는 게 아닙니다."

신부는 강아지를 놓아보내듯 아이의 등을 가볍게 떠밀며 부드러운
시선으로 오카를 바라보았다.

넓은 작업장에는 십여 명의 기능공들이 일에 열중하고 있었다. 프
랑스인 수도사는 낡은 복장 그대로인데, 중국인 기능공들은 변발을
헝겊으로 동여매고 상반신은 벗었다. 풀무질이나 완성품을 나르는 일
은 중국인 아이들이 한다.

"이 정원 끝에 고아원이 있어요. 조금 나이가 든 아이들에게는 일
을 가르치지요. 무슨 기술이든 익혀만 놓으면 어떻게든 살아갈 수 있
으니까요."

이 나라에서는 가난한 사람이 부자가 되는 것은 거의 불가능하다.
신부가 외양이나 체면 따위에 개의치 않고 고아들을 양육하는 일에
줄곧 몰두해 왔다는 것을 깨닫자, 오카는 다리를 꼬고 편안히 앉아있
던 자세를 얼른 정중하게 고쳤다.

"아이들은 예수를 확실하게 믿겠지요?"

고아들을 양육하는 목적은 그것밖에 없으리라고 생각되어 오카는
그렇게 물었다. 그러나 파비에 신부는 웃으면서 고개를 가로저었다.

"아니오. 나는 아이들에게 주님의 가르침을 전하지 않습니다."

"네? …어째서입니까."

"나는 부모도 없는 이 중국 아이들이 기독교인 이방인처럼 살아가기를 원치 않기 때문이지요. 현실은 바티칸에서 생각하는 것처럼 단순하지가 않습니다. 이곳을 나간 아이들이 중국의 어디에선가 아름다운 글라스를 만들면서 살아간다, 그것이 바로 하느님의 복음입니다. 그걸로 된거 아녜요? 하느님은 분명 제 방법을 용서하실 것입니다. 바티칸에서 무어라 하든지……."

"성서도 찬송가도 가르치지 않습니까?"

"네, 하지만 읽고 쓰는 것은 가르칩니다. 그리고 몇 가지 계율을 지키도록 하지요."

"계율이라면?"

"맞춰 보세요?"

신부는 조금 장난스럽게 웃었다.

"도둑질을 하지 말라, 그런 것입니까?"

"네, 아주 명답입니다. 그리고 두 가지가 더 있습니다."

"글쎄, 상상이 잘 안 되는데……."

"그러면 가르쳐 드리지요."

신부는 기술자임이 확연히 드러나는 마디 굵은 손가락을 내밀어 하나씩 꼽기 시작했다.

"첫째, 도둑질을 하지 말라. 둘째, 병사가 되지 말라. 세번째는… 자식을 버리지 말라, 입니다."

오카는 신부의 그 맑고 부드러운 눈을 정면으로 바라볼 수가 없었다. 시선을 비켜서 쳐다본 신부의 사제복 어깨에는 새하얀 소금기가 내려앉아 있다.

"우리들이 이 나라 사람들에게 가르쳐 줄 수 있는 것은 그것밖에 없어요. 내가 생각해 낸 것이 아니예요. 먼 옛날 우리들 라자리스트회의 조상이 파리에서 왔을 때, 예수회의 수도사들이 가르쳐 준 것입니다. 이 베네치안 글라스의 제조법과 함께 말이지요.”

오카는 공방의 천장을 올려다보았다. 활짝핀 꽃밭처럼 아름답게 장식된 샹들리에가 매달려서 열을 식히고 있었다.

눈물이 넘쳐나기 전에 화제를 바꾸어야만 했다.

“아주 훌륭합니다. 북경에 이런 공방이 있다니 정말 믿어지지가 않아요.”

“근래 들어 갑자기 바빠졌어요. 서양식 건물에 샹들리에는 빠뜨릴 수 없는 장식품입니다. 고블릿이랑 거울도 그렇구요. 솔직히 말하자면 밀려드는 주문에 쫓겨 미사드릴 틈도 없을 정도예요.”

“그렇게 바쁘다는 건 좋은 일이지요.”

톰이 팔꿈치로 오카를 쿡 찔렀다. 이건 분명 실언임에 틀림없다.

“조금 곤란해진 것은… 북경에도 전기가 들어와서 옛날 디자인을 사용할 수 없다는 거예요. 대대로 전해오는 샹들리에의 설계도가 모두 쓸 모 없게 돼버려서 곤경에 처해 있습니다. 고심고심 만들기는 합니다만 어떻습니까, 이상하지 않아요?”

“아니오. 아주 멋진데요… 그런데 왜 옛날 디자인으로는 안 된다는 겁니까?”

“그건… 생각해 보세요. 촛불은 윗쪽을 비추는데 전기는 아래쪽으로 향하지요. 그래서 아무래도 등불을 집어넣는 꽃봉오리의 아래윗쪽이 반대방향이 됩니다. 도면을 거꾸로 놓고 궁리를 해보는 수밖에 없는데, 생각처럼 잘 되지가 않아요. 그야 그럴 수밖에 없지요. 그 위대한 주세페 카스틸리오네의 솜씨인 설계도를 나같은 사람이 바꿀 수 있겠습니까.”

오카와 톰은 얼굴을 마주 보았다. 이런 곳에도 바로크 괴물의 발자국이 남아 있다.

파비에 신부는 자리에서 일어나 구석진 곳으로 가더니, 선반에서 종이봉투 하나를 꺼내들고 왔다. 봉투 속에서 나온 두터운 종이에는 샹들리에의 측면도가 옛날 잉크로 정밀하게 그려져 있었다. 색깔이 누렇게 바랜 종이의 왼쪽 하단에는, 주세페 카스틸리오네라는 라틴어 사인과 나란히 낭세령이라는 한자 이름이 대단한 달필로 씌여 있었다.

1765—385 라고 적힌 숫자는 대체 무슨 의미인가.

"이 숫자 말씀입니까? 1765는 제작 연도, 385는 도면의 일련번호입니다. 카스틸리오네 선생은 연세가 아주 많이 들어서 글라스 공예를 시작하신 것 같습니다만, 샹들리에 설계도만 해도 4백장 이상이나 남기셨지요. 거 참, 천재예요 천재. 궁전을 짓고, 길을 뚫고, 조경사업을 펼치고… 일일이 손꼽을 수 없는 여러 가지를 마술사처럼 만들어낸 끝에, 체력이 쇠잔해진 만년에는 이렇게 훌륭한 공방과 설계도를 저희들에게 남겨 주셨습니다. 이 글라스 공방이 없었더라면 저희들은 어떻게 생활을 해왔을는지…….'"

"만년이 되어서 시작했다구요? …그건 어떻게 된 것입니까?"

토머스 버튼이 고개를 갸웃했다.

"뭐가 이상합니까, 톰?"

"그렇지 않아요? 건륭제는 가톨릭을 금지하는 정책을 펼쳤지요. 그렇다면 유럽에서 새로운 기술이 들어오지 못했을 텐데요. 선교사들의 왕래조차 끊어지고 말았으니까."

"글쎄… 어쩌면 카스틸리오네 선생은 글라스 공예를 만년의 소일거리로서 아껴 두었던게 아닐까요. 원래 유럽에서도 이런 종류의 기술은 비밀리에 전수됐어요. 선생은 베네치아에서 오랫동안 공부하신 분이니까, 그 때 배웠던 것인지도 모릅니다. 아시나요, 베네치안 글라스의 불가사의한 역사에 대해…….'"

"음… 글라스의 역사라…….'"

톰은 레몬수가 담긴 고블릿을 이마에 대고, 한참 동안 생각했다.

"당신은 뭐든지 잘 아시잖아요, 베네치아의 무라노 섬이라고

......."

"아, 생각났다. 그렇지, 무라노 섬. 글라스 기술자들은 모두 그 섬에 있어야 했지요. 기술이 유출되는 것을 두려워한 위정자가 마에스트로들을 바다 한가운데에 있는 작은 섬에 가두어버렸죠. 유럽의 궁전에서 베네치안 글라스가 흡사 다이아몬드인 양 귀중하게 취급되었던 것은, 바로 그 때문이었습니다."

"그렇습니다. 무라노 섬의 마에스트로들은 섬에서 외출하는 것조차도 금지당했습니다. 그러나 시대의 흐름과 함께 막대한 보수를 얻기 위해 몰래 섬을 빠져나가는 사람이 생겼고 결국 그들이 가져다준 기술이 바로크 미술을 완성시켰지요. 중국 속담에도 있지 않습니까. 〈화룡점정 畫龍點睛〉이라는 그 말입니다. 예를 들자면… 티에폴로, 아시지요?"

톰은 득의만만한 표정으로 고개를 끄덕였다.

"예, 조반니 바티스타 티에폴로. 베르사유 궁전의 마무리 작업을 한 베네치아의 대예술가 아닙니까."

"그래요, 그 티에폴로는 프레스코화 이외에 금속공예와 회칠 기법 등 모든 바로크적 표현법을 체득한 대예술가인데, 무엇보다도 그 당시 아직 비밀스런 기법으로 전해지던 글라스 공예에 뛰어났습니다. 그가 위대한 베네치안으로 불리는 이유는 바로 그것입니다."

토머스 버튼은 마치 천장화라도 보는 것처럼, 머리 위에 잔뜩 늘어뜨려 있는 샹들리에를 아득한 눈빛으로 바라보았다.

창문으로 흘러들어온 저녁 햇살이 복잡하게 커팅된 글라스 숲을 투과하자 공방은 현란한 무지개빛으로 가득찼다.

"…저어, 주교님. 티에폴로와 카스틸리오네는 같은 시대의 베네치안 아닙니까?"

주교는 잠시 생각하고 나서 도저히 알 수 없다는 듯이 짧은 목을 흔들었다.

"글쎄요. 아무튼 〈사계〉를 작곡한 비발디와 티에폴로는 동시대의 베네치안이라고 생각합니다만, 카스틸리오네 선생은 수수께끼의 인물이라서…… 유럽 미술사에는 완전히 말살되고 없습니다."

"비발디라… 그사람은 전혀 관계 없어요."

톰은 머리 속의 긴장을 풀기 위한 듯 〈사계〉의 도입부를 입 속으로 흥얼거렸다.

"하하하. 톰, 당신은 티에폴로가 카스틸리오네 선생께 글라스 공예의 비법을 전해준게 아닐까 하고 추리했군요."

"여러 가지 경우를 가정해 보는거지요. 직업상 그런 버릇이 붙어버렸어요. 아닌가요? 주교님."

"절대로, 그렇게 생각할 수는 없어요. 설혹 두 사람이 잘 아는 사이였다 해도, 건륭 시대의 철저한 쇄국정책 아래에서 개인적인 연락 같은 건 도저히 불가능했을 거예요. 더더욱 기술의 교류라니, 도저히 도저히……."

"그런가… 하긴 그렇겠군요. 그렇다면 카스틸리오네는 젊은 시절에 체득했던 기술을, 그렇게 나이가 들 때까지 감추고 있었다는 말인데, 으음 글쎄, 어쩐지 좀 부자연스럽군요."

"부자연스럽기는 해도 그렇게밖에는 달리 생각할 수 없어요. 설계도의 일련번호만 보더라도, 그가 아주 노인이 되어서 한꺼번에 그려낸 것을 알 수 있습니다. 그 사이에는 유럽과의 왕래나 통신이 전혀 두절된 상태였기 때문에, 역시 현역을 물러난 뒤에 심심풀이 삼아, 젊은 시절에 익혀두었던 글라스 공예를 생각해 냈다고밖에는 생각되지 않습니다."

"천재가 한 일을 이제와서 우리들이 추리해봐야 아무 소용도 없다는 말이 되겠군요."

"그건 말이오, 톰. 우리들이 모나리자의 미소를 갖고 이러쿵저러쿵 논하는 거나 마찬가지겠지요. 천재가 이룬 업적은 영원히 신비로운게 좋지 않을까요? 그런데 톰, 오늘은 어떻게 왔나요?"

레몬수는 금세 땀으로 변하여 오카의 셔츠를 적시기 시작했다. 그러고 보니 톰이 오늘 여기에 온 목적은 무엇이었을까.

"주교님께 어떤 인물에 대해서 여쭈어보려고 찾아왔습니다만."

"어떤 인물이라니, 누구?"

파비에 주교는 미심쩍다는 듯이 미간을 좁혔다. 톰에 비해 몇 배나 되는 시간을 이 나라에서 보냈고, 더욱이 어용 기술자로서 궁안에도 있었으므로 내정의 형편에 대해 어지간히 밝을 것임에 틀림없다. 오카는 이 노신부가 톰의 유력한 정보원임을 직감했다.

톰은 대단히 정중한 어조로 말했다.

"이춘운―, 황태후궁의 어전 태감에 관해서입니다."

주교는 갑자기 무언가 깊은 생각에 잠긴 듯 아득한 시선으로 무지개빛 광채가 가득한 공방쪽을 바라보았다.

"흐음, 그랬습니까. 샤오리 장안을 만났다구요?"

"예에… 그 사람이야말로 키 퍼슨이 아닐까 해서요. 헌데 도무지 막연하기만 하군요. 대체 어떤 인물입니까?"

파비에 신부는 마치 고해성사를 듣고 있는 것처럼 이마에 손을 얹고서 깊은 한숨을 내쉬었다.

"몰랐습니까?"

"전혀 모르겠습니다. 저는 그렇게 어떤 짐작조차 할 수 없는 인상을 지닌 중국인은 처음 보았습니다."

"설명할 필요도 없습니다. 그는 고아원의 위대한 후견인입니다."

"후견인?"

"그래요. 청나라의 모든 대관들이 눈에 불을 켜고 덤벼드는 축재를, 그는 담담하게 내던져버리지요."

"아니 잠깐만! 그는 환관인데요?"

"그런건 관계 없어요. 그가 어떤 사람이든 무슨 상관입니까?"

신부는 조금 멍한 표정으로 더러워진 신부복 가슴께에서 은제 십자가를 꺼내 예수상에 가볍게 입을 맞추었다. 그러고는 천천히 톰에게 말했다.

"샤오리 장안. 아니, 모두가 경의와 애정을 담아서 그렇게 부르는 것처럼, 춘아라고 부릅시다. 톰, 그 사람을 보고 나서 당신이 느끼는 당혹스러움은, 당신이 신을 믿지 않는다는 증거입니다."

톰은 입을 다물었다. 파비에 주교는 톰의 눈 앞에다 십자가를 불쑥 내밀며 엄숙한 말투로 이렇게 말했다.

"춘아는, 주 예수의 현신입니다. 하느님이 이 가난한 나라의 백성들을 위하여 보내신 하늘의 사도입니다. 톰, 당신은 그런 것조차도 몰랐습니까?"

57

외국 기자와의 비밀 인터뷰를 마치고 한발 앞서 전문(前門) 밖의 요정을 나선 춘아는 마차를 타고 서화문으로 향했다.

휘장 틈새로 보이는 도성의 거리 모습은, 머잖아 닥쳐올 무더운 여름 준비로 분주하다.

아직 해가 높다랗다. 황태후궁은 이전 준비로 몹시 바쁠 터이다. 이화원으로 피서가는 것은 해마다 있는 일이지만, 올해는 그 의미가 전혀 다르다. 아마도 태후는 이화원으로 거동하면 여름이 지나서도 자금성으로 돌아오지 않으리라.

춘아에게는 우울한 업무들이 산적해 있다. 성으로 돌아가면 내정 24아문의 태감들에게 일일이 지시를 내리고, 태후를 수행할 태감과 성에 남을 태감을 선별해야 한다. 분명, 올해의 그 선별작업은 태감들의 운명을 가를 것이다.

황태후궁에서 천대받던 태감들은 차라리 이 기회에 성에 남아, 만세야나 비빈들의 시중들기를 원한다. 그와는 반대로 이연영의 위세를 등에 업고 횡포를 부리던 태감들은, 만에 하나라도 성안에 남게 되었다가는 큰일이다.

필사적이고 때로는 비굴한 그들의 표정이 떠오르자 춘아는 마음이 무겁고 어두워졌다. 환관들의 의사를 적절히 고려한다는 것은 대단히 어려운 일이다.

춘아는 외국인 기자가 면담을 신청해 왔다고 태후에게 보고했다. 꾸중을 듣게 되리라고 각오하고 있었는데 태후는 뜻밖에도 웃으며 허락했다.

춘아야, 너도 이제 대단해졌구나. 덧붙여서 사진도 찍어달라고 해라─. 웃으면서 그렇게 말하는 태후의 표정은 온화한 할머니의 표정 바로 그것이었다.

은퇴하기로 결심한 이후로 태후는 얼굴 표정까지 변했다. 중화전에서 매일 올라오는 상주문에도 이의를 달지 않는다. 하루에 세 번씩 문안인사 드리러 찾아오는 만세야에 대해서도, 재첨, 그대는 바쁜 몸이니 이제 이런 일은 하지 않아도 괜찮다, 하고 타일렀다.

십 년 동안이나 그 강력한 권위의 모습을 줄곧 보아온 춘아로서는 오히려 씁쓸한 느낌도 들지만, 이제 노조종은 오랜 고통에서 간신히 벗어나게 된다는 생각도 들었다.

그렇지만… 앞으로 대체 어떻게 되어갈까, 하고 춘아는 생각했다.

언뜻 보기에는 하루하루가 평온하게 지나가고 있다. 시대는 계절이 변화하는 것처럼 서서히 그 모습을 바꾸어가는 듯이 보인다. 그러나 물밑에서는 온갖 음모가 들끓고 무언의 싸움이 펼쳐지고 있음을 태후가 모를 리 없다. 태후는 파도치는 거친 바다 위에서, 아무것도 듣도 보도 못했다는 듯한 유연한 태도로, 오늘은 날씨가 참 좋다는 등 한가한 말을 읊조리며 길 떠날 채비를 하고 있다.

권력을 놓치는게 아니다. 분명히 만세야의 영명함에 모든 것을 걸었으리라.

정양문에서 천안문으로 뻗어간 큰길에는 관청 건물이 줄지어 서 있다. 병부(兵部), 이부(吏部), 종인부(宗人府), 호부(戶部)를 지나, 네 개의 둥근 기둥이 삼단의 지붕을 떠받치고 있는 장엄한 예부관아의 문앞에서 잠시 걸음을 멈춘 춘아는 언제나 변함없는 그 모습을 보고 안도의 한숨을 내쉬었다.

다급한 상황에서, 임기응변으로 부귀사 걸인에게 부탁한 투서가 효력을 본 것인지, 양희정 선생은 재난을 면한 모양이다. 대신의 관직을 사임하고 향리로 돌아간 것은 지나치게 성급했다 하더라도, 생각하기에 따라서는 이 시기에 가장 적절하고 정확한 선택을 한 것인지도 모른다.

마차는 중해 호수와 자금성 사이에 있는 좁고 복잡한 골목길로 들어섰다. 오래간만에 필오네 집에나 들러볼까…….

사호동의 막다른 골목길 —, 기울어져 가는 문앞에 섰을 때, 춘아는 까닭없이 마음이 무거워졌다.

본디부터 기분 좋은 장소는 아니다. 그곳에는 꺼림칙한 추억이 남아 있다.

무너진 월량문을 들어선다. 사합원 안뜰은 황폐해질대로 황폐해져, 바닥에 깔린 돌과 틈서리에서 돋아난 잡초가 무성하게 우거져 있다. 그새 더 크게 자란 목련 나뭇가지가 햇살을 가리고 있다. 몇백년 동안에 걸쳐 이 곳에서 배출되고, 또한 배출되지도 못한 채 목숨을 잃은 소년들의 영혼이, 지금도 집안 구석구석에 떠돌고 있는 듯한 느낌이 들었다.

뜨락을 둘러싸고 있는 안채와 창고는 고즈넉히 가라앉아 있다. 귀를 기울이니 조용조용하게 이야기하는 소리가 들렸다.

후궁에는 예전에 없던 대규모 부서 이동이 임박해 있다. 환관은 승진이나 이동이 있을 때마다 반드시 〈보패〉를 제시해야 한다는 규정이 있으므로, 아마 누군가가 사들이려고 왔든지 빌려가려고 왔든지, 흥정을 하고 있는 모양이다. 춘아는 그들 사이에 대화가 잘 풀려나가지 않으면 조금이나마 도움을 주어야겠다고 생각했다.

"안녕하십니까. 어르신네 계십니까?"

문득 대화를 나누던 목소리가 잦아들었다.

"…누구요?"

안채의 창문이 빠끔히 열리며 거무스름한 필오의 얼굴이 나타났다. 그런데 내방객의 모습을 언뜻 보자마자 필오는 눈을 휘둥그렇게 뜨면서 얼른 창문을 닫아버렸다.

"갑자기 웬일이야. 잠시 기다리게, 지금 나갈테니."

춘아는 필오의 말에 상관치 않고 현관으로 다가갔다. 필오는 분명 가난한 환관의 승진을 호기로 삼아 당치도 않은 대금을 우러내려 억박지르고 있던 참이리라.

"들어갑니다, 어르신네. 대체 무슨 얘기들을 하고 있는게요?"

마루로 올라선 순간, 춘아는 그 자리에 우뚝 멈춰 섰다. 의자에 앉아 어두운 얼굴로 춘아를 바라보고 있는 사람은 군기장경 양문수―, 소야였다.

필오는 창문께를 허둥거리는 발걸음으로 왔다갔다하며 변명을 늘어놓았다.

"저기, 그 뭔가. 요컨대 말이야, 지금부터 술이나 한잔 하려던 참인데. 어떤가 샤오리 장안, 괜찮으면 자네도 같이 하지."

필오의 낭패감은 이만저만이 아니었다. 문수는 관복차림으로 팔짱을 낀 채 눈을 감고 있다. 그 모습은 밀담을 나누고 있는 장소에 춘아가 끼어들자, 아무래도 무언가를 각오한 사람처럼 보인다.

달리 할 말을 찾아내지 못한 채, 세 사람은 한동안 침묵을 지키고 있었다.

"…거기 앉아라. 모르는 사이도 아니잖느냐."

생각다 못한 듯 문수가 얼굴을 들고 춘아에게 자리를 권했다.

바로 며칠 전에 춘아는 공친왕과 함께 황태후궁으로 올라온 문수를 보았다. 그들은 양희정 상서가 하야한 일을 보고하고, 약속대로 태후도 은퇴할 것을 권유하기 위해 왔었다.

그 때, 춘아는 오래간만에 보는 문수가 근엄하게 관록이 붙은 모습이어서 깜짝 놀랐다. 서른두 살 젊은 나이에 군기장경과 예부시랑을 겸임하고 있는 장원의 영재. 장인이자 스승이며 직속 상관이기도한 양희정 상서의 뒤를 이어 그 후계자가 되겠지. 아니, 황제의 친정이 실현되면 일약 중신으로 발탁되어 군기대신 명단에 그 이름이 오르게 될지도 모른다.

춘아는 마룻바닥에 부복하여 한 번 무릎을 꿇고 세 번 머리를 조아리는 예를 올리고 나서 자리에 앉았다. 하고 싶은 말이 너무나 많다. 여동생의 근황과 고향 소식도 알고 싶다. 그리고 무엇보다도 태후의 가식없는 속마음을 문수에게 전해주고 싶다.

그러나 흉금을 털어놓고 모든 이야기를 나누기에는 아직 이르다. 자기가 모시는 웃어른이 그의 사부에게 자객을 보내지 않았던가.

"머잖아 대신의 자리에 열석하실 분이 국가존망이 위급한 이 때에 도자장의 집에서 술잔이나 기울이고 있다니, 별로 보기 좋은 모습은 아니옵니다."

말하지 않아도 좋을 춘아의 빈정거림에 문수의 표정이 야릇하게 일그러졌다.

필오가 황주와 술잔을 가져왔다. 술을 따르는 손이 벌벌 떨린다.

술잔을 비우고 나서 갑자기 문수가 입을 열었다.

"이 장안. 그 투서를 보낸건 자네였지?"

"투서? 글쎄, 무슨 말씀이신지요."

"자네에게 글을 가르친 사람은 바로 나였네. 필적을 보면 그 정도는 짐작할 수 있지. 내 글씨 버릇 그대로니까."

"만일에 그렇다면, 저는 상관을 배반하는 게 됩니다."

"상관이라면 누구를 말함인가?"

"상상에 맡기지요."

"설마하니 이 총관이 그 정도까지야 못할테지."

"대답할 수 없습니다. 다만… 이것만은 분명히 말씀 드리겠습니다. 노조종은 비열한 수단을 혐오하십니다. 항간에서는 양희정 각하와 견원지간이라는 소문도 돌고 있습니다만, 내심으로는 각하의 인격을 어느 분보다도 인정하고 계십니다. 그분은 사람을 정확하게 평가하는 안목을 지니셨으니까요."

문수의 입가에서 쓴웃음이 배어나왔다.

"그렇다면 어째서 영록따위의 인물을 중용하느냐? 그 사내가 어느 정도의 악당인지는 자네도 잘 알테지."

"불경스러운 말씀은 삼가하시지요. 영록 각하는 1품 총서대신이십니다."

춘아는 문수에게 그렇게 말하면서 자신의 입술 끝에 비웃음이 붙어 있지는 않은가 하고 문득 생각했다.

말을 잊은 채 쓰디쓴 술잔을 나누며, 두 사람은 서로가 어째서 이런 곳에서 만나 이런 대화를 주고 받아야 하는지 마음이 착잡했다.

"마주 앉아서 술을 마시는건 처음이군, 이 장안."

"아니지요… 잊으셨습니까? 어렸을 때 장난삼아 제게 술을 먹이셨다가 양 대야께 치도곤을 당한 적이 있었습니다. 댁의 뒷뜰에서 운하로 내던져졌던 것을 기억하고 계신지요? 제가 겨우 여덟살인가 아홉살 때 일입니다."

"아―, 그런 일이 있었구나. 아버지는 그때 나도 함께 물 속에 빠뜨려버렸지."

"둘이서, 줄줄이 붙들어 매놓은 배밑창까지 살금살금 자맥질해 가서 숨을 죽이고 있었더니 대야께서 당황하셔서 사람을 부르고 야단법석이 났었지요."

놀라 허둥거리던 양 대야의 모습이 기억에 되살아나, 춘아와 문수는 갈대밭 속에서 그랬던 것처럼 둘이 마주보고 빙그레 웃었다.

필오는 술잔을 들지도 못하고 아직도 겁에 질려 있다.

"저어 두 분 말이오. 자리를 옮겨서 다시 술을 마시는게 어떻겠소. 이렇게 우중충한 곳에서야 술맛이 나시겠나 어디. 그렇게 하시지요?"

필오의 손을 천천히 물리치며 문수는 정면에다 시선을 둔 채 말했다.

"필오. 미안하네만 자리를 좀 비켜주겠나?"

"무, 무슨 소리야, 사료. 대체 무슨 이야기를 하려고 그래? 춘아는 지금……."

"알고 있어. 그런 것쯤 나도 알고 있다네. 샤오리 장안이 노불야를 이 세상 누구보다도 가장 가까이에서 모시는 사람이라는 것 정도는."

"그렇다면 자네… 알아서 하게. 난 모르네. 세상이 벌컥 뒤집힌대도 내 알 바 아니니까!"

필오는 뒷걸음질치며 그렇게 말했다. 문을 박차고 뛰어나가면서 마지막 절규라도 하듯 필오가 외쳤다.

"난 두고 볼 수가 없어! 혼자씩 올 때는 서로의 일을 걱정해주던 자네들이, 이제 서로 죽이고 죽는 꼴을 난 볼 수가 없단 말이야! 그까짓 출세가 어쨌다는 겐가? 도대체 돈이 뭐야?"

필오의 목소리가 멀어지는 것을 기다려 문수는 상반신을 탁자쪽으로 향하고 앉았다. 술잔에 새로 술을 따랐다. 술병을 든 어깨가 축 늘어졌다.

마주하고 앉은 두 사람 사이를 긴 시간의 흐름이 소리를 내며 지나갔다.

모래를 씹는 듯한 긴 망설임 끝에, 눈을 꼭 감고 있는 문수의 입에서 나온 말은 옛날 그대로의 말투였다.

"춘아, 나는 너한테 비밀을 갖고 싶지 않아. 많은 사람들을 알게 됐지만, 너는 지금도 내가 가장 믿고 싶은 사람이다."

춘아는 입술을 깨물었다.

"그런건 아무래도 좋아요."

"아무래도 좋을 일이 아니다. 만일 이대로 너와의 인연이 끊기고 만다면, 나는 아마 평생을 두고 후회할거야."

"큰형과의 의리 때문인가요?"

문수는 고개를 숙이고 있는 춘아를 가여운 시선으로 바라보았다.

"그런게 아니야. 너와는 싸우고 싶지 않은거야. 나는 세상물정 모르는 부잣집 도령이었기 때문에 사람의 마음을 잘 헤아리지 못한다. 그래서 어쩌면 옛날부터 줄곧 네게 심한 말을 해왔을지도 모르겠다만, 나는 원래 사람이 덜돼서 그런 것조차도 깨닫지 못했다. 용서해주렴, 춘아."

눈물이 그렁그렁한 문수의 표정은 예전 지극히 인정스럽던 정해의 소야로 돌아와 있었다. 그를 바로 쳐다볼 수가 없어 춘아는 시선을 떨군 채 고개를 가로저었다.

"제가 멋대로 심술을 부렸어요. 소야는 잘못이 없어요."

어느 틈엔가 두 사람은 지나온 세월을 뛰어넘어, 싸우고 헤어졌던 그 밤의 골목길에 다시 서 있었다. 춘아는 남색의 긴 옷소매를 걷어올려 얼굴을 감쌌다. 대체 어디서부터 말을 해야 좋을까.

"영령은 어떻게 지내나요? 건강하게 잘 있나요? 나는… 그 아이를 그냥 내던져둔 채로… 매일 밤 꿈을 꾸어요."

"왜 그 애를 만나러 오지 않는거냐?"

"가고 싶어요. 가서 한 번만이라도 좋으니까 보고 싶어요. 하지만 나는 이런 몸이 돼버렸고, 환관의 여동생이라면 시집가기도 어렵겠지요. 더구나 소야와 저는…….”

춘아는 훌쩍훌쩍 울기 시작했다. 눈물과 함께 자신을 감싸고 있던 단단한 껍질이 하나씩 벗겨져 나가는 듯한 느낌이 들었다.

“걱정마라. 영령은 아주 건강하게 잘 지내고 있어. 아무런 불편이 없도록 돌봐주고 있다. 이젠 예쁜 처녀가 되었단다.”

문수가 눈물 콧물로 범벅이 된 춘아의 손을 잡아끌었다. 언제나 그렇게 자신의 손을 잡고 위로하며 격려해 주던 소야의 손은, 옛날 정해에서나 지금이나 전혀 변함없는 따스한 감촉 그대로였다.

“소야는 저희에게 너무 잘해 주셨어요. 소야가 없었더라면 나도 영령도 벌써 굶어 죽었을 거예요.”

“아니, 너는 아주 대단하게 출세했다. 세상 사람들은 대개들 환관을 싫어하지만 너는 달라. 대신들도 왕족들도 모두 너를 칭찬하고 있어. 나는 내심으로 으쓱해 한단다.”

“그건, 내가 대단한 게 아니예요. 나를 지켜주는 묘성이 그렇게 만들어 준 거지요. 나는 아무것도 한 게 없는걸요.”

문수는 손톱자국이 나도록 춘아의 손을 꼭 잡았다. 하아, 하는 괴로운 숨소리와 함께 고개를 떨군 문수의 턱끝으로 눈물이 흘러내려, 탁자 위에 방울방울 떨어졌다.

“넌 정말 대단하다.”

문수는 목이 메어 목소리가 잘 나오지 않았다.

“영령을 만나고 싶지만…. 아직 한동안은 무리겠지요?”

“이제 조금만 기다리면 만날 수 있어. 황상 폐하의 친정이 시작되고 세상이 좀 안정되면, 당당하게 만날 수 있다. 참 그렇지!”

문수가 불현듯 생각이 났는지 얼굴을 번쩍 들었다.

“내 마음대로 정해서 안 됐다만, 영령의 혼처가 나섰다.”

“예? 상대는 누군데요?”

“담사동이라는 사람 알지? 나이가 좀 많기는 하지만 제법 괜찮은 사람이야."

"아, 그 사람이라면 저도 알아요. 만나본 적은 없지만 강남해 선생의 수제자 아닙니까?"

"그래. 친정이 실시되면 중요한 자리에 앉게 될거야. 아니, 그보다도 정말 때묻지 않은 순수한 인간이다. 틀림없이 영령을 행복하게 해줄거야."

"영령 그녀석, 귀부인이 되는 건가요? 고관 부인들처럼, 그 애도 마차타고 맛있는 것도 먹으러 가고, 연극구경도 갈 수 있겠군요."

"그럼. 혼례식에는 춘아 네가 꼭 와야 한다. 너는 단 하나뿐인 가족 아니냐."

"갈게요. 가야지요. 어쩐지 좀 쑥스럽긴 하겠지만……. 세상이 어지간히 안정된 다음에 해주세요."

"정국이 자릴 잡아 세상이 어느만치 편안해지고, 모든 사람들이 자유롭게 왕래할 수 있게 된 후가 되겠지. 그렇다고 먼 장래의 일이 아니다. 올 가을이면 혼례를 치르게 될거야. 아니, 내가 그렇게 만들겠다."

문수가 춘아의 손을 잡고 일어섰다.

그날 필오의 집에서 목격한 것은, 그 때까지 보아온 후궁의 어떤 보물보다도 어떤 풍습보다도 춘아를 놀라게 하고 두려움에 떨게 만들었다.

비밀은—, 허물어질대로 허물어진 부엌 뒷편의 어두침침한 석조 회랑을 지나서야 닿게 되는, 이제는 사용할 일이 없는 그 붉은색과 금색으로 장식된 시술실 안에 놓여 있었다.

옻칠을 한 두터운 관뚜껑을 열자 알코올 냄새가 코를 찔렀다. 단정한 옷차림에 몇 군데를 끈으로 묶은 시신이 엷은 분홍빛 액체에 잠겨 있었다.

들고 있던 촛대를 내려놓은 문수는 무릎을 꿇고 앉아 경문을 외우더니, 옷소매가 젖는 것도 개의치 않고 시신을 안아 일으켰다.

얼굴을 덮은 헝겊을 들쳐내자 마치 편안히 잠들어 있는 듯한 장년 남자의 얼굴이 나타났다.

"아니, 양 각하?"

춘아는 무릎을 꿇어 돌바닥에 소리가 나도록 머리를 조아렸다.

이윽고 사체를 다시 분홍빛 알코올 속에 천천히 눕혀놓고, 문수가 힘없이 중얼거렸다.

"일이 이렇게 됐다. 누군가가 각하의 장화 속에 전갈을 숨겨두었다. 노불야가 하사한 장화였어."

"아니, 아니예요! 자희 마마는 양희정 각하께 아무것도 보내지 않았어요."

태후가 신하에게 내리는 하사품을 어전 장안적인 춘아가 모를 리 없다.

"보내지 않았다는 것쯤은 알고 있어. 하지만 세상사람들은 결코 그렇게 생각지 않을 거야. 모두들 노불야가 양희정 각하를 죽인거라고 말할 게 틀림없다. 그래서 내가 이렇게 처리한거야. 달리 무슨 방법이 있었겠니?"

춘아는 몹시 두근거리는 가슴을 진정시키며 생각했다.

많은 피를 흘리고 도성이 불길 속에 휩싸이면 양키 군대가 쳐들어온다. 정말로 이런 방법밖에는 다른 방도가 없었을지 모른다.

"각하는 내게 스승이시지만 아버지이기도 하셨다. 장례도 치르지 못하고 이렇게 불경스러운 짓을 할 수밖에 없었던 내 마음을 이해해주기 바란다. 임기응변의 방법으로 나한테 충고해준 네게 감사한다. 하지만 운명은 각하를 저버렸다. 알겠지, 춘아야. 공자님의 말씀대로 하늘은 이 세상을 공평하게 만들지 않았어. 나는 악이 선을 죽이는 행태를 목격하고 말았다."

"아니예요, 소야. 자희 마마는 정말 아무것도 모르고 계세요. 범인은······."

"안다. 하지만 네가 무슨 말을 하든지, 노불야의 치마폭에 숨어 있는 악한이 이런 짓을 저질렀다. 노불야는 그걸 간과하고 있어."

춘아는 머리를 감싸쥐고 몸을 떨었다. 자신이 생각하던 것처럼 현실은 단순하지가 않다. 언뜻 보기에 평온하게 가라앉아 있는 것 같은 대청제국의 천하는, 실은 하늘로 머리를 두고 서 있는 게 신기하리만치 아주 가냘픈 기둥에 의해 간신히 지탱되고 있는 것이다.

당면한 문제는—, 대체 누가 이 사실을 알고 있는가 하는 것이다.

"강유위하고 공친왕 전하, 그리고 총서장경 순계. 그밖에는 아무도 모른다. 물론 영록도 이연영도 모를거야. 자기네들의 계략이 실패했다고 생각하겠지."

"만세야는?"

"황상 폐하도 전혀 모르신다. 너도 알테지만 절대로 알려서는 안될 분이 바로 폐하 아니겠느냐."

양희정은 광서제가 가장 존경하는 사부다. 보석같이 귀하기만 하여 세상사와는 전혀 무연한 황제가 이 사실을 안다면, 그 진노가 어떠할지는 짐작조차 할 수 없다. 그것은 하늘의 분노로 변하여 세상을 뒤바꾸게 되리라.

"춘아. 네가 좀 도와줘야겠다. 하루라도 빨리 노불야께서 이화원으로 옮겨가시도록 해주렴. 우리는 모두 숨을 죽이고 칼날 위를 걷고 있는 기분이다."

문수와 춘아 그들은 지금, 조금이라도 불필요한 힘이 가해지면 금세 발바닥을 베이고, 자칫 잘못하면 대나무가 두쪽으로 짜개지듯 몸이 양단돼버릴 칼날 위를 손에 손을 잡고 걸어가고 있는 것이다.

58

오카 게노스케와 토머스 버튼이 공사관 거리로 돌아온 것은, 푸른 하늘이 새빨간 꼭두빛으로 물들기 시작할 즈음이었다.

정양문과 숭문문 사이에 있는 내성벽 주변의 한모퉁이 ―, 보통 동교민항이라 부르는 사실상의 외국 조계는, 이 나라의 정세 따위와는 전혀 상관없이 계속 확장되고 있었다.

각국 공사관 사이에 남아있는 오래된 민가와 저택을 차례차례 헐어 내고, 그 자리에 서양식 석조 건물이 들어선다. 그 건물들은 서로 경쟁하듯 은행과 상사 그리고 호텔 간판을 높이 달았다.

동교민항 거리 한가운데에 있는 넓은 프랑스 공사관 맞은 편에, 벽을 하얗게 칠한 〈북경 기자 구락부〉의 새 건물이 있다. 대체 누가 외국 기자들을 위해 이렇게 멋진 2층짜리 서양식 건물을 마련해 주었는지는 지금도 알 수 없지만, 적어도 만조보나 뉴욕타임스는 단 한푼도 출자하지 않은 것으로 보아, 이곳에 터를 잡고 있는 각국 공사들의 억척때문에 청나라 정부가 돈을 내놓았음에 틀림없다.

1층에는 집회장과 레스토랑 그리고 호화롭게 꾸며진 로비가 있고, 2층에는 욕실이 딸린 호텔식 룸이 있다. 더욱이 아메리카제 최신예 기종을 갖춘 텔리그램 룸까지 있어서 긴급 발신에 긴요하게 사용되었다.

천진이나 상해에서는 각국의 조계에 산재해 있는 정보기능이, 여기에서는 사무실과 호텔과 사교장이 이 건물 하나에 집약되어 있는 셈이다. 특파원들로서는 이 이상 편리한 시설은 세상에 다시 없다해도 과언이 아닐 정도였다.

로비에 발을 들여놓자마자 두 사람은 순간적으로 〈사건〉을 예감했다.

스탠드 테이블에는 기자들이 혈안이 되어 타이프를 두드려대고, 텔리그램 룸 앞에는 긴 행렬이 늘어서 있다. 급하게 소리를 지르며 뛰어나가는 러시아 기자를 오카가 붙들었다.

"무슨 일이야?"

그 기자는 갑자기 험악한 말투로 무언가를 몇마디 주절거리고 나서 오카의 손을 뿌리치고 뛰어가버렸다. 러시아어를 해득하지 못하는 오카는 곁에 있던 톰에게 물었다.

톰이 낭패라는 듯 혀를 차며 손바닥으로 이마를 쳤다.

"공친왕이 죽은 모양이다. 오늘 아침 다섯시 오십분. 사인은 심장발작이라는데…….

오카는 소름이 쭉 끼쳤다. 이 나라를 지탱하고 있던 기둥 하나가 소리를 내며 무너져내린 것이다.

"대체 어떻게 될까? 이제…….

"낸들 알겠나. 여하튼 우선 기사를 송고해야지. 그리고 나서 공사관의 정보를 서로 모아오도록 하자."

두 사람은 기자 클럽 안으로 들어가지 않고 조금 전에 지나온 동교민항으로 돌아갔다. 일본 공사관은 기자클럽의 대각선쪽에, 아메리카 공사관은 조금 돌아가서 노청은행(露淸銀行) 옆에 있다.

서쪽 하늘은 어쩐지 불길해 보이는 노을빛으로 한창 불타오르고 있었다.

양쪽에 사자상을 앉혀놓고 황실을 상징하는 국화 문장을 이고 있는 일본 공사관 정문에서, 낯익은 위병에게 통행증을 보여주고 안으로 달려 들어간다.

현관 앞 아카시아가 줄지어 서 있는 길에서, 황급히 뛰어나오는 타 신문 기자와 엇갈렸다.

"어딜 쏘다닌거야, 오카. 네 역성을 들어주는 시바 소좌님이 목을 빼고 기다리더라."

앞으로의 취재는 대체 어디서부터 손을 대야할지 모르겠다는 듯이, 그 기자의 얼굴엔 당혹해 하는 표정이 역력했다.

황제의 친정 개시와 태후의 은퇴. 거기에 따른 권력의 이양. 전혀 예측을 불허하는 신정권의 인사―. 그런 소용돌이 속에서도 무언가 큰 일을 해낼 것으로 보이던 광서제의 변법 유신이 그 목전에서 불의의 사태에 직면하고 말았다.

이런 불투명한 상황에선 독불장군식 행동은 허용되지 않는다. 여러 나라 기자들이 제각각 탐지한 정보를 갖고 모여들어 의견을 나누고 검토하여, 조금이라도 정확한 기사를 발신해야 한다. 때를 놓친 기자는 그만큼 문책을 당한다.

"알지? 오카. 시바 소좌님은 동향인 자네를 아주 각별하게 대해주는데, 혼자 다 움켜쥐면 안 돼."

"알았어, 염려마. 자, 나중에 클럽에서 보자구."

공사관 안에는 대체 북경 어디에 숨겨두었다 이제 내놓았을까 싶을 정도로 많은 군인들이 보였다.

활짝 열린 무관실 앞에서 복장을 가다듬는다. 시바 소좌는 의외로 예의를 까다롭게 따지는 편이다.

"만조보의 오카입니다. 시바 소좌님께 용무가 있어서 왔습니다."

"들어오게."

시바 소좌는 집무용 책상 앞에 일어섰다. 이 예절바른 장교는 국적이나 신분의 귀천을 가리지 않고, 앉은 자세로 손님을 맞이하는 법이 없다.

"너무 느려. 뭘하고 있었나? ·어용 신문에 선수를 빼앗겼잖아."

시바 소좌는 오카에게 의자를 권하고 나서 사벨(장식용 긴 칼)을 철거덕거리며 자신도 자리에 앉았다.

육군포병 소좌 시바 고로(柴五郎)는 오카와 동향으로 아이즈(會

津)의 옛 귀족 출신이다. 삼십 년 전에 있었던 어일신전(御一新戰)에 서는, 겨우 열 살밖에 안 된 나이로 관군과 맞서 싸우다 부상을 입고 포로가 됐다. 동경으로 이송되자 탈출하여 거리를 헤매며 갖은 고생을 하다가 어떤 사람에게 발탁되어 군인의 길로 들어섰다고 한다.

과묵한 소좌는 자신의 애기를 별로 하지 않는다. 아이즈 성이 함락됐을 때, 어머니와 자매들이 서로를 찔러 자결했다는 끔찍한 소문을 들어 알고 있는데도 오카는 그의 과거지사에 대해서는 전혀 입을 떼지 않는다.

육군내에서는 중국에 관한 한 가장 우수한 전문가로 알려져 있다. 청일전쟁에서도 대단히 중요한 특수임무를 수행했다고 하는데, 소좌 자신의 입으로 무공을 자랑하는 일은 절대 없었다.

오카에게는 큰 은인이다. 동경에 있는 몰락한 옛 귀족의 자제들을 모아서 신원보증인이 돼주고, 사재를 털어 교육을 시키면서도 어떠한 보답도 바라지 않았다. 그는 아직도 반정부 도당이라는 오명을 씻지 못한 아이즈 출신들이 마음을 의지할 수 있는 사람이며, 상대편 삿초(薩長)군벌에 몸담아 예외적으로 출세한 단 한 사람이어서, 그들 사이에서는 우러러보는 희망의 별이기도 했다.

"무슨 일이 있더라도 두번 다시 이 나라를 적으로 삼아서는 안 된다. 우리나라가 중국을 적으로 삼는 것은 하늘에 대고 침을 뱉는거나 마찬가지야. 중국 대륙이 열강의 식민지가 되면 일본은 동양의 고아 신세가 되고 말아. 자네도 그런 마음가짐으로 최대한 노력해주기 바라네."

시바 소좌는 책상 위에 놓인 만조보 기사를 가리키며 엄격한 어조로 말했다.

"하긴 모든게 상사의 재량에 의해 결정되는 것일테지만, 절대 이런 사고방식에 동조해서는 안 되네."

만조보의 지면은 기울어가는 청나라를 야유하는 기사로 가득차 있었다. 물론 오카가 의도했던 것은 아니다. 아무리 공평한 기사를 송고해도 그것은 독자의 기대에 부응하는 방향으로 개작되고 만다.

"주필인 구로이와씨는 소설가라지?"

오카는 대답할 말이 없었다. 소좌는 변명을 싫어한다.

"이 나라를 무력으로 굴복시킨다는 건 전혀 불가능한 일이다. 조선에서 일으킨 소동은 우리나라로서는 천년이 지나도 씻을 수 없는 치욕이다. 기껏해야 남의 약점이나 잡아 이긴 전쟁에 들떠서 날뛰다가는 나중에 엄청난 곤경을 겪고 말거야. 이런 말 해봐야 자네가 할 수 있는 일이란 아무것도 없겠지만…, 여하튼 빨리 출세해서 자네 자신의 주장을 관철시키는 것이 가장 급하고 중요해. 그 점은 본관도 마찬가지지만……."

소좌는 아이즈 사투리를 절대 감추려 들지 않는다. 오카는 그런 모습의 소좌를 마음 속 깊이 존경하고 있다.

시바 소좌는 하사관을 내보내자 창문을 닫고 레이스 커튼을 쳤다. 정보장교라는 직업의식이 너무 투철해 보이는 주의력이다.

"발생한 사건에 대해서는 동경일일신문 등에 이미 공평하게 전달했다. 그러나 금후의 예측에 대해서는 자네에게만 말해 주겠네. 여러 사람과 나누어 갖든가 혼자 독차지하든가, 그건 자네 스스로 판단해서 하게."

거기까지 말한 시바 소좌는 큰기침을 하고서 커튼 너머 창밖을 돌아보았다. 잔디밭에 서서 이야기를 나누고 있는 외교관과 군인들에게까지 자기 목소리가 들리지 않는가를 그렇게 확인하는 모양이다.

갑자기 소좌가 유창한 프랑스어로 말을 꺼냈다.

"물론 본관의 이름을 밝혀서는 곤란하네. 알겠지?"

초창기의 육군 유년학교와 사관학교에서는 프랑스 교관과 교본에 의해 군인들을 교육시켰다. 따라서 소좌와 동세대인 군인들은 프랑스어가 능숙하다. 그들 세대보다 위인 장성급들은 무진전쟁(茂辰戰爭)

을 경험한 무사계급 세대이고, 아래인 젊은 위관들은 제대로 확립된 교육제도 밑에서 육성되었으므로, 시바 소좌의 전후 세대만이 특수하게 프랑스식 교육을 받은 것이다. 그리고 오카 게노스케에게 프랑스어의 기초를 가르쳐준 사람도 바로 시바 소좌였다.

시바 소좌가 풍기는 분위기 속에는 아이즈 무사의 기백을 확실히 느끼게 하는 고지식함과 프랑스적인 깔끔함이 이상할 정도로 잘 조화돼 있었다.

백발이 눈에 띄기 시작한 짧은 머리에 카이젤 수염을 멋지게 기르고, 단정한 얼굴에는 어울리지 않을 정도로 크고 둥그런 눈을 지녔다. 검은색 군복에 참모 표식의 술을 늘어뜨리고, 반짝반짝하게 닦은 사벨의 자루를 쥐고 있는 손은 하얀 장갑을 끼고 있었다.

"공친왕의 죽음으로 가장 우려되는 사태를 말하자면……."

시바 소좌는 유창한 프랑스어 목소리를 더욱 낮추면서 전혀 뜻밖의 이야기를 했다.

"강유위의 황제 알현이다!"

"강유위? …어째서 그렇습니까? 강유위는 시기에 관계없이 변법유신정치의 중심인물이 될텐데요."

"바로 그 시기가 좋지 않아. 지금의 상황에서 강유위가 광서제를 알현해서는 안 된다는 말이다."

오카 게노스케는 예전에 토머스 버튼이 강유위를 평했던 말이 생각났다.

불을 지르는 사나이—, 톰은 그렇게 혹평했었다.

"공친왕은 태후파의 압력보다 강유위를 더 위험스럽게 생각하고 있었다. 강유위가 부르짖는 꿈같은 이야기에 젊은 황제가 흥분해버릴 사태가 일어날까봐. 자네는 강유위 연설을 들어본 적 있나?"

"아니요, 책이나 신문에서 읽어본 적은 있습니다만."

"그러면 이해할 수 있겠군. 강유위가 부르짖고 있는 것은 너무나

관념적이고 이상적인데다 급진적이기까지 하다. 하늘을 거스르는 자는 반드시 멸망한다고 했다. 시류에 편승하지 않는 자는 반드시 승리한다고도 했다. 공자는 만세(萬世)의 교주이니 그 정신을 체득한 후에 서양의 문화를 찾으라고 했는데……. 알 것도 같고 모를 것도 같고, 여하튼 그 위세만은 사줄만 하지. 그 사람한테는 땅에 발을 굳건히 붙이고 서는 그런 구체적인 방책이 전혀 없어."

"허나, 강유위가 변법운동의 지도자인 것만은 틀림없는 사실 아닙니까?"

"분명히 그렇다. 공친왕은 그걸 염려하고 있었다. 강유위는 단순한 이론적인 지도자라기보다 일종의 카리스마다. 연설에 기교가 있고 문장도 빼어난 솜씨야. 현재 전국에 퍼져 있는 일흔여덟 개나 되는 혁신파 정치단체 모두는, 그가 관계하고 있거나 적어도 그의 강한 영향력을 받고 있다. 요컨대 강유위라는 인간은 신시대를 건설하는 일은 할 수 없어도, 구체제를 파괴할 힘은 충분히 지니고 있다는 말일세. 공친왕은 그것을 위험스럽게 생각하고 있었다."

"광서제는 그런 부분을 간파하지 못할 사람입니까? 대단히 총명한 군주라는 이야기를 들었습니다만."

"그거야, 바로 그거."

지적이면서도 발음이 분명해서 정말 군인다운 어투로 들리는 시바 소좌의 프랑스어는, 아이즈 사투리가 섞인 느릿한 일본말보다 속도가 배는 빨랐다.

"황제는 예로부터 규정에 의해 4품 이상의 관료하고만 이야기를 나눈다. 팔고문과 예기에서 빠져나온 듯한 과거 출신 관리들 말이다. 마흔 가까이 될 때까지 진사가 못된 강유위는 재야 언론인으로서의 자유로운 사상과 표현이 몸에 배어 있다. 다시 말하면, 강유위의 상주문이 어떠한 몽상이건 간에, 황제한테는 몹시 신선하고 충격적으로 느껴질 것이야. 잠시도 버티지 못할 것이다."

"그렇군요. 더구나 황제는 오랜 세월에 걸쳐 서태후의 꼭두각시였으니까……."

"그렇다. 뭔가 하고 싶어서 좀이 쑤시겠지. 벌써 강유위의 저작물을 곁에 두고 애독한다는 말도 들린다. 〈일본 변정고 日本變政考〉 〈표트르대제 변정고〉 따위―, 그것은 중국의 현실로서는 몽상에 불과해. 백부(伯父) 자격으로 유일하게 황제의 의사를 제어할 수 있었던 공친왕이 죽었으므로, 황제는 곧바로 강유위를 불러 만날 것이다. 줄곧 그 일을 열망하고 있었으니까."

시바 소좌는 책상 서랍을 열고 문서철 한 권을 꺼냈다. 봉투에는 〈기밀〉이라는 붉은색 도장이 찍혀 있었다.

"이것은 올 1월 3일 원로들이 강유위를 시문(試問)했던 때의 비밀 기록이다. 황제가 너무나도 강유위를 만나고 싶어하기 때문에 하는 수 없이 원로들이 일단 강유위의 인품을 검토해 보았던거야. 읽어 보게."

"괜찮겠습니까?"

"조금만 읽어 보면 알 수 있어. 젊은 황제한테 얼마나 위험한 영향을 끼칠, 자기도취적이고 급진적인 인물인지……."

주저하면서 펼친 기밀문서에는, 필경 궁정의 비밀정보원이 기록했을 것으로 보이는 한어가 지면을 꽉 채우고 있었다.

**광서 무술년 1월 3일, 총리아문 서화청(西花廳)에서 있었던
공부주사 강유위에 대한 순문(詢問)**
순문관 : 문화전(文華殿) 대학사 이홍장. 병부상서 영록.
　　　　형부상서 요수항. 호부상서 옹동화. 호부시랑 장음항.

영　록―조상 때부터 지켜온 우리의 법을 바꿀 수는 없다.

강유위 — 조종은 분명히 옛부터 내려온 법에 따라 나라를 다스
려 왔다. 하지만 지금, 그 법에 의해 국토를 제대로
지키지 못하고 있는데, 어째서 그 법을 굳건히 지키려
고만 하는가. 일례로 총리아문만해도 예전에는 없었던
관청이다. 외국과 교섭을 하는 데 있어 꼭 필요하기
때문에, 예로부터 내려온 관아를 차치해 두고 새로 설
치한 것이다. 더욱이 그대처럼 쟁쟁한 대관이 담당 대
신으로 임명돼 있지 않은가. 시대의 변화에 부응하여
법을 바꾸려는 것을 다른 사람도 아닌 바로 그대가 막
으려는 것은 너무 심한 모순이다.

요수항 — 그렇다면 법을 어떻게 바꾸려 하는가.

강유위 — 우선 법률을 바꾸고 관료제도를 바꾼다.

요수항 — 유럽 제국이나 일본처럼 헌법을 제정한다는 것인가.

강유위 — 어떤 면으로 보든 입헌과 의회개설은 근대국가의 필수
조건이다. 따라서 헌법에 맞춰 각종 법률도 전부 고쳐
야 한다. 의회가 개설되고 법률이 바뀌면 그에 따라
관료제도도 바꾸지 않을 수 없다.

요수항 — 그대가 주장하는 방법은 제정을 위태롭게 한다. 공화
제가 될 위험성이 있다.

강유위 — 그렇다면 어떻게 해서 입헌군주국가인 일본이나 영국
이 천황과 국왕의 대권을 의연하게 유지하고 있는가.
입헌과 의회개설이 곧 공화제라고 생각하는 것은 그대
의 학식이 모자라기 때문이다. 나는 앞서 예를 든 두
나라처럼 입헌제정을 실현시킬 자신이 있다.

이홍장 — 한나라 시대 이후 면면히 이어져내려온 6부 9품의 관
료제도를 폐지한다는 것은 대단히 어려운 일이다. 그
대의 역량으로는 관료들 전체의 반발을 견디어낼 수

없을거야. 현실적으로 불가능한 문제다. 나는 서양관계 업무에 진력을 다해온 사람이다. 그대가 말하는 것처럼 모든 일이 그리 간단히 이루어지리라고는 도저히 생각할 수 없다.

강유위 ─ 지금은 모든 나라가 대등하게 존립하는 시대다. 우리 나라의 법률과 관료제도로는 여러 나라들과 교섭하는 데 지장이 있고 협조도 안 된다. 생각컨대 그대가 여러해 동안 행해온 독단적이고 초월적인 임무도, 그 원인은 적절한 국가기능이 없어 한 인물에게만 의존할 수밖에 없었던 결과다. 그런즉 그대가 이의를 제기할 문제가 아니다. 6부 9품제는 반드시 개혁해야 한다.

옹동화 ─ 그러면 당면 문제인 재정파탄은 어떻게 복구할 것인지 묻겠다.

강유위 ─ 일본은 은행에서 발행하는 지폐에 의해, 프랑스는 인지세에 의해, 인도는 토지세에 의해 재정 복구를 이룩했다. 광대한 우리나라에 그들의 제도를 총합적으로 도입하면 현재의 열 배에 달하는 수입이 가능하다. 이것을 행하지 않고 옛법에 준하여 지방의 향신층과 간신들만 엉뚱하게 배를 불리고 있는 것은, 전적으로 재무대신인 그대가 태만하기 때문이다. 즉 내가 황상 폐하를 부액하여 모시고 그 임무를 수행한다면, 일본이 삼십년 걸려 이룩한 유신을 나는 삼년 만에 이루어 보일 것이다.

──── 오카 게노스케는 문서를 덮었다. 여기까지만 읽어도 강유위라는 인물의 인간성이 손에 잡힐 듯이 훤히 보인다. 그가 과연 건설론자인지 파괴론자인지는 차치해 두고라도, 방약무인한 데다 잘난 체가

너무 심하다. 이홍장이 아주 적절하게 표현한 것처럼 무엇을 하든지 전체 관료들의 반발에는 견디어내지 못하리라. 정말 강유위가 말하는 것처럼 모든 일들이 그리 간단하게 이루어지리라고는 도저히 생각할 수 없다.

"어떤가?"

비웃음을 지을 줄 모르는 시바 소좌는 신중한 눈빛으로 오카에게 물었다.

"일본에서 예를 들자면, 다카스기 신사쿠(高杉晋作)나 사카모토 료마(坂本龍馬)에 비견될 인물같군요."

시바 소좌는 만족스럽게 고개를 끄덕였다.

"썩 훌륭한 예를 들었군. 그는 사이고(西鄕)나 오쿠보(大久保) 정도에도 미치지 못해. 하물며 이토 공이나 야마가타 공처럼 새로운 것을 만들어 낼 지혜가 있겠나. 전혀 있을 리가 없지. 일본의 유신이 삼십년이나 걸렸다고 간단히 비웃음을 섞어 말하지만, 그 삼십년 동안에 삼대에 걸쳐 주역배우가 교체될만치 신고를 겪으며 이루어낸 것이라는 사실을 강유위는 모르고 있다. 즉 강유위가 광서제의 알현을 허락받는다는 것은, 젊은 날의 금상 폐하가 다카스기 신사쿠를 불러들여 만나보는 것이나 마찬가지다. 그렇게 되면 유신은커녕 확실하게 자멸할 뿐이야."

"황제의 소견(召見)을 저지할 수는 없습니까?"

"양희정이 하야했고 이홍장은 심술을 부리고 있는데, 이제 또 공친왕이 죽었다. 저 야생마를 저지할 수 있는 인물이 이젠 없다. 광서제는 아주 가까운 시일 안에 강유위를 불러 만나볼테지. 아무도 말리지 못한다. 말하자면 광서제는 오랫동안 자신이 출연할 순서를 기다려온 배우다. 그런 사람이 화려한 조역들을 거느리고 무대에 올랐을 때, 대체 어떤 연기를 보여줄 것인지는 전혀 예상할 수가 없다. 대본이 아무것도 없으니까."

오카는 일순 어둡게 반전되는 무대의 뒷모습을 바라보고 있는 듯한 기분이 들었다. 다시 불빛이 비친 그곳에는 어떤 연극이 준비되어 있을까.

"그러나, 이것만은 거의 확실하게 예상할 수 있다. 강유위의 소견이 이루어진 후 그에 이어지는 칙서의 남발! 관리들의 당혹스러움과 정치의 혼란! 당연한 일이지만 수구파는 필사적으로 반격한다. 많은 피를 흘리게 된다. 그 참에 내란으로 발전하게 되면 열강들은 이 동교민항을 방위한다는 명분 아래 일제히 군대를 북경으로 진격시키겠지. 그렇게 되면 조정은 청불전쟁 때처럼 열하궁이나 서안으로 도망을 칠테고, 열강은 괴뢰정권을 수립한다. 이번에야말로 대청제국은 끝장이 나는거다. 해군에서 보내온 정보에 의하면… 열강의 함대들은 전부 북쪽으로 회항해서 황해에 집결하고, 일부는 벌써 발해만에 정박해 있다는 소식이야."

"만일 지금 말씀하신대로 그런 상태가 벌어졌을 때, 일본은 어떻게 할 작정입니까."

"이러나 저러나 출병시킬 수밖에 도리가 없겠지. 열강이 북경을 점령하는 데 일본만이 강건너 불구경이나 하고 있으면, 국내 여론이 가만 있겠나?"

시바 소좌는 의미 있는 눈빛으로 오카를 바라보고, 책상 위에 놓인 만조보로 시선을 옮겼다.

"무언가 회피할 방법이 없을까요?"

"자금성 안에서 일어나는 일에 우리들 손이 미치겠나. 하지만 단하나, 합리적인 방법이 있다."

시바 소좌는 자리에서 일어나 커튼을 열었다. 창문으로 비쳐드는 석양빛이 소좌의 단정한 옆얼굴을 붉게 물들였다.

"조금 전에 본관은 이토 각하 앞으로 전보를 쳤다. 내주 초에 천진을 떠나 일본에 잠시 다녀올 예정이다."

"이토 각하를 만나십니까?"

"정략이란 본래 싸움을 피하기 위해 행해야 하는 것이라고 본관은 믿고 있다. 아이즈의 비극은 싸움에서 패했기 때문에 생긴 것이 아니다. 싸움을 피하지 못했기 때문에, 할머니도 어머니도 그리고 누이들도 모두가 스스로 목숨을 끊지 않으면 안 되었던 것이다."

시바 소좌는 저무는 저녁해를 향하여 선 채, 칼집 끝으로 두세 번 바닥을 두드렸다.

"각하께는 본관이 부탁 드리겠다. 일생일대의 정략이다. 강유위를 제어할 수 있는 인물이라면 강유위가 존경하는 메이지 유신의 주역 배우 이토 히로부미 각하밖에 없을 것이다. 북경으로 출장을 오시도록 해서 변법 정부의 고문으로 추대한다. 세상에서 어떠한 비난을 받게 되든간에 청나라를 살릴 수 있는 길은 오직 그것밖에 없다고 생각하니까."

말없이 서서 한동안 밖을 내다본 후, 시바 고로 소좌는 한마디, 〈가라!〉하고 명했다.

문수는 슬픈 꿈을 꾼다.

양가둔 집 뒷편 운하의 물가에 젊고 아름다운 어머니가 서 있다.

계절은 가을인 모양이다. 주위에 자주색 장원홍 꽃이 진한 향기를 풍기며 가득 피어 있다.

"소야……."

어머니가 부드러운 음성으로 문수에게 말을 걸었다.

"당신은 분명 과거에 제1등 장원으로 합격해서 재상까지 출세할 거예요."

문수는 어머니가 돌아가시던 그 즈음의 소년시절 모습을 하고 있다. 하인들과 똑같이 허름한 남색옷을 입고 있는 어머니의 허리에 얼굴을 묻고, 그 몸에서 풍겨오는 체취를 조금이라도 많이 맡으려 하고 있다. 마음껏 매달려 안기고 싶지만 창문마다 들여다보는 아버지랑 계모 그리고 형의 시선이 따가워, 엉거주춤 붙들고 있는 어머니 옷에다 코만 비비고 있을 따름이다.

"아니야, 주누. 과거에 붙는 것은 형이고 나는 아버지의 뒤를 이을 거야. 이 집의 주인이 될거야."

"아니예요."

어머니는 아직 젖먹이 때의 숨구멍이 남아 있는 문수의 머리를 쓰다듬었다.

"당신은 반드시 그렇게 될거예요. 제 아들인걸요."

올려다본 어머니의 얼굴은 품위 있는 모습이다. 약간 위로 들린 오똑한 코에 커다랗고 둥근 눈을 지녔고, 눈썹은 숱이 많고 색이 짙다. 하북에서는 흔히 볼 수 없는 남쪽 지방의 얼굴 모습이다.

"주누는 어떻게 글자를 배웠어? 여잔데……."

"그건 말이에요, 소야. 저는 다른 여자들과는 좀 다르거든요."

"다르다니?"

"제 성이 주씨지요. 잘 생각해 보세요."

"음 알았다. 그건 이자성에게 멸망당한 명나라 황제의 성씨다."

"그래요. 우리 조상은 그 옛날 이자성한테 쫓겨서 남쪽으로 도망쳤던 명나라의 왕자님이었어요. 그래서 완전히 몰락하고 결국은 인신매매자들에게 팔려와 노예가 됐지만, 읽고 쓰기 정도는 잘 할 수 있어요."

"아니!……."

문수는 깜짝 놀랐다.

"그건 좀 곤란한데, 주누. 사실을 말하면 나는 지금 명나라의 원수인 만주 왕조를 섬기고 있으니."

생긋이 웃고 있는 어머니의 아름다운 모습에 문수의 가슴이 두근거렸다.

"아니요. 만주인은 우리들의 원수가 아니예요. 이자성을 죽여서 원수를 갚아 주었죠. 그러니까 당신이 황상 폐하를 섬기는 것은 결코 해서 안 될 일을 하고 있는 게 아니예요. 더더욱 정성스럽게 받들어 모시도록 하세요. 그리고 아름다운 세상을 만들어 주세요."

문수는 장원홍 꽃을 꺾어, 옛날에 곧잘 그랬던 것처럼 암술을 살며시 끌어내 날개 모양을 만들었다.

"주누. 얼굴을 가까이 대봐요."

무릎을 굽히고 들이댄 어머니 이마에 침으로 적신 꽃을 붙인다. 몇 장을 그렇게 붙이고 보니 마침 신부가 시집갈 때 쓰는 봉관(鳳冠)처럼 됐다.

"아주 예뻐요, 주누. 꼭 새색시 같애."

"고마워요, 소야. 자아 이제 저는 시집가요."

어느 틈엔지 운하 연안에 작은 배가 닿아 있었다. 어머니는 웃음진 얼굴로 손을 흔들면서 발판을 밟고 배에 올랐다.

문수는 뒤돌아 서서 집을 향해 소리쳤다.

"파파! 주누가 시집간대요. 더러운 옷을 입고 아무것도 안 가졌어요. 돈 좀 주세요. 장이랑 책상이랑 그릇같은 거 갖고 가게 해주세요. 화장도 해주고 예쁜 옷도 입혀주세요!"

집안에서는 아무런 대답이 없어, 문수는 몹시 슬퍼졌다.

"미안해요, 주누. 나는 아직 어린애라서 아무것도 가진 게 없어. 주누에게 줄게 아무것도 없어. 꽃을 많이 꺾어 줄게. 장원홍 꽃으로 배를 가득 채워 줄게."

문수는 뒷뜰에 흐드러지게 피어 있는 자주색 꽃을 양손 가득히 꺾어서 작은배 안으로 던져넣었다. 어머니의 몸이 허리께까지 꽃에 파묻혔다.

"미안해요, 주누. 나는 아무것도 해줄 수가 없어. 열심히 노력은 하고 있지만 나 혼자의 힘으론 어떻게 할 수가 없어. 정말 나는 힘껏 하고 있어요. 그래도 자꾸만 어려운 일들만 생겨나서……."

"고마워요, 소야. 더더욱 열심히 하세요. 당신은 반드시 재상이 될 거예요. 그렇게 되면 제게 해주었던 것처럼, 세상의 모든 가난한 사람들에게 이 장원홍 꽃을 던져주도록 하세요. 당신은 내 아들이니까 할 수 있어요. 내게 단 하나밖에 없는 아들인걸요."

"기다려요, 주누. 나를 혼자 내버려두지 말아요… 파파! 못가게 하세요, 주누가 어딘가로 가버려요!"

어머니를 태운 작은 배는 물가를 떠나 천천히 미끄러지듯 운하를 흘러 내려갔다.

"사료… 내 아들. 내 귀여운 아들!"

어머니는 아득한 저쪽에서 발돋음하고 선 모습으로 하얀 손을 흔들었다.

"마마!"

문수가 침대 위에서 벌떡 일어났다.

회랑을 급하게 달려오는 발소리가 들리더니 영령이 뛰어들어왔다.

"무슨 일이세요, 주인님?"

"아니… 아무것도 아니다. 그냥, 나쁜 꿈을 꾸었다."

영령은 두근거리는 가슴을 쓸어내리며 나직히 숨을 내뱉었다.

"아, 다행이다. 전갈에 물리기라도 하셨나 했어요."

영령은 책상 위에 있는 물병을 들고 와서 문수에게 건네주었다.

"전갈? …그런 불길한 소리는 하지마라."

"아, 네. 죄송해요."

밤이 깊은 집안은 물을 끼얹은 듯 고요했다. 십찰해에서 바람결에

연이파리 스치는 소리가 들려왔다.

아내와 아이들은 친척들과 함께 항주로 내려갔다. 두 사람만이 남아있는 집안은 쓸쓸할 정도로 고즈넉했다.

"부인이랑 애기랑 지금쯤 도착했을까요? 마가호 역에서 기차 타고 천진에서는 배로 갈아타고…, 나도 가고 싶었는데……."

"너마저 가버리면 내가 곤란하잖니. 이 나이에 홀아비라니……."

영령은 문수의 등 뒤로 돌아가 잠옷을 벗기고 땀을 닦아주었다.

"하지만 복생님은 그 나이에 줄곧 혼자인걸요."

"아 참, 그렇지. 가을에는 혼례를 올려야지. 살림살이도 좋은 것으로 마련해 두었고 새색시 옷도 다 준비해놨으니 말이다."

"저는 그런거 필요 없어요. 몸만 가면 돼요."

"그렇게는 안 되지. 복생도 변법이 시행되면 관리로 발탁될거다. 누가 뭐래도 강남해 선생의 으뜸가는 제자니까. 그런데… 가끔씩 만나느냐?"

"그야 물론이지요. 저희들은 아직 무관의 서생과 허드렛일 하는 하녀니까, 높은 사람들처럼 결혼할 때까지 얼굴도 못보는 그런 품위 있는 행실은 못해요. 하루 걸러 하숙집에 가서 청소랑 빨래를 해주고 있어요."

"그랬구나. 어쩐지 복생이 요즈음 좀 깨끗해졌다 했더니……."

하숙집의 작은 방에서 두 사람이 소꿉장난처럼 사는 모양을 상상하자 문수는 웃음이 나왔다. 영령은 분명 마누라쟁이 얼굴을 하고서 일을 할테고, 어눌하고 말재주도 없는 담사동은 무얼 어떻게 해야 할지 몰라 그냥 서성거리기만 할게 틀림없다.

아직도 문수 마음 속에 있는 두 사람은, 정해의 시골구석에서 갓 올라온 소녀와 강유위의 고리짝을 짊어지고 상경한 젊은 서생 그대로였다.

혼자 웃으면서 문수가 자신도 모르게 흘린 말에는 아무런 악의도 없었다.

"그런데 영령, 너 벌써 복생이 안아주더냐 ?"

등의 땀을 닦아내리던 영령의 손이 멈칫했다. 무의식 중에 나이찬 처녀라는 것을 잊고서 농담이 지나쳤던가. 문수의 벗은 등에다 손을 얹은 채 영령은 침묵을 지키고 있었다.

"아, 이런, 미안 미안. 쓸데없는 소리를 했구나. 농담이다."

갑자기 영령의 뜨거운 손이 문수의 양 어깨를 꽉 껴안았다. 둥근 얼굴의 감촉이 등에 느껴졌다.

"소야……."

"왜그러니 ?"

"저요… 벌써 많이 안겼어요."

영령은 한숨을 내쉬며 말했다. 잠시 가벼운 농담을 했을 뿐인데 절실한 대답을 듣자, 문수는 갈피를 잡을 수 없었다.

"응, 그랬니 ? 그거 잘 됐구나. 잘 됐어."

"화내지 않으세요 ? 혼례도 올리기 전에 그런 짓하면 못쓴다고, 여자는 정절을 지켜야 한다고 제가 아주 어릴 때부터 말씀하셨잖아요."

"아니 뭐, 상관 없잖니. 이제는 어린애가 아니니까."

"화 내세요, 소야. 지금까지 소야가 저를 키웠어요. 밥 먹이고 옷 입히고 글도 가르쳐 주셔서 이젠 한 사람의 여자가 됐어요. 그런데도 저는 아무런 가책도 없이 다른 남자 품에 안겨버렸어요, 몇 번이나 몇 번이나……."

영령이 문수의 등에 뺨을 붙였다. 달짝지근한 여자 내음이 풍겨났다. 문수는 몸을 뒤틀면서 영령을 꾸짖었다. 그래도 영령은 몸을 떼지 않았다.

"소야… 옛날에 이곳으로 저를 데리고 오던 때의 일, 기억하세요 ?"

"기억하구 말구. 불과 얼마 전의 일 아니냐."

"소야는 얼마 전에 있었던 일인지 모르지만 제게는 먼 옛날의 일이에요. 하숙집에서 이불이 없어 매일밤 소야와 함께 잤어요."

대체 몇 년이 지났을까. 문수는 마음 속으로 지나온 세월을 헤아렸다. 과거에 등제하던 해였으니까, 자기가 스무살이고 영령은 여섯 살이었나 일곱 살이었나.

"그랬었지. 너는 아직 요렇게 작은 아이였어. 기억 나니?"

"기억하고 있어요. 제가 가위눌리든지 하면 팔베개를 해주고, 괜찮아 괜찮아 그러면서 꼭 껴안아 주셨어요. 밤중에 일어나 변소에 갈 때도 언제나 함께 따라와 주셨지요. 제가 잠버릇이 나쁘니까 소야는 몇 번씩이나 일어나 이불을 덮어주기도 하고……. 소야는 어째서 그렇게 자상하게 돌보아 주셨어요?"

영령은 문수의 등에 뺨을 댄 채, 목소리가 젖어들었다.

"이거 참. 너 왜 그러니?"

"저요…, 소야가 언제나 다정하게 대해주셨기 때문에 울지 않고 견딜 수 있었어요. 그렇게 줄곧 참아왔으니까 지금 이 순간은 울도록 해주세요."

"묘하군. 시집가게 되니까 좀 쓸쓸해졌니? 아무 걱정마라. 누구에게도 웃음거리가 되지 않도록 아주 예쁜 신부로 만들어서 복생에게 보내줄테니……."

"그런게 아니예요. 그보다… 소야는, 사람이 어쩜 그렇게 착하기만 하신 거예요?"

"복생은 더 착하고 좋은 사람 아니냐."

영령은 문수의 등에 코를 비비작거리며 고개를 흔들었다.

"소야보다 더 좋은 사람은 있을 수 없어요. 저는 소야를 너무 좋아해요. 이 세상에서 제일, 돌아가신 아버지랑 엄마나 오빠들보다도 훨씬 좋아해요."

춘아를 만났던 이야기가 입 밖으로 튀어나오려고 해서 문수는 입술을 깨물었다.

"그런 소리하면 안 된다. 춘아는 지금 너를 누구보다 걱정하고 있을거야."

"하지만 오빠는 저한테 아무것도 해준게 없어요. 소야는 매일 밤 저를 재워주었어요. 밥도 먹여주고 밤마다 안고 잤어요. 지금도 기억해요. 엄마 꿈을 꾸고서 제가 훌쩍훌쩍 울었을 때, 소야는 저를 업고 밤새도록 돌아다녔잖아요. 천안문 앞까지 걸어갔는데 그래도 제가 울음을 안 그치니까……."

"이제 그만 해라, 영령."

"그래도 소야는 저를 버리지 않았어요. 꾸중도 안 하고 때리지도 않았어요. 광장 한가운데서 소야가 무릎을 껴안고 울고 있었던거, 기억하고 있어요. 그 때 저는, 앞으로는 절대로 울지 않겠다고 마음 속으로 결심했어요. 소야. 화를 내세요. 꾸중을 하세요. 행실 나쁜 여자라고, 가벼운 여자라고 한번 때려주세요."

"애, 영령……."

문수는 뒤돌아서 영령의 어깨를 껴안았다. 흐트러진 잠옷 가슴께로 눈부시게 새하얀 유방이 터질듯이 넘쳐났다.

옷깃을 여며주려는 문수의 손을 뿌리치며 영령이 잠옷을 활짝 젖히고, 문수를 똑바로 쳐다보았다.

"안아주세요, 소야. 애무해 줘요."

말을 마친 순간, 영령은 날랜 야수처럼 문수에게 달려들어 입술을 덮쳤다.

아주 짧은 순간 두 사람의 혀가 얽혔다. 그리고 문수가 영령을 밀쳐냈다.

"너 좀 이상하구나. 어지간히 해두지 않으면 복생한테 다 말할거야. 자, 너 방으로 돌아가거라. 가서 자라."

영령은 한참 동안 침대 위에 엎드린 채 꼼짝도 하지 않았다.

"…놀라시게 해서 죄송해요."

꾸뻑하니 머리를 숙이고 영령은 언제나처럼 웃는 얼굴로 문수를 보았다.

"장난이 좀 지나쳤지만 이제 나쁜 꿈 안 꾸실거예요…. 안녕히 주무세요, 주인님."

영령이 빠른 걸음으로 사라졌다.

그래, 이제 이걸로 나쁜 꿈은 꾸지 않아도 되겠다, 하고 문수는 생각했다.

⑥⓪

"샤오리 노야! 큰일 났습니다, 일어나세요!"

야경을 도는 소태감의 고함소리에 춘아는 잠자리에서 벌떡 일어났다.

새파랗게 질린 두 사람의 얼굴이 창문에 나타났다.

"떠들지 마라. 노조종 마마께서 깨신다."

"여하튼 빨리 나와보세요. 큰일 났습니다."

춘아는 윗옷을 걸쳐입고 밖으로 나갔다. 밤공기가 언제나처럼 축축했다.

소태감의 뒤를 따라, 발소리를 죽이고 영수궁 곁을 지나 동륙궁의 좁은 길을 달려간다. 태감들의 숙소인 옹옹처가 늘어서 있는 북쪽 모퉁이 부근까지 오니, 역시 큰 일이 일어난 것을 알고 자다 나온 환관들이 잔뜩 모여 있었다.

그들이 둘러서 있는 곳은 진구 노야의 방 앞이다. 덩달아 웅성대는 무리가 특히 많은 것은, 태후가 자리를 옮김에 따른 인사이동으로 만세궁 태감들이 동쪽 옹옹처로 옮겨와 있기 때문이리라. 못보던 얼굴들도 많았다.

"샤오리 장안이 오셨습니다."

야경꾼 소태감이 말하자 문 앞에 몰려 있던 환관들이 좌우로 갈라졌다.

술과 아편 냄새가 진동하는 진구 노야의 방안으로 들어선 순간, 춘아는 헉 하고 숨을 들이쉬고는 그대로 굳어버렸다. 침대 한쪽 가루단이 들보에 너절한 평복차림의 진구 노야가, 너덜거리는 걸레조각처럼 길게 늘어져 있었다.

촛불이 사체의 그림자를 길게 그려놓은 벽 아래쪽에, 난금이 등을 기댄 채 멍청하니 앉아 있었다.

"형님! ……."

난금은 구세주라도 만난듯 춘아를 올려다보았다.

"바로 곁에 있는 옹옹처로 옮겨왔기에 진구 노야께 인사하러 찾아왔는데……."

"네가 처음 발견했니?"

난금은 몸을 떨면서 고개를 끄덕였다. 경사방 태감들을 불러 숨이 끊긴 진구의 유해를 들보에서 끌어내리는 동안, 난금은 다리에 맥이 빠졌는지 줄곧 꼼짝도 않고 앉아 있었다.

후궁의 감독역인 경사방 수령이 귀엣말을 했다.

"샤오리 장안. 저 만세궁 수령이… 어째 기색이 좀 이상하지 않습니까?"

뒤를 돌아보니 난금이 시선을 피했다.

"설마하니 저런 꼬마가 진구 노야를 어떻게 했다고는 생각되지 않습니다만, 겁에 질려 벌벌 떠는 모습이 아무래도 심상치가 않아 보입니다."

춘아는 난금의 팔을 거머쥐고 옆방으로 데리고 갔다. 어린 소화계들이 장안적에 대한 의례도 잊고 방 한구석에 서로서로 기댄 채 아무렇게나 앉아 있었다.

소화계들을 밖으로 쫓아내고 나서 춘아가 난금에게 물었다.

"너, 뭔가 봤지?"

춘아의 말을 듣자마자 난금은 버티고 서 있을 기운도 없는 듯 풀썩 주저앉고 말았다.

"뭔가 알고 있는거지?"

조그맣게 고개를 끄덕이고서 난금이 말했다.

"내 방이 바로 곁이라서 오늘밤 안으로 인사를 해야 겠다고 생각했어. 진구 노야는 태후궁의 고참인데다 예의를 까다롭게 따지는 사람이라는 말을 들었기 때문에……."

"왜 이렇게 한밤중에 온거냐?"

"내내 손님이 있었어."

"손님이라니?"

"한참 동안 둘이서 아편을 피우며 술을 마시고 있었어. 그래서 손님이 돌아가는 걸 기다렸다가 와봤더니……."

"분명히 말해! 그 손님이 누구야. 너, 봤지? 누군지 알지?"

춘아에게 멱살을 잡히고서 난금은 두 손으로 얼굴을 감쌌다.

"…최 부총관이 도망쳐 나갔어. 진구 노야는 자기가 목을 맨게 아니야. 부총관이 죽인거야."

깨물고 있던 분노가 신음소리로 변하여 새나오며 춘아의 입술이 파르르 떨렸다.

최옥귀는 이연영 총관의 심복이다. 산차 출신으로 근골이 장대한 최옥귀가 술과 아편에 취해 널브러진 진구 노야를 이유없이 죽이진 않았으리라.

비밀이 새나가지 못하도록 살해한 것임에 틀림없다.

경사방 태감들이 조잡스러운 삼나무 관을 운반해 왔다. 궁성 안에서 사람이 죽으면 이유여하를 막론하고 한시라도 빨리 성밖으로 옮기지 않으면 안 된다. 그것은 성스러운 천자가 거주하는 내정의 규정이었다.

춘아는 한탄할 틈도 없이 예전에 스승이었던 진구의 유해를, 톱밥을 깔아놓은 관 속에 눕혔다. 장례의식이라야 고작 죽은 사람 발목을 삼베끈으로 묶는 것과 소태감들이 악령을 쫓기 위해 목탁을 두드리는 것뿐이었다.

"기다려, 잠깐만 기다려!"

춘아는 문득 생각난 것이 있어 관뚜껑을 덮으려는 태감들의 손을 저지했다.

"마음은 알겠지만, 샤오리 장안. 일손을 늘쩡하게 놀린 것이 들통이라도 나면 우리들 경사방 태감 전원이 곤장을 맞게 돼. 빨리 성밖으로 내가야지."

"알고 있어. 책임은 내가 질테니까 잠깐만 기다려줘."

춘아는 그 말을 남기고 옹옹처를 뛰쳐 나갔다. 홍색 담벼락으로 둘러싸인 밤길을 달렸다. 태후가 잠들어 있는 영수궁 담장 곁의 자기 방에서, 여하튼 관에 넣어주지 않으면 안 될 물건을 찾아내서 캄캄한 밤길을 되돌아 달린다.

가며오며 달리면서, 춘아는 진구와 함께 옹옹처에서 지냈던 그리운 날들을 마치 어제 있었던 일처럼 회상했다. 구제할 방법이 없는 무시근한 사람이었어도 춘아한테는 진구 노야가 무엇과도 바꿀 수 없는 소중한 스승이었다. 엄격한 계율과 세상사와는 전혀 동떨어진 풍습으로 가득한 후궁의 어둠 속에서, 그 트릿한 스승의 가르침이 얼마나 귀중한 것이었는지 춘아는 절실히 느끼곤 했다. 적어도 진구 노야는 어린 소화계의 가슴에 인간의 심성을 심어 주었다.

지금 이 지경을 당해서 그 은혜에 보답하는 방법은 이것밖에 없다고 춘아는 생각했다. 후궁 안에서 가장 오래된 태감 중에 한 사람이고 보니 진구 노야의 〈보패〉는 이자에 이자가 덧붙어 사들일 수가 없었다. 잊고 있었던 것은 아니지만, 진구 노야의 보패 하나값으로 젊은 환관들 스무명 분을 사들일 수 있다보니, 다음에 다음에 하면서 계속 뒤로 미루게 되었던 것이다.

숨이 턱에 차도록 뛰어서 돌아온 웅웅처는 돌변한 정적에 휩싸여 있었다. 사람들의 그림자는 모두 희미한 불빛 아래 한쪽 무릎을 접고 앉아 있다.

쇠를 끊는 것처럼 날카로운 대총관의 목소리가 들려왔다.

"춘아는 어딜 갔느냐! 소동이 난걸 듣고 달려왔더니, 부정한 사체를 방치해두고서 어딜 간게야! 자, 빨리 뚜껑을 닫아라. 아편에 미쳐서 제 손으로 목매 죽은 사체 따위를 잠시라도 성안에 두어서는 아니 된다. 쓸데없는 짓은 일체 금한다. 노공호동에라도 옮겨다놓으면 들개가 먹어치우든지, 거기 사는 사람들이 경문 한줄쯤 읊어주든지 할테니까."

대총관을 둘러싸고 있는 강건한 체구의 산차들 속에는 최 부총관의 모습도 끼어 있었다.

"잠시 기다려 주십시오, 이 노야."

춘아의 말에, 대총관은 거무스레하고 말처럼 긴 얼굴로 돌아보며 악랄한 웃음을 띠었다.

"춘아. 이 칠칠치 못한 뒷처리는 아무리 노조종의 귀여움을 독차지하고 있는 너라도 용서할 수 없는 일이야. 곧장 백 대다, 각오해라."

"백 대든 이백 대든 하고 싶은 대로 하십시오."

춘아는 대총관 앞에서 부복하는 예의도 갖추지 않고 그렇게 대답했다. 환관들이 모두 자신의 귀를 의심하며 고개를 숙였다.

반발은 그것만으로 끝나지 않았다. 춘아는 저지하려는 최옥귀를 들이받고 대총관의 가슴을 밀어젖히고서 진구의 관 앞으로 다가갔다.

샤오리 장안은 유해의 머리맡에 무릎을 꿇고 앉아 목메어 울면서 탄식했다.

"진구 노야. 스승님. 노재는 스승님께 아무것도 은혜를 갚지 못했습니다. 아무리 내정의 규범이라지만 경문 한줄 읊어드리지 못하고 향불 하나 피우지 못하고……. 이거, 노재가 드리는 약소한 공양물입니다. 가지고 가십시오."

춘아는 그렇게 말하면서 실금하여 더러워진 진구의 고간에 보패병을 단단히 끼워 놓았다. 병목에 매달린, 빨간 비단실로 짠 〈이춘운〉이라는 명찰을 보고 환관들은 모두 비명에 가까운 소리를 질렀다.

대총관의 발치에 웅크리고 있던 경사방 수령이 산차의 손을 뿌리치고 앞으로 나서며 외쳤다.

"무슨 짓이야! 치워! 그러면 내세에서는 네가 씨없는 숫노새가 된다구!"

난금이 달려와서 어이없다는 듯 춘아에게 말했다.

"그만 둬요, 형님! 무슨 짓을 하는 거예요."

그러자 이연영 대총관이 새된 목소리를 높게 울리며 비웃었다.

"어이구, 아름답기 그지 없구먼. 그렇게까지 선덕을 쌓으면 염라대왕도 인정을 베풀테지. 보패같은거 없어도 너만은 숫노새가 안될지도 모르겠다. 게다가 뭐야, 태감들에게 보패를 선물로 갖다주고 네 부하로 만드는 것도 부족해서 그런 식으로 손수 선행까지 보여주는 거냐? 언젠가는 나를 밀어내고 네가 차고 앉으려는 수작인 모양인데, 흥, 그렇게는 안 될걸. 아무리 내가 늙었다지만 이 이연영이 네까짓 애숭이놈한테 당하고 있을 것 같으냐?"

대총관은 격하게 팔소매를 휘두르며 산차에게 명했다.

"이 자리에서 샤오리 장안에게 곤장 이백 대. 죽어도 상관 없다, 숨이 끊어질 때까지 매우 쳐라!"

그러나 줄줄이 늘어선 산차들은 돌로 만든 인형처럼 아무도 움직이지 않았다.

"어찌 된거야? 노 수령, 네가 쳐라. 이놈을 쳐서 죽여라!"

강건한 산차들 중에서도 머리 하나가 더 큰 통칭 〈도살꾼 노 산차〉가 등에 지고 있는 가죽주머니에서 봉을 빼들고 춘아에게로 천천히 다가갔다.

그러나 스스로를 고무하듯 몇 번이나 소리가 나도록 봉을 휘두르던 노 수령의 동작이 갑자기 공기가 빠져나간 것처럼 느슨해졌다. 봉이 바닥에 떨어졌다. 도살꾼 노 산차는 대총관의 발아래 머리를 조아렸다.

"용서해 주십시오, 대총관 노야. 노재는 샤오리 장안을 때릴 수 없사옵니다."

대총관의 눈꼬리가 치켜 올라갔다.

"때리지 못하면 네가 대신 맞아야 하느니라."

"그래도 상관 없사옵니다. 노재는 샤오리 장안에게 진 빚이 있사옵니다."

"빚? 그래, 돈을 빌렸다면 오히려 더 잘 되지 않았느냐."

"그래도 노재는 못하옵니다. 물론 돈을 빚진 게 아니옵니다만 ……."

이연영과 최옥귀는 서로 얼굴을 마주보았다. 노 수령은 엎드린 채 말을 이었다.

"…샤오리 장안은 오랜 세월동안 노재를 괴롭혀 왔던 지안문의 소도유한테서 제 보패를 사다가 돌려주었사옵니다. 오래 근무한 태감에게 내린 하사금으로 산 것이라 하였사옵니다. 하지만, 그런 일이 있을 리가 만무하옵니다. 샤오리 장안은 자기 사재를 털어서, 저희들 가난한 태감들을 위해 보패를 사들여 나누어 주었음에 틀림없사옵니다."

"돼먹지 않은 소리 하지마라!"

최옥귀 부총관이 봉을 집어들었다. 노 수령은 그 봉끝을 붙들고 말했다.

"안 됩니다. 안 됩니다, 최 노야. 그랬다가는 당신은 지옥에 떨어집니다."

최옥귀는 기가 꺾이지 않고 발끝으로 노 수령의 턱을 걷어차며, 그
등을 힘껏 내리치고 나서 춘아 앞에 섰다.

"야, 춘아! 네까짓게 나를 제치고 출세를 해? 때려 죽일테다."

관 옆에서 올려다본 최옥귀의 얼굴은 형용할 수 없이 추했다. 신체
의 일부와 함께 넋까지 빼던진, 이거야말로 가장 보기 흉한 환관의
모습이다.

춘아는 사람들이 아귀처럼 두려워하는 그 부총관 앞에 마주 섰다.
어른과 아이 정도로 체구는 엄청나게 차이가 나지만 이놈에게는 질
수 없다. 아니, 절대로 져서는 안 된다.

각오를 다진 춘아의 목소리가 차분하게 흘러나왔다.

"진구 노야는 황태후궁의 밥벌레였습니다. 아편 중독에 노름 좋아
하고 술주정뱅이라서 대책없는 사람이긴 했지만, 그래도 여러 가지
많은 일들을 가르쳐 주셨습니다. 매를 요령껏 맞는 법이랑 참새소리
흉내, 장기랑 화투 그리고 귀뚜라미 씨름 등…, 때리는 그만큼 다른
일들을 찬찬히 가르쳐 주셨지요. 아무런 즐거움도 없는 이곳 생활
에, 진구 노야는 여염집 아이들이 즐기는 놀이를 몰래 가르쳐 주셨습
니다. 하지만 최 노야, 노재는 당신한테서 아무것도 가르침을 받은
것이 없습니다."

최옥귀는 맹수처럼 으르렁거렸다.

"죽여버릴거야, 이 자식!"

"하나를 죽이나 둘을 죽이나 어차피 마찬가지라는 말입니까?"

최옥귀가 깜짝 놀라며 눈을 껌벅거렸다. 동시에 비웃음을 거둔 이
총관을 향해 춘아가 다시 말했다.

"이 노야. 약속한 오백 냥은 건네주셨습니까?"

"…오백 냥이라니? 대체 무슨 소릴 하는거냐?"

"그렇다면 하다못해 또 하나의 약속은 지켜 주셔야지요?"

"너 지금 무슨 소릴 하는게야?"

"들개의 먹이로 내던지겠다니 말도 안 되지요. 관은 약속대로 금산의 보장사로 옮겨서 갖출 것 다 갖춰서 장사지내 주십시오."

이연영은 기다란 얼굴에 분명하게 나타나는 낭패스런 표정을 감추지 못하면서, 긴 소맷자락을 휘둘러 사방에 둘러서 있는 환관들에게 명했다.

"대총관 태감에게 무례한 언동을 한 이 불손한 놈을 쳐라. 누구라도 좋다. 춘아를 치는 자에게 은 열 냥, 때려 죽인 자에게 백 냥의 상금을 내린다."

어느 틈엔가 태감들이 일어서 대총관 주위를 둘러쌌다. 그러나 그의 명령에 따라 움직이는 사람은 하나도 없다.

"…어쩌겠느냐? 은 백 냥이다!"

둘러선 사람들 속에서 누군가가 말했다.

"그따위 은 백 냥, 필요 없소!"

"누구냐! 무슨 말버릇이야. 내 명령은 노조종의 명령이다!"

대총관이 목소리가 들려온 쪽을 돌아보자, 이번에는 다른 사람이 말했다.

"노조종이 그런 명령을 내릴 리 없소. 누구보다 춘아를 잘 알고 계시는 분이니까!"

환관들의 웅얼거림이 주문을 외는 것처럼 높아졌다.

"샤오리 장안을 때려 죽였다가는 씨없는 숫노새만 될 정도가 아니지."

"그럼. 틀림없이 무한지옥으로 떨어지고 말거야."

"백 냥 아니라 천 냥이라도 될 소린가, 어디."

어느 틈엔지 옹옹처 안팎에 헤아릴 수 없을만치 많은 환관이 모여들었다.

대총관은 그 많은 사람들 속에서 남부극단의 조 장안적을 눈으로 끌어냈다.

"어이, 조 장안. 너는 할 수 있겠지. 춘아에게 몽땅 다 빼앗기고 여자역으로 떨어진 너라면……."

조 장안은 여자역이 너무 잘 어울릴 만큼 고운 미모의 얼굴을 아무런 망설임 없이 가로저었다.

"그건 못합니다. 춘아는 노재의 스승입니다. 스승을 내려쳐야 한다면 노재도 여기서 목을 매고 죽겠습니다."

사람들이 몇 겹이나 에워싸서 춘아를 보호했다. 어선방에서 오래도록 일해온 조리사가 때마침 말을 꺼냈다.

"이 노야. 우리들 환관은 남자로서는 쓰레기같은 존재지만 인간의 양심은 지니고 있소. 불알과 함께 모든 걸 잘라 내버린게 아니오. 춘아는 올바른 사람이오. 그런 것쯤은 당신도 알만 한데."

"억지 소리 하지마라. 나는 태후궁의 대총관이다."

"아니, 당신은 악한이야. 저기 있는 최 총관도 악한이고. 나는 당신네들이 출세하는 모양을 화덕 그늘에서 줄곧 지켜봤지만, 조금도 대단하지 않아. 뇌물을 받아 먹고 폭력을 휘두르고, 윗사람에게는 아첨을 떨고 아랫사람은 죽도록 괴롭히고. 그렇게 무슨 짓이든 가리지 않고 오직 출세만 하자고 들었으면 누구나 대총관이 될 수 있어. 하지만 춘아는 소화계 시절부터 줄곧 그런 일을 한번도 한 적이 없었다. 보시오, 이 노야."

노태감은 사람들이 등 뒤에 보호하고 있는 춘아의 팔을 잡아 자신의 가슴께로 끌어당겼다.

"보시오. 이 사람은 노조종의 눈에 들어서만이 아니라 우리들 모두가 받들어 세워서 출세한 최초의 태감이다. 십 년 전에 남부극단의 조 장안은 말 다리 역을 하던 이녀석을 주역으로 내세웠다. 그리고 어전 태감들은 모두가 이녀석을 진선역으로 내세웠다. 왠지 아나? 야, 샤오리즈! 춘아는 말이지, 항상 얻어 맞기만 하는 우리의 희망이었단 말이다."

노태감은 춘아의 등을 꼭 껴안으며 계속했다.

"보아라, 샤오리즈! 이녀석은 사내를 버리면서 모든 걸 다 버리고 환관이 됐을텐데, 인간의 긍지는 분명히 지니고 살아간다. 그래서 자기 보패까지 진구에게 주고도 태연할 수 있는 것이다. 눈을 피하지 마라. 똑똑히 봐라. 인간이 섬기는 신이란 바로 이런거다. 단순히 빌고 절하며 의지하는게 아니야. 언제나 가난한 사람 곁에 있고, 있어주는 것만으로도 살아갈 희망을 불어넣어 주는, 고맙고 사랑스러운 존재다. 춘아를 죽이려면 먼저 나를 죽여라. 그러면 아마도 나는 극락엘 갈게야."

노태감은 춘아를 등 뒤로 돌려세우고 자신의 결의를 나타내듯 한발 앞으로 나섰다. 둘러선 사람들이 일제히 한덩어리로 뭉쳤다.

"이런 젠장. 이놈이나 저놈이나 모조리…, 너희들 잊지마라! 그리고 춘아 너! 이번 일은 노조종 마마께 말씀드려서 반드시 처벌받게 할테니까."

마지막 한마디를 남기고 대총관과 부총관은 도망치듯 옹옹처를 빠져나가 사라졌다.

춘아는 주저주저하며 사람들을 둘러보았다. 수많은 환관들의 열기에 완전히 움츠러들어, 춘아는 소화계 시절의 어린애로 돌아가고 말았다.

"미안해요 모두들. 내가 너무 주제넘은 짓을 해서 소동이 나버렸군요."

춘아는 그렇게 말하면서 주위를 둘러보았다.

그러자 춘아의 시선에 무너져내리는 것처럼, 태감들은 그 자리에 무릎을 꿇고 양쪽 소맷자락을 늘어뜨리며 머리를 조아렸다.

"아니 아니, 이러지 말아요, 모두들. 나는, 그런게 아니예요. 아이구 어쩌나."

난금이 득의만만한 표정으로 얼굴을 들고 말했다.

"형님, 노조종께서는 처벌같은 거 안 하실거예요. 형님은 머잖아 반드시 대총관이 되실거예요."

"대가(大哥 : 큰형)! 이춘운 대총관!"

"그렇다, 그대야말로 살구색 가마를 타야해!"

"대가! 우리들의 샤오리즈!"

관 속에 누워 있는 진구 노야의 얼굴도 마치 미소짓는 것처럼 보였다.

"날더러 대가… 큰형님이래……."

춘아의 가슴에, 용감한 골목대장이었던 큰형의 얼굴이 뚜렷하게 되살아났다.

61

북경과 천진 사이를 네 시간에 연결하는 경진철도의 기점인 마가호 역은, 외성 영정문에서 남쪽으로 약 6화리—, 3킬로미터 정도나 떨어진 광야의 한복판에 있다.

더욱이 영정문은 내성의 정양문에서 20화리 이상이나 떨어진 천단의 남쪽에 위치해 있으므로, 자주 철도를 이용하는 외국인들에게는 불편하기가 이루 말할 수 없다.

그것은 근래 들어 주저주저하며 간신히 〈화차〉를 타기 시작한 중국인 관리나 상인들에게도 마찬가지다.

제발 시가지까지 철도를 연장해주기 바란다는 진정이 끊이지 않았지만, 서태후는 결코 받아들이지 않았다. 태후가 느끼는 〈화차〉는 맹수이자 침략해 들어오는 양키의 상징물이고, 궁성의 풍수를 어지럽히는 악마였다.

그래서 이화원으로 거동하기 전에 마가호 역에 들려 〈화차〉를 구경하자고 태후가 말을 꺼냈을 때, 관리와 태감들은 천지가 뒤집히는 것처럼 놀랐다.

태후의 생각은―, 화차를 내 눈으로 한번 봐두자, 그리고 얼마 전에 착공한 북경과 한구 사이를 연결하는 경한철도의 공사 진척상황까지 살펴보자는 것이다.

여하튼, 예전 이홍장이 그렇게도 아끼던 증기기관차를 천진 교외에 굴을 파고 묻어버렸을 만큼 화차를 싫어했던 태후다. 그런 태후가 경한철도 건설을 재가했다는 것도 믿기 어려운 일이었는데, 스스로 마가호 역에 들려 화차를 견학하겠다는 것이다.

갑작스럽게 나온 이야기였다. 서태후의 〈변덕〉은 모두가 익히 아는 나쁜 버릇이지만, 설마하니 이화원으로 나가기 전날에 그런 일을 생각해낼 줄이야 아무도 예상할 수 없었다.

그러나―, 이 변덕에는 이유가 있었다. 태후 자신밖에 모르는, 결코 입밖에 낼 수 없는 이유가.

떠날 준비가 완전히 갖추어진 초여름 오후, 자희는 영수화원을 산책했다.

다음날 별궁으로 떠나면 이제 두번 다시 자금성으로 돌아오지 못할지도 모른다. 아니, 적어도 그러한 각오쯤은 해두지 않으면 안 된다… 그런 상념이, 오랜 세월 정들어온 영수화원에 해가 기울 때까지 걸음을 묶어두었다.

언제나 그랬던 것처럼, 자희는 화원 한쪽 구석 붉은 담장으로 둘러싸인 바위산을 혼자서 오른다.

반석 틈서리를 뚫고 자라난 삼나무와 소나무 둥치를 돌아, 우뚝한 나막신 발끝에 주의를 기울이며 걷는다. 불당에 참배하고, 노송이 자리잡은 커다란 바위 정상까지 올랐다.

건륭의 혼령은 나타나지 않았다. 그러고 보니 미쳐버릴 정도로 국사만을 골똘히 생각하는 자신이 고비마다 만난 그 혼령은 단지 환상에 불과했던 것인가. 자신은 은퇴하기로 결심했다. 이제 마음의 갈등을 씻고 번뇌의 늪에서 빠져나오게 되자 환상도 사라진 것인가.

그렇게 생각하니, 자희의 마음은 옥죄던 족쇄를 풀어버린 것처럼 가벼워졌다.

다시 한번 바위산을 둘러본다. 나무들 사이로 저녁 햇살이 층층을 이루며 비쳐들고 있다.

그래, 이곳에는 아무것도 없다. 근심도 사리사욕도, 초조함도 번뇌도… 아무것도 없다.

이제부터는 줄곧 안온한 날들이 계속되리라고 깊은 안도의 숨을 내쉬는 순간, 자희는 갑자기 두려운 마음이 들었다.

"할아버지—."

자희는 길을 잃고 헤매는 아이처럼 건륭의 혼령을 불렀다.

"어디 계세요? 나오세요. 대답하세요."

자희의 부름은 허망하게 바위에 부딪쳐 메아리쳤다.

"설마 재첨이 있는 곳으로 가신 것은 아니겠지요? 할아버지—, 설마하니 그 아이에게 무서운 이야기를 들려주는 것은 아니지요? 어서 나와 보세요."

대답이 없다. 바위산에는 나무들의 속삭임과 작은 새들의 지저귐만 있을 뿐이다. 아니, 저녁 하늘을 스쳐가는 큰 새들의 울음소리만 들릴 뿐—, 이곳에는 아무도 없다.

점점 자희의 마음 속에 하나의 공포가 커진다.

자기는 권력의 자리에서 내려왔다. 그렇기 때문에 건륭의 혼령은 이제 나타나지 않는다. 사람들이 복수하려 든다. 새로 권력을 쥔 유신세력과 거리의 폭도들, 남쪽 지방에 나타난 공산주의자들이 자기의 생명을 노리고 달려든다.

자획는 바위산에서 뛰어내려와 육각으로 뚫린 문을 구르듯이 빠져 나왔다.

"춘아, 어디 있느냐? 샤오리 장안 어디 있느냐?"

춘아는 얼른 행렬의 선두로 달려나가 태후의 발아래 부복했다.

"노재, 여기 있사옵니다. 노조종 마마 무슨 일이시옵니까?"

"잊고 있었다. 나를 죽이려고 획책하는 무리가 있다는 걸, 전혀 잊고 있었구나. 이화원으로 가는 도중에 어떤 자가 나를 습격할 거라는 전언이 있었다."

언제, 누구에게 들었을까… 그렇다, 영록이 그런 충고를 했다. 이화원으로 행차하는 도중에 자객이 폭탄을 투척할 것이라고.

"완전히 잊고 있었느니라. 내일 출발하는 것은 이미 널리 알려져 있겠지. 이거 정말 위험할 뻔 했구나."

"그러면 행차하시는 일시를 바꾸도록 하오리까?"

"다음 번 길일은 언제인고? 내일 날씨가 나쁠 경우에는…….."

"열이틀 후가 되옵니다. 하오나, 흠천감의 예상에 의하면 내일은 결코 비바람이 없으리라 하옵니다."

춘아는 곤혹스러웠다. 뚜렷한 이유없이 일정을 연기하면, 그렇잖아도 태후의 이동을 흉흉한 마음으로 지켜보는 사람들 사이에 쓸데없는 의구심만 커지고 억측이 난무하게 될 것이다.

춘아는 잠시 생각하고 나서 무릎걸음으로 태후 가까이 다가갔다.

"…하다못해 갑작스러운 병환으로 거동치 못한다는 이유라도 붙이지 않으면 아니 될 것이옵니다."

올곧은 성격을 지닌 이 달단의 여인은 어떤 궁지에 몰리더라도 결코 거짓말을 하려 들지 않는다.

"그건 안 된다. 나는 꾀병같은 것은 싫다. 그러면… 일정은 바꾸지 말고 도정을 바꾸도록 하자. 매복 위험도 사라지겠지."

황태후를 태운 봉련이 이화원으로 가는 도정은 통상 황성의 북문인

신무문에서 출발하여 경산 기슭을 돌아 지안문으로 빠져나가, 십찰해 호숫가를 돌아 외성의 서북단인 서직문으로 나간다. 문 밖의 만수사에서 배로 갈아타고 운하를 거슬러 올라가 이화원의 나화교에 이르기까지의 길은 기껏해야 20화리에도 못미치는 거리다. 장대하고 화려한 태후의 행렬이 아무리 천천히 나아간다 해도 반나절도 걸리지 않는다.

"노조종께 아뢰옵니다. 도정을 바꾸시는 것이 묘안이기는 하옵니다만, 오랜 세월에 걸쳐 정해진 이화원까지의 도정을 바꾸신다면, 그또한 불필요한 억측을 불러일으키게 될 것이옵니다."

"정말 부자유스러운 몸이구나……."

태후는 한숨을 쉬었다. 그러나 자신의 뜻을 굽히지 않는 강건한 정신력의 소유자다. 묘안을 짜내는 듯 한참 동안 노을지는 하늘을 바라보던 태후가 단호하게 말했다.

"그렇지! 화차를 보러가자!"

궁녀들과 환관들 사이에 술렁거림이 일었다.

"예전에 소전이 내게 간언했던 일이 있다. 화차라는 문명의 이기를 본 적도 없으면서 업신여겨 저주하고, 땅에 구덩이를 파고 묻어버리다니 이 무슨 폭거냐고 말이다. 생각해 보니 그 말이 맞다. 천안문에서 출발하여 영정문을 나서면 마가호 역까지는 멀지 않다. 화차라는 걸 구경하고 친정의 첫 사업이 되는 철도공사를 시찰하고 나서, 이화원으로 향하면 되지 않겠느냐. 어떠냐, 춘아야? 이렇게 도정이 변경된 것을 알아차릴 사람은 없겠지?"

태후가 화차를 구경한다는 것은 분명 놀랄만한 일이지만, 그것은 태후가 황제의 변법을 가납했다는 사실을 자연스럽게 내외에 알리게 되는 일이기도 하다.

춘아의 표정이 밝아졌다.

"그건 아주 명안이시옵니다. 하오나 아침 일찍 출발하시어 마가호를 둘러보신다 해도, 저녁 무렵까지는 이화원에 도착하시게 되올는지……."

"뭐, 해가 지면 자죽원(紫竹院) 행재소에서 머물면 되지. 그러면 도중의 경호는 필요없으니, 대신에 신기영(神機營) 1려로 행차를 호위토록 하라."

행차 바로 전날의 예정 변경―, 그것은 분명 안전을 위한 기발한 계책이다. 또 하나, 자객이 숨어든다면, 가장 믿을 수 없는 것은 도중의 경비를 맡은 정체불명의 몰락한 팔기병이다. 그들은 이미 군기도 없고, 금품에 매수되면 무슨 짓이라도 할 놈들이라는 것을 태후는 잘 알고 있었다. 그런 점에서, 평소 황성 경호를 담당하고 있는 신기영 경호병들이 태후의 행차를 호위한다면 안심할 수 있다. 더욱이 그들은 충복인 영록의 직속부하들이며, 사령관은 태후의 동생인 계상 장군이다.

"그렇게 알고 거행하라. 알았느냐!"

이리하여 마가호 행차가 갑작스레 결정되었다.

밤이 채 밝기도 전부터 오카 게노스케와 토머스 버튼은 마가호 역전에 있는 레스토랑 〈양춘원〉 발코니에서 서태후가 도착하기를 기다리고 있었다.

양춘원은 살풍경한 역전거리에 잘 어울리는 낡은 이층집으로, 아메리카 서부의 어느 거리에나 있음직한 자그마한 레스토랑인데 북경에 주재하는 외국인들 사이에서는 대단히 좋은 평판을 듣고 있다. 동교 민항에 있는 국적불명의 여느 레스토랑에서는 맛볼 수 없는 정통 스튜를 내놓기 때문이다.

그 맛에는 그럴 수밖에 없는 비결이 있었다. 그것은 요리장이 마르세유 출신의 프랑스인이라는 점과 이곳에서 경진철도를 운행하는 식당차 음식을 독점공급한다는 점이다. 양춘원은 북경 교외에 있다기보다 천진 조계의 연장선 위에 있는 것이다. 하긴 식당차와 마찬가지로 그 레스토랑 앞에도 세워놓은 〈개와 중국인 사절〉이라는 간판만은 받아들일 수 없지만.

총리아문 관리로부터 역두의 한곳에 모여 취재하라는 전갈을 받은 외국 기자들에게 양춘원 발코니는 안성맞춤의 장소였다.

양춘원에는 취재하기에 알맞은 널찍한 발코니가 일층과 이층에 붙어있다. 아메리카 서부의 오래된 선술집처럼 보이는 것은 차단되지 않고 비쳐드는 중원의 햇살과 황사때문이어서, 비라도 한줄기 쏟아진 다음날 아침에는 여지없이 프랑스 남부의 레스토랑을 연상케하는 상쾌한 모습을 되찾는다. 그러나 비가 자주 내리지 않는 이 지방에서는, 그 건물이 흰색 페인트로 칠해져 있다는 사실을 아는 사람이 별로 많지 않다.

이층 발코니에는 삼각대로 고정시킨 카메라가 포진했다. 오카와 톰은 역을 향해 가장 가까운 테이블에 자리잡고서, 저 멀리 영정문쪽에서 이는 신기루같은 모래먼지를 바라보며 이제나 저제나 기다리고 있었다.

외성벽까지의 6화리는 민가도 나무도 없이 그저 망망하기만한 황야다. 망원경 속에서 또렷한 모래먼지를 확인하고 나서도, 이럭저럭 한 시간이나 지나도록 행렬은 전혀 가까워지지 않았다.

톰이 탄산수를 마시며 여유있는 표정으로 오카의 망원경을 들여다 보았다.

"한 시간이나 지났지만 망원경 속에서도 변한 게 없어. 이런 광경을 독자들에게 어떻게 이해시킬 수 있겠어 ? ."

"그럼, 무리하게 쓰지마. 걸리버 여행기가 돼버릴테니."

두 잔째의 탄산수를 다 마시고 새로 입은 양복이 땀에 흠뻑 젖었을 무렵에야 겨우 선도대 기마가 역전 광장으로 들어섰다.

"어허, 신기영의 기마대 아냐 ? 이건 좀 희한한 일인데."

톰은 그렇게 말하고서 각국의 카메라 맨들에게 화려하고 장엄하게 장식한 기병들을 촬영하도록 권했다.

"신기영?"

"말하자면 근위병이지. 저것 봐, 게이. 모두들 황색 깃발을 받들고 있잖아."

"근위병은 팔기군에 속한 게 아닌가?"

"팔기는 정규군이라는 정도의 의미야. 하지만 지금은 이름뿐인 기인으로 몰락했지. 아편 소비단체에 불과해. 그런 점에서, 신기영은 황성을 경호한다는 확실한 명분의 임무를 맡고 있으니까 군기가 엄정할테지."

기병들은 자그마한 몸체의 몽골말을 타고 촉끝에서 작은 황색 깃발이 휘날리는 창을 쥐고 있다. 의장은 고색창연한 만주 부족의 갑옷이고, 허리에는 반달모양의 작은 활과 말을 탄 채 마음대로 휘두르기에 알맞게끔 많이 휘어진 장도를 차고 있다.

기병들이 역두에 웅성거리는 무리들을 뒤로 물리며 경비에 임했을 즈음, 드디어 행렬의 선두가 도착했다.

사막과 같은 태양빛에 그을리고 있는 기자들도 불행했지만, 발코니 앞에 서 있는 종려나무 세 그루는 더욱 불행했다. 행렬이 나타난 순간, 그 때까지 기자들의 얼굴에 내리쬐는 뜨거운 태양빛을 가려주던 커다란 나뭇잎은, 시야를 조금이라도 넓게 확보하려는 카메라 맨들의 손에 갈기갈기 찢겨져버리고 말았다.

"침착하게 해, 게이."

세기적인 순간을 놓칠 수 없어 발코니에서 몸을 한껏 내밀고 있는 오카에게 톰이 주의를 주었다.

"행렬이 다 들어오면 플랫폼으로 가보자."

"뭐? 기자석에서 떠나면 안 된다고 했는데……."

"곧 알게 돼. 이 나라 국민은 예의는 바르지만 행위는 그렇지가 못해."

플랫폼에는 객차를 길게 매단 대형 기관차가 들어와 있어, 가장 귀하신 견학자에 대해 마치 예포를 쏘는 것처럼 계속해서 기적을 울리고 있었다.

행렬은 줄줄이 이어진다. 총을 메고 활을 든 금위군 병사들이 행렬 바깥쪽을 걷고 있다. 두번째 줄은 똑같이 빨간 양산을 쓴 환관들이고, 그 안쪽에는 공작깃을 단 관을 쓰고 조복을 갖춰입은 관리들과 고급 태감이 걸어간다. 엄청나게 긴 깃대에 꽂힌 수많은 깃발들이 바람에 휘날린다. 기마는 얼마 안 되고 거의가 도보 행렬이다.

이윽고 선명한 황색 비단 휘장으로 사방을 감싼 사두마차가 모습을 나타냈다.

"저봐, 톰. 가엾게도 저래갖고는 바깥 풍경을 볼 수 없잖아."

"본인이 바깥 풍경을 즐기는 것보다, 일반 백성들에게 모습을 보여서는 안 되기 때문이야. 하지만 마차에서 내리면 그렇게도 안 될걸. 잔뜩 모여든 구경꾼들로서는 살아있는 부처님을 볼 수 있는, 평생에 단 한 번의 기회일테니까."

갑작스레 결정된 행차의 정보가 어떻게 새나가게 됐는지 모르지만, 어마어마하게 많은 구경꾼들이 역전으로 몰려든 이유는 아마도 그 때문이리라.

마차 뒤에는 금종(金鐘)과 경(磬)을 울리는 악대가 화려한 음악을 연주하며 따라오고 있었다. 그 기묘한 소리는 마치 바람에 휘날리는 무수한 깃발들과 화합하고 있는 듯한 느낌이었다. 악대 뒤로는 병사와 환관과 관리들의 행렬이 좌우 여섯줄로 더욱 길게 이어졌다.

기자들은 제각기 망원경을 들여다보면서 얼굴을 아는 대관이나 황족의 이름을 확인하듯 외친다. 카메라 맨은 그 소리에 따라 초점을 맞추고 셔터를 누른다.

공교롭게도 이 정도 거리에선 오카의 테없는 안경은 전혀 도움이 안 된다. 열심히 망원경을 들여다보느라 눈이 완전히 침침해진 오카는 톰에게 설명해 달라고 조른다.

"얼룩말을 타고 있는 사람이 단군왕 재의(端郡王載漪). 그 곁에 갈색 털이 섞인 백마를 탄 사람이 이대째 순친왕이며 황제의 친동생인 재풍(載灃). 바로 뒷쪽은 경친왕 혁광(奕劻). 쟁쟁하군, 그야말로 만주 황실 전람회다."

발코니에 모인 기자들은 잡담을 그치고 톰의 세밀한 설명을 수첩에 적기 시작했다.

"톰! 이춘운이 보인다."

"어디?"

톰은 마차 곁에 바짝 붙어 종종걸음으로 따라가는 젊은 환관에게로 망원경의 초점을 맞췄다.

"그래 정말! 모자에 파란 정대를 달았어. 4품인가, 아니 3품 정대다. 역시 대단하군."

"마차 앞에 있는 두 사람은?"

"저쪽편 말이 환관의 우두머리 대총관 이연영. 이쪽편은 영록 장군이겠지."

톰이 영록 장군의 이름을 입밖에 낸 순간, 발코니의 기자들이 그 모습을 보려고 모두 일어섰다. 영록은 아마도 어떤 나라의 기자들에게나, 시대의 열쇠를 쥔 인물로 인식돼 있는 모양이다.

"이홍장은 보이지 않는군. 노구에 긴 도정을 감당할 수 없으니 필경 황제와 함께 미리 이화원으로 가서 마중하겠지."

그 때, 발코니 바로 아래로 털이 고운 흑마를 탄 고관이 지나쳐갔다.

"저 사람은 누구야?"

"정 4품 고관인데 잘 모르겠어. 만주인이군."

"여기를 쳐다본다."

"총서의 관리인 모양인데… 외국인을 경계하는거 아닌가."

중국인치고는 드물게 하얀 살결의 그 고관은, 포진하고 있는 카메라를 올려다보면서 지나갔다.

서태후의 마차가 역사 곁에 도착하자, 구내쪽으로 황색 비단 터널이 만들어졌다. 군중들이 눈사태처럼 밀려들었다.

날이 밝기도 전부터 입이 아프도록 떠들어댔던 준수사항은, 여지없이 금방 허물어지고 말았다. 과연 톰이 예언했던 대로, 군중들이 저마다 먼저 가려고 역사쪽으로 밀려드는 바람에, 호각을 부는 순사들과 경호를 맡은 위병들도 그 속에 휘말려 달리기 시작했다. 뒤에는 길가에 그대로 버려진 음식물 수레뿐이었다.

"자, 가자."

톰의 호령이 떨어지자 기자단은 일제히 발코니에서 뛰어내렸다.

"카메라는 두고 가라! 그리고 수첩은 몰수당할테니까 절대로 꺼내지 마라. 이제부터는 외교관같은 얼굴을 하고 있어야 해."

지시를 내리면서 기자단의 선두를 달리는 톰은, 흡사 돌격하는 외인부대 지휘관 같았다.

역 구내는 관민이 뒤섞인 대군중으로 가득차 있었다.

질서라고 할만한 것은, 위엄을 갖춘 신기영 병사가 별달리 무엇을 하는 것도 아니면서 군데군데 부조상처럼 서 있는 것일뿐.

플랫폼 입구에 굵고 거친 새끼줄로 경계를 만들어 놓고, 그 안쪽에 창을 든 병사들이 병풍처럼 둘러서 있다. 오카와 톰은 사람들 속을 헤치고 나가 경계에 다다랐다.

"여기서는 아무것도 보이지 않아."

플랫폼 끄트머리에는 환관들이 황색의 비단 휘장을 들어올려 지탱하고 있었다. 그 곁에선 우스꽝스런 주악이 계속 울렸다.

빈객들이 객차를 들여다보고 있는지, 몇 개의 공작깃이 휘장 윗쪽으로 곤충의 더듬이처럼 나타났다가 사라지곤 했다.

때때로 애교를 부리듯 기적이 울리고, 그 때마다 군중들은 놀람의 환성을 질렀다. 기관차 앞쪽의 철로 위에도 플랫폼에서 넘쳐난 사람들이 무리지어 있다. 만일 지금 기관차가 움직인다면 적어도 백여명 정도는 죽거나 다칠 것이다.

톰이 말했던 대로 예의는 바르나 행위가 나쁜 국민들이라서 그런지, 마가호 역은 대소동이 벌어지고 있었다.

이 기묘한 혼란을 기사로 작성하는 것은 도저히 불가능하겠지… 그렇게 생각하는 오카의 머리 속에, 어느 새 구체화된 기사 문장이 떠올랐다.

〈예절을 존중하는 청나라 국민의 엇갈린 행위 이야기. 평소 관습과 질서를 준수하기에 급급한 관리나 군인들이, 비록 수천이나 되는 대군중이지만 충분히 그들을 제어할 수 있음에도 불구하고, 불가능한 것처럼 내버려두는 것을 도저히 이해할 수 없었다. 오히려 국민의 환호와 홍분을 제어하지 않는 것이 중국의 전통인가보다고 생각하는 수밖에. 이 기묘한 혼란을 기사로 전하는 것 자체가 불가능하여, 나는 그저 역 앞에 멍하니 서 있을 뿐이었다.〉

—— 됐다, 이거야.

오카 게노스케는 혼잡한 사람들 속을 누비고 다니며, 서민들의 소박한 홍분과 서태후에 대한 감정을 가능한 한 머리 속에 기억시켰다. 군중들은 그를 같은 중국인이라고 여기는지, 마치 가슴벅찬 행운을 나누어 가지려는 것처럼 오카의 말에 스스럼 없이 답해 주었다.

서태후가 지극히 가까운 곳에 있다는 이유만으로 그들의 감정은 한 껏 고조돼 있는 것 같았다. 사람들은 거의 모두가 예외없이 〈노불 야〉를 찬양했다.

항간에서 떠도는 서태후 소문은 역시 외국인들이 만들어낸 엉터리 임에 틀림없다. 그러나 한시라도 빨리 이 거대한 나라를 조각내 식민 지로 만들고 싶은 열강들이 온갖 수단을 다해 서태후의 악평을 선전 해도, 대다수가 문맹인 이 나라 국민들의 생각을 뜯어 고칠 수는 없 다. 만일 민중이 직접 선거로 위정자를 뽑는다 해도 결과는 마찬가지 일 것이라고, 오카는 기사화할 수 없는 확신을 갖게 됐다.

한편, 조복으로 몸을 치장한 관리나 환관들이 느끼는 흥분은 서민 들의 그것과는 분명 또 다른 것이었다.

사천 년 동안 거의 변함없는 도덕과 의례로 가득찬 성안에 갇혀 사 는 그들―, 더욱이 칠백 년 동안 책상 위치조차 바꾸어본 적이 없는 그들이 가슴을 두근대며 〈화차〉를 보고 있다.

마치 처음보는 동물의 얼굴을 들여다보듯이 엉거주춤한 자세로 기 관차를 살펴보는 고관. 흠칫거리며 커다란 쇠못과 유리창에다 손가락 을 대보는 환관. 그들은 때때로 울리는 기적소리에 깜짝 놀라 변발을 휘날리며 도망치기도 한다.

오카는 그런 모습을 보면서 〈변법〉이라는 유신운동이 얼마나 어려 움에 처해 있는가를 새삼스럽게 깨달았다. 사천 년 동안이나 문을 닫 아걸고 그야말로 〈중화〉의 완성을 추구해온 동양의 이 거대한 나라에 서, 정치와 문화가 하루아침에 뒤바뀔 수는 없다. 일본이 이룩한 메 이지 유신과는 비교할 수 없는 것이다. 검을 놓은 근황의 지사들이 녹명관에서 댄스 파티를 즐기며 메이지 유신의 성공을 구가했던 것과 는 달리, 이 나라의 역사는 쉽사리 바뀔 턱이 없다.

가장 중요한 이 사실을 어떻게 기사화하면 좋을지, 오카는 사람들 에게 질문을 되풀이하면서 줄곧 궁리했다.

양춘원에서 탄산수를 두 잔이나 거푸 마신 탓인지 오카는 갑작스레 용변이 마려웠다. 마가호 역에는 서양인 승객들을 위해 설치한 최신식 변소가 있다. 최신식이라는 것은, 타인에게 엉덩이를 드러내지 않고도 용무를 볼 수 있다는 의미다.

과연 이 혼란 속에서도 그곳만은 일반 서민들의 출입을 금하고 있었다. 입구를 지키고 있는 역원에게 공사관에서 발행한 기자증을 내보이고 오카는 화장실로 들어갔다.

볼일을 보면서 청나라가 자국의 위신을 걸고 만들었을 대리석 공간을 둘러보았다. 높다란 창문에는 스테인드 글라스를 끼웠고, 대변 보는 곳은 북경에선 희귀한 〈개인용〉이다.

처음 이 나라를 방문했을 때, 천진이나 북경의 골목길에서 당당하게 대소변의 용무를 치르는 신사숙녀를 보고 경악을 금치 못했었다. 그런 상황이었으므로, 어디엘 가든지 칸막이 변소가 없다. 사람의 눈을 피해 용변을 보는 것이 이 나라에선 오히려 별스런 짓이다.

용무를 마치고 손을 씻고 있자니 개인용 변소의 문이 하나 열리며 거울 속으로 사람의 그림자가 스쳐 지나갔다. 한순간 오카가 본 그 모습은 관리도 외국인도 아니었다. 사내는 푸른색 장삼에 유학자들이 쓰는 작은 모자를 쓰고서, 둥글고 새카만 색안경을 끼고 있었다. 전형적인 중류 서민의 복장이다.

그런데 어떻게 이 변소에 들어올 수 있었을까? 오카는 손을 닦으며 사라지는 사내의 뒷모습을 바라보았다. 푸른색 장삼의 사내는 빠른 걸음으로 걸어가 혼잡한 사람들 속으로 모습을 감추었다.

오카는 어쩐지 편안치 않은 느낌이 들었다. 거울 속에서 흘깃 눈이 마주친 색안경의 얼굴 모습이 어디선가 본듯한 기억이 있다.

여우에 홀린 것 같은 기분으로 사내가 사용했던 변소 안을 들여다보았을 때, 오카가 느꼈던 막연한 불안은 불길한 예감으로 바뀌었다. 대리석 바닥 위에는 청나라 조정의 관복 한벌이, 몹시 서두른 듯

마구 헝크러진 채 버려져 있었다.

단안의 화령과 남색 구슬이 박힌 관모를 집어든다. 아직 따스함이 가시지 않은 망포를 펼쳐 본다. 파도가 일렁이는 모양의 화려한 자수와 무리져 춤추는 여덟마리 이무기 문양을 확인한 오카는 이곳에서 몰래 변장한 것임에 틀림없는 사내의 얼굴을 드디어 기억 속에서 떠올렸다.

"게이!"

토머스 버튼이 변소 안을 기웃거렸다.

"나, 여기 있어."

"왜 그래, 탄산수를 너무 많이 마셨나? 소나기가 올 것 같아. 공사 현장 시찰은 중지된단다."

"톰, 잠깐 이리 와봐."

머리 위에 있는 스테인드 글라스에 섬광이 번쩍이더니 천둥이 쳤다. 오카가 사정을 설명할 틈도 없이, 버려진 예복을 본 톰은 숨을 멈추었다.

"어떻게 된거야, 이게? 무슨 일이야?"

"아까 양춘원 발코니 아래로 지나간 사람 있었지… 말 위에서 우리들을 노려보던 총서관원 그 사람……."

톰은 망포를 펼쳐서 자세히 들여다보고 관모를 집어들었다.

"여덟마리 이무기에 푸른색 정대. 총서관원으로 정4품이면… 장경인데?"

그렇게 말하고서 톰은 망포를 움켜쥐고 벌떡 일어섰다.

"큰일이다! 아, 이름이 뭐더라… 그렇지 순계. 순계 장경!"

"뭐야. 이런 곳에서 변장하고 뭘 하려고 그러지?"

톰은 오카의 얼굴에다 망포를 내던지고 뛰쳐나갔다.

"너는 어쩌면 그렇게도 둔하냐! 테러다! 이건 변법파의 테러란 말이다!"

오카는 현기증이 일어나 문짝에 몸을 기댔다. 발코니의 외국 기자들을 노려보던 만주인 관료의 새하얀 얼굴이 뚜렷하게 되살아났다. 테러—! 순계 장경은 지금 서태후를 죽이려 한다.

뛰어나간 대합실은 여전히 혼잡했다. 플랫폼의 하늘에는 온통 비구름이 뒤덮혀 있었다. 서태후를 한번 보려는 인파와 천둥소리에 놀라 허둥거리는 사람들이 한데 어울려 탁류처럼 출렁거렸다.

"젠장! 역시 그 녀석이다. 그 녀석은 자객이었구나!"

톰은 마치 복서나 레슬러처럼, 밀려드는 중국인들을 주먹으로 치고 변발을 잡아당겨 넘어뜨리며 인파를 헤치고 나아갔다.

"위험하다! 조심해, 테러다, 태후를 지켜라! 테러리스트가 있다!"

오카는 톰이 이렇게 낭패해 하는 모습을 처음 본다. 토머스 버튼은 북경말도 프랑스말도 아닌 이곳에서는 누구나 알아듣지도 못할 미국말로 계속 외쳤다. 두 사람은 얼마만큼 앞으로 나갔다가는 그만큼 다시 인파에 되밀렸다.

커다란 빗방울이 기세좋은 소리를 내며 역사 지붕을 두드리기 시작했다. 검은색 천으로 뒤덮어 놓은 것 같은 플랫폼 위를 번갯불이 낮게 스쳤다. 동시에 귀를 찢는 천둥소리가 울렸다.

서대후와 측근들은 몇 번이나 객차에 오르내리며 태어나서 처음 보는 〈화차〉에 정신이 빠져있었다.

게다가 플랫폼은 황색 비단 휘장이 이중으로 둘러쳐 있고 머리 윗쪽에도 햇빛을 가리는 장막이 쳐져 있어, 그들은 주위가 술렁거릴 때까지 아무도 소나기 구름이 접근해 오는 것을 알지 못했다.

유럽여행을 다녀온 적이 있는 젊은 황족, 진국공 재택(載澤)의 설명에 서태후도 왕족들도 흥분해 있었다. 서양 예찬론자이면서도 태후나 보수파 관료 앞에서 자신의 지식을 드러내보일 기회가 없었던 재택 전하는, 마치 서양인이라도 된 듯한 기분으로 가늘고 격앙된 목소리를 한층 더 높이고 있었다. 이러한 고양된 분위기와 웅성거림, 그리고 계속 연주되는 주악에 파묻혀 멀리서 울리는 천둥소리도 들리지 않았다.

서쪽 사막에서 갑자기 밀려온 검은 구름이 태양을 삼켜버렸을 때, 측근들은 처음으로 서태후가 가장 싫어하는 천둥번개가 이미 피할 수 없이 가깝게 다가와 있음을 깨달았다.

머리 윗쪽의 장막 틈서리로 하늘을 올려다보고는, 순간적으로 새파랗게 질리는 태후를 춘아가 열심히 위로했다. 춘아 자신도 재택 전하의 설명에 정신을 빼앗겨 주위가 갑자기 어두워질 때까지 전혀 의식하지 못했다.

"괜찮사옵니다, 노조종 마마. 괜찮사옵니다. 이 역사는 서양식 건물이오라 벼락을 땅 속으로 끌어들이는 탑이 설치돼 있사옵니다."

서태후는 플랫폼에 놓인 의자에 힘없이 주저앉아 팔걸이에 머리를 묻고서 귀를 막았다.

"마차, 마차를……."

"아니되옵니다, 폐하. 황야로 마차를 몰고 나가면 오히려 낙뢰의 표적이 되옵니다. 역사는 안전하옵니다."

궁녀들도 친왕들도 모두 웅크리고 앉아 귀를 막았다. 휘장 속에서 정신을 똑바로 차리고 있는 사람은, 무관복에 검을 차고 장승처럼 서서 하늘을 올려다보는 영록뿐이다. 얼마 전 태후가 하사한 대장군의 황색 조끼를 걸치고 있는 것만으로도 그는 많은 사람들 앞에서 두려워하는 모습을 보일 수가 없다.

춘아의 발목을 붙잡고 이연영이 경황없는 목소리로 말했다.

"이봐 춘아. 벼락을 땅 속으로 잡아넣는다는 게 무슨 소리냐. 하늘의 힘이 땅 속으로 들어가면 대지가 금방 파열돼서 사람도 역사도 모두 땅 속으로 끌려 들어가지 않겠느냐?"

"말씀을 삼가하십시오, 대총관. 노조종 마마께서 불안해 하시옵니다."

"이게 불안한 게 아니고 무어냐. 아이고, 나는 미칠 것 같아. 무서워라!"

"노조종 마마 앞이옵니다, 이 노야. 구름은 곧 지나갈 것이옵니다. 이제 조금만 참으십시오."

그러나 시커먼 구름은 지나가기는커녕 한층 더 두터워지며 머리 위에 내려앉아 주위를 밤중같은 어두움으로 감쌌다. 번개는 채찍을 내려치듯 날카로운 소리를 내면서, 손에 잡힐 것처럼 낮은 곳에서 갈라졌다. 우박이 떨어지기 시작했다. 그것은 사람들의 가슴을 장식하고 있는 진주목걸이가 한꺼번에 끊어져 튀어나간게 아닐까 싶을 정도로 커다란 우박이었다.

"무례를 용서하십시오."

춘아는 곁에 무릎을 꿇고 앉아 있는 궁녀의 손에서 황색 비단보자기를 걷어, 머리 위로부터 태후의 몸 전체에 뒤집어 씌웠다.

"정신을 차리고 계시옵소서, 폐하. 만에 하나 벼락이 떨어지더라도 노재가 이 몸으로 막아드리겠사옵니다."

태후는 춘아의 가슴 안에서 어린 소녀처럼 바들바들 떨었다. 문득 먼 옛날, 어릴 때 안아주던 영령의 작은 체구가 생각난 것은 무슨 까닭일까. 태후도 보통여자와 조금도 다름없는, 아니 나이어린 아이와 비슷할 정도로 가냘픈 몸매라는 것을 알고는, 춘아는 자신도 모르게 보자기 위로 태후의 몸을 꼭 껴안았다.

"춘아, 나는 무섭다. 너무 무서워. 이건 천벌이겠지? 조종의 법을 어기고 게다가 내 일신만을 보호하기 위해 양키놈의 화차 따위를 보러 온, 그 죄값일테지. 나는 벼락을 맞을거야, 반드시 그럴거야."

"정신을 가다듬으시옵소서, 노조종 마마. 노재가 곁에 있사옵니다. 어떤 벼락귀신이 온다해도 마마의 옥체에 손가락 하나 대지 못하도록 할 것이옵니다."

서태후는 오른손으로 춘아의 가슴을 붙들고 왼손으로는 허리끈을 꼭 잡고서 계속 떨고 있다.

서양식 복장을 한 역장이 휘장 끝쪽에 있는 영록에게 다가와 무어라 귓속말을 했다.

"폐하, 우선 역장실로 피신하시옵소서."

영록의 진언으로 휘장이 열렸다. 천둥소리에 놀란 군중이 거미줄에 맺힌 물방울 튀기듯 순간적으로 흩어지는 플랫폼을, 태후의 행렬은 무방비 상태로 걷기 시작했다.

"천벌이다, 이건 천벌이야."

황색 비단보자기를 머리 위로부터 뒤집어쓴 채, 태후는 춘아의 가슴에 몸을 맡기고 뒤뚱뒤뚱 걸었다. 군중들이 태후의 모습을 알아차리지 못한 것과 마찬가지로, 춘아도 대관들도 허둥거리는 그들의 얼굴 따위는 눈에 들어오지 않았다.

정말 우연하게, 춘아가 일등 객차의 입구 계단에 서 있는 수상한 그림자를 눈치채고 태후를 감쌌다. 객차는 태후의 관람용으로 제공된 것이어서 여타 사람이 타고 있을 리가 없었다.

사내는 비에 젖어 거무칙칙해진 푸른색 장삼에 검은색 작은 모자를 쓰고, 둥근 모양의 색안경을 끼고 있었다. 여하튼 태후보다 높은 위치에 서 있는 것은 용납할 수 없는 불경이다.

"물러나라, 무례한 놈! 태후 폐하의 어전이다. 부복하라!"

영록은 천둥소리 속에서 고함을 질렀다. 그러자 사내는 갑자기 한쪽 무릎을 접고 묘하게 세련된 청안(請安 : 본래 예를 올리는 방법의 하나로, 왼발을 일보 앞으로 내밀고 오른발을 굽힘과 동시에 오른손을 주먹 쥐어 무릎에 대고 아래까지 내림)의 자세를 취했다. 춘아는 황망함 속에서도 흘러내린 장삼의 소맷자락 속에서 연기가 피어오르는 것을 보았다.

천둥 사이로 사내가 분명하게 잘 들리는 목소리로 말했다.

"자희 태후 폐하. 아니, 대청제국을 제것인양 주무르는 섭혁나랍의 계집—, 태조공 명에 따라 네 목숨을 거두리라."

사내의 소맷자락에서 확 하고 불꽃이 일었다. 모두들 그곳에 벼락이 떨어졌다고 생각했다.

다음 순간, 사내는 열차 계단에서 뛰어내려 춘아를 밀쳐내고 태후를 양손으로 껴안은 채 플랫폼에 웅크리고 앉았다. 두 사람의 가슴 사이에 도화선이 타들어가는 붉은 물체가 끼워져 있는 것을 사람들은 똑똑히 보았다. 그 물체가 무엇인지, 몇 초 후엔 어떤 일이 벌어질 것인지, 사람들은 정확하게 예지했다. 옴짝달싹도 못하고 돌처럼 굳어져버린 대관들 속에서 춘아가 짐승같은 소리를 내지르며 달려들었다. 죽음의 포옹을 하고 있는 두 사람 사이로 뛰어든 춘아의 몸에 부딪쳐 자객의 색안경이 벗겨졌다.

(…순계 장경!)

가슴 사이에 끼어 있던, 붉은 천에 싸인 폭약이 굴러내렸다. 그것은 세상을 파멸시킬 공이 되어 발밑을 데굴데굴 굴러갔다.

성공을 바로 눈 앞에 두고 있던 순계의 거사(擧事)는, 마지막 1초에 수포로 돌아갔다.

"공이다, 공. 불꽃놀이 공."

보라색 옷을 입은 어린애가 불꽃이 튀는 붉은 공을 아장아장 좇았다. 젊은 엄마가 비명을 지르며 인파 속에서 뛰쳐나왔다.

그 순간 자객이 취한 행동은 아무리 생각해도 불가해한 것이었다. 그는 매달리는 춘아의 팔을 떨쳐내고 아무런 망설임도 없이 어린애를 안아올려 엄마의 품에 안겨주었다. 극히 짧은 한순간, 순계는 플랫폼에 걸음을 멈추고 서 있는 군중들과 아이를 안고 있는 엄마, 지팡이를 짚은 노인과 노동자, 역원이랑 물건 파는 소녀들의 얼굴을 한꺼번에 둘러보고서 〈엎드려!〉하고 소리쳤다.

그리고 나서―, 푸른색 옷가슴을 박쥐 날개처럼 펼치고 폭탄 위로 몸을 덮쳤다.

춘아는 급히 태후의 머리를 감싸안아 플랫폼 바닥에 눕히고 자신의 몸으로 덮었다.

폭발음이 천지를 진동시켰다. 유리조각과 살점이 흩날렸다.

"천벌이다, 이건 천벌이야. 벼락이 떨어졌다."

"벼락이 아니옵니다. 어떤 놈이 노조종 마마의 생명을 노리고 폭약을 던졌사옵니다."

주위가 고요해졌다. 검은 소나기 구름은 거짓말처럼 걷히고 자욱히 끼인 흰 연기 속에서 아이의 울음소리가 들려왔다.

"폐하, 다치신 곳은 없으시옵니까?"

춘아의 몸과 두터운 비단보자기로 보호받은 태후는 잠에서 깨어난 듯 몸을 일으켰다. 몇몇의 사람들이 피투성이가 되어 쓰러져 있고, 팔에 부상을 입은 대총관이 주저앉아 큰소리로 울고 있었다.

"큰일났다! 모두 역사 밖으로 나가라! 병사들 있느냐? 노조종 마마를 보호하라. 일대 사건이다!"

영록이 검을 빼 휘두르며 외쳤다. 신기영 병사들이 몰려들어와 웅성거리며 서 있는 군중들을 모조리 플랫폼 밖으로 쫓아냈다. 안개처럼 자욱히 낀 초연은 쉽사리 사라지지 않았다.

춘아는 황색의 비단보자기를 벗기고 태후의 검은 옷을 살폈다. 상처는 없었다.

"나는 괜찮다… 아아, 저런, 모두들 쓰러졌구나. 재택은 어떠냐? 순친왕과 단왕은? 모두 무사한게냐?"

엎드려 있던 대관들이 얼빠진 모습으로 몸을 일으켰다. 춘아는 대퇴부에 통증을 느끼고 유리조각을 뽑아냈다. 귓속에서는 계속 윙윙 소리가 울렸다.

"춘아, 성으로 돌아가자. 마차를 불러라, 응? …춘아야 돌아가

자. 그 아이가 있는 곳으로 돌아가자니까."

태후는 어린애처럼 춘아의 소매를 잡아끌며 졸랐다. 춘아는 태후가 자객의 얼굴을 보았구나 하고 생각했다.

"성으로 돌아가서 재첨에게 물어보자. 누가 이런 일을 꾸몄는지. 애 춘아야. 성으로 돌아가자꾸나."

영록이 검을 뒷쪽으로 감추며 무릎을 접었다.

"아니 되옵니다, 폐하. 이대로 이화원으로 가셔야 하옵니다."

"어째서? …무서워, 영록. 성으로 돌아가고 싶어."

"아니 되옵니다. 이 폭거는 순계 장경이 한 짓이옵니다. 즉 이것은 변법파의 계략이오며, 황공하옵게도 태후 폐하를 시해하려 한 주모자는 바로 황상 폐하이시옵니다. 황상께서 순계에게 명하여 노조종 마마를 시해하려 했음에 틀림없사옵니다. 성으로 돌아가심은 불 속으로 뛰어드는 것이나 마찬가지이옵니다."

영록은 분하다는 듯이 바닥에 떨어진 자객의 한쪽 팔을 짓밟아 으깼다. 순계의 몸은 산산조각으로 흐트러져 있었다.

"그 아이가, 재첨이, 이런 짓을 했을 리가 없어. 순계가 제멋대로 한 짓일거야. 그렇지 춘아?"

춘아는 대답할 말을 찾지 못했다. 시정의 잡스런 무리라면 모를까, 정 4 품의 장경이 변장까지 하고서 자객이 될 줄이야…, 그 배경을 생각지 않을 수 없다.

"황공하오나 폐하. 순계 장경은 오늘 수행원 가운데 한 사람이었나이다. 변장까지 하고서 노조종 마마를 시해하려 했음은, 근원이 깊은 계략이라고 밖에 생각할 수 없사옵니다."

"그게 아니다. 틀렸다 춘아. 순계는 가족들에게 누를 끼칠 것이 두려워 변장을 했던 것이야."

영록은 태후의 어깨에서 춘아의 손을 떨쳐내고 자신이 붙잡았다.

"잘 생각해 보시옵소서, 폐하. 설령 거사 후의 보복이 두려워 순계가 변장을 했다손 치더라도, 그것이 황상의 결백을 증명하는 것은 아니옵니다. 하오나 순계가 폐하를 껴안고서 함께 폭사하려 했음은 분명한 사실이옵니다. 뭔가 걸맞는 대의명분이 없다면 그렇게 무서운 행동을 할 수 없사옵니다."

"재첨이 나를? 설마……."

영록은 검을 놓고 태후의 어깨를 붙들고서 격하게 흔들었다.

"이제 눈을 좀 뜨시옵소서. 아무리 조카라지만 황상은 애친각라의 당주이고, 태후 폐하는 섭혁나랍의 후예이시옵니다. 전설 따위는 차치해 두고라도, 황상께서 우러러 받드는 변법 유신의 정체는 바로 이 것이옵니다. 애친각라 재첨이 대청제국의 정치를 섭혁나랍 손에서 우격다짐으로 탈환해 가려는 것이옵니다."

영록이 분노해 제멋대로 지껄이는 말은 총명한 태후를 더욱 겁에 질리게 했다. 마치 도움을 청하는 것처럼 태후는 슬픔에 젖은 얼굴로 춘아를 바라보았다.

"거짓말… 거짓말이지 춘아? 그 아이가 나를, 그 효성스런 재첨이, 나를 죽이려 하다니……."

춘아는 대답하지 못했다. 상식적으로 생각해도 이 암살계획이 황상과 그 주변 인물들에 의해 획책되었을 것임은 의심할 여지가 없다.

"아무래도 영록 각하 말씀이 옳으시리라 짐작되옵니다."

"어째서? …왜 너마저 그런 말을 하느냐. 그런 슬픈 일이 있을 리 없어!"

"있어서는 안 될 일이옵니다. 하오나 노재의 생각도 영록 각하와 같사옵니다. 황공하오나 만세야께옵서는 완전한 유신을 실현하기 위하여 모후 마마의 생명을 앗으려 하신 것이옵니다."

춘아는 그렇게 말하며 피투성이가 된 무릎 위에 통한의 눈물을 떨어뜨렸다.

"부디 이대로 길을 재촉하여 이화원으로 납시옵소서. 노조종 마마의 생명은 반드시 지켜드리겠사옵니다. 결코 성으로 돌아가셔서는 아니 되시옵니다."

몰려 서 있는 군중들을 둘러보고 주저없이 폭탄 위로 몸을 던진 순계의 새하얀 얼굴이, 춘아의 눈시울에서 떠나지 않았다.

그 사내는 폭탄이 터지는 한 순간, 대체 무엇을 생각했을까. 목숨을 내던지면서까지 그가 지키려 했던 것은 과연 무엇인가?

토머스 버튼과 오카 게노스케가 인파를 거슬러나아가 겨우겨우 대합실을 빠져나왔을 때, 땅을 뒤흔드는 폭음소리와 동시에 군중들이 옆으로 쓰러졌다.

눈을 들어보니 뭉게뭉게 피어나는 하얀 연기가 주변에 자욱히 감돌았다.

"아차! 드디어 벌어졌군."

두 사람은 쓰러진 사람들의 등을 밟아넘으며 플랫폼을 향해 달렸다. 하얀 연기 사이로 유리창이 깨진 객차가 보였다. 영록이 검을 휘두르며 병사를 부르고 있었다.

"서태후는 죽었나?"

"몰라. 어쨌든 가보자."

소나기가 뿌리고 지나간 마가호 역은 울음바다로 변해 있었다. 일어나지도 못하고 큰소리로 울부짖는 사람들 사이를 누비며 나아가던 두 사람 앞에, 창을 든 병사들이 가로막아 섰다. 웅크리고 있는 군중들 등에 채찍을 휘두르며 사람들을 노예처럼 플랫폼의 끝머리까지 몰고 갔다.

병사의 어깨너머로 바라본 거사 현장에는 수많은 관리와 궁녀들이 쓰러져 있었다.

"서태후는 무사하다. 지금 일어났어. 이춘운이 간호하고 있다."

톰은 심히 안심했다는 듯이 그렇게 전하며 오카의 어깨를 두드렸다. 자세히 살펴볼 사이도 없이 두 사람은 군중들과 함께 선로로 밀고 내려갔다. 장교가 채찍을 휘두르며 역 밖으로 나가라고 고래고래 소리쳤다.

기관차가 기적을 울려 사람들을 일으켰다.

"어째 이렇게 난폭한 거야. 일본 헌병도 이보다는 부드럽겠다."

"모두들 아직도 벼락이 떨어졌다고 생각하고 있어. 자아, 어서 가자, 게이."

톰은 파나마 모자를 고쳐 쓰고 헐거워진 나비 넥타이를 풀어서 주머니에 쑤셔넣었다. 서태후 모습을 처음으로 보기 위해 정장으로 차려입은 두 사람의 마직 양복은 이미 형편없이 구겨져 있었다.

톰은 몸을 구부려 기관차 반대편으로 돌아가더니 선로에 깔린 자갈 위를 달려갔다. 어지간히 달려가 발을 멈추고 차량의 수를 헤아렸다.

"이쯤 되겠지. 유리 파편 조심해."

연결기 바로 밑으로 기어들어 갔다. 심한 유황 냄새에 코를 움켜쥐고 차량 밑을 기어서 빠져나간 곳은 바로 비참한 폭발 현장이었다. 눈앞에 피투성이가 된 장삼 조각과 깨진 색안경이 떨어져 있었다.

"…봐라, 게이. 전혀 생각지도 못했던 장소에서 황태후 폐하를 배알하게 됐다."

톰과 자리를 바꿔 오카는 플랫폼쪽을 보았다. 노환관이 주저앉아 여자처럼 새된 목소리를 길게 빼며 울고 있다. 조복 소매가 찢어지고 피가 흐르고 있다. 영록 장군이 검을 빼든 채 무언가 큰소리로 외치고 있다.

그리고—, 초연이 자욱한 플랫폼 벽쪽에 흐트러진 가발 머리를 쳐들고 비스듬히 앉아 있는 만주 귀인을, 오카는 똑똑히 보았다.

서태후 자희—. 지금 그 모습은 오카가 머리 속으로 상상하고 있던, 혹은 몇 장의 귀중한 사진이나 초상화로 보아온 것과는 너무나도 달랐다.

황색 비단보자기를 무릎에 덮고 있다. 의복은 상복처럼 아무 장식도 없는 여름용 검은 옷이다. 창백하게 질려서 떨고 있는 표정은 의외로 젊어보인다. 화장은 하지도 않았겠지만 그럴 필요도 없을 만큼 윤곽이 뚜렷하고 단정한 모습이었다.

"저 사람이지? 궁녀가 아니지?"

톰도 같은 인상을 받은 모양이었다.

"굉장히 젊어보이는데. 뉴욕타임스의 초상화하고는 전혀 닮지 않았어."

"상당한 미인 아닌가. 깜짝 놀랐다."

이춘운이 태후의 등을 떠받치고 계속 격려하고 있다. 과부를 상징하는 검은 옷에 어울리는 것이라면, 비취로 만든 긴 손톱덮개와 진주 목걸이 그리고 검은 머리에 꽂힌 작은 산호 장식 정도였다.

"당신이 쓴 기사는 역시 과장이 심했어, 톰. 전혀 다르다."

"그건 자네도 마찬가지 아닌가."

자금성으로 돌아가자고 조르는 서태후를 영록이 열심히 달래고 있다.

이 폭거는 황제가 꾸민 음모이므로 성으로 돌아가는 것은 위험하다고 설득하고 있는 것 같다. 영록은 흥분하고 있는 데다 말이 몹시 빨랐다.

태후는 떼를 쓰는 것처럼 성으로 돌아가자고 고집을 부리고, 영록은 양보하지 않는다. 두 사람의 대화가 싸우는 것처럼 빨라져서 오카는 다 알아들을 수 없었다.

"모르겠어. 어려운 단어들 뿐이야……."

쉿 하고 톰이 오카를 밀치고 얼굴을 내밀었다.

"과연 그럴 듯해. 이것 참 놀랍군……."

"가르쳐 줘요, 톰. 뭐라는 거야?"

"영록이 중대한 말을 하고 있어. 요컨대 이것은 달단 부족의 분열이라는 거야. 변법의 정체는 애친각라가 달단의 다른 부족을 배척하려는 복권운동이라면서…….."

대청제국이 원래는 달단 여진족의 연방체였다는 이야기를 들은 적 있다. 그러나 그것은 3백년 전, 순치제가 산해관을 넘어 입성하기 이전의 형태이리라. 중신 영록의 입에서 그런 자기합리화의 이론이 튀어나올 정도로, 강희·건륭제가 이룩했던 강권 — 애친각라의 대청제국은 흔들리고 있는 것이다.

"…설득력이 있군 그래, 톰."

"글쎄. 영록은 무시 못할 인물이지. 하지만 그 이론은 무서운 거야. 애친각라와 섭혁나랍이 싸우게 되면 과이가 영록이 천하를 휘어잡아도 상관없게 돼버려. 이 나라도 이젠 엉망진창이군."

톰은 플랫폼쪽으로 살며시 손을 뻗어 깨진 색안경을 집어들었다.

"게이, 이것은 기념으로 보관해 둬. 테러리스트에 대해선 잘 모르지만 여하튼 사대부 한 사람이 목숨을 버렸다. 역사를 만들어내기 위하여… 자, 가자. 취재는 끝났다."

두 사람은 자갈 위를 기어서 연결기를 빠져나왔다. 거짓말처럼 맑게 갠 푸른 하늘이 두 사람을 맞아주었다.

선로를 따라 걸으면서 오카는 톰이 건네준 테러리스트의 유품을 후줄근해진 양복 주머니에 조심스레 집어넣었다.

두 사람은 아직도 혼란이 극에 달해 있는 구내를 피해 선로를 멀리 우회해서 양춘원으로 돌아갔다. 발코니로 올라가 앉아, 토머스 버튼은 아무 일도 없었다는 듯이 테일 스튜를 주문했다.

인도인 보이가 소란스러운 역쪽을 이상스럽다는 듯이 돌아보며, 무슨 일이 있었느냐고 물었다. 톰은 햇빛때문에 부신 눈을 가늘게 뜨며 대답했다.

"머잖아 이 가게도 여기저기에 지점을 내게 될테지. 동교민항, 문전 밖, 사단패루 등등. 잘 됐다, 자네도 반드시 출세할거야."

보이는 고개를 갸웃거리며 사라졌다. 옆자리에서는 목숨보다 소중하게 여기는 라이카 카메라를 비에 흠뻑 적신 독일인 카메라 맨이 하늘을 향해 주먹질을 하고 있었다.

시선을 돌리니 머나먼 지평선 끝 영정문 위에 검은 비구름이 괴물처럼 솟아 있다. 때때로 섬광이 번뜩여 외성벽을 비친다.

북경은 천둥 속에 있다.

63

천안문에서 태후의 봉련을 전송하고 돌아온 광서제는 양심전에서 한동안 문서를 들여다본 후 가마를 타고 경인궁으로 향했다.

경인궁은 황제가 가장 총애하는 측실인 진비(珍妃)의 궁전이다. 젊은 황제가 서태후의 질녀인 융유 황후(隆裕皇后)를 멀리하고 오로지 경인궁에만 드나드는 이유처럼 명명백백한 것은 없으리라. 황제는 지극히 평범한 미의식을 지닌 남성이기 때문이다.

살빛은 어두컴컴한 골목길처럼 검고, 성격은 여우처럼 신경질적인데다 치열은 들쭉날쭉, 낙타처럼 기다란 얼굴을 가진 연상의 정실보다도—, 살결은 내리쌓인 눈처럼 희고 부드럽고, 성격은 토끼처럼 양순하며 게다가 질투심 따위는 털끝만치도 없이, 꽃잎처럼 붉은 입술과 진주알을 이어놓은 듯 쪽고른 앞니를 지닌 두 살 아래의 측실을, 황제는 보통의 남자로서 사랑할 뿐이었다.

진비는 만주 양홍기인 장차(長釵)의 딸로 13세 때 후궁의 관례에 따라 황후와 함께 자금성으로 들어왔다.

융유와 진비 중에 누구를 고를 것인가 묻는 것은 어리석다. 천 명이면 천 명 모두 진비를 황후로 맞을 것이 뻔하다. 그러나 진비는 미모 이외에 배경이 될만한 게 아무것도 없는 호부시랑의 딸이고, 융유는 서태후의 동생 계상 장군의 딸이다.

그러나 청순하고 겸허한 광서제는 곁에 오는 것만으로도 정나미가 떨어지는 서태후의 질녀를 주저없이 황후로 선택하고, 절세의 미녀 진비를 후비로 봉했다. 황제의 마음 속을 짐작한 노신들이 진비의 지위를 하다못해 황후의 다음 서열인 황귀비로 해주도록 진언했으나 황제는 용납하지 않았다. 광서제는 선황 동치제의 미망인들이 〈비 妃〉의 서열인 채로 있는 것을 배려하여, 사랑하는 진비에게 동서들보다 높은 지위를 내리려 하지 않았던 것이다.

스물일곱 살의 청년 황제, 광서제 재첨은 그런 인물이었다.

또 한 사람, 동시에 입궐한 진비의 동생 근비(瑾妃)도 똑같이 〈비〉로 봉했다. 그리고 진비만을 마음 속 깊이 사랑하고, 동생인 근비는 조금 사랑하고, 융유 황후는 유교적인 효심에 의거하여 아주 가끔씩 사랑했다.

이러한 미남청년 황제의 사생활을 책할 사람은 아무도 없다. 질투심이 강한 융유 황후는 자주 서태후를 찾아가 매달려 울면서 남편의 비행을 호소했지만, 마치 소낙비 속에 서 있는 낙타처럼 생긴 그 우는 얼굴을 보면, 사실 고모인 태후조차도 황제를 책할 마음이 생기질 않았다.

재첨은 누가 보아도 비난할 데 없는 천자였다.

황제는 경인궁 문루에서 가마를 내려 작은 안뜰로 걸어들어갔다.

진비는 회랑에 무릎을 꿇고 앉아 기다리고 있었다. 주위에는 아무도 없다. 두 사람이 만날 때에는 아무한테도 간섭받지 않겠다는 게 황제의 의지였다. 황제는 무의미한 습관을 하나하나 뜯어고쳐서, 조금이라도 인간적인 궁정이 되기를 바라고 있었다.

"이제 왔소. 별일 없으신가?"

황제는 귀족이나 관리들이 아마도 그런 식으로 인사하지 않을까 생각하면서 진비에게 다정한 음성으로 말을 건넨다.

"이제 오시옵니까, 폐하."

진비도 둘이만 있을 때에는 삼궤구고두의 예를 올리지 않는다. 친정 어머니가 집에 돌아온 아버지에게 하는 것처럼, 손을 모으고 양무릎을 접어세우는 청대안의 인사로 남편을 맞아들인다.

그러한 모습을 담장 틈서리로 엿본 늙은 궁녀가 불경스럽다고 간언했으나 진비는 자신의 행동을 고치려 하지 않았다. 이것도 변법의 하나—, 남편이 구국유신의 국시로 받드는 〈변법〉 가운데 하나라고 믿고 있다.

황제의 뒷편에는 언제나 자그마한 체구에 예쁘장하게 생긴 태감이 그림자처럼 따르고 있다. 어전 수령 난금은 황제가 귀여워 하는 태감으로, 친정 개시의 칙서가 발령되면 황제를 가장 가까이에서 모시는 3품 장안적으로 승격될 것임에 틀림없다. 이연영 이하 태후궁 태감들이 서태후와 함께 이화원으로 옮겨가면, 언젠가 대총관으로서 후궁을 전부 관리할 인물이리라.

황제가 가는 곳에는 항상 난금 수령이 뒤를 따르는데, 이즈음 그는 언제나 옻칠한 상자를 하나 들고 다닌다. 속에는 황제가 늘 곁에 두고 애독하는 책 한 권—, 남해 강유위 선생의 저작인 〈일본변정고〉가 들어 있었다.

언젠가, 술에 취한 황제가 난금에게 이런 말을 했다.

"짐에게는 다섯 가지 보물이 있느니라. 첫째는 진비, 둘째는 난금, 셋째는 일본변정고, 넷째는 국모 자희 태후 폐하, 그리고 다섯째는 당자 안에서 잠자고 있는 천자만의 증표, 용옥……."

황제는 맑은 눈으로 경인궁의 하늘을 올려다보았다.

구름이 흐르고 있다. 귀를 기울이면 멀리 천둥소리가 들린다.

"친파파는 우뢰를 싫어하시는데, 괜찮으려나."

불안스러운 듯이 남쪽 하늘을 바라보는 황제의 발아래로, 난금 수령이 답했다.

"노재, 만세야께 아뢰옵니다. 노조종은 벌써 마가호 역에 당도하셨을 것이옵니다. 그리고 서양 건축물에는 벼락이 떨어지지 않는다고 들었사옵니다."

황제는 진비와 얼굴을 마주보고 미소를 지으며 스스럼없는 어투로 난금에게 말했다.

"음, 그 피뢰침 말이로구나. 벼락은 공중의 전기란다. 그래서 전기가 통하는 철이나 동을 사용해 대지로 유도하는 거지."

난금 수령은 무의식 중에 용안을 올려다보고, 부시도록 환하게 웃음진 얼굴과 눈이 마주치자 황급히 고개를 숙였다.

황제는 모르는 게 없이 박식하다. 서양과학에 대해 특별히 가르쳐 주는 사람이 없었으므로, 그 모두가 책을 통한 독학임에 틀림없다. 어떻게 해서 서양책을 읽고 지식을 얻을 수 있었는지 난금으로선 알 수 없는 일이다. 그러나, 양심전 서재에는 각 나라의 어학 사전이 갖추어져 있다. 황제는 혼자 힘으로 외국 글을 깨우친 것이리라.

좋은 머리와 고운 마음씨와 잘 생긴 얼굴을 골고루 갖춘 이 황제가 친정을 개시하면, 남해 선생이 말한 것처럼 일본이 삼십 년 걸려 이룩했다는 근대국가도, 삼 년이면 분명 완성되리라고 난금은 믿어 의심치 않는다.

"노재, 만세야께 아뢰옵니다. 이화원으로 출발할 가마가 대령하였사옵니다."

황제는 용포 소맷자락을 무거운 듯이 들어올려 손을 이마에 대고, 구름이 움직이는 모양을 가만히 바라보았다.

"음…. 서두를 것 없다. 양심전의 기압계를 보았는데 먹구름은 소나기가 내린 후 이쪽 상공으로 밀려올 것이다. 소나기가 지나가는 것을 기다렸다가 출발하는 게 어떻겠느냐. 친파파도 아마 마가호 스테이션에서 비가 멎기를 기다리고 계실 것이니라."

황제가 가끔씩 외국어를 사용할 때마다 난금 수령은 등줄기가 오싹해진다. 그러나 황제는 태후와 노신들 앞에서 실수로라도 외국어를 입에 담는 일은 결코 없었다. 광서제는 총명할 뿐만 아니라 지극히 섬세할 정도로 자상했다.

"그건 그렇고……."

황제는 남쪽 하늘을 바라본 채 문득 생각난 듯이 말했다.

"양 노사한테서는 아직 소식이 없느냐?"

"아직 도착한 것이 없사옵니다."

"그래. 짐은 양 노사에게 묻고 싶은 것이 산처럼 쌓였거늘…. 어찌하여 노사는 짐에게 말 한마디 없이 낙향하고 말았는지, 여러 가지로 생각을 해봤지만 아무래도 뭔가 석연치 않아. 항주로 어사를 보내볼까. 아니면 텔리그램을 쳐 볼거나……."

"필경 양 노사는 노사 나름의 생각이 있었을 것이옵니다. 좀더 기다려 보심이 좋을 것으로 사료되옵니다."

황제는 쓸쓸한 표정으로 고개를 끄덕이고 나서, 가냘픈 몸매에 잘 맞지 않는 용포자락을 끌며 소궁전으로 들어갔다.

광서제 재첨의 가슴 속에는 빛나는 투지가 불타고 있다.

이십 년을 기다렸다. 선황 동치제가 붕어함에 따라 세 살 때 황제로 즉위한 이후 줄곧 이 날을 애타게 기다려 왔다. 서태후가 이화원으로 물러가고 내일부터는 명실상부한 친정이 개시된다. 해야할 일이 얼마든지 있다.

온 몸에 기운이 충만해 있다. 이렇게 폭발할 듯 넘치는 기운을 축적할 수 있는 시간을 부여해준 모후에 대해 재첨은 진심으로 감사하고 있었다.

황제의 마음은 지금 팽팽하게 당긴 활시위처럼 부풀어 있다. 매일 새벽, 먼동이 트기도 전의 어둠 속에서 눈을 뜬다. 책상 앞에 앉아 붓을 들고 생각나는대로 칙서의 초안을 잡는다. 퇴고를 거듭하여 붉은 붓으로 완성한 칙서가 백여 통이나 된다.

커다란 빗방울이 경인궁 뜨락을 두드리기 시작했다. 검은 장막을 드리운 것처럼 주위가 어두워졌다. 손수 문을 닫는다.

진비가 이부자리 위에서 떨고 있다. 관을 벗고 용포를 벗는다. 환관의 손을 빌리지 않고 옷을 벗는 것도 조종의 규정에는 없는 일이다. 그리고 경사방 태감도 알지 못하는 때와 장소에서 사랑하는 진비를 이렇게 마음껏 껴안는 일도…….

진비는 이부자리 속에서는 남편을 황상이라고도 만세야라고도 부르지 않는다. 황제가 가르쳐준 대로 이렇게 부른다.

"재첨, 내 사랑하는 당신!"

자금성을 뒤덮은 먹구름은 마치 두 사람의 비밀스런 정사를 감추어 주는 것처럼, 검은 장막을 드리운 채 거두려 하지 않았다.

황제는 온 마음을 다하여 진비를 안아들이고, 진비 또한 그 사랑에 깊고 뜨겁게 응했다.

이윽고―, 진비는 흑단같은 머리결을 흐트린 채 황제의 품 안에서 곤히 잠들었다. 황제도 끓어오르는 상념을 다 털어버리고 천둥소리를 들으며 한동안 선잠이 들었다. 억수로 쏟아지는 빗줄기가 청자색 지붕을 깨져라 두드리고 있었다.

갑자기 꿈인지 생시인지 알 수 없는 목소리가 지척에서 들려왔다.

(잠을 깨라, 재첨. 우리의 후예 달단의 우두머리여. 얼어붙은 만주 숲을 헤치고 몽골 들판을 달려 사해오족을 지배했던 대 칸, 애친각라의 후예 재첨아…….)

황제는 고른 숨결을 내쉬며 잠들어 있는 진비의 목덜미를 껴안은 채 상반신을 일으켰다.

"누구냐?"

가리개 위에 걸쳐놓은 용포가 문틈으로 새어드는 바람에 흔들거리고 있다. 금사(錦絲)가 번갯불에 비쳐 번쩍인다. 그것을 바라보고 있는 사이, 용포는 형상이 되어 어둠 속에 떠올랐다.

황제는 괴물형상을 응시하며 머리맡에 놓아둔 황금의 단검을 집어 들었다.

(호오… 과연 우리의 후예답구나. 내가 보건대 이미 말 타고 활을 쏘거나 창칼을 휘두르는 기예는 다 잊었을 가냘픈 몸매거늘, 무섭지 않느냐? 그대는.)

"누구냐. 무례하다, 이름을 밝혀라. 짐은 대청제국의 황제니라."

(그렇게 말한다면 짐도 대청제국의 황제다.)

"이놈, 천명을 받은 천자를 사칭하다니!"

괴물이 낮은 웃음소리를 길게 끌었다.

(그대에게 천명이 있느냐? 천자가 될 인물이 그렇게 빈약한 용모를 하고 있겠느냐. 너한텐 기장이 맞지 않는 이 용포가 그 증거니라.)

어둠 속에 우뚝 서 있는 괴물의 몸은 과연 용포가 잘 어울릴만한 훤칠한 장신이다.

(왜 사람을 부르지 않느냐? 내가 두렵지 않은가.)

"경인궁에는 위사들이 없다. 궁녀나 환관을 부른들 무슨 소용이 있겠느냐."

황제는 검을 빼들고 침대에서 내려섰다. 진비는 그냥 잠들어 있는 채다.

(하하, 그대는 눈이 나쁘구나, 불쌍하게도. 우리 달단족은 원래 근시가 많지. 자희가 이화원으로 나가거든 사양치 말고 서양 안경을 쓰도록 하라. 그대의 흰 얼굴에는 잘 어울릴 것이다. 결코 조종의 법을 어기는 일이 되지 않을테니.)

"황제의 용포를 걸치다니 이 무슨 무례한 짓이냐. 용서할 수 없도다."

(어이 이봐. 이 용포는 원래 짐의 것이었느니라. 그대가 이러니저러니 말할 일이 아니니라. 가까이 오라, 재첨. 괜찮다. 좀더 가까이 와서 스스로의 눈으로 짐의 모습을 보라.)

황제는 가녀린 나체로 한걸음씩 괴물 가까이 다가갔다. 자신을 죽이려는 자객이 묘한 방법으로 숨어들어온 것이리라. 괴물 바로 앞까지 다가간 황제는 단검을 가슴께로 들어올렸다.

(내가 누군지 알았느냐? 재첨.)

선잠을 깬 눈동자가 이제사 반짝였다. 황제는 미간을 잔뜩 좁히고 자기보다 머리 하나는 더 큰 형상을 응시했다.

붉은색 벨벳 관에 커다란 진주 목걸이, 그리고 담비털 장화—, 괴물은 어느 틈엔지 황제의 복장을 완전하게 갖추고 있다. 하얀 여우털 어깨띠가 바람에 휘날리고 금사가 번갯불에 번뜩인다.

(그대의 증조부이니라.)

늠름한 근육질 용모가 어둠 속에 떠오른 순간, 황제는 단검을 떨어뜨리고 돌바닥에 머리를 조아렸다.

"이게 꿈이옵니까. 건륭 폐하께서 명부에서 내려오시다니 재첨은 믿기지가 않사옵니다."

(믿기지 않든 어쨌든 그대 눈앞에 이렇게 있느니라.)

나체로 엎드린 황제는 침대 위를 돌아보며 진비를 불렀다.

"진비 일어나라! 증조부께서 오셨느니라. 어찌 잠만 자고 있느냐."

(괜찮다, 깨우지 마라.)

건륭의 혼령은 황제 곁을 지나쳐 진비 머리맡에 섰다. 두터운 용포 자락이 황제의 팔을 스칠 때 백단 향기가 코를 찔렀다.

(흐음. 이 여인이 우리 현손의 총애를 듬뿍 받고 있는 진비인가? 듣던대로 정말 미인이로구나.)

"예, 예. 이봐 진비, 일어나라. 불경스럽구나."

(그냥 두어라, 재첨. 젊은 여인이 마음껏 정기를 발산하고서 극락 정토를 꿈꾸고 있느니라. 일어나지 않는 것은 불경스런 일이나, 깨우는 것은 불손함이 아니겠느냐. 헌데 재첨. 그대의 빈약한 체구치고는 상당히 강하구나.)

"아뿔사, 이런 낭패가…. 증조부님께서는 전말을 지켜보고 계시었사옵니까."

(음. 그리고, 짐은 깊이 반성했느니라.)

"반성이라니 무슨 말씀이시옵니까?"

(짐은 생전에 여인과의 잠자리는 자손을 번성시키기 위해, 혹은 육욕이 내키는대로 행했을 뿐이었다. 그런데 그대는 오랜 시간 이런 저런 방법을 다 써서, 진비에게 완전한 열락의 극치를 맛보게 했다. 육신이 없어져버린 지금에야 아무 소용없는 일이지만 짐은 깊이 반성했노라.)

"…재첨, 얼굴을 들 수가 없사옵니다."

(흐음. 반으로 딱 가르듯이 다리를 벌리고, 이어서 짐승이 홀레하듯 배후에서 삽입하고, 그리고는 제 마음대로 기분을 풀어버리려 하지 않고 다시 뺐다넣고…, 어떻게 된게 여인의 음부를 혀로 핥아주기까지 하면서. 아주 능수능란하더구나, 재첨. 아무리 봐도 담백하기만 한 짐의 현손이라고는 도저히 생각되지가 않는구나.)

"…재첨, 정말 뜻밖에도 칭찬의 말씀을 듣자오니 몸둘 바를 모르겠나이다. 이제 그만치에서…….."

(더욱이 진비가 황홀경에 빠져 자신도 모르게 흐느끼며 소리치게까지 만들었지. 아— 아— 재첨, 내 사랑 재첨! …후우. 못견디겠더구나.)

"증조부님께 여쭈옵니다. 오늘 명부에서 출어하심은 어찌된 연유시옵니까?"

(부끄러워 말라 재첨. 내 이야기는 아직 끝나지 않았느니라.)

"놀리시옵니까……?"

편안한 숨결로 잠들어 있는 진비의 얼굴을 내려다보는 건륭의 커다란 체구가 조금 작아진 듯이 보였다.

(정말 아름답구나… 재첨, 이불을 좀 들쳐보아도 되겠느냐?)

"아니 되옵니다, 증조부님. 진비는 재첨의 아내이옵니다. 감안해 주시옵소서."

(아 참, 그랬나. 그렇지, 짐의 여인이 아니지.)

건륭은 옷자락 끄는 소리를 남기고 쓸쓸한 표정으로 진비의 머리맡을 떠나 원래 장소로 돌아갔다.

(아니야…, 또 잊었군. 모든 게 짐의 것이 아닌 것을…….)

"아니옵니다, 증조부님. 진비는 재첨의 아내이오나 천하는 지금도 건륭 폐하의 것이옵니다. 애친각라의 소유이옵니다."

부복해 있는 황제의 눈앞에서 건륭의 발끝이 초조하게 달칵거리는 소리를 내고 있었다.

(재첨아. 그대는 총명한 사람이로다. 쇠잔해버린 우리 후손에 어찌하여 그대같은 군자가 나왔는지 짐은 아무리 생각해도 알 수가 없구나. 짐은 천하만민을 위하여 우리 후손들한테서 힘을 빼앗았다. 이 나라의 광대함과 사천 년 역사로 보아, 저 프랑스라는 나라처럼 하룻밤 사이에 민주공화의 세상이 될 수는 없다. 백 년의 세월에 걸쳐 몇 대의 천자를 거친 후에 이 나라는 멸망하게 돼 있었다. 그것은 짐도 알고 있었다. 그런데… 생각지도 못했던 일들이 일어났다. 증국번이나 이홍장같은 충신의 출현. 공친왕 혁흔처럼 의지가 확고한 재상. 그리고 무엇보다도 자희같이 참으로 눈물겨운 노력을 아끼지 않는 여인. 후우… 좀더 간단히 끝나리라고 생각했는데, 천명에 반발하는 인간의 힘도 결코 가볍게 볼 것은 아니더구나.)

"증조부님께 여쭈옵니다. 재첨은 지금 그 말씀이 무슨 뜻이온지 전혀 모르겠사옵니다."

(몰라도 괜찮다. 자희에게는 장황하게 너무 많이 설명했다. 그래서 그 여인을 오히려 고통스럽게 만들었다. 다만 재첨. 이것만은 명심해 두어라. 천하만민은 결코 한 사람의 마음대로 되는 것이 아니며 또한 그래서도 안 되는 존재이니라. 이제 천하는 만민의 화합과 만민에 의 한 공유의 의지로서 다스려지는 것이다. 그대는 태평한 세상을 열기 위하여 슬픈 반생을 보내게 될 것이다. 하지만 그것도 만민을 위함이 로다. 결코 한탄해서는 아니된다. 짐의 후예로서 높은 긍지를 지니고 살아가도록 하라. 그것을 타이르기 위해 짐이 이렇게 손수 출현한 것 이다. 용서하라, 재첨. 짐은 증조부로서 그대에게 깊이 사죄한다. 용 서하라. 모든 것이 천하만민, 4억의 백성들을 위함이니라.)

황제가 멍하니 얼굴을 들었다.

용포는 원래대로 가리개 위에 걸쳐져 있다. 관도 장화도 본래 위치 에 아무 일 없었다는 듯이 놓여 있다.

"꿈이었나……."

황제는 바닥에 떨어진 단검을 칼집에 집어넣었다. 천둥소리가 멀어 져갔다. 희끄무레하게 밝아진 문쪽에서는 이제 빗소리는 들리지 않는 다. 때때로 멀리서 일어난 번갯불이 어두운 전내로 비쳐들었다.

꿈을 꾼 게 틀림없다고 황제는 다시 한번 스스로에게 말했다. 친정 개시에 즈음하여 신경이 극도로 날카로워져 있다. 밤에는 눈망울을 반짝이며 잠을 못이루고 그러면서도 아침엔 일찍 눈이 떠진다. 황제 는 자기도 깨닫지 못했던 피로가 쌓여 있었던 것이라고 생각했다.

바로 그 때, 황제는 땅 속에서 끓어오르는 듯한 노래소리를 분명히 들었다. 고귀한 그 음성은 꿈에서 본 건륭의 목소리가 틀림없다.

내 고향은 옛부터 눈덮인 장백산
부모 형제 다함께 떨쳐 일어나

무찌르자 하늘을 거역하는 자!

우리가 세운 공은
달단의 바람에 휘날리는 깃발
홍 백 남 그리고 황,
창 높이 꼬나들고 나란히 말을 달려
쳐부수자 만백성의 원수!

우리의 장수는 용의 후예, 애친각라의 용자
저 하늘 묘성의 점지를 받아
나아가자 정복하자 인민의 적!

　황제는 놀라기에 앞서 흥분이 일었다. 이 노래는 예전에 아버지 순친왕이 자녀들에게 가르쳐 주었고, 때로는 후궁의 나이든 태감이 자장가로 불러주었던 달단의 비곡이다. 어린 순치제를 받들고 산해관을 넘었던 건국의 영웅 예친왕 다이곤이 유적 이자성을 토벌할 때 대군을 진두지휘하며 불렀던 노래라고 전해온다.
　황제는 주먹을 쥐고 일어섰다. 불길한 예지를 절대로 믿지 않는 청년 황제의 귀에 남아 있는 것은, 자신을 총명한 사람이라고 칭찬하고 천하만민을 위하여 진력을 다하라고 격려해준 건륭의 음성뿐이다.
　건륭 폐하는 친정을 독려하기 위해 짐의 꿈 속에 나타나신 것이다. 이 넘쳐나는 기력을 발휘하여 변법을 실현시키자. 강유위를 소견하여 그가 하는 설론을 잘 듣고서 결단코 유신을 수립하리라. 일본이 삼십 년 걸려 이룩한 유신국가를 자기라면 삼 년 안에 전부 이룰 수 있다—.
　문틈으로 작은 그림자가 부복하여 황제를 재촉했다.
　"노재, 만세야께 아뢰옵니다. 비가 개고 천둥도 멀리 사라졌사옵니다. 이화원으로 납시옵소서."

"알았느니라. 곧 준비하리라."

"노재가 거들어 드리오리까?"

"괜찮다, 물러가라. 짐은 이제부터 자신의 일은 스스로 하리라. 천하만민을 위하여 정치를 하는 짐이 쓸데없이 천자임을 내세워서는 아니 되리라. 잘 모르는 것은 진비에게 물을 것이야."

"감사하신 말씀이시옵니다. 만세야의 은혜는 반드시 천하만민 위에 빛날 것이옵니다. 노재는 문전에서 가마를 대령하고 기다리고 있겠사옵니다."

난금의 그림자가 물러가자 황제는 익숙치 않은 솜씨로 몸치장을 하기 시작했다. 복잡한 의장 일습은 벗기는 쉬웠지만 입기에는 뜻밖으로 어려웠다. 용포에는 희미하게 백단 향기가 남아있었다.

역대 천자에게로 물려 내려오는 용포는 체구가 작은 황제에게는 상당히 크고 무겁다. 황제는 꿈 속에서 보았던 건륭제의 당당한 체구를 떠올렸다.

자신의 이 가냘픈 체격은 아버지인 순친왕한테서 물려받은 것이지만, 그래도 아버지는 어느만치 나은 체격이었다. 이름에 〈재 載〉라는 돌림자가 붙은 같은 세대의 친척 형제들은 모두가 가냘프고, 아버지와 공친왕 그리고 함풍제처럼 〈혁 奕〉이 붙은 세대는 이들보다는 약간 크다. 조부 도광제의 〈면 綿〉 돌림 세대는 더 번듯한 체격이었으리라.

말하자면 세대가 하나씩 내려올 때마다 체구가 한둘레씩 작아진 것이다.

"재첨… 내 사랑."

참새가 지저귀는 듯한 소리를 내며 진비가 눈을 떴다. 몸을 일으켜 얇은 비단 옷깃을 여미며 진비가 풍만한 지체를 황제쪽으로 향했다.

"이화원에는 황후를 데리고 가오. 짐이 없는 동안 무사히 잘 지내도록 하시오."

진비는 쓸쓸한 표정을 지으며 바닥으로 내려와 황제의 발아래 무릎을 꿇고 앉아 남편의 모습을 올려다보았다.

—손수 옷을 입으셨는가. 언제나 황제의 옥체엔 헐렁한 용포지만, 오늘따라 유난히 어울리지 않아 보인다. 관이 기울어져, 인형같은 용안이 한층 더 작아 보인다.

하지만 모처럼 혼자서 옷을 입었는데 핀잔을 줄 수가 없다.

"어떤가, 진비. 남의 손을 빌지 않고 입어봤는데, 생각보다 그리 어렵지 않구나."

"훌륭하시옵니다, 폐하."

그러나 발치로 시선을 떨어뜨렸을 때, 진비는 말을 하지 않을 수 없었다.

"폐하, 저어……."

"왜 그러느냐, 뭐가 잘못 됐느냐?"

"장화의 오른쪽 왼쪽이 바뀌었사옵니다."

발밑을 멍하니 쳐다보고 나서 황제는 웃음을 깨물었다.

"아, 그랬구나. 어쩐지 좀 불편하다 했느니라. 그래, 뒤바뀌었던 것이야……."

64

대청제국 광서 24년—1898년 6월 16일.

광서제는 이화원 인수전에서 공부주사 강유위를 소견했다.

중화의 황제가 6품의 하급관리를 소견하고, 더욱이 다른 사람을 거치지 않고 친밀하게 하문하고 직접 대답을 듣는 일은 역사에 전례가 없었다.

곤명호 물가를 활처럼 부드럽게 휘어져 돌아간 긴 회랑을, 강유위는 흡사 승상이라도 되는 것처럼 거만스러운 자태로 걸어간다. 그러나 그의 관을 장식한 정대는 6품을 나타내는 거거(硨磲) 조개이고 조복의 문양은 백로이며, 목덜미에서 흔들거리는 공훈 표지는 남색 꿩털에 불과하다.

별궁으로 그를 수행해온 고관들은 수구파와 변법파를 불문하고 그 교만한 태도에 모두들 미간을 찌푸렸다.

광서제와 강유위는 서로가 이런 날이 오기를 오랫동안 열망했다. 저작과 상서에 의해 이미 그 사상에 심취해 있는 광서제에게 강유위는 아직 만나보지 못한 연인이나 마찬가지였다. 주위에서 어떤 빈축을 사게 되더라도 강유위가 두려워할 일은 아무것도 없었다. 일단 소견만 이루어지면 금방 작위나 서열을 뛰어넘어 신시대의 중추적 위치에 서게 될 것임을 강유위는 믿어 의심치 않았다.

호반을 따라 1화리 반이나 되는 긴 회랑을 걸어가는 모습에서 그 절대적인 자신감을 역력히 느낄 수 있었다.

남해선생 강유위는 함풍 8년, 광주 남해현 은당에서 태어났다. 자는 광하(廣廈), 호는 장소(長素)라 한다. 이 호는 문선(文選) 도징사뢰(陶徵士誄)의 〈젊어서 놀기를 즐겨 하지 말고, 나이가 들면 참으로 결백한 마음을 지녀라〉는 글에서 따온 것인데, 나이 마흔을 헤아리는 지금 〈참으로 결백한 마음〉인지 어떤지는 크게 의심스럽다.

그는 분명 박학다식한 사람이다. 다만 그 〈박학 博學〉이 〈박물학적 博物學的〉이라는 사실을 그와 교류하는 사람은 모두 알고 있다. 맹자를 설파하다가 우주과학이나 인류의 기원을 논하고, 사기(史記)를 말하다가 세계연방 창설이나 공통언어 제정을 주장하기도 했다.

다분히 학식을 뽐내며 자기가 신하들 가운데 백미임을 우쭐대는 점이 있다. 그러한 성향이 너무 뚜렷하기 때문에 그의 주변에는 미친 사람이라 매도하며 교제를 끊는 사람과, 신처럼 떠받드는 열렬한 심취자가 갈려 있다. 광서제는 그 심취자의 전형적 인물이다.

출신지 남해현은 주강(珠江) 삼각주에 위치한 비옥한 토지다. 부성(府城)인 광주는 남부 최대의 무역항이어서, 예로부터 내외 문물의 혜택을 많이 입고 있었다. 이런 지리적 배경은 사람들에게 호기심과 진취적인 기질을 심어줘 수많은 진사와 거인을 배출하는 한편, 유학의 테두리 안에 안주하지 않는 양학자와 화교를 육성했다. 이미 반정부 운동의 지도자로서 이름을 날리고 있는 손중산(孫中山)이 근처 향산현 출신이라는 것도 그저 우연만은 아니리라.

강유위의 생가는 그 지방에서도 굴지의 명문이었다. 선조 21대 중에서 사대부가 된 이래 13대를 헤아린다. 가까운 연대로서는 증조부가 복건성 안찰사, 조부는 연주 훈도와 흠주 학정을 지낸 학자이고, 아버지 강달초는 강서현(江西縣)의 지사였을 뿐만 아니라, 태평천국 토벌 때는 무가의 가신들을 이끌고 좌종당(左宗棠) 휘하에서 참전하여 지대한 공을 세웠다.

이런 명문의 적자로 태어난 강유위가 철이 들자마자 무엇을 부여받고, 얼마만큼의 짐이 지워졌을까는 말할 필요도 없다.

여하튼 조부는 지방 관립대학 학장을 지낸 지식인이다. 조부를 둘러싼 가문의 남자들이 고담준론하는 곁에서 자라난 강유위는, 극히 자연스럽게 스스로를 남들과는 다른 별종의 인간이라고 믿으며 유아독존적 자존심을 품게 됐다.

그러나 그런 강유위에게도 과거(科擧)의 시련은 아주 공평하게 찾아왔다. 제 1의 관문이라할 동시(童試)에서 열네 살 열다섯 살 연거푸 낙방했다.

스스로를 줄곧 신동이라고 믿었던 소년은 학문이 모자라는 것을 깨닫기보다 선량인 자신이 낙방했다는 게 이치에 어긋나는 일이라고 생각했다. 그래서 전통적인 주자학을 떠나 잡학과 소설에 몰두하게 되고, 팔고문을 버리고 시작(詩作)을 않으니 시라고는 한수도 짓지 않았다. 그래도 겨우겨우 열아홉 살 때, 향시를 보기에 이르렀으나 어이없게도 또 낙방했다. 거기서 일념발기(一念發起)하여 조부의 친지이며 대학자로 이름을 떨치던 주구강(朱九江)선생의 문하로 들어갔는데, 이는 과거시험을 위한 것이라기보다 차라리 교양과목을 익히러 입문했다는게 옳겠다.

왜냐하면 주구강 선생이 설파하는 〈춘추공양학 春秋公洋學〉은 한학과 송학을 폐하고 직접 공자의 정신에 다가서려는, 전통적인 출세와는 무관한 학문이기 때문이다.

한학은 고전의 고증학이며 송학은 주자학이다. 과거시험은 주자의 주석을 기본으로 한 경서에서 출제되므로, 일념발기하여 주구강 선생의 문하로 입문한 것까지는 좋았으나, 일념발기한 만큼 과거시험과는 멀어졌다.

이러한 강유위에게 친족들의 질책은 끊임없이 계속됐다.

그러나 주구강 선생한테서 전수받은 공양학이 결코 무익한 것은 아니었다. 꼭 삼 년 동안 착실하게 배운, 본류에서 떨어져나온 이 유학의 지류는, 공자가 설파한 〈경세제민 經世濟民〉을 실천하려는 학문이었다.

따라서 강유위는, 학문의 사명은 세상을 잘 다스려 백성을 구제하는 데 있다고 깨달았다.

허나 일문의 기대와 강유위 자신의 선량 의식은 그를 스승처럼 재야의 학자로 만족토록 결코 내버려두지 않았다. 광서 8년, 강유위는 향시에 도전하는 장소를 광주부에서 도회지로 바꾸었다. 합격 정원이 많은 직례성 시험을 선택한 것이다. 〈경세제민〉의 꿈을 이룩하기 위해서는 어떻게든 과거시험을 통과하여 정치의 장으로 나아가지 않으면 안 된다. 하지만 굳은 의지에도 불구하고 또 다시 낙방의 고배를 마셨다. 이후로도 강유위의 눈물겨운 수험생 생활은 계속됐다.

그런데, 광주에서 상해를 거쳐 도성에 이르기까지 도전과 좌절을 몇 번이나 반복하는 동안에, 그는 자신도 느끼지 못하는 사이에 박식한 교양인이 되어 있었다. 상해에서 사들인 서양 번역서를 탐독하며 많은 지기를 얻고, 자유로이 학문을 연구하는 중에 결국에는 사설학원을 열어 제자들을 모아들이니 〈남해선생〉이라는 칭호까지 듣게 되었다.

그리되기까지의 경위가 경위인지라 남해선생이 설파하는 학문은 파격적이었다. 〈경세제민〉〈중체서용 中體西用〉을 주장하는 강유위의 사상은 지극히 혼미한 시대적 상황과 일치했다. 전위적이기는 하지만, 드높은 과거시험의 장벽 앞에서 우왕좌왕하는 젊은이들의 마음을 이토록 매료시키는 지식인은 여지껏 없었다. 이 세상에 실학을 펼쳐보려는 강유위의 집념어린 상서는 광서 14년, 서른한 살 때부터 시작되었다.

그러나 학위는 〈생원〉에 불과했다. 그의 깊은 교양과는 전혀 관계없이 일문 친족들의 질책은 변함없이 계속됐다. 아들이 과거에 등제하기를 일심으로 기원하는 어머니에게 효도하는 셈치고 시험을 쳤던 광주 향시에, 그야말로 전혀 뜻밖으로 합격했다. 백발 삼천장까지는 아니라해도 첫 동시에 합격한 해로부터 장장 22년만에 〈거인〉의 학위를 따냈다.

이렇게 된 바에야 회시까지 돌파하여 진사가 되려고 하지 않는다면 오히려 이상하다. 그러나 수많은 제자와 신봉자들에 둘러싸여, 이미 변법 이론가로 유명해진 남해선생이 회시에서 또 낙방했다.

그런 강유위가, 광서 21년 38세가 되어 겨우 진사로 등제했다. 전시(殿試) 석차가 제 2갑 46등이라는 평범한 성적이었기 때문에, 공부주사라는 별볼일 없는 관위를 받았다. 그러나 여하튼 주구강 선생한테서 배운 〈실학〉을 구현할 첫걸음을 내딛게 된 것이다.

연령으로 보아 앞으로의 출세는 바라볼 수 없다. 자신의 이상을 정치에 접목시켜 나갈 시간이 많지 않음도 강유위는 잘 알고 있었다. 서두르지 않으면 안 된다. 그는 하루라도 빨리 광서제를 알현하여 황제의 신뢰를 얻어내 변법 유신의 승상이 되기를 소망했다. 오랜 세월 떠돌이 생활을 하는 동안에도 거듭하여 상서를 올렸고, 저술도 하고 동지를 모으며 중앙의 인맥도 얻었다. 강유위는 기회가 무르익었다고 생각했다. 회시에 임하는 한편 그는 도성에 머물고 있는 거인들에게 변법의 필요성을 설파하여, 천3백여명의 서명을 받아 도찰원(都察院)에 올렸다. 말하자면 황제에게 변법을 독촉하는 연판장이다.

거인은 회시에 임할 때 각 성현(省縣)의 공용마차를 이용하여 도성으로 올라온다. 그 정도로 지위와 명예를 인정받는 거인들이 서명한 연명 상서는 막중한 의미를 지닌다. 항간에서 〈공거상서 公車上書〉라 불리는 이 연판장은 보수파 관료들을 전율시킴과 동시에, 강유위의 이름을 전국적으로 알리는 계기가 됐다. 그는 진사 호칭과 함께 변법파의 중심 인물로서 확고한 지위를 다진 것이다.

공거상서에는 이렇게 씌여 있다.

〈엎드려 바라옵건대, 황상은 칙서를 내리어 천하의 기(氣)를 고무하고, 도성을 옮겨서 천하의 근본을 정하고, 군대를 훈련하여 천하의 세력을 바꾸며, 변법을 시행하여 천하를 다스림이 잘 이루어지도록……〉

강유위는 많은 정치단체를 결성하고 신문도 발행하여 일약 변법 정치의 교주가 되었다.

그렇다―. 그는 격정적인 연설과 특출한 사상에 의해 신같은 추앙을 받음과 동시에 사탄처럼 미움도 받는 신시대의 교주였다.

남해선생은 초조해 하고 있다. 오랜 방랑생활 동안 그는 줄곧 시간에 대한 강박관념을 지니고 있었다. 더욱이 변법운동의 동지들은 한결같이 젊은 사람들이다. 스스로를 신격화하고 싶은 성격을 지닌 강유위는 유신의 초석 정도로 만족할 사람이 아니다.

상황이 긴박해졌다. 변법 동지들의 뒤를 돌봐주던 예부상서 양희정이 보수파의 음모로 쓰러졌으니 방패가 없어졌다. 물론 그 사실은 비밀로 감추고 있지만.

게다가 양 진영의 완충 역을 감당하던 실력자 공친왕 혁흔도 죽었다. 필두 군기대신, 즉 재상 자리가 비었다.

당연히 뒤를 이어야할 이홍장은 영국과의 홍콩 교섭을 자신의 마지막 임무라고 선언했다. 조인식은 지난 6월 9일에 끝났고, 이후 그의 모습은 성 안에서 사라졌다.

이어서 청천벽력이라고 밖에 할 수 없는 대사건이 벌어졌다. 서태후가 화차 견학을 위해 거동한 마가호 역에서 급난을 당했다. 다행히 태후는 무사했지만 많은 보수파 관료들과 황족들이 부상을 입었다. 그중에서도 태후에게는 가족이나 마찬가지인 대총관 태감 이연영과 어전 장안적 이춘운이 심한 부상을 입었다는 것은 보통 일이 아니다.

폭탄을 투척한 범인은 총서장경 순계로 알려졌다. 강유위로서는 참으로 믿기 어려운 일이다. 순계와는 이럭저럭 10여년이나 교우 관계를 가져왔지만, 온후하고 성실한 인품이 그야말로 만주 귀족의 귀공자임을 남김없이 드러내는 명석한 사대부였다. 그 순계가 그런 무시무시한 행동을 할 줄이야, 강유위는 도저히 믿을 수 없었다. 그러나 사건이 일어난 이래 순계의 모습은 보이지 않고 그의 집도 문이 굳게 닫혀 있다. 모든 외국신문도 그가 범인이라고 보도했다. 사직당국이 아무런 움직임을 보이지 않는 것도 오히려 마음이 편치 않다. 순계는 공친왕이 가장 신뢰한 인물이기도 했지만, 강유위가 주재하는 학회에도 자주 참석하였으므로 변법파의 일원임은 명백한 사실이다. 그런 사정을 이리저리 꿰맞추어 생각하니, 사건이 일어난 후 서태후가 아무일도 없었던 것처럼, 이화원의 일각에서 침묵을 지키고 있는 것에 공포감마저 느낄 지경이다.

모든 상황이 소용돌이치기 시작했다. 바늘끝처럼 날카롭게 대치하고 있던 양 진영의 관계가 결국 한계에 봉착한 것처럼.

광서제가 친정개시의 칙서를 발령한 것이 5일 전인 6월 11일.

그리고 그저께, 강유위는 변법파 동지들의 만류를 뿌리치고 이화원으로 갔다. 암살미수사건에 관한 자신의 결백을 증명하기 위해서도 태후가 있는 이화원에서 당당하게 변법행정을 시행하려는 것이다.

태후는 황제를 무시하고 있었다. 황제를 절대로 만나려 하지 않으며, 곤명호 물가에 있는 낙수당에 그저 꼼짝않고 칩거해 있을 따름이었다.

그런데 어제 15일, 갑작스레 낙수당에서 황태후 명령을 전하는 세 통의 의지(懿旨)가 발포됐다. 서태후 자희의 이름으로 내린 칙서다. 은퇴는 정해진 법률에 따른 것이 아니므로 지금까지와 마찬가지로 의지의 명령이 유효함은 당연한 일이다.

세 통의 의지는 이런 내용이었다.

제1호—호부상서 옹동화를 해임한다.

제2호—직례 총독 겸 북양 통상대신 왕문소를 필두 군기대신에 임명한다.

제3호—병부상서 겸 총서대신 영록을 직례 총독 겸 북양통상대신에 임명한다.

이것은 변법파에게 있어 그야말로 경천동지할 일이었다. 변법에 호의적인 노신 옹동화를 해임하여 귀향시키고, 직례 총독인 왕문소를 재상으로, 그 후임에는 뜻밖에도 수구파의 우두머리인 영록을 앉힌다는 것이다. 그 명령의 본뜻이 3호 의지에 있음은 말할 필요도 없다. 영록이 북양 3군의 지휘권을 장악한다.

광서제는 이런저런 까닭도 제대로 모른 채, 그저 정국의 혼란을 피하기 위해 황태후가 내린 의지를 추인하는 수밖에 없었다.

황제가 6품의 하급관리인 공부주사 강유위에 대한 소견을 강행하는 것은, 황제 자신도 어떻게 해야 좋을지 갈피를 잡을 수 없는, 이렇듯 급격한 움직임이 있었기 때문이다.

— 황제가 계시는 인수전이 가까워진다.

너무나 멀고 먼 도정(道程)이었다는 생각에 남해선생 강유위는 긴 회랑의 끝쪽을 돌아보았다.

어젯밤, 동지인 양문수가 집으로 찾아왔다. 강군, 변법 유신의 길은 멀다. 진정 그 첫머리에 선 지금, 아무쪼록 말을 삼가고 행동을 조심하기 바란다고 거듭 당부했다.

그러나 강유위에게는 나름대로의 계책이 있었다. 양문수의 당부가 분명 지당한 말이기는 하지만 도저히 간과할 수 없는 태후의 명령이 내려진 지금, 사태는 긴급을 요하고 있다. 장원급제한 수재가 말하는 대로 자신이 생각하는 바를 절제하여 삼가고 있다가는, 나라를 구할 수 있는 천재일우의 기회를 놓치고 만다.

강유위는 그 때문에 자신이 황제의 부름을 받은 것이라고 결의에 차 있다.

강유위가 인수전 보좌 아래에서 온화해 보이는 둥근 얼굴을 들었을 때 광서제 재첨은 변법을 위해 부단히 노력해온 승상이 결국은 그 모습을 드러낸 것이라 생각했다.

그만치 황제는 강유위와 만나기를 기다려왔다.

황제에게 올라온 상서는 외울 만큼 읽고 또 읽었다. 그의 저작물 몇 권은 언제나 곁에 두고 즐겨 본다.

황제는 우선 소견의 관례에 따라 이름과 출신을 물었다. 대답하는 강유위의 목소리는 자신감에 가득차 생기가 넘쳤다. 황제는 시정의 토론과 연설로 단련된 이같은 목소리를 들어본 일이 없다.

옛부터 영명한 군주가 세상에 태어날 때는 반드시 그 곁에 남다른 재능을 지닌 재상이 있어 정사를 돕는다는 역사의 이치를 상기하며 황제는 가슴이 두근거렸다.

"광하. 그대 생각의 대강은 상서와 저작을 통해서 짐이 대부분 알고 있는 일이다. 그대가 구상해온 변법의 중요성에 대해 기탄없이 말하라."

광서제는 친밀하게 강유위의 자를 부르며, 시립해 있던 신하들과 환관을 어전에서 물러가도록 명했다.

두 사람만이 있게 되자 강유위는 목소리를 한층 더 높여 거의 연설조로 지금 이 나라를 위태롭게 하는 열강의 동향에 대해 거침없이 의견을 개진했다.

"신, 강유위, 삼가 황상 폐하께 아뢰옵니다. 요즈음 영국, 프랑스, 독일, 러시아 등 구주열강과 일본까지 우리나라 전역에서 창궐하고 있는 실정을 폐하께서는 알고 계시옵니까?"

"물론 알고 있다. 일본은 이미 조선과 대만을 점령하기에 이르렀고, 영국은 위해위(威海衛)와 홍콩, 독일은 청도(靑島)를, 러시아는 대련을 근거지로 삼았고, 프랑스는 인도차이나 반도를 영유하고 있다. 참으로 가공할 일이다."

황제의 대답에 강유위가 황송해 하며 찬동할 줄 알았더니, 갑자기 기가 막히다는 듯이 고개를 흔들며 거친 목소리로 대답했다.

"폐하께서는 현재 일어나고 있는 국가의 위급사태를 그 정도로밖에 인식하지 못하시옵니까!"

황제는 무의식 중에 보좌에서 고개를 번쩍 들고 앉은 자세를 바로할 정도로 깜짝 놀랐다. 철들어 지금까지 자신을 질타한 사람은 오직 서태후 한사람뿐이었다. 더구나 보좌 아래서 자신을 노려보는 따위는 상상조차 할 수 없는 일이다.

강유위는 황제를 똑바로 쳐다보며 계속해서 말했다.

"구신(舊臣)들은 신금(宸襟 : 천자의 마음)을 괴롭혀 드리는 것이 두려운 나머지 진실을 아뢰지 못하옵니다. 신은 나이 마흔에 아직 6

품의 비천한 관직에 머물러 있사오나, 폐하의 소견을 받자옴에 있어 사리사욕의 마음은 추호도 없사옵니다. 하여 진실을 소상히 밝히고자 하옵니다. 일본의 세력은 조선과 대만은 말할 것도 없고 복주(福州)에까지 뻗치고 있사옵니다. 영국은 장강을 따라 멀리 귀양(貴陽)과 성도(成都)까지, 독일은 청도를 근거지로 하여 산동과 제남(濟南), 프랑스는 광주만에서 계림 그리고 운남의 오지까지, 러시아는 대청제국의 옛 영지인 길림과 봉천만으로는 부족하여 도성을 지호지간(指呼之間)에 바라보는 장성선(長城線)까지 세력을 넓히고 있사옵니다. 현재 우리 대청제국의 행정이 미치는 곳은 도성으로부터 보정과 태원 그리고 서안에 이르는 황하 유역과 이곳 중원의 대지 이외에는 없사옵니다. 사백여 개나 되는 주(州) 가운데 삼백여 개는 이미 열강의 수중에 떨어졌사옵니다."

"…그게 정말이냐?"

광서제는 인형처럼 자그마한 얼굴을 잔뜩 찌푸렸다.

"각 성(省)의 수도에는 총독과 순무(巡撫 : 총독 다음의 행정장관)가 있지 않느냐. 대청제국의 정치는 사백여 주에서 골고루 행해지고 있을텐데……."

"정치가 행해지고 있는 곳은 각 성의 수도뿐으로, 순무들은 점(点)을 영유하고 있는 것에 지나지 않사옵니다. 성 밖의 땅은 모조리 열강의 군대와 상인들에게 찬탈당해 있사옵니다. 지금 4억의 우리 백성은 상하 귀천 구별할 것 없이 쓰러진 집 아래, 난파선 속에, 타오르는 불 위에 놓여 있사옵니다. 이대로 앉아서 구경만 하다가는 국가는 멸망치 않더라도, 폐하께옵서는 황제라는 존호만을 지닌 이민족 오랑캐의 제후로 격하되실 것이옵니다."

"무엄하다! 짐은 대청제국의 황제이니라. 이민족 오랑캐라니!"

"황공하오나, 폐하. 우리나라는 이미 인도와 버마 그리고 베트남이나 폴란드 등 열강에 먹혀 식민지가 된 나라들의 전철을 밟고 있사옵니다. 하늘에 요행을 빌어, 필연적인 이 일을 어떻게든 피할 수 있으리라 생각하시옵니까?"

총명한 광서제는 강유위의 말을 금방 이해했다. 황제는 하얀 얼굴을 절망감으로 물들이며 용포를 입은 가슴께에까지 고개를 숙이고 힘없이 말했다.

"피할 수 없겠지, 짐으로서는 어찌해 볼 방도가 없음이야."

강유위는 더욱 질타했다.

"맹자께서 말씀하셨사옵니다. 국필자벌 연후인벌(國必自伐 然後人伐), 나라는 스스로 망하는 것, 연후에 사람이 정벌할 뿐이라고. 아시겠사옵니까, 폐하. 열강이 우리 청나라를 침공하기 전에 청나라는 스스로를 망치고 있었던 것이옵니다. 책임은 모두 우리들에게… 황공하옵게도 집정하셨던 황태후 폐하 그리고 황상 폐하 자신께 있사옵니다. 어찌할 방도가 없다는 말씀, 입이 열이라도 하실 수 없음이옵니다. 폐하는 천명을 지신 중화의 천자시옵니다."

황제는 고개를 숙인 채 용안을 들려고 하지 않았다. 군신은 한동안 소리를 죽이고 함께 흐느껴 울었다.

이윽고 강유위가 눈물 젖은 목소리로 되뇌인 한마디가 총명하지만 마음 약한 광서제를 전율케 했다.

"폐하… 신은, 참으로 매산(煤山)에 얽힌 고사를 돌이켜 생각지 않을 수 없사옵니다."

매산이란 자금성 북쪽에 우뚝 솟은 경산의 별칭이다. 이자성에게 쫓긴 명나라 숭정제가 경산의 백송 가지에 스스로 목매어 죽은 고사는, 350년이 지난 지금까지도 사람들 입에 오르내린다.

열강은 이미 중원을 둘러싸고 있다. 광서제는 당장 내일이라도 어찌 될지 모르는 자신의 처지를, 얼른 명나라의 숭정제와 겹쳐서 상상했다.

"광하. 어찌 해야 되느냐? 어떻게 하면 우리 청나라를 지킬 수 있겠느냐?"

"오직 변법이옵니다. 단지, 지금까지 해온 것처럼 작은 개혁을 되풀이해서는 사태가 전혀 변하지 않사옵니다. 한번에 대대적으로 변법을 시행하시는 일, 그것 이외에는 나라를 구할 길이 없사옵니다. 예를 들면…….
"

강유위는 등을 꼿꼿이 펴고 자신있게 말했다.

"…현재 백해무익한 과거제도는 크게 개혁해야만 할 것이옵니다. 즉 팔고문을 폐하는 일이옵니다."

"뭐라구! 팔고문을 폐하라구? 허나 현재의 대신들은 모두 팔고문을 연달(練達)하여 과거 등제를 이룬 자들이다. 그런 일을 벌이면 반드시 반발이 생길 것이야."

"구신들에게 상의하지 않으시면 되옵니다. 일천만승의 군주이신 대청제국 황제는 하늘을 대신한 대권을 갖고 있사옵니다. 즉 칙서를 발포하면 모든 것이 폐하의 생각대로 이루어질 것이옵니다. 변법을 이루시려면 구신들과 의논하지 마시고, 무슨 일이든 폐하 혼자만의 생각으로 추진하심이 중요한 점이라 사료되옵니다."

"짐은 그런 지혜도 담력도 지니지 못하였느니라."

"무슨 말씀을 하시옵니까. 폐하는 천명을 받은 천자이옵니다. 폐하의 조칙을 거스르는 자가 있을 리 없사옵니다. 지혜를 말씀하신다면 부디 이 광하의 것을 사용해 주시옵소서. 신의 건언을 가납하시어 그때마다 조칙을 발포하시면 반드시 국가 자강(自強)의 변법은 성공할 것이옵니다."

"군기대신들을 무시하라는 말인가?"

"군기처는 애초부터 대권을 보필하는 내각이옵니다. 각의를 무시하기가 힘드시면 한 가지 좋은 생각이 있사옵니다. 군기처 장경에 저희 동지들을 임명해 주시옵소서. 양문수, 담사동, 임욱, 양광제, 양열 등 유능한 변법의 동지들이 얼마든지 있사옵니다."

"군기대신들을 꼭두각시로 만들 작정인가?"

"예로부터 내려온 법을 지켜야 한다고 주장하는 노신들이 무엇을 할 수 있겠사옵니까. 예를 들어, 어제 태후 폐하의 의지로 직례 총독에서 옮겨온 왕문소 각하같은 재상이 대체 무엇을 할 수 있다고 생각하시옵니까."

황제는, 군기대신 취임에 앞서 은사(恩賜)에 대한 답례인사를 하러 올 노신 왕문소의 얼굴을 떠올렸다. 금년에 고희(古稀)를 맞는다고 한다. 함풍 2년의 진사라니까 4년 선배인 이홍장을 제외하면 아마도 최고참 관리이리라. 늙어가면서 더욱 탁월한 외교수완을 발휘하는 이홍장에 비하면, 왕문소는 화려함을 전혀 찾아볼 수 없는 둔중한 노인일 뿐이다.

이홍장이 홍콩의 조차교섭을 마지막으로 은퇴하였으므로 왕문소가 필두 군기대신의 지위에 오른다. 아무리 태후의 의사라지만 황제로서는 납득이 가지 않았다.

"하다못해 재상의 자리에 소전이 있어주기만 해도……."

"하는 수 없사옵니다. 이홍장 각하는 대관들의 꼬락서니에 마침내 정나미가 떨어진 것이옵니다. 그런데, 폐하. 이번 태후 폐하가 내리신 의지에 대해 어떻게 생각하시옵니까?"

"놀랐다. 태후 폐하께서 짐에게 모든 것을 맡겨주시겠다고 말씀하신지 얼마 되지도 않았는데. 설마 마가호 역에서 일어났던 사건을 짐이 주동한 것이라고 의심하시는 것은 아닐테지?"

"의심하고 계시옵니다."

강유위는 분명하게 단언했다.

"의심하고 계시기 때문에 왕문소 각하를 군기처로 옮기신 것이옵니다."

"어째서 그런고? 왕문소는 변법을 막을 힘이 없을텐데."

"아아… 폐하는 지극히 총명하시옵니다만, 어쩌면 그리도 순수한 어심을 지니고 계시오니까. 태후 폐하께서는 왕문소 각하를 재상으로 승진시키신 것이 아니오라, 영록 장군을 직례성 총독으로 임명하신 것이옵니다."

강유위가 지적한대로 광서제는 모든 일에 있어 의심이란걸 몰랐다. 자그마한 얼굴을 갸웃거리며 이상스럽게 생각하는 황제를 향해 강유위는 잘 알아듣도록 설명했다.

"직례 총독은 신하들 중의 우두머리이며 그 권력은 재상을 능가하옵니다. 그래서 역대 총독은 저 증국번 각하나 이홍장 각하처럼 중용의 덕을 갖추고, 군자와 소인을 아울러 압도하는 거물이 아니면 안 되었사옵니다. 왕문소 각하가 그 직책에 취임했던 것은 그저 일시적인 인사에 불과하였사옵니다. 왜냐하면, 직례 총독은 북양 3군을 장악하게 되옵니다. 즉―, 태후 폐하는 황공하옵게도 황상 폐하를 의심하시기 때문에 영록 장군을 직례 총독에 부임시키셨사옵니다."

"짐은… 아무래도 모르겠다. 어째서, 왜 모후 폐하가 굳이 3군을 장악하려 하시는 것인지…….."

강유위는 잠시 입을 다물었다. 그러나 곧 스스로를 고무하듯 주먹으로 무릎을 두드리며 이렇게 말했다.

"진정 황공스럽기 그지없사옵니다. 태후 폐하께서는 언젠가 변법을 뒤집어 엎어 저희 동지들을 죽이고, 황상 폐하를 포박하기 위하여 북양 3군을 장악하신 것이옵니다."

"허튼 소리 지껄이지 말라!"

광서제는 보좌를 차고 일어섰다.

"물러가라, 광하. 친파파가 그렇게 무법한 일을 하실 분인가, 불경스럽다!"

강유위는 일단 황제의 진노를 전신으로 받아들였다. 그러나 두려워하지 않았다. 부복한 채 보좌의 발아래까지 무릎걸음으로 다가간 강유위는, 황제의 진노에 대응할 수 있는 것은 이것밖에 없다고, 폭탄

같은 말을 단숨에 쏟아냈다.

"신, 강유위, 삼가 황상 폐하께 아뢰옵니다. 자희 태후 폐하는 양희정 각하를 시해하셨사옵니다."

황제가 떨어뜨린 여의봉이 강유위 앞으로 굴러왔다.

보좌에서 벌떡 일어선 광서제의 얼굴이 새파랗게 질려 있다.

"친파파가, 짐의 사부를? 거짓말이다!"

"거짓이 아니옵니다. 믿어지지 아니하시면 항주로 어사를 파견하시어 양 각하의 소재를 확인하여 보시옵소서. 아니, 그럴 시간이 없사옵니다. 서화문 밖 도자장 필오란 자의 집을 조사해 보시옵소서. 양희정 각하는 아무것도 말하지 못하는 유해가 되어버린 채, 변법 유신이 실현되기를 기다리고 있사옵니다."

"어째선가? 어째서 친파파가 짐이 경애하는 사부를 죽였다는 것인가? 양희정은 짐의 궁지다. 철들 무렵부터 지금까지, 천자문 첫걸음부터 사서오경에 이르기까지 짐을 양육해 주었다. 남몰래 아버지처럼 형처럼 따르던 사람이다! 그런데 왜?"

광서제는 하늘을 우러르며 큰소리로 울었다.

"대단히 애처로운 일이옵니다. 그러나 어떠한 난관이라도 헤쳐나가 변법 유신을 실현시키지 않으면 아니 되옵니다. 대청제국의 번영을 흔드는 섭혁나랍 여인과 그 간신배들을 결코 두려워해서는 아니 되옵니다. 부디 이 강유위에게 맡겨 주시옵소서."

황제는 어린애처럼 한바탕 울고 나서 보좌에 앉아 관을 껴안고 떨기 시작했다.

"북양 3군이 영록의 수중에 들어갔다. 짐은 영록의 손에 죽게 되는가?"

"아니옵니다. 만에 하나라도 그런 일은 없사옵니다. 저희들 변법의 동지가 벌써 신건 육군사령관인 원세개와 길을 터놓았사옵니다."

황제는 보좌에서 소매에 묻고 있던 얼굴을 들고 소녀처럼 섬세한 미간을 환하게 폈다.

"뭐라, 원장군과?"

"예. 원세개가 통솔하는 신건 육군은 팔천의 정예군으로서, 지난 갑오년에 있었던 조선 전쟁 이래 국가의 위신을 걸고 편성된 유일한 서양식 군대이옵니다. 원세개는 전부터 변법운동을 이해하고 있었으며, 신이 주재하는 연구회의 회원이기도 하옵니다. 원세개 장군이 일단 황제측에 서면 간신배 무리들은 두려움에 떨며 황상의 발아래 엎드리게 될 것이옵니다."

황제는 가녀린 손가락으로 보좌를 움켜쥔 채 한동안 생각에 잠겼다.

"역시… 친파파를 만나야겠다. 이런 일은 다 터놓고 상의해야 하느니……."

"아니 되시옵니다, 폐하. 본래 폐하께서 이곳 이화원으로 거동하신 것 자체가 스스로 불 속에 뛰어드신 위험한 일이옵니다. 일단은 서둘러 자금성으로 귀환하시어 변법에 관한 세밀한 칙서를 백관들에게 내리도록 하시옵소서."

광서제는 강유위의 어깨너머 잔물결이 퍼져가는 곤명호를 멍한 시선으로 바라보고 있었다.

친파파를 사랑한다. 애친각라가 다스려야만 하는 이 나라를 통치해 온 친파파―, 큰아버지 함풍제와 사촌형 동치제 그리고 미숙한 자신을 대신해서, 줄곧 무거운 짐을 지고 살아온 그 친파파를 진심으로 사랑한다. 세상을 떠난 친아버지보다도 친어머니보다도 더욱.

어린 시절부터 줄곧 친파파라고, 아버지라고 부르는 것이 오히려 친숙한 검은 옷의 아름다운 큰어머니. 그 웃는 얼굴이 한여름의 강한 햇빛 속에 나타났다가 사라지자 황제의 가슴에 막막한 어둠이 내리덮였다.

소견을 마친 후 강유위는 별궁 위문을 나서 수행해온 관리들에게 정중하게 인사를 올렸다.

곤명호 물가에서 한없는 상념에 빠져 있던 강유위가 긴 회랑으로 다시 돌아온 것은 해가 뉘엿뉘엿 기울기 시작할 무렵이었다.

선명한 붉은색 난간과 녹색의 기둥으로 장식된 긴 회랑 안쪽에서 환관의 선도를 받으며 대관 한 사람이 걸어왔다. 산호 정대에 학이 수놓인 조복을 입은 위풍당당한 1품관이다. 누군가 살펴볼 틈도 없이 강유위는 바닥에 한쪽 무릎을 접고 머리를 숙였다.

둔중한 발걸음소리가 머리 위에서 멈췄다.

"광하—."

들어본 기억이 있는 목소리라고 생각하며 강유위는 커다란 그림자 속에서 얼굴을 들었다.

"아니… 이홍장 각하."

이홍장은 흰수염을 쓰다듬으며 무언가 깊은 상념이 담긴 눈빛으로 강유위를 내려다본다. 그 눈빛에 쏘인 것처럼 강유위는 다시 얼굴을 떨어뜨렸다.

"자네를 우선 총서장경에 임명해 주시도록 황상 폐하께 아뢰었다. 순계의 후임이다. 이의 없겠지?"

"저를? …감사하신 헤아림, 황송스럽기 그지없사옵니다."

"사람들 눈도 있고 해서 그 이상의 관위를 수여할 수 없음이다. 그 대신 참예신정(參預新政)의 견서(肩書)를 내린다."

"참예신정의 견서라면……?"

"요컨대 새로운 정사에 참여하는 자로서 언제든 자유롭게 황상을 알현하고, 의견을 개진할 수 있는 자격을 지니는 것이다."

상주권(上奏權)을 지닌다는 뜻은 실질적으로 군기대신과 같은 권한을 부여받는 것이나 다름없다. 이홍장이 그렇게 아뢰었다면 공연히 이의를 달고 나설 사람은 아무도 없을 것이다.

"각하께선 그 일때문에 이곳까지 오셨습니까?"

"내가 할 수 있는 일은 그 정도밖에 없네. 물론 그 이상의 일은 할 생각도 없지만."

"분에 넘치는 배려를 해주셔서 참으로 감사하옵니다."

강유위는 자신도 모르게 양무릎을 꿇고 이홍장의 발아래 엎드렸다.

"그런데 광하. 하나 묻고 싶은 게 있는데……."

"무슨 말씀이신지요?"

"자네, 소견에 임했을 때, 황상께 무언가 쓸데없는 말을 하지 않았는가?"

강유위는 오싹하니 등줄기로 식은 땀이 흘러내렸다. 황상은 자기가 아뢴 일에 대해 그 진위 여부를 이 각하에게 하문하신 것인가.

"폐하께옵서 무슨 말씀이라도……?"

이홍장은 강유위의 안색을 살피려는 듯이 장신의 허리를 약간 낮추었다.

"아니. 그저 조금 흥분하신 것처럼 보여서 말일세."

인간과 신하로서의 극치를 다했던 이 원로 장군에게서는 어째서 틀에 박힌 듯한 사대부의 교만함을 느낄 수 없는지, 강유위는 언제나 불가사의했다. 그뿐만이 아니다. 예전 중국변의 한쪽 팔로서 태평천국을 쳐부수는 등 반생을 전쟁터 진영에서 지새운 군인의 무뚝뚝함도 느낄 수 없다. 땀과 초연으로 뒤범벅이된 그런 냄새가 없다.

"자네는 공양의 실학을 전수했다면서?"

"예. 주구강 노사 문하에서……."

"그런가. 확고한 신념을 갖고 있겠군. 하지만 이것만은 말해두지. 춘추공양학은 정통학파의 지류일세. 정통학파인 한학 송학을 배운 사대부 앞에서 결코 자신의 학문을 우쭐대서는 안 될 것이야."

강유위는 다른 곳으로 시선을 주고 있는 이홍장의 얼굴을 올려다보왔다.

"말씀드리기 송구하오나 각하. 공양은 지금 가장 필요한 실학으로
서……."

"하지만 자네가 과거 등제에 그다지 노력을 기울이지 않았던 것은
틀림없는 사실이다. 나는 도원 이십칠 년, 스물네 살에 등제했다. 자
네가 그 나이까지 금방(金榜 : 합격자 이름을 써붙인 방문)에 이름을
올리지 못했던 것은, 바로 노력을 게을리했다는 것뿐일세. 자네가 수
구파 떨거지라고 업신여기는 사대부는 모두 자네보다도 노력을 아끼
지 않았던 사람들이었음을 잊지말게."

이홍장의 표정이 몹시 험악했다. 대답할 말을 목구멍으로 삼키며
강유위는 다시 한번 머리를 조아렸다.

"그리고… 절대 일을 조급히 서두르지 마라. 자네가 배운 그 실학
을 어떤 식으로 발휘하든, 역사는 한 사람의 힘으로 간단히 움직일
수 있는 게 아니다."

이홍장은 가던 길을 두세 걸음 걷다가 발을 멈추었다.

"Rome was not built in a day —, 알고 있는가? 서양의 유명한
격언이다. 로마가 하루 아침에 이루어지지 않았듯이, 자네가 머리 속
에서 그리고 있는 새로운 대청제국도 금방은 이루어지지 않아. 적어
도 삼년은 무리다."

"아닙니다, 각하. 저는……."

"닥쳐라, 건방진 놈!"

이홍장은 뱉어내듯 말했다.

"이 소전이 오십 년이라는 시간이 걸려서도 이루어내지 못한 일
이, 겨우 삼 년 동안에 가능할 듯싶으냐? 아무리 발버둥쳐도 네 놈
이라면 오백 년은 걸릴 것이야."

이홍장은 불쾌한 듯이 커다란 보폭으로 발걸음을 내딛었다.

"각하께 여쭙겠습니다. 그러면 어째서 저를 추천하셨사옵니까?"

이홍장은 뒤도 돌아보지 않고 바짝 마른 손을 들어 나풀나풀 흔들
었다.

"도박이다. 네게다 걸어보는 수밖에 없겠지. 노력하라, 광하!"

65

숙친왕 저택의 녹나무와 영국 공사관의 마로니에가 양쪽에서 여름
하늘을 뒤덮고 있는 그늘진 길에 들어서서, 톰과 오카는 쓰러질 듯
환성을 올리며 걸음을 멈추고 우뚝 섰다.

"아아, 여기는 그야말로 천국이네. 나는 하마터면 기절할 뻔했어."

"정말. 한림원까지 도저히 못갈 줄 알았는데."

저쪽 길 끄트머리에 서 있는 한림원이 지열과 모래먼지 속에서 신
기루처럼 일그러져 보인다. 돌아보니 동교민항도 신기루 속에 떠올라
있다. 매미가 시끄럽게 울어대는 나무그늘 아래, 사람들은 짐수레를
세워놓은 채 옷깃을 풀어헤치고 주저앉아 있다.

"자, 잠시 쉬자. 아직 시간이 있으니까."

토머스 버튼은 파나마 모자를 벗어 얼굴을 부치면서 노점상에서 수
박을 사왔다. 물이 나쁜 북경에서는 수박이 없어서는 안 될 음료수
대용이다. 그래서 여기저기 가게 앞에는 수박이 산더미처럼 쌓여 있
고, 가로수 그늘 밑에는 조금씩 잘라서 파는 노점상도 많다.

톰은 커다랗게 입을 벌려 수박을 한입 베어물고 씨를 불어내며 말
했다.

"총독으로 취임하면서 기자회견을 주선해 준 것은 고마운 일이지
만, 어차피 할 바엔 시간을 좀 골라서 해주면 안 되나. 회견장으로
가는 것만도 큰일인데, 선풍기도 없는 한림원 방구석에 빼꼭하게 들
어차 있을 생각을 하니, 벌써부터 진땀이 난다."

"방약무인한 영록다운 짓 아닌가. 외국신문에 얼굴이 팔리고 싶어서 그러는 것뿐이지, 기자들 사정은 아무래도 상관없는 거야."

한여름의 북경은 하루 중에도 온도차가 대단히 심하다. 아침저녁으로는 상의를 꼭 입어야 될 정도로 서늘한데 한낮의 기온은 40도 가까이 올라간다. 그래서 기자들은 아침과 저녁 시간에 취재 활동을 하고, 한낮에는 프레스 클럽 로비에서 맥주를 마시든가, 침대 위에서 죽은 듯이 잠을 잔다.

나무그늘에 주저앉아 두 사람은 수박을 실컷 먹었다. 영국 공관의 청동 철책에는 눈가림 하느라 그랬는지 꽃들이 빽빽하게 피어 있다. 협죽도, 자귀나무, 석류나무, 백일홍나무… 오카는 문득 한여름에 피는 꽃들은 어째서 이렇게 더위의 고통을 한층 더해주는 짙은 색깔일까 생각했다.

반대쪽은 커다란 녹나무가 울창하게 우거져 짙은 숲을 이루고 있다.

"저기는 뭐야?"

"숙친왕 저택. 영국 공관보다 훨씬 넓어. 어쩌면 가까운 장래에 여왕 폐하가 경마장을 만들겠다고 할지도 모르지."

"숙친왕이라니 별로 들어본 적 없는 것 같은데."

"나도 자세히는 몰라. 공친왕가나 순친왕가처럼 황제와 가까운 혈족이 아닌 것만은 확실해. 이미 아주 옛날의 황제로부디 갈라져나온 세습 왕가일테지. 여하튼 나라가 넓은 만큼 황족도 엄청나게 많아. 애친각라 가문의 호적을 관리하는 관청이 따로 있을 정도니까 말이야. 그리고 그들에게는 엄밀한 계급이 있어. 친왕, 군왕, 패칙(貝勅), 패자(貝子), 진국공, 보국공… 보통 한 세대가 내려갈 때마다 계급도 하나씩 내려가는데, 특별한 공훈이나 정치적 교섭에 의해서 내려가지 않을 때도 있고, 거꾸로 한 계급이 올라가는 일도 있지. 어쨌거나 친왕은 최고위급이니까 영구 세습 친왕가라면 정말로 대단한

거야."

톰은 두 개째의 수박을 탐스럽게 먹으면서, 붉은색 담장으로 둘러싸인 녹나무 숲을 멀리에서부터 가까이까지 찬찬히 건네다보았다.

"누군가의 말로는, 확실히는 모르지만 이 저택 안에 만주족의 제단이 있다는 거야. 숙친왕가는 정치에는 별로 가담을 안 하고, 제단 일을 맡아본다는 거지."

"가문 일족의 제사를 담당한다… 그럴 듯하군 그래."

"여하튼 근원을 따져보면……."

톰은 주위를 한번 살펴보고 나서 오카에게로 얼굴을 가까이 했다.

"만주의 수렵민족이었으니까, 명나라로부터 물려받은 천단 제사는 그들로 보면 빌려온 종교에 불과하지. 지금도 일 년에 한 번씩 황족 가운데 남자들만이 모여 이 숲속에서 살금살금 뭘 하는 모양이야."

"어쩐지 기분 나쁜 얘긴데."

"그 옛날 겨우 30만 만주족이 4억의 한민족을 지배한거야. 변발은 강제로 시켰지만 종교까지 변화시킬 수는 없었던 게지. 그런 면이 만주족의 현명함이야. 피지배자들로서는 종교적인 탄압만큼 견디기 힘든 고통은 없으니까 말이야."

"그래서 자신들이 명왕조의 제사를 계승하고……."

"아니, 정확하게 말하면 계승한 척하고……."

"그렇군. 그래서 일 년에 한 번씩 이 녹나무 숲속에 모여 뭔가 몰래……."

"달단의 제사를 지내는거지."

톰은 조끼 주머니에서 회중시계를 꺼내 시간을 보았다. 직례 총독 겸 북양대신으로 임명된 영록 장군의 취임 기자회견 시간이 다가와 있었다.

한림원에 마련된 회견장은 찜통같았다.

어두침침하고 바람이 잘 통하지 않는데다, 벽 가장자리에 빙둘러 진을 친 카메라 맨들이 계속 마그네슘을 터뜨려 공기까지 새카마니 탁해졌다.

1품관의 예복 위에 대장군을 나타내는 황색 비단 조끼까지 갖춰입은 영록은, 카메라 맨의 요구에 따라 이쪽저쪽으로 포즈를 취했다.

기자들은 쓴웃음을 머금고 있다. 거무스레한 얼굴에 땅딸막한 체구인 영록은 마치 배우라도 된 것처럼, 짧은 다리를 꼬기도 하고 등나무 의자에 팔을 걸쳐 턱을 고인 포즈를 잡기도 하고, 입술을 팽팽하게 꼭 다물고서 시선을 멀리 두기도 한다. 그 하나하나 행태가 도저히 그냥 보아줄 수가 없다.

"알고 있냐, 게이. 저래봬도 꽤 열심히 연구한 포즈일게다."

톰은 그렇게 말하면서 결국은 웃음을 참지 못하고 뿜어내버려 영록에게서 눈총을 받았다.

영록이 이홍장의 모습을 흉내내고 있음이 한눈에 드러난다. 외국 신문에 실렸던 프레지던트 리의 그 유명한 사진과 똑같은 포즈를 취하고 있는 것이다. 아니 더 정확하게는, 취하려고 하는데 그게 도무지 잘 안 된다.

"무리다 무리. 우선 신장이 달라. 다리 길이가 틀리다구."

"얼굴은 더 아니지. 말은 제대로 할 줄 아나?"

웃음을 참으면서 톰이 내답했다.

"물론 통역이 붙어야지. 영록은 외국엘 나가본 적이 없어. 북경과 천진, 그리고 독직 사건으로 좌천돼 갔던 변경 정도겠지. 복장과 정대 색깔 그리고 공작 깃털만은 프레지던트 리와 분명히 똑같은 것이지만⋯⋯."

"황색 조끼는 어울리지도 않는군. 어디서 빌려입고 온 것 같아."

"서태후의 연민이지. 태후는 심복인 영록을 화려하게 꾸며서 어떻게든 권위를 세워주려는거야. 하지만 전혀 안 어울려. 기껏해야 아편

에 파묻힌 팔기군 사령관 주제밖에 안 돼. 저런 사람이 북양 3군을
지휘한다고 생각하니 등골이 다 오싹해진다."

　사진 촬영이 끝나자 통역 두 사람이 영록의 양옆에 대기했다.

　한 사람은 아무리 봐도 망국의 매국노 같은 느낌이 드는 민간인으
로, 필경 천진의 아편장사일 것이다. 프랑스어가 제법이다.

　다른 한 사람은 과거 출신이라고는 도저히 믿어지지 않는 늙은 하
급관리인데, 이 사람의 영어는 정도가 너무 심했다.

　영록은 우선 북경어로 총독 취임 인사를 했다. 내용은 별게 없었
다. 옛 성현들의 좋은 말씀만을 줄줄이 이어놓은 것이었다. 이어서
프랑스어와 영어로 통역됐지만 기자들은 그에 앞서 영록의 북경어를
당연히 이해했다. 이런 쓸데없는 진행만 보더라도 영록이 얼마나 식
견없는 사람인지 확연히 드러났다.

　더위만 더해줄 뿐인, 지루한 3개국어 연설이 끝난 뒤에 질의응답
순서가 되었다.

　"질문을 하면 곤란하겠지. 세상이 수수께끼 천지라서 뭘 모르는지
조차도 모르니까."

　톰이 혼자 중얼거리자 앞자리에 앉아 있던 독일 기자가 뒤를 돌아
보며 악수를 청했다. 그는 프레스 클럽에서 전혀 독일인답지 않은 수
다쟁이로 유명한 사람이다. 하루 종일 맥주를 마시든가 아니면 질펀
한 농담으로 사람들을 웃긴다. 그러나 최소한 다섯 나라 말로 지껄여
대니까 그것만 해도 대단한 실력이다.

　질문 따위 집어치우고, 더워 질식할 것 같은 이 방에서 빨리 해방
되었으면 좋겠다고 모두가 생각하고 있었다. 마가호 역 테러사건과
그에 이어진 변법칙서. 영록의 총독 취임. 대단히 긴박한 정황인 것
은 분명하지만 당연한 귀결이라고 생각하면 그렇기도 하다. 요컨대
이 견디기 힘든 더위를 참아가면서까지 꼭 물어봐야 할 질문도 없
다. 영록은 과장된 손짓발짓을 섞어가며 제멋대로 떠들기 시작했다.

"영록은 한장이라도 더 많은 사진이 실리고 싶고, 한줄이라도 더 많은 기사를 쓰게 하고 싶은거야. 이건 기자회견이 아니라 데몬스트레이션이다. 어처구니가 없어서……."

토머스 버튼은 취재 수첩을 덮고 얼굴을 들었다. 전혀 흥미를 느끼지 않는 기자들을 향해 영록은 제멋에 겨워 계속 떠들고 있다.

"잠깐만, 질문이 있습니다."

독일인 기자가 영록의 연설을 가로막듯 손을 들었다.

"하시오!"

영록은 기쁜듯이 웃었다.

"총독은 이홍장 각하를 존경하십니까?"

유창한 북경어로 독일인 기자가 그렇게 묻자 기자들이 일제히 웃음을 터뜨렸다. 너무나도 때를 잘 맞춘 질문이었다.

영록도 따라서 웃다가 질문에 섞인 빈정거림과 밉살스러움을 알아차렸는지 갑자기 멍청한 표정을 지었다.

"그 질문은 무슨 뜻인가요?"

"특별히 깊은 뜻은 없습니다, 각하. 다만 각하의 연설을 듣고 있노라니 왠지 전임 총독이 생각나서……."

기자들이 다시 와글와글 웃었다.

"조용히!"

영록은 책상을 두드리며 소리쳤다. 〈조용히〉라는 의미로 말한다기보다 〈닥쳐〉라는 말로 들렸다. 웃음이 가라앉기를 기다려 영록은 짐짓 냉정을 가장하며 대답했다.

"이홍장 각하가 위대한 정치가이며 혁혁한 무공을 세운 군인인 것은… 그것은 인정하지만, 그러나 나도 그와 같은 정치가이며 군인이오. 존경한다는 것은 좀 생각해 볼 일이군요."

영록의 불손한 태도에 좌중의 분위기가 깨졌다. 기자들이 내뿜는 싫증난다는 투의 한숨을 어떤 식으로 받아들였는지, 영록은 한층 더 가슴을 불쑥 내밀며 잘난 체 말했다.

"여러분들이라면 같은 동료인 신문기자를 존경한다고는 설마 말하지 않을 테지요."

독일인 기자가 어깨를 으쓱하며 주위를 한번 둘러보고 나서, 그의 얼굴에 어린 천성적인 미소를 지우더니 영록을 지탄했다.

"잠시 기다리십시오, 각하. 기자로서의 면목과 개인적인 감정은 별개입니다. 저는 이 자리에 있는 몇몇의 기자들을 진심으로 존경하고 있습니다. 그것은 조금도 부끄러운 일이 아닙니다."

"아니. 적어도 이 장군은 내가 존경할만한 가치를 지닌 인물이 아니오."

기자들 사이에서 분명하게 불만의 소리가 새나왔다. 그들이 써보내야할 기사 내용은 어찌되었든 간에, 북경이나 천진에 상주하는 기자들은 모두가 이홍장의 위대함을 정확하게 파악하고 있다.

토머스 버튼은 지루하다는 듯이 양손을 머리 뒤로 돌려 깍지낀 채로 영록을 향해 말했다.

"이유를 들려주십시오, 각하. 당신이 그 위대한 이홍장 각하보다 훨씬 뛰어나다고 믿는 이유를."

"그건 간단하오."

영록은 선서라도 하는 것처럼 손을 올리고 대답했다.

"첫째로 이홍장은 진사 출신의 사대부에 불과하지만, 이 과이가 영록은 이름 그대로 만주 정백기인이요. 둘째로 이홍장은 죽은 중국번 장군의 모든 것을 이어받은 문인 장군이나, 나는 근위병 장교에서 갖은 고초를 다 겪으며 오늘에 이른 정통 군인이며, 셋째로 이홍장은 한인이고 나는 만주인이오."

어처구니 없어하는 실소와 술렁거림 속에서 몇 명의 기자가 자리를 떴다.

"쳇, 말도 안 되는 소리. 가자, 게이."

토머스 버튼도 자리를 떨치고 일어섰다.

"그리고, 여러분!"

갑자기 영록은 군인답게 쩌렁쩌렁 울리는 목소리로 말했다.

"오는 9월, 자희 태후 폐하와 황상 폐하께서는 화차를 타고 천진성까지 납시어, 본관이 지휘하는 북양 3군을 친히 사열하시게 됐소. 당일에는 여러분들도 필히 참석하여 취재에 총력을 기울여주기 바라오."

영록은 자기가 할 말만 하고 휙하니 나가버렸다.

가자들도 돌아가고 바람이 잘 통하게 된 창가 자리에서, 오카는 숙친왕 저택의 숲을 물끄러미 바라보고 있었다. 깊은 숲속에 달단족의 비밀스러운 제단으로 짐작되는, 청동을 입혀 씌운 고풍스런 지붕이 보였다.

등뒤에서 톰과 독일인 기자가 이야기를 나누고 있다.

"…들었나, 톰. 태후와 황제가 함께 열병식에 참석한다니, 그야말로 전대미문의 세리머니다."

"천진까지 기차를 타고 간다고 했겠다."

"총력을 다해 취재하랜다."

매미 울음소리가 눈부시게 빛나는 여름 하늘로 날아오른다. 톰은 문득 땀을 닦던 손을 멈추었다. 톰이 목소리를 낮췄다.

"어쩌면… 쿠데타를 꾀하는건 아닐까? 어띤가, 한스. 설마 영록이란 자, 세계의 눈앞에서 태후와 황제를 한꺼번에 어떻게 하려는 건 아니겠지?"

독일인 기자는 한동안 침묵을 지키고 난 후, 전혀 농담이 아닌 어조로 작게 말했다.

"그건… 그럴 가능성이 아주 많지. 하지만, 톰. 신문기자가 할 수 있는 일이란 결과를 해설하는 것뿐이야. 영록은 그걸 잘 알고 있어. 아주 멍청하지는 않은 모양이다."

한낮 햇빛이 뜨거운 천안문 광장을 영록의 행렬이 가고 있다.

환관이 받쳐든 해가리개 그림자 아래서, 영록은 악랄한 삼백안을 가늘게 뜨고 회심의 미소를 지었다.

(존경하는 인물이라…….)

지금 질문을 받고 대답하는 것처럼 영록은 입술을 일그러뜨리며 혼자 중얼거렸다.

"글쎄, 내가 존경할 가치가 있는 인물이라고 하면, 건륭 폐하가 수족처럼 의지했던 정토 대장군 조혜 각하쯤일까. 이홍장은 프랑스와 일본에 패하고, 영국에 굴복했다. 하지만 그 조혜 장군은 건륭제 시대에 열 번이나 나섰던 정벌전쟁의 총대장으로서 한 번도 패한 적이 없었다. 혹시… 나는 조혜 장군이 환생한 것 아닐까?"

과이가 영록은 가마 의자에 몸을 깊숙이 뉘고서, 맑게 갠 푸른 하늘을 다 들이킬만치 입을 크게 벌리고 껄껄거리며 웃었다.

제 7 장

복음(福音)

66

내 친애하는 예술의 벗이며 위대한 바로크의 거장
조반니 바티스타 티에폴로 님께.

중국에서 사용하는 달력으로 9월 29일, 곧 성 미카엘의 축일인 오늘, 나는 장성을 넘어 멀리 사막 가운데 있는 천막에서 이 편지를 쓰고 있습니다.

수님은 성스러운 날에 잠시 동안 안식을 허락해 주셨습니다. 내일, 달단의 옛땅에 도착하면 신뢰할 수 있는 역마꾼에게 이 편지를 맡기려고 합니다. 편지보낼 곳을 과연 파리로 해야할지 마드리드로 해야할지 오래 망설였습니다만, 만일 파리에서 반송된다면 없어져버릴 위험이 더욱 크다고 생각해, 언제든 그대가 섬기게 될 스페인 국왕 카롤루스 3세의 궁전으로 보내기로 했습니다.

먼 길을 더듬어 가서 그대의 손에 잘 도착되도록 성 미카엘님께 요행을 기도할 뿐입니다.

9월이라지만 천막 밖에는 휘파람 소리를 내는 북풍이 세차게 불고 있습니다. 내일 아침에는 아마 모래언덕도 얼어붙겠지요.

며칠 전, 장성을 넘어 열하의 별궁을 떠나던 그 밤에는 심한 모래 바람에 휩싸였습니다. 만일 다섯 명의 호위병들이 잘 훈련된 몽골말과 낙타, 그리고 그들의 다부진 육체로써 지켜주지 않았더라면, 나는 황제 폐하가 명하신 생애 최후의 일을 완수하지 못하고 만주 사막에 뼈를 묻었을 지도 모릅니다.

다행히 오늘밤은 그 정도까지 거칠어질 것 같지는 않아서, 병사들은 말과 함께 노영(露營)을 하고 천막 안에는 나와 또 한 사람, 달단의 영웅인 조혜 대장군이 있을 뿐입니다.

장군은 비쳐드는 달빛 아래에서 화살촉과 검을 갈고 있습니다. 장군은 매일 밤 몇시간씩이나 걸리는 이 작업을 결코 소홀히 하는 일이 없습니다. 때때로 두려움을 느끼게 하는 외눈으로 제 손을 신기한 듯 바라봅니다. 읽고 쓰기를 전혀 못하는 장군에게는 라틴어의 필적이 기묘한 그림이나 문양처럼 보이는 것일까요.

장군은 대단히 과묵한 분인데 잘 때도 갑옷을 벗지 않으며, 휴식을 취할 때도 마구(馬具)에 기대어 긴 창을 지팡이 삼아 짚고 있습니다. 식사 후, 마유주를 한잔 마실 때만 이야기를 조금 하는데, 절대 자기 자랑을 하는 일이 없으므로 화제는 금방 끊어져버리고 맙니다. 이 말은 즉 장군의 일생이 공훈으로 가득 채워져 있을 뿐이라는 뜻입니다.

달단군의 진중에서 태어나 그 팔십 년 인생의 대부분을 전쟁터에서 보낸 장군에게는 아내도 자식도 없습니다.

단 한 번 대단히 즐거운 듯이 들려준 이야기가 있었는데 그것은 수년 전 관리채용시험의 시험관으로 배명받았었다는 추억담으로, 더 이상 없을 영광의 순간이 되살아난 듯 장군의 한쪽 눈동자에 눈물이 반짝였습니다. 위대한 영주 건륭황제의 인덕에 대해서는 이 이상 쓸 필요도 없겠지요.

조혜 장군은 지금 막 무기 손질을 끝내고, 말 안장에 기대어 잠을 청하려 하고 있습니다. 갑옷 앞자락에 새하얀 수염이 나부끼고 투구에 달린 붉은색 방울이 천막 틈새로 스며드는 바람에 흔들거립니다. 목에 감고 있는 근위병의 노란 머플러와 갑옷 위에 걸친 최고의 공훈 표시인 황색의 두터운 비단 조끼가 아주 잘 어울립니다.

나는 내 인생 마지막 시기에 이렇게 훌륭한 친구를 갖게 된 것을, 주님과 황제께 감사드리지 않을 수 없습니다.

그런데, 생각은 많고 가슴은 벅차 대체 무엇부터 이야기해야 좋을지…….

여하튼, 1746년 복건성에서의 도미니크 수도사 탄압을 시발로 가톨릭 박해 열풍이 중국 대륙을 휩쓸자, 대부분의 선교사들은 순교의 영예를 안거나 귀국길에 오르고 말았습니다. 예전, 영화를 자랑하던 도성의 네 군데 교회도 잡초가 우거지는대로 버려져 있고, 특수한 기술을 지니고 후궁이나 천문대에서 봉사하는 수명의 예수회 수도사가 겨우겨우 법통을 이어가고 있습니다. 나도 늙고 그들도 늙어, 아주 가끔 만나게 돼도 대화는 중국말이나 옛날 달단어를 사용합니다. 그런 상황이므로, 문장은커녕 철자법도 제대로 못 갖춘 이 엉성한 라틴어 편지를 아무쪼록 용서해 주시기 바랍니다.

그래요. 두서가 없기는 하지만 그대가 소식을 전해준 그 〈붉은 머리 안토니오〉의 일부터 이야기하도록 하지요. 어쩐지 거기부터 시작하는 것이 좋을 듯한 기분이 듭니다.

아마도 그대는 모르고 있을, 나와 안토니오 비발디의 기묘한 인연에 대해.

정말 잊을 수 없습니다. 그와 내가 운명적으로 만난 것은 시리아에서 불어오는 따뜻한 남풍의 장난에 의해, 베네치아가 그 불길한 해일에 잠기게 되는 초가을의 일이었다고 기억합니다.

아직 스물이 될까말까한 가난한 미술학도였던 나는, 학교의 후원자였던 산 마르코의 피자니 백작에게서 적지 않은 은덕을 입고 있었습니다. 물론 그대가 아직 아카데미아 미술학교에 입학하기 전 산타 크로체 골목길에서 낙서를 하며 놀고 있었을 즈음의 이야기입니다.

나는 피자니 백작이 주최한 성 베네딕트 극장의 초대석에서 처음으로 안토니오 비발디를 소개받았습니다. 무대에서는 몬테 베르디의 오페라 〈오르페〉가 상연되고 있었던가······.

그에 대한 내 첫인상은 참 야단스럽고 대단히 거만한, 그리고 정말 아니꼽고 역겨워서 도저히 봐줄 수 없는 젊은이라는 말로 집약됩니다. 내가 특별히 남의 눈에 두드러지게 나타내는 것을 싫어하는 성격을 지닌 탓만은 아닐 것입니다. 안토니오는 아마도 평생 동안 그와 교제를 나눈 누구에게나, 불손한 느낌이 드는 커다란 매부리코와 새빨간 곱슬머리가 잘 어울리는 파격적인 천재라는 인상을 주었을 것입니다.

"여어, 조—. 안녕하십니까?"

그렇게 말하면서 쾌활하게 내밀던 안토니오의 소녀처럼 섬세한 손의 감촉이 아직도 생생하게 남아있습니다.

바이올린 활보다도 가늘면서 축축하게 땀이 배어 있던 그 손가락이, 아마도 호방뇌락(豪放磊落)을 가장했던 안토니오 비발디의 정체였을 거라고 나는 믿고 있습니다. 예술이라는 마음 속의 사나운 말을 길들이기 위해 그는 스스로를 줄곧 위장했던 게 아닐까요.

그즈음 나는 미술학교에 다니는 한편, 피자니 백작의 추천으로 성 스테파노 교회에서 오르간을 치고 있었습니다. 그리고 안토니오는 가톨릭 사제로서 고아들을 돌보는 한편, 신진 기예의 바이올리니스트로서 베네치아의 여러 극장에서 인기를 모으고 있었습니다.

요컨대 화가를 지망했던 나는 선교사가 되고 사제였던 안토니오는 결국 신앙을 버리고 음악가가 되었습니다. 이 일 하나만 보더라도 그와 나와는 기묘한 인연의 실로 묶여 있었다고 생각지 않을 수 없습니다.

여하튼 처음 만난 그날부터 그와 나는 친한 친구가 되었습니다. 원래 성격이 대조적이고 예술관도 전혀 다른 두 사람이었기에, 다른 사람들 눈에는 결코 깊은 우정을 나누는 친구로 보이지는 않았겠지만.

예를 들면, 그대도 기억하고 있는 리카르트 다리 위에서 싸웠던 일. 얌전한 내가 안토니오의 지나친 농담에 화가 나서, 마침내 그를 운하에다 밀어넣었던 것은 사실이지만, 그것 또한 우리들 우정의 일종이었던 것입니다.

그날 밤, 안토니오는 내 하숙방 난로에 젖은 옷을 말리며 바로크의 미래에 대해 밤새도록 대화를 나누었습니다.

안토니오와의 사이에는 또 하나 잊을 수 없는 추억이 있습니다.

그대도 기억하고 있을까요. 산 마르코 광장의 카페 플로리안에서 여급으로 일하던 베로니카를.

긴 금발과 푸른 눈동자를 지닌, 그 아름다운 아가씨 베로니카 패러디오 말입니다. 나는 그즈음 마음 속 깊이 베로니카를 사랑하고 있었습니다. 그리고 안토니오 비발디 또한.

우리들이 오르간과 바이올린으로 번 돈의 대부분을, 카페 플로리안에서 다 써버린 이유는 바로 그것입니다.

우리들은 매일 카페 플로리안의 구석진 데이블에서 논쟁을 벌이며, 사실은 저 조반니 페리니가 그린 성처녀처럼 사랑스러운 아가씨 베로니카에 대해, 서로 그녀의 사랑을 차지하고자 애태우고 있었던 것입니다.

물론, 우리들 두 사람의 용모를 비교해 볼 필요도 없이 베로니카의 마음을 사로잡고 있는 것은 나였지만.

성직자의 몸으로 이런 일을 고백하는 나를 부디 경멸하지 말아 주시기를. 내가 칠십팔 년이나 되는 생애를 통하여, 그 모두를 알았던 여성이라면 베로니카 오직 한 사람뿐이었습니다.

오십 년이나 전에 있었던 한순간의 꿈이었습니다. 베로니카와 나는 오렌지빛 노을에 물든 운하가 바로 내려다보이는 〈한숨의 다리〉 밑에서 곤돌라를 기다리며, 꿈같이 달콤한 입맞춤을 나누었습니다. 그리고 스키어보니 부두 맞은 편에 있는 그녀의 작은 방에서 죄많은 아담과 이브가 되었습니다.

꿈이 깨진 것은 겨우 수주일 후, 거친 해일이 산 마르코 광장을 모조리 삼켜버렸던 그 겨울의 어느날이었습니다.

안토니오 비발디와 나는 피자니 백작의 부탁을 받고, 대주교님의 부름에 응했습니다. 총독 궁전의 접견실─, 그래요, 현기증을 느낄 정도인 베로네제의 걸작품들로 꽉 채워져 있는, 내가 항상 동경하던 그 접견실이었습니다.

우리가 헌상한 쳄발로와 바이올린의 즉흥 합주를 들으신 후에, 대주교님은 우리들에게 이렇게 말씀하셨습니다.

"방황하는 영혼들을 위하여 차이나로 가주지 않겠나 ? "라고.

그 때 내가 느꼈던 놀라움을 아무쪼록 헤아려 주시기 바랍니다. 일단 사제직에 몸담고 있는 안토니오가 그런 명령을 받는 것은, 그럴 수 있습니다. 그러나 일개 미술학도에 불과한 내가 예수회의 신학교로 옮기면서까지 어째서 머나먼 차이나의 도시로 부임해 가지 않으면 안 되는 것입니까.

이유를 솔직하게 물어도 대주교님은 그저 바티칸을 위하여, 베네치아의 영광을 위하여라고 되풀이하실 뿐이었습니다.

그리고 이것은 명령이 아니고 젊은 자네들에게 있어서도 생애를 걸어야 하는 커다란 선택이니, 충분히 생각한 연후에 결론을 내리도록 하라고 말씀하셨습니다.

그날 안토니오와 나는, 황혼이 다가드는 드 칼레 궁전 앞에 붙박혀선 채 오랫동안 번뇌에 잠겼습니다. 바티칸의 승리와 베네치아의 영

광을 위해 일곱 바다를 건너 이단의 나라로 간다. 그것은 하느님의
사도로서 더없는 명예임에는 틀림없습니다만, 그것을 위해 버려야 할
것 또한 적지 않습니다. 늙으신 부모님과 예술가로서의 미래, 그리고
무엇보다도 둘도 없이 사랑하는 연인 베로니카마저 버리지 않으면 안
되니까요.

　그로부터 한동안 내 몸을 사르는 듯한 고뇌에 빠졌던 것에 대해서
는, 이제와서 새삼스럽게 말씀드릴 필요가 없을 것입니다. 나를 친형
처럼 따르던 그대는 리카르트 다리 위에서, 미술학교 아틀리에에서,
그리고 주데카 운하의 물가에서 어린애처럼 매달려 울며 내게 생각을
바꾸라고 졸라댔지요.

　감사합니다, 티에폴로.

　틴토레토의 〈최후의 만찬〉이 그려져 있는 성 스테판 성당의 성구실
벽에다 나를 밀어붙이고서, 몇 번이나 몇 번이나 울면서 내 뺨을 때
리던 그대의 진심을 나는 결코 잊지 못합니다.

　입을 다물고 아무 말도 하지 않는 내게 화필을 쥐어주고, 그대는
내 가슴에 매달려 이렇게 말했지요.

　"조―. 기도하면 안 돼요. 그런 일은 다른 사람 누구라도 할 수
있어요. 그림을 그려야 해요. 조가 할 일은 그것밖에 없어요. 그림을
그려요. 모두를 위해, 가난한 사람들을 위해……."

　얄궂게도 그대의 그 말이, 망설이던 내 마음에 결정적인 촉매제가
되었습니다. 나는 그때, 이미 목숨을 건질 방법이 없는 어느 페스트
환자가 이곳 성 스테판 성당으로 억지로 밀려 들어와, 틴토레토의 벽
화를 바라보며 고통을 잊어버리고 황홀해 하면서, 생명의 마지막 불
꽃을 꺼뜨려가는 모습을 보았던 기억이 문득 눈앞에 떠올랐던 것입
니다.

　나는 차이나에도 분명히 페스트와 천연두가 있을 것이라고 생각했
습니다. 부모에게서 버림받은 아이도, 몸이 불편한 사람도, 그리고

굶주려 죽어가는 사람도.

나는 그대의 손에 화필을 다시 쥐어주며 말했습니다.

"장. 그것은 네가 해라."

유럽 화단에서 그대가 얻고 있는 명망에 대해서는 편지를 전해 준 라자리스트회의 수도사한테 들었습니다. 나는 다시 한번 진심으로 그대에게 말하지 않으면 안 됩니다.

감사합니다, 티에폴로.

아카데미아 미술학교에서는 언제나 꼴찌여서, 울상을 지으며 교단 앞에 나가 세워지기 다반사였던 그대가, 저 유명한 부르츠부르그 궁전의 천장화와 라비아 궁의 걸작 〈클레오파트라와 안토니우스〉를 그리고, 모교인 아카데미아 미술학교 교장을 역임하고서, 마침내는 프랑스가 위신을 걸고 백 년 동안에 걸쳐 건축한 베르사유 궁전의 장대한 바로크를 완성시키셨군요.

노력을 능가하는 재능이 있대서야 말이 되겠습니까. 그대야말로 유서 깊은 바오로 베로네제의 후계자이며, 그리고 영광의 베네치안임에 틀림없습니다.

편지를 전해 준 라자리스트회의 수도사는 그대에 관한 소식을 묻는 나에게 이렇게 말했습니다. 그래요, 마치 꿈을 꾸는 듯한 감동에 겨워하면서.

"부르츠부르그 궁전 돔에는 샹들리에가 없습니다. 티에폴로가 그린 프레스코의 푸른 하늘은 진짜 하늘과 똑같이 맑고 밝습니다."

베로네제가, 티치아노가, 틴토레토가 추구했던 영원한 창궁(蒼穹)을, 그대는 마침내 그대의 화필로 그려내고 말았군요.

그날―, 그대가 뛰쳐나가버린 성 스테판 성당의 성구실에서, 나는 내 생애를 결정했습니다. 틴토레토 벽화의 어두운 하늘을 바라보며 새벽이 올 때까지 울었습니다. 그리고, 모든 것을 버리기로 결심을 굳혔습니다.

언젠가, 우리들 베네치안이 추구해온 창궁을 그리자. 메마른 대지 위에 4억이나 되는 가난한 사람들이 모여 산다는 차이나의 어딘가 에… 베로네제가, 티치아노가, 틴토레토가 줄곧 동경해 온 창궁을 내가 그려보리라. 모든 고통 속에서 풀려나, 하느님을 모르는 사람들이 하느님의 복음과 똑같은 만큼의 희망으로 강한 전율을 느낄 창궁을 내 손으로 그려내리라고.

나는 대주교님의 뜻을 받아들였고, 안토니오는 거절했습니다.

그러나 그의 명예를 회복시키기 위해 이것만은 분명히 말해두고자 합니다. 안토니오 비발디는 성직자인 자신의 신분을 잊고서 방탕한 음악가가 된 게 아닙니다. 바티칸이 교황의 뜻을 거절한 안토니오를 버리고 돌아보지 않았던 것입니다. 지금에 와서 생각해 보면, 그것은 바티칸이 우리들 두 사람의 급소에 들이댔던 절망의 칼날이었습니다.

필시 안토니오는 자기 나름대로의 방법으로 창궁을 찾아 헤맸겠지요. 그대가 부르츠부르그 궁전의 천장화를 그릴 때, 옆에서 비발디의 〈사계〉를 연주하도록 해놓고 착상을 가다듬었던 것은, 우연의 일치만은 아닐 것이라는 생각이 듭니다.

우리들 베네치안은 모두 빛나고 반짝이는, 그리고 사랑과 희망으로 가득찬 푸른 하늘을 추구하고 있었으므로.

그런데 내가 베네치아를 떠나던 그날, 그대는 아카데미아의 나무다리 위에서 내가 탄 곤돌라를 배웅하고 있었다는 말씀입니까.

그대가 거기에 있었음을 깨닫지 못했던 것인지, 아니면 보고도 잊어버린 것인지, 어허 참, 정말 나이는 먹고 싶지 않은 것이로군요.

다만 하나, 분명하게 기억하고 있는 정경이 있습니다. 어쩌면 내 생애에 가장 인상 깊은 그 정경 때문에, 아카데미아 목교 위에 서있던 그대의 모습이 기억에서 지워져버리고 말았는지도 모릅니다. 송구스럽게 생각합니다만.

대운하에 걸린 아카데미아 목교를 빠져나가면, 두 개의 돔과 종루가 더없이 아름다운 산타 마리아 데라 사르테 성당이 있지요.

시각은 분명 동트기 직전, 이제 막 수평선 위로 부채살처럼 번지는 여명빛을 받아 종루 끄트머리가 희미하게 반짝이고, 운하 연안에는 하얀 아침 안개가 자욱히 끼어 있었던 것으로 기억합니다.

내가 탄 곤돌라가 서서히 성당 앞에 다다랐을 때였습니다.

물이 들어찬 성당 앞에서 그리운 음성이 나를 부르고 있었습니다.

"조ㅡ! 가지 말아요, 돌아오세요!"

베로니카는 레이스가 붙은 새하얀 에이프런을 걸치고, 금발머리를 하얀 내프킨으로 묶어내린 채, 카페 플로리안에서 일하는 모습 그대로 성당 앞에서 나를 부르고 있었습니다.

일터로 가기에는 아무리 생각해도 너무 이른 시간입니다. 분명 전날에 내가 베네치아를 떠난다는 이야기를 듣고서, 옷도 갈아입지 않은 채 한 잠도 못자고 그곳에서 뜬 눈으로 밤을 지새우며 나를 기다렸음에 틀림없었습니다.

나는 그녀에게 아무 말도 하지 않고 어느날 갑자기 신학교 기숙사로 들어가고 말았으니까요.

"조ㅡ! 사랑하는 조ㅡ! 부탁이에요, 돌아와요!"

베로니카는 물 속으로 걸어들어오며 줄곧 외쳤습니다. 나는 새로 입은 수도복 소매에 얼굴을 묻고 이곳을 빨리 지나치도록 뱃사공에게 부탁했습니다.

슬프기보다도 가슴이 불안할 정도로 몹시 두근거리고, 귓속에서는 북소리가 들려왔습니다.

베로니카는 그냥 지나쳐가는 곤돌라를 따라서 미친듯이 달려와, 결국은 물의 깊이가 무릎을 넘게 됐는데도 쉬지 않고 나를 불렀습니다.

"조ㅡ! 나, 죽어요! 죽어버릴거야!"

청순하고 착한 아가씨였습니다. 그 말이 거짓말이 아닐거라고 생각한 순간, 나는 자신이 행한 일들이 갑자기 두려워져서 성당쪽을 돌아보았습니다.

그리고 그 때, 나는 보고야 말았습니다.

프랑스 풍의 긴 상의 위에 짙은 녹색의 실크 망토를 걸치고, 은색 가발에 멋진 삼각모자를 쓴 궁정악사가, 울며 소리치는 베로니카를 등뒤로부터 감싸안아 그녀의 발걸음을 멈추게 하는 정경을.

언제나 밝고 명랑한 안토니오 비발디의 웃음기 걷힌 얼굴을 나는 그 때 처음 보았습니다. 신부복을 벗은 사제는 완전한 빈의 악사로 변하여, 창백한 얼굴로 나를 뚫어져라 바라보고 있었습니다.

질투심이 끓어오르지는 않았습니다. 나는 다만 아침 안개 속에서 점차 멀어져가는 두 사람의 모습을 향해 두 손을 모으고 십자가를 그을 뿐이었습니다. 입술을 꼭 붙여물고서 나를 바라보던 안토니오의 얼굴이 언제까지나 잊혀지지 않는 것은 무슨 연유일까요.

그는 내 심오한 번뇌를 단호하게 끊어주기라도 하듯이 베로니카를 자신의 가슴에 꼭 껴안고 망토자락을 물위에 띄워놓은 채, 한쪽 손을 들어올려 몇 번이나 힘차게 흔들어 보였습니다.

가라, 조—. 네가 믿는 길로 나아가라. 소리와 빛으로 가득찬, 저 푸른 창궁을 향해.

안토니오 비발디는 분명 내게 그렇게 말하고자 했음에 틀림없습니다.

그 때—, 그대는 아카데미아 나무다리 위에서, 안토니오 비발디는 물결이 넘실대는 성당 앞마당에서, 그리고 나는 아침이 열려오는 곤돌라에 타고서, 제각각 영광스러운 베네치안의 길로 첫 발걸음을 내딛기 시작한 것입니다.

—— 라자리스트회의 수도사한테서 전해 받은 그대의 고마운 편지는 갈피를 잡지 못하고 방황하는 예술가의 영혼을 구원했습니다.

먼저 졸작 〈득승도〉에 관하여. 콧샹이라는 동판술의 명장이 만든 복제화를 안타깝게도 나는 볼 수 없지만, 도성에 계시는 건륭 황제께는 반드시 도착하게 되겠지요. 그대가 조언한 확대법은 내가 혼자 예상하고 있었던 크기와 1센티미터 정도의 오차도 없습니다.

만일 마리니 백작과 다시 만날 기회가 생기면, 작자가 깊이 감사드린다 하더라고 전해 주십시오. 작자 이름은 반드시 차이나의 궁정 화가 〈낭세령〉이라는 것을 잊지 마시고.

그대가 생각하기에는 대단히 뜻밖의 일이겠으나, 나를 구원한 것은 오히려 동봉해 보내주신 베네치안 글라스와 샘플입니다.

땅이 넓고 물자가 풍부한 이 나라에서는 질좋은 석영을 손쉽게 구할 수 있고, 연마에 필요한 고경도 강철도 많습니다. 열처리법과 커팅 기술은 내 특기 중의 하나입니다.

그대가 전해준 글라스 제조법은 대단히 중대한 문제 몇 가지를 해결하는데 크게 공헌했습니다.

하나는, 프랑스에서 새로 건너온 라자리스트회 수도사들이 이 나라에서 활동할 수 있는 바탕이 된 것입니다. 가톨릭은 금지된 종교이므로 선교사들은 무엇이든 기술을 지니고 있지 않으면, 금방 박해당하게 됩니다. 이러한 사실은 먼 옛날부터 너무나 당연하게 알고 있을 텐데도 불구하고, 루이왕이나 바티칸은 도대체 무엇을 생각하고 있었을까요. 일곱 바다를 건너서 찾아온 라자리스트회의 젊은 수도사들은 모두 순수한 프랑스 미션 계통으로서, 전혀 아무것도 할 줄 모르는 사제들뿐이었으니까요. 이래서는 필시 도성에서 쫓겨나든가 잘못하면 화형에 처해지고 맙니다.

그래서 나는 사제 성당 정원 한쪽에 글라스 공방을 짓고, 솜씨가 서투른 사제들에게 그대의 교본대로 고블릿과 샹들리에 만드는 방법을 가르쳤습니다.

다행히도 이 나라에는 글라스 공예술이 아직 없습니다. 머지않아 기술을 제대로 습득하기만 하면 그들은 전도사임과 동시에 궁정의 기술자로서, 안심하고 생활해 나갈 길을 다지게 될 것입니다. 나도 라자리스트회와 그들의 후임들을 위해 샹들리에의 설계도를 가능한 한 많이 그려 보관해 두었습니다. 그 설계도들은 아마 그들이 예술가로서, 아니, 마에스트로로서의 노력을 계속하는 한 영원히 그들의 생활을 지켜줄 것입니다. 물론 많은 고아들도 굶주리지 않게 되겠지요.

다만, 언젠가 과학의 힘으로 번갯불을 집안으로 끌어들여 사용하는 일이 가능해진다면 이야기가 달라지겠지만—. 글쎄, 그렇게 됐을 때는 자랑스러운 프랑스 미션 후예들의 예지에 기대하는 수밖에 없겠지요.

실은, 그대가 4억이나 되는 차이나 대륙의 인민들에게 안겨준 참된 복음은 회화의 복제품도, 샹들리에 만드는 방법도 아닙니다.

이 비밀을 절대로 타인에게 누설해서는 안 됩니다. 혹여 그대가 유럽의 지식인들 앞에서 이 말을 했다가는, 금세 저 마르코 폴로처럼 거짓말쟁이라는 비난을 듣게 될 것이며, 그것은 그대의 명성을 크게 훼손시키는 결과를 가져오게 될테니까요.

이 나라는 정신이 아뜩해질 만치 오랜 역사를 지녔으며, 그 사이, 엄청날 정도로 수많은 왕조와 천여명이나 되는 황제가 출현했습니다. 그들이 결코 이교도들에게 침략당하는 일 없이 비옥한 대지를 줄곧 유지하면서 번영을 계속해온 이면에는, 실제로 목격한 사람이 아니면 도저히 믿을 수 없는 어떤 비적(秘蹟)이 감춰져 있습니다.

아홉겹으로 둘러싸인 차이나의 수도 안, 더더욱 깊은 곳, 그 녹나무 숲 속에 용옥(龍玉)이라는 이름의 보석이 잠자고 있습니다.

그것은 일천 캐럿은 족히 됨직한 커다란 다이아몬드입니다. 그 표면은, 아기자기하다고 할까 기기묘묘하다고 할까, 도저히 사람의 손으로 가공했을 것으로는 여겨지지 않는 무수히 많은 작은 면들로 커팅되어 있습니다.

그 보석에는 4백여 주 4억의 인민을 다스릴 수 있는 위대한 힘이 간직돼 있다는 것입니다. 그 옛날 삼황오제 때부터 수많은 황제들의 손에서 손을 거쳐, 용옥은 지금 대청제국 황제 건륭의 소유가 되어있습니다.

아아, 어느 날, 우리 지존하신 대 성군 건륭 폐하께서는 갑자기 일천만승의 천하가 얼마나 허무한 것인가를 알게 되셨습니다.

하나의 인간이, 하나의 신으로서, 살아 있는 모든 백성 한 사람 한 사람의 생사여탈권을 쥐고 있는 불합리—, 황제 자신도 사랑의 실체가 무언지 모르는, 이 세상에서 가장 불행한 존재라는 부조리를—, 지극히 영명하신 건륭 폐하께서 깨달으셨던 것입니다.

그 때 마침 내가 그대한테서 온 편지를 받고 베네치안 글라스를 만드는 일에 착수했던 것은, 그야말로 주님의 인도하심이라고밖에는 표현할 말이 없습니다.

폐하는 황제의 저력 그 자체인 용옥을 영원히 인간의 손이 닿을 수 없는 대지 밑바닥에다 영구히 파묻어버릴 결심을 하셨습니다.

"그리하면 우리나라도 이윽고 베네치아처럼 민주공화국이 되어 번영하겠지. 이 세상을 위하여, 백성들을 위하여, 그리고 무엇보다도 내 자손들을 위하여 그렇게 하는 것이 가장 바람직하다."

건륭 폐하는 그렇게 말씀하셨습니다.

머나먼 바이칼 호숫가와 고비 사막 끝, 히말라야의 험준한 봉우리에서 남방의 섬들까지, 역사상 유례없는 완전한 대제국을 이루어낸 폐하는 그 위대한 업적이 반드시 백성들을 행복하게 해주는 것은 아니라는 사실을 확실히 알게 되었던 것입니다.

제가 황제에게 말씀드린 베네치아의 정치 제도—, 상징적인 군주와 현자들로 구성된 원로회의, 세습귀족과 국가 유공자로 이루어진 대평의회 제도에 깊은 감명을 받은 폐하는, 그런 군주제와 귀족제와 민주제가 합쳐진 원리적 공화제가 가장 뛰어난 국가의 모습으로 확신하고 계셨습니다.

이리하여 위대한 건륭 황제는 장성 넘어 사막과 얼어붙은 대지 저편에 있는 달단족의 옛 땅에, 용옥을 영원히 파묻어버리도록 조혜 대장군과 내게 명하셨습니다.

그러나 용옥은 일년에 한 번, 달단 왕가의 제사를 받지 않으면 안됩니다. 그래서 건륭 폐하는 용옥이 상실됨에 따라 대 칸의 권위가 서서히 쇠약해져갈 동안, 그들의 눈을 속이기 위한 모조품을 만들라고 내게 칙명을 내리셨습니다.

나는 이미 폐허가 돼버린 사제 성당에 틀어박혀 바로크의 위신과 베네치아의 영광을 걸고, 아니 무엇보다도 예전에는 다빈치의 부활이며 미켈란젤로의 환생이라고까지 극찬을 받았던 아카데미아의 귀재, 주세페 카스틸리오네의 전지전능을 기울여 천명의 증표인 용옥의 모조품을 만드는 일에 도전했습니다.

지금 필생의 과업을 마친 내 얼굴은 조르조네가 그린 노파처럼 볼품없이 쇠퇴하여, 파라치오 드 칼레 궁의 정면을 장식하고 있는 술취한 노아처럼 무기력하기 그지없습니다. 또한 모든 재능을 불태우고 기진한 영혼은 티치아노의 〈탄식하는 성모상 피에타〉처럼, 암울하고 장엄한 우주를 헤매고 있습니다.

내 기술과 재능이 얼마만큼 천명에 다가갈 수 있었는지 그것을 꼭 보증할 수는 없습니다.

물론 후세의 과학자나 예술가의 눈으로는 도저히 판별할 수 없을 정도로 정교하게 만들었다는 자신감은 있습니다. 만일 이것을 모조품이라고 판정하는 인간이 있다면, 그는 필경 전 생애를 통해 하늘의 의지 따위는 전혀 믿지않을 만큼 노력하고, 아울러 맑고 투명한 시인의 혼과 강건한 병사의 육체를 겸비한, 더 말할 필요도 없이 신에 가까운 인물이 아니겠습니까.

내 편지는 이것으로 마칩니다.

다행히 바람도 잠들고 천막에는 새하얀 달빛이 비쳐듭니다. 오리온 좌의 세 별을 더듬어 가면… 아, 저기 있습니다. 달단의 점성술에서 부와 위엄을 전부 관장한다고 전해지는 묘성이 남쪽 하늘에서 반짝이고 있습니다.

조혜 장군은 정좌한 채 깊이 잠들어 있습니다. 붉은 갑옷에 황색 머플러를 바람에 휘날리며 중가리아 초원을 뛰던 젊은 날의 모습을, 분명 꿈 속에서 넋을 잃고 바라보고 있을 겁니다. 저런, 새하얀 수염이 더부룩한 입매를 일그러뜨리며 조금 웃었습니다.

지금부터 천막에서 나가 달빛에 젖은 모래언덕을 오를 것입니다.

이제는 내가 만들어내야 할 게 아무것도 없으니까, 가난한 사람들을 위해 만들어 줄 게 아무것도 없으니까, 그저 모래언덕 꼭대기에 진품 용옥을 내려놓고, 진정한 마음을 다해 호궁으로 연주해 보고자 합니다. 곡목은 물론 붉은머리 안토니오가 만든 현악 콘체르토의 걸작 〈사계〉입니다.

사랑하는 벗 티에폴로.

그대는 내 예술이 그대의 예술처럼 후세사람들에게 복음을 전해줄 것이라고 생각하십니까. 괴로움과 아픔과 가난과 원망, 그리고 시기하는 마음을 치유시켜주리라고 생각하십니까.

진정 마음 깊이 사랑했던 베로니카가 울며 외치는 소리를 들으면서, 나는 새벽녘의 운하를 헤쳐가는 곤돌라 안에서 맹세했습니다.

누구라도 좋다. 단 한 사람이라도 좋다. 그 나라에 있는 단 하나의 인간을 내 예술의 힘으로 구제해 보자고. 주님의 힘으로도 절대 구원할 수 없는 인간을 구제해보자고.

예술의 힘이 신이나 주님의 힘을 능가할 수 있다는 것을 증명하기 위하여 나는 베로니카를 버렸습니다.

결과는 아직 알 수 없습니다.

그러나 언젠가 분명히, 내가 혼신의 힘을 기울여 만들어낸 예술, 베네치안의 아름다운 힘은 바티칸과 루이 태양왕을 누르고 승리할 것입니다.

가령 백 년 후, 이 광대한 차이나 대륙 어딘가에서 주님도 신도 바티칸도 도저히 구제할 수 없는 가난한 소년이, 내 예술이 전해준 복음에 의해 모든 고통에서 풀려날 수도 있으리라는 것을 나는 믿습니다.

그 때 소년은 말똥과 진흙으로 더러워진 작은 두 손을 하늘을 향해 들고 활짝 펼쳐 보이겠지요.

생명의 환희에 넘치는 가난한 소년의 눈동자에 비치는 것 ―, 그것은 모든 베네치안이 부와 명예와는 무관하게 마음 속에서 꿈꾸는 푸른 하늘보다 더욱 푸른, 새파란 창궁일 것임에 틀림없습니다.

펠트 문이 바람에 휘날리고, 하늘에 가득한 별들이 호궁소리를 빨리 들려달라고 나를 부르고 있습니다.

마지막 한줄에 차이나의 전도사들이 덧붙이는 그런 축복 기도는 그만두렵니다.

생애를 다바쳐 바티칸에 저항해온 나의 기도를 예수님이 들어줄 것 같지도 않으니까.

주님의 평안이 우리 예술 위에, 또한 영광의 베네치안 조반니 바티스타 티에폴로 위에 빛나기를.

진정한 사랑과 우정, 그리고 자그마한 베네치안의 긍지를 담아서

주세페 카스틸리오네 ― 낭세령

대청제국 광서 무술년 -- 1898년 가을

북당은 아름다운 현악의 음률로 가득 넘치고 있다.

파비에 주교 자신이 첼로를 켜고 조수사 두 사람이 바이올린을, 그리고 비올라는 이곳 고아원의 조그만 소년이 켠다.

전문가가 무색할 정도로 좋은 솜씨를 보이는 현악 사중주단은, 바하와 모차르트의 아이네 크라이네, 그리고 멘델스존의 교향곡 〈이탈리아〉의 제2악장을 콘체르토로 편곡해 연주했다.

박수치는 사람은 두 사람밖에 없다. 중국인 신자는 서양음악을 전혀 이해하지 못하고, 공사관 직원이나 신문기자들은 콘서트에 올 형편이 못된다.

평소에 후원해 주는 은혜에 대한 작은 보답으로서 개최된 음악회였지만, 뚜껑을 열고 보니 관객은 단 두 사람뿐이었다는 애기다.

주교가 당황한 것은 관객이 없었기 때문이 아니다. 그 관객 두 사람이 어떤 사람들인지를 너무나 잘 알기 때문이다.

그래서 우선은 연주를 시작하기에 앞서,

"주 예수 앞에서는 모두 평등한 하느님의 자녀들이니, 딱딱한 인사는 생략해주시기 바랍니다."

하고 미리 말해 두었다.

관객 두 사람은 통로를 가운데 두고 두 줄로 나누어져 있는 긴 의자의 좌측과 우측에 한 사람씩 앉았다.

좌측 끝에 앉은 젊은이는 남색 장삼의 고급 태감 이춘운이다.

우측 끝에 등나무 지팡이에 손을 올려 턱을 괴고서 눈을 감고 있는 평상복 차림의 노인은—, 갑자기 폭삭 늙어 잘 알아볼 수 없을 지경이지만 올해 일흔다섯 살이 된 이홍장.

연주가 끝나자 이홍장은 자는 듯이 감고 있던 눈을 천천히 뜨며, 〈좋아. 아주 훌륭해!〉라고 최고의 찬사를 보냈다. 이춘운은 합장하는 것처럼 보이는 서투른 박수를 언제까지나 보내고 있었다.

"마지막에 연주한 곡은 무엇인가? 처음 들었지만 정말 아름다운 곡이군."

이홍장이 물었다. 주교가 이홍장은 크리스천은 아니지만 젊은 시절부터 주교의 친우다.

"멘델스존의 〈이탈리아〉입니다. 어쩐지 성지로 향하는 순례자같은 느낌이 들지요? 제2악장 부분만 사중주로 해봤는데, 이상하지 않았습니까? 각하."

사제복 위에 하얀 깃을 두른 것처럼 보이는 수염을 손수건으로 닦으며 대답했다.

이홍장은 지팡이 끝을 주교쪽으로 향하며 웃었다.

"각하가… 아닐세. 이젠 그저 은퇴한 할아버지야. 이상하기는커녕 대단히 근사했어요. 그렇군, 성지로 향하는 순례자라. 나도 한번 장성을 넘고 사막을 건너 봉천부에 있는 태조묘에 참배라도 하고 올거나. 한가해지기도 했고 아직 말을 타고 사오 일쯤은 견딜 수 있으니까."

"그 늙은이같은 소리 그만 두시게, 소전. 그대는 아직도 쓸모가 많아요."

파비에 신부의 친밀한 말투가 마음에 들었는지, 이홍장은 등을 둥글게 구부리며 장난스럽게 웃었다.

"그래 그래, 그게 좋아, 번(樊) 노야. 어쩐지 오십 년 전의 진사 시절로 돌아간 것 같구먼."

파비에 신부는 번국량(樊國樑)이라는 중국 이름을 갖고 있었다.

"하지만, 소전. 자네가 부러우이. 우리들 라자리스트 신부에게는 정년도 은퇴도 없다네. 프랑스도 바티칸도 우리 일 따위는 벌써 잊은 지 오래야."

"잊혀진다는건 늙은이에게 좋은 일 아닌가. 나는 오히려 그대가 부럽네."

파비에 신부는 둥근 얼굴에 점을 찍어놓은 것 같이 작은 눈을 크게 뜨고서 예배당 돔을 올려다보았다.

"뭔가 듣고 싶은 곡이 있으신가? 소전."

"〈사계〉라는 콘체르토를 알고 있나?"

"〈사계〉? 모르겠는데. 작곡가는?"

"비발디. 안토니오 비발디. 빅토리아 여왕의 만찬회에서 들었는데, 잊을 수가 없어."

"비발디라. 제법 옛날 사람인데⋯⋯. 분명 바하보다도 오래된 작곡가야. 빅토리아 여왕의 회고 취미는 유명하지. 옛날 명곡을 찾아낸 모양이군. 지금의 나로선 소전의 희망곡을 들려줄 수가 없네. 섭섭하게 생각지 마시게."

"그 사람은 거의 무명에 가까운 음악가였지만 분명 멀지 않은 장래에 햇빛을 볼거야. 참된 예술이 그냥 묻혀있기만 하는 법은 없으니까. 잊혀지는 시기는 있겠지만 말이야. 그대의 훌륭한 글라스 세공과 마찬가지로."

"그렇게 말한다면 그대의 혁혁한 업적도 마찬가지지."

"업적? 나는 아무것도 한 게 없어. 싸움을 하면 연전연패, 많은 부하들을 죽이고 국토도 잃었다."

"그렇지 않아. 그대는 많은 것을 남겼네. 철도, 광산, 무역, 섬유 공장, 천진의 거리. 그대가 남긴 유산이 언젠가는 이 나라를 구하게 될거야."

"멋대로 죽이지 말게. 보시는 바와 같이 아직은 정정해."

악사들은 퇴장하고 조수사가 커피 석잔을 들고 왔다. 이홍장은 지 팡이 위에서 얼굴만을 돌려 혼자 조용히 앉아 있는 다른 관객을 보 았다.

"샤오리 장안. 이쪽으로 오너라. 커피라도 함께 마시지 않겠 나?"

얼른 자세를 바로하고 부복하려는 것을 보고, 이홍장은 제단 위에 있는 십자가의 그리스도를 가리켰다.

"그건 무례다, 춘아."

이홍장이 타일렀다.

궁중의 예법대로 춘아는 양손을 내려 마주잡고 종종걸음으로 걸어 가, 이홍장 곁에 조용히 앉았다.

"커피를 처음 마셔보느냐?"

"예, 이 노야."

춘아는 쓴맛이 전혀 뜻밖이었는지 얼굴을 찌푸리며 대답했다.

"처음엔 모두들 놀라지만 곧 좋아하게 된다. …서양이란 그런 존재 다. 참고 마시도록 해라."

한모금 마시고 나자 뭐라 형언할 수 없이 그윽한 냄새가 코를 자극 했다.

"너는 세례를 받았느냐?"

"아닙니다, 저는 노조송을 섬기는 몸이오라…….."

이홍장은 야트막하게 한숨을 쉬고나서 춘아의 어깨에 다정하게 손 을 얹었다.

"네게는 태후 폐하가 신이냐?"

"예. 저는 여기서 기도를 드리는 것이 아닙니다. 중국인 고아들을 양키가… 아니, 외국인들이 보살피고 있는데, 어떻게 모르는 척 할 수가 있겠습니까."

"욕심이 없는 사람이로구나, 너는."

"돈 쓸 곳이 없습니다. 저도 고아라서."

"자신을 위해 쓰려고 생각지 않느냐?"

"그것도… 쓸데가 별로 없습니다. 술도 잘 안 마시고 음식은 노조종께서 내려 주시고, 도박도 아편도 싫어합니다. 물론 여자도 모르고……."

말하는 동안 점점 움츠러드는 춘아의 어깨를 이홍장이 부드럽게 두드려 주었다.

"욕심이 없다는건 부끄러운 일이 아니다. 오히려 행복한 일이지. 때가 되면 네게는 분명 신의 축복이 내릴 것이야. 태후 폐하는 안녕하신가?"

"예. 여전히……."

"매일 무엇을 하며 지내시느냐?"

"이화원에 칩거하시고부터는 작은 새들을 많이 기르고 계시옵니다."

그 이상은 묻지 않겠다는 듯 이홍장은 춘아의 어깨에서 손을 뗐다.

"태후 폐하는 훌륭한 분이시다. 빈말이 아니다. 나는 그분처럼 아름답고 강한 여성을 본 적이 없다. 아니, 그런 인간을 본 척이 없다. 나는 그분이 함풍 폐께 출가해 오시던 때부터 알고 있다. 그분은 연령과 함께 더욱 아름다워지고 더욱 강해지신다. 노력이란걸 결코 게을리 않는 분이시지."

"감사하신 말씀, 노조종께 전해드리고자 하옵니다."

"그럴 필요 없네."

이홍장은 얼굴에서 웃음을 거두고 단호하게 말했다.

"나는 무엇이든 알고 있다. 지금 도성에서 무슨 일이 벌어지고 있는지 전부 알고 있다……."

춘아는 갑자기 등줄기가 서늘해졌다. 이 장군은 아마도 양희정 각하의 죽음을 알고 있는 모양이다.

"알고는 있지만 나는 아무런 참견도 하지 않는다. 그러고 싶은 생각도 없고."

"하지만, 각하."

춘아가 반발했다. 절대 해서는 안 될 말이지만 이것만은 말해두고 싶었다.

"노조종께서는 그런 식으로 말씀하실 수가 없음이옵니다. 은퇴하셨으므로 아무것도 하지 않으시겠다든지, 그러하실 생각도 없다고 말씀하실 수가……."

이홍장은 주름진 얼굴을 지팡이 위에 떨어뜨렸다.

"그런 것쯤 알고 있다. 알고 있기 때문에 나는 내가 할 수 있는 일을 해왔다. 이젠 지쳤다. 동년배들은 모두 관직을 떠나 향리로 돌아가서 유유자적하게 여생을 즐기고 있는데, 어째서 나만 이 쇠잔한 노구를 이끌고 도성에 머물고 있는 것인지……. 나도 고향으로 돌아가고 싶다. 합비(合肥)는 좋은 곳이지. 장강의 북쪽, 아름다운 소호(巢湖)의 호반. 싸움이나 다툼과는 전혀 무연한 평화로운 마을이다. 하지만 나는 돌아갈 수 없어."

이 장군이 울고 있다. 춘아는 자기 눈을 의심했다. 지팡이 위에 얹어놓은 손등에 얼굴을 묻은 채, 이홍장은 입술만을 움직여 말했다.

"아무리 해도 돌아갈 수 없는 것은 저 강하고 아름다운 달단의 여인 때문이다. 나는 의리를 팽개칠 용기가 없어. 언젠가는 멸망힐 것이라 알고 있으면서도, 고립된 보루를 사수하려는 전우를 남겨두고 나 혼자만 살아남으려 할 수는 없다는 말이다."

춘아는 일어나서 간단한 예를 올렸다. 이 이상 노장군에게 말을 시켜서는 안 되겠다는 생각이 들었다. 노장군은 말로써 스스로를 힐책하고 있다.

"알겠느냐, 춘아. 양희정이 이미 이 세상 사람이 아니라고 내가 확신하는 이유가 그거다. 그 사람은 나와 마찬가지로 골수까지 사대부인 사람이었다. 아무리 급박한 사정이 있다해도 나라를 버리고 항주로 돌아갈 사람이냐? 춘아, 네가 할 수 있는 일은 다른 게 아니다. 하다못해 네 특기인 기예라도 보여드려서 태후 폐하를 위로해 드리도록 해라."

춘아는 간단한 예를 마치고 자리를 떠났다.

열려있는 북당 문에 꼭두빛 노을이 붉게 물들고 있었다.

"소전. 그대는 지금 참회를 하고 있었나?"

이춘운이 자리를 뜬 후에 파비에 신부가 다정하게 물었다.

"바보같은 소리 마시게. 내가 왜 그리스도 앞에서 회개해야 하나?"

"하지만 주님께서는 전부 들으셨다네."

이홍장은 손등에 묻고 있던 얼굴을 천천히 들어 제단의 십자가를 보았다

"어떤가, 소전. 얼마쯤 마음이 가벼워졌지?"

"흥. 이 정도로 구제 받을 수 있다면 애초부터 고생을 안 하지. 초대해줘서 고맙네. 아주 즐거웠어."

"전혀 몰랐었네. 그대가 저 노불야를 한 여자로 사랑하고 있는 줄은……."

커피를 다 마시고 이홍장은 지팡이를 의지하고 일어섰다. 큰 키를 구부정하니 하고서 빛을 향해 걸어나가는 노인을 파비에 신부가 불러 세웠다.

"참, 그렇지. 얘기하려다 잊어버린 게 있는데. 아니, 고해성사를 남에게 말해선 안 되는 일이지만 말이야……."

"무언가? 도움이 될 일이라면 들어두지."

"어제, 강유위가 왔었네."

"광하가? 뭐하러 왔을까, 기부금인가?"

"아니, 참회하러."

이홍장은 지팡이에 의지한 채, 불안한 표정으로 파비에 신부를 돌아보았다.

"참회… 라고？"

"음. 자기는 무력하다고. 말은 잘 하면서 행동은 아무것도 하지 못하노라고, 주님앞에 엎드려 흐느껴 울더군. 그대가 알고 있는 게 좋을 것 같은 생각이 들어서……."

"그 바보같은 녀석이！"

이홍장은 기력이 쇠한 다리를 질질 끌듯이 하며 걷기 시작했다. 조수사가 열어준 문을 나설 때 서쪽 하늘을 물들이고 있는 노을을 문득 올려다보고, 이홍장은 역시 탁한 노인의 음성으로 말했다.

"다음 번엔 반드시 비발디를 들려주게—."

가을이 왔다. 그런데 더 덥다.

여름 다음에 달력에도 없는 다섯번째의 계절이 찾아온 것 같은 느낌이다.

태양이 떠오른 순간부터 유백색의 얇은 비단을 펼쳐놓은 것처럼 하늘이 탁해 보인다. 한낮이 되면 중남해의 물이 들끓어, 뿌연 수증기를 하늘로 뿜어올린다.

백주 노상에서 움직이는 것은 꼬리를 축 늘어뜨린 들개와 벌거벗은 아이들뿐인데, 그 아이들마저도 금속성 소리를 지르며 쫓아나온 어머니 손에 이끌려 집으로 돌아간다.

"뭐하고 있어, 햇빛에 타죽는단 말이야！"

실제로 길거리에서 타죽는 사람이 헤아릴 수도 없이 많았다. 태양은 잘 달구어진 흉기였다.

　사람들 사이에서는 이러한 본 적도 들은 적도 없는 다섯번째 계절
에, 필경 무서운 일이 일어날 것이라는 소문이 흘러다녔다.

　프레스 클럽은 포탄 세례를 뒤집어 쓴 참호같았다.

　로비 중앙에 서있는 빙주(氷柱 : 여름에 방안을 냉각시키기 위해 세
워놓은 얼음기둥)를 둘러싸고, 기자들은 제각각 아무렇게나 쓰러져 누
워 있었다. 맥주나 탄산수를 파는 것은 겨우 오전뿐이었으므로, 쓸데
없이 수분이 땀으로 발산되어 흐르면 체력을 소모시킨다는 것을 알고
는 소파에 푹 파묻혀 녹초가 된 채 어서 해가 지기만을 기다렸다.

　카운터 바 옆에 붙어있는 캘린더를 모두들 하루에 세번씩은 들여다
보며 확인했다. 예년같으면 벌써 가을바람이 불어오고, 그들이 세계
에서 제일 아름답다고 믿고 있는 북경의 푸른 하늘이 비단폭처럼 펼
쳐질텐데, 금년에는 그런 전조조차 없다. 여름은 끝없이 깊어가고 있
었다.

　기자 한 사람이 퍼붓는 포탄 속을 뚫고 돌아온 전령처럼 로비에 들
어설 때만, 사람들은 스프링 달린 인형이 되어 튕기듯 일어났다. 그
전령도 우선 시원한 음료수 한 병을 단숨에 비우고, 몇마디 전황을
알리고는 그대로 소파에 파묻힌다. 다시 권태가 찾아든다.

　누가 정해놓은 순서도 아닌데 기자들은 교대로 외출해, 외무담당
총서아문을 방문하고 자기 나라 공사관을 들려서 다시 프레스 클럽으
로 돌아온다. 근무시간은 새벽부터 한밤중까지이므로 한 사람이 하루
에 두세 번 이 일을 반복하지 않으면 안 되었다. 물론 가져온 정보는
모두가 공유한다는 묵계가 이루어져 있었다.

　그래도 불만이 생긴다. 프레스 클럽 바로 곁에 공사관이 있는 독일
과 맞은편에 있는 프랑스는 자기네들보다 편하지 않느냐고, 동교민항
끄트머리에 공사관이 있는 오스트리아와 네덜란드 기자가 불평을 늘
어놓기도 한다. 때로는 그런 시시한 문제가 언쟁으로 발전할 만큼 기

자들은 지쳐 있었다.

벌써 3개월 동안이나 계속된, 전혀 긴장을 늦출 수 없는 변법 유신 정치—, 그러나 황제의 칙서와 황태후 명령이 자금성과 이화원 별궁에서 제멋대로 남발되는 이상한 상황이 계속되고 있다.

두 군데서 내려오는 국가 명령은 당연히 모순돼 있다.

마치 쌍두의 용이 서로 다른 방향을 향해 단말마의 비명을 지르고 있는 것 같다—. 이렇게 표현한 것은 소설가 지망생인 프랑스 기자였다. 다분히 문학적인 이 표현은 곧바로 세계 여러 나라 말로 번역되어 신문 지면을 장식했다.

"어이, 여러분. 빅 뉴스다. 일본인 있나?"

언제나 쾌활한 독일 기자 한스가 아주 녹초가 되어 프레스 클럽으로 돌아온 것은 9월 11일 저녁 무렵이었다.

한스는 이젠 목소리도 크게 낼 기운이 없다는 듯이 소파에 주저앉아, 붉은 곱슬머리를 얼음기둥에다 밀어붙였다. 늘어져 있던 기자들이 기계적이고 느릿느릿한 움직임으로 뉴스를 갖고 온 한스 주위로 몰려들었다.

중국인 보이가 가져온 차가운 맥주를 단숨에 들이키고 나서, 한스는 둘러싼 기자들 틈에 끼어 있는 오카 게노스케를 바라보았다.

"어떻게 된 일이야, 세이? 이토 공작이 대고(大沽)에 나타났다."

다른 기자들의 의심스런 눈초리가 일제히 오카에게로 쏟아졌다.

"이토 각하가? 글쎄 조선을 시찰하고 있는 줄 아는데… 그런 예정은 정말 몰랐어."

"그럼 뭐야. 석달 전까지 일본의 총리대신이었던 인물이, 예정에도 없이 불쑥 중국에 나타났다, 그 말인가?"

오카는 갑자기 중국 주재 무관인 시바 소좌가 이토 공에게 중국 방문을 요망했던 말이 생각났다. 그것은 지난 5월, 이토 히로부미가 총리직을 사임하기 전의 일이다.

이토 공은 과연 시바 소좌의 청을 받아들여 자유로운 몸이 되기를 기다렸다가 일본을 떠났다는 말인가. 시바 소좌한테서는 아무 말도 못들었다.

"조선 방문은 비공식 여행이다. 귀국 길에 잠시 천진 조계에 들러 시겠지."

말을 해준다고 해도 고작 이런 정도이리라. 시바 소좌를 얕보려는 것은 아니지만, 원로 이토 공이 일개 주재 무관의 의견을 받아들여 일부러 중국에 왔을 리 없다. 그러나 아무리 사적인 여행이라도, 최근의 양국관계나 일본의 국제적 입지로 보아 갑작스런 중국방문은 중차대한 일이다.

"아무튼, 게이. 만일 공식방문이라면 이토는 국빈이야. 치시 바에서 한잔 하고 그냥 돌아가는 단순한 개인적인 여행이라면 상관 없겠지만… 아무리 생각해도 타이밍이 너무 잘 맞아 떨어져."

한스의 말은 지당한 것이다. 모르긴 해도 지금 이 순간, 세계의 눈이 대고항에 내린 일본인 한 사람의 등에 집중돼 있으리라.

"설마하니 중국 정치에 개입할 작정은 아니겠지. 그건 좋지 않아, 게이."

곁에 있던 런던타임스 기자가 안경 속으로 미간을 좁히며 말했다.

원래부터 신문기자에게 정치적인 책임이 있을 리 없으므로, 이런 말투는 일종의 금기사항이다. 요컨대 그만큼 이토의 중국방문은 의미가 깊다.

"어쨌든 공사관으로 가서 물어보겠어. 오전 중에 갔을 때만 해도 아무런 낌새가 없었으니까, 공사도 무관도 전혀 모르는 일 아닌가 싶지만……."

오카가 모자걸이로 손을 뻗었을 때 텔리그램 룸의 문이 열리고, 토머스 버튼이 땀을 뻘뻘 흘리며 나왔다.

"우와, 죽을 뻔했다. 어이, 보이! 기계 좀 닦아라. 땀 때문에 녹
슬겠다. 그런데, 이게 뭐야… 이토 히로부미 각하의 금후 예정이라
니!"

얼음기둥 주위에 캠프 화이어를 하는 것처럼 빙 둘러선 기자들이
일제히 뒤를 돌아보았다.

"어떤가, 제군들. 뉴욕타임스의 현지 비서는 대단히 우수하다고 생
각지 않는가? 독일 공사관 정보로는 지금 대고항에 도착했다는데,
미세스 장은 금후 예정표까지 타전해 왔어."

기자들은 수첩과 필기구를 꺼내 들었다. 톰은 초조한 듯이 손수건
을 얼음물에 적셔 차게 해서는 벗겨진 머리 위에 올려놓았다.

"모두들 알지? 나는 맥주값 안 낼테니까."

"알았어, 알았어. 아침 밥값도 안 내도 좋으니까. 얼른 해."

한스가 통신용지를 뺏으려하자 톰은 머리 위로 치켜들고 읽었다.

"잘 들어, 읽는다. 이토 히로부미 각하의 금후 예정. 9월 11일 오
후 7시부터 천진 총독부에서 직례총독 영록 각하와 만찬회. 참석 예
정자는 일본 총영사와 감숙군 통령(統領) 동복상, 무의군 통령 섭사
성, 그리고—, 신건 육군 총사령관 원세개!"

기자들은 야수의 무리처럼 으르렁거렸다. 한스가 곱슬머리를 쥐어
뜯으며 소리쳤다.

"일본은 뭘 노리고 있는거야? 엉록과 북양 삼군의 사령관들을 불
러모아서 대체 뭘 어쩌겠다는 거냐구?"

"아니야!"

오카는 자신을 주목하고 있는 의아스런 시선들을 둘러보며 말했
다.

"일본은 쿠데타에 가담하지 않아. 그건 그저 만찬일 뿐일 거야. 뻔
하잖아."

"글쎄, 정말 그럴까? 이토는 책략의 전문가 아닌가. 삼십 년 전

천황을 옹립하여 쿠데타를 성공시켰던 일당의 한 사람이잖아."

오카를 바라보는 외국 기자들 눈초리가 오금이 저릴만치 싸늘했다. 오카는 그들과 언쟁을 해봐야 아무런 의미가 없다는 것을 깨달았다. 극단적인 구주화정책에 힘입어 부국강병의 열매를 거두고 금세 열강의 대열에 끼게 된 일본인들은 느끼지 못하지만, 유럽과 아메리카 사람들은 일본인을 업신여기고 있다. 자기를 보는 기자들의 싸늘한 시선이 중국인들을 바라보는 것과 전혀 다름 없는 것임을 오카는 처음으로 깨달았다.

오카가 뒤늦게나마 이것을 깨달을 수 있었던 것은, 그가 아이즈 사람이었기 때문이리라. 오카 게노스케는 이것을 한 사람이라도 더 많은 일본인들에게 알려야 한다고 생각했다. 서양사람은 피부색이 다른 인종을 절대로 인정하지 않는다. 이 사실을 마음에 잘 새겨두지 않으면 조만간 큰일이 생길 것이다.

"여하튼 공사관에 다녀올테니까……."

오카는 논쟁을 피해 프레스 클럽을 나섰다. 길거리는 계절상 있을 수 없는 폭염의 가을이었다.

주체할 수 없이 흐르는 땀과 함께, 오카는 오열했다. 토머스 버튼이 모자도 쓰지 않은 채 뒤쫓아와 오카의 어깨를 감싸안았다. 뜨거운 지열때문에 아지랭이가 피어오르는 거리를 두 사람은 한참 동안 묵묵히 걸었다.

"게이, 너무 마음 상해하지 마라. 모두들 너무 지쳐 있어."

오카는 톰이 자신의 기분을 알아주려나 하고 생각했다.

"일본이 의심받는 게 당연해. 한스는 솔직하게 말했을 뿐이고. 자네도 그렇다고 생각하지 않나?"

톰은 오카를 만류하듯이 걸음걸이를 늦췄다.

"자네는 지금, 그 일 때문에 괴로워 하는 게 아니지?"

"내 마음을 알아? 톰."

"그럼, 알지. 자네는 나이에 걸맞지 않게 냉철한 사람이지만, 고향 생각만 하면 금방 눈물을 흘려. 이춘운을 인터뷰할 때도 그랬지."

오카는 톰이 진실한 저널리스트라고 느꼈다. 톰은 취재에 있어, 어떤 문제나 전체를 통틀어 보는 물고기의 눈〔魚眼〕을 가졌다.

"나는 열일곱 살에 만조보 급사로 들어가 야간학교에 다녔다. 우시코메(牛込) 부근에서 하숙집을 구하러 처음 찾아간 집에서 이런 소릴 들었어. 아이즈 사람아니냐고. 그 집 주인은 관리였거든."

"그런 일은 어느 나라에나 있어. 쓸데없는 생각이야, 게이."

"아니, 일본은 아메리카만큼 넓지 않아. 내가 영어랑 프랑스어랑 중국어를 열심히 배운 것은, 저널리스트가 되려고 그랬던게 아니야. 나는 일본을 떠나고 싶었어. 외국으로 나가기만 하면 나를 아이즈 사람이라고 무시하는 인간이 없겠지 해서……."

"음, 그랬구나……."

톰은 클럽에서부터 줄곧 프랑스어로 말하던 것을 갑자기 영어로 바꿨다.

"요컨대 자네는 지금, 일본인이라는 소리를 듣고 말았다 이거지. 그래, 그건 정말 쇼크였을거야."

"그래. 정말 굉장한 쇼크였어. 나는 오래 전 아이즈에서 있었던 싸움을 몰라. 모르는 데도 아이즈 사람이냐는 소리를 들었다. 그 의미를 알겠지? 황세에게 반역한 사람이라는 뜻이다. 설령 그것이 역사적인 사실이라 해도 내게는 아무런 책임이 없잖아. 하지만 세상에서는 내 몸에 흐르는 핏속에 책임이 있다는 거야. 그것만 해도 가당찮은 차별인데 이번엔 피부색이다."

"너무 지나친 생각이야, 게이. 그들은 모두 자네의 능력을 존경하고 있어. 차별이란 것은 네 마음 속의 허상이야."

오카는 걸음을 멈추고 그 자리에 우뚝 섰다. 톰의 말대로 허상인지도 모른다. 그러나 열강에 유린당하고 있는 이 나라의 모습은 결코 허상이 아니다.

"그렇다면 어째서 중국인은 존경하지 않는거야. 그들이 이 나라에서 대체 뭘했어. 차(茶)와 아편을 교환하고 쿨리(苦力)라는 이름의 노예를 끌어가고, 대고항에 대포를 쏘고 원명원(圓明園)을 불태웠어. 자기들에게 중국을 멸망시킬 권리가 있다는 거야? 그러면서 같은 피부색을 하고 있는 일본인에게는 손대지 마라 그 말이지. 이토 공이 천진에 왔다고 해서 왜들 그렇게 남을 헐뜯고 의심하는 거야, 일본은 그럴 권리가 없다는 것인가?"

톰은 오카의 말에는 대답하지 않고 딴 소리를 했다.

"발음이 아주 좋은데, 게이. 자네는 어느 틈엔가 영어를 나보다 더 잘하게 됐구먼……."

오카는 모자를 벗어서 톰의 벗겨진 머리에 씌워주었다.

"시바 소좌를 만나러 가나?"

"음, 하지만 아마 없을 거야. 천진에 갔을 것 같아."

"마중하러 말이지."

톰을 거리에 그냥 남겨두고 오카는 빠른 걸음으로 걷기 시작했다.

예상했던 대로 공사관에 시바 소좌의 모습은 보이지 않았다.

대고 부두는 속이 울렁거릴 정도로 무더웠다.

낮은 구름이 정오의 태양을 가리고 있는 것은 그나마 다행이지만, 그대신 오염된 바다에서 증발되는 장기(瘴氣 : 중국 남부의 심한 풍토병을 일으키는 습기와 더위)가 날아가지 못하고 서려있는 것 같았다. 바다에서 불어오는 바람도 쓸데없는 악취나 실어올 뿐이다.

시바 고로는 부두 철책에 팔을 얹고서 망원경을 들여다보고 있었다. 턱에 내려진 군모 끈에서 땀방울이 떨어졌다. 흰 장갑도 군복 소매도 이미 비틀어 짜야 할 정도로 땀에 흠뻑 젖었다.

"메모를 할까요, 소좌님?"

귓전에 대고 부드럽게 속삭이는 프랑스어를 듣고 시바 소좌는 눈에서 망원경을 뗐다.

"어제보다 더 늘었어요. 프랑스가 두 척, 독일이 두 척, 거기에 일본이 네 척. 이런 식으로 늘어나면 머잖아 수평선이 군함으로 새카맣게 물들 거예요."

눈이 번쩍 뜰 만큼 선명한 노랑색 차이나 드레스를 입은 여자가 누구인지, 시바 소좌는 전연 생각이 나지 않았다. 근엄한 장교의 당황하는 모습이 꽤나 재미있는지, 여자는 레이스가 달린 양산을 천천히 돌리면서 장난스럽게 웃었다. 웃는 그 얼굴을 보고 시바는 겨우 여자를 기억해냈다.

"아, 당신은……."

"오랜만이에요. 아마 지난해 재택 전하의 무도회에서 만난 이래, 처음이죠?"

이 여자가 누구인지 확실히는 모른다. 서양물이 든 젊은 황족 진국공 재택이 주최한 무도회에서 분명 함께 춤을 추었다. 화려한 야회복이 차이나복으로 바뀌었으니 갑자기 생각날 리가 없었다.

"나를 잘 알아보셨군요."

"미뉴에트를 출 수 있는 일본 군인은 당신 이외에 없으니까요."

"저희 때 사관학교에서는 댄스를 가르쳤거든요."

"어머나, 멋져라. 거기다 여자 설득하는 방법까지 기르쳐주었다면 좋았을걸."

"나는 당신의 이름을 몰라요. 어느 나라 사람인지도……."

"이름? …모두들 미세스 장이라고 불러요. 국적은 이름대로지요."

"재택 전하의 연인인 것으로 아는데……."

"네. 전하는 그렇게 말씀하시지만 적어도 제 취미는 아니예요. 재택 전하와 시바 소좌 가운데 선택하라면 두말할 것도 없이 당신을 고를 거예요."

말의 내용보다도 시바는 그 아름다운 프랑스어 발음에 놀랐다. 여자는 붉은색 연지를 발라 타는 듯한 느낌의 입술을 시바의 귓바퀴 가까이에 댔다.

"결투하실거예요? 재택 전하고."

시바는 몸을 돌려서 망원경으로 바다쪽을 보았다.

"농담은 그만 두시오. 본관은 근무중이오."

"그래요? 그러면 소중한 정보를 가르쳐 드릴까요? 상륙태세를 갖추고 있는 것은 거기 보이는 군함뿐만이 아니예요. 영국의 동양함대와 러시아 발틱함대도 산동반도 지부(芝罘)에 입항해 있지요. 병력은 당신네 나라와 비교할 정도가 아니예요."

"정말이오, 그게⋯⋯?"

"빨리 전보를 치시지요. 공훈을 세우게 될테니⋯⋯."

"당신은, 스파이요?"

"글쎄요. 적어도 재택 전하의 연인은 아니죠."

미세스 장은 백합꽃이 수놓인 핸드백에서 작은 오페라용 망원경을 꺼내 바다를 보았다.

"아아, 드디어 오셨군요. 제가 방해되나요?"

"방해까지는 아니지만 본관의 직무를 고려해 주시면 좋겠군요. 사벨에 파라솔은 어울리지 않아요."

일장기를 단 거룻배가 계속 기적을 울리며 부두를 향해 들어오고 있다.

하얀 양복을 입은 이토 공이 실크 햇을 쓴 수행원들에 둘러싸여 뱃전에 앉아 있다.

"소좌께서 초청하셨습니까?"

미세스 장은 오페라 글라스에서 눈을 떼지 않은 채 말했다. 그 질문에는 대답할 수 없다.

"잠행이라고 봐야죠. 조선을 방문한 길에 내쳐 천진에 잠시 들러는 것뿐이니까."

"잠행치고는 대단한 환영식이군요."

어느 틈엔지 부두 입구에 총독부 악대가 정렬해 있었다. 북양군 병사가 거룻배와의 거리를 살피면서 빨간 카페트를 깔고 있다.

"저런 저런, 굉장한 일이 벌어졌어요, 소좌. 한번 보세요."

부두에 면해 있는 창고의 처마밑에 출영 나온 고관들이 줄지어 서 있다. 소좌는 그쪽으로 망원경을 향했다.

"…이런, 놀라운 일이군. 본관의 책임 문제다."

"거봐요, 역시 당신이 초청한 것이었군요."

그런건 어째도 상관 없다. 여하튼 어디서 어떻게 정보가 새나간 것일까. 악대 뒤에는 북양군벌의 쟁쟁한 거물들이 모두 나와 있었다.

일품관 정장에 대장군을 나타내는 황색 조끼를 걸친 영록을 중앙으로, 무관복을 입은 감숙군의 동복상과 무의군의 섭사성이 보인다. 조금 떨어져 부관과 이야기를 나누고 있는 사람은, 혼자만 서양식 군복을 입은 원세개다.

"북양 삼군의 준비운동이군."

"그런데 그게 왜 소좌의 책임 문제가 되나요?"

"그런건 당신 스스로 판단하시오."

미세스 장은 살포시 드러난 하얀 어깨를 으쓱하니 움츠리며 쿡 하고 웃음을 터뜨렸다. 대답을 유도해낼 작정이었는가 본데, 이처럼 얕보듯 웃는 모양을 보니, 아무래도 대답은 벌써 알고 있는 것 같다. 보통 여자가 아니구나 하고 시바 소좌는 생각했다.

"어떻게 해서 정보가 샜는지, 그걸 생각하고 계시는거죠?"

이번엔 가슴 속을 들여다본 모양이다.

"그러면 앞으로의 업무에 참고가 되도록 가르쳐 드리지요. 조선의 반일분자는 원세개와 연결돼 있어서, 이토 공의 거동쯤은 금방 누설

되고 말아요."

"알았소. 이제 됐으니 저쪽으로 가시오. 배가 도착합니다."

미세스 장은 파라솔을 접고서 새하얀 두 팔을 내려 주먹을 가볍게 쥐고는 우아하게 만복(萬福)의 예를 올렸다.

"저와 내기를 하시지 않겠어요, 소좌님?"

"갑자기 내기라뇨?"

팔을 낀 채 여자는 문득 진지한 얼굴이 됐다.

"이토 공이 과연 어떤 카드를 내던질지?"

시바의 등줄기로 서늘한 진땀이 솟으면서 군복이 착 달라붙었다.

"이토 공은 누구의 편도 들지 않소. 조정해 주실 것이오."

여자는 또 쿡 웃었다. 이래서 시바 소좌의 계략은 들켜버렸다.

"하지만 소좌님. 카드를 던지는 방법에 따라서는 중국이 일본의 것이 될 수도 있어요. 조선까지 감쪽같이 먹어치운 이토 공이 거기까지 생각하지 않았을 리가 없어요."

"그러면 먼저 묻지요. 카드는 몇 장이 있나요?"

"우선 첫장은 황제 폐하의 변법파."

"두 장째는 이화원의 서태후. 그 외에 또 있나요?"

"네. 석 장째는 영록. 그는 새로운 왕조를 열 가능성이 있어요."

"바보같은 소리……."

"하지만 저 광경을 보면 누구라도 알아차릴걸요. 영록은 북양 삼군을 장악하고 있어요. 이토 공이 영록 카드를 뽑으면 청나라는 반드시 쓰러집니다. 그 다음은 일본이 뜻하는 대로……."

시바 소좌의 온몸에서 한꺼번에 땀이 걷혔다. 분명 그런 카드도 있을 수 있다.

"그러면 본관은 넉 장째 카드에 걸지요."

"넉 장째?"

"그래요. 이토 공에게는 야망이 없소. 사태를 조정하기 위해 오셨을 뿐이요. 본관은 그렇게 믿고 있소."

"그렇다면 저는 첫번째 카드에 걸기로 하지요. 이토 공은 황제 폐하와 변법파를 지원하실 거예요. 그도 야망이 있지요. 힘은 좀 들겠지만 열강들로부터 비난받지 않고 중국을 손에 넣을 수 있는 방법은 그것밖에 없으니까요."

"당신은… 누구요?"

여자는 시바의 심각한 표정을 조롱하듯이 줄곧 미소를 잃지 않았다.

"그런데 소좌님. 무엇을 거실 건가요? 제가 이기면…….."

"당신과 태화전에서 미뉴에트를 추겠소. 이토 공은 무도회를 좋아하니까."

"영광이군요. 그럼 당신이 이긴다면?"

미세스 장은 접안하는 배를 바라보느라 손을 올려 햇빛을 가렸다. 부신듯 눈을 가늘게 떴다.

"육국반점(六國飯店)에 스위트 룸을 준비하지요. 베드 위에서 미뉴에트를 추어 드리겠어요."

배가 부두에 닿음과 동시에 악대가 서투른 솜씨로 〈발도대 拔刀隊〉 마치를 연주하기 시작했다. 시바 소좌는 부두에 깔린 붉은 카페트를 향해 뛰어갔다.

"멀리 오시느라 노고가 많으셨습니다, 가하."

배와 부두 사이에 걸친 위태로운 다리를 조심스레 건너온 이토는 답례도 하지 않고 미간을 찌푸렸다.

"소좌. 이게 대체 어찌된 일인가?"

턱수염을 쓰다듬으면서 이토는 불쾌한 듯이, 일렬 종대로 부두를 걸어오는 청국 고관 네 사람을 응시했다.

이토는 경례를 붙인 채 아무 대답이 없는 시바 소좌의 가슴을 손등으로 두드렸다.

"이제와서 배를 돌릴 수도 없잖나."

"대단히 죄송합니다, 각하. 본관의 불찰입니다."

"그 불찰이 어떤 오해를 만들어낼지 귀관은 알고 있나?"

이토는 갑자기 태도를 바꾸어 억지 웃음을 띤 얼굴로 출영나온 장군들을 보았다. 시바 소좌는, 불가사의할 정도로 협조심 많은 이 유신의 원로가 보여준 빈틈없는 태도에 불편한 처지를 모면했다.

영록은 새된 목소리로 환성을 올리며 배 앞으로 뛰어가 이토가 내민 손을 양손으로 힘있게 잡았다. 삼군 사령관들은 카페트 곁에 무릎을 꺾어 세우고 고개 숙여 예를 올렸다.

오늘밤 총독부에서 환영만찬을 개최하니 부디 참석해 달라고 영록이 말했다. 중국어를 못 알아 듣는 이토는 그저 〈좋아요〉만 연발하고 있었다. 시바 소좌가 이토의 귀에 대고 통역해 주었다.

"각하, 오늘밤 만찬회를 연다고 합니다만……."

"도리가 없잖아. 거절할 이유를 준비하지 않았어… 정말, 이래서 아이즈 사람은 답답해. 전혀 융통성이 없어. 이거라고 정하면 그저 이것밖에 모르고 다른 가능성을 생각지 않아. 반성 좀 하게나."

만면에 웃음을 띠고 농담인 척 내뱉는 이토의 말에는, 언제나 그냥 웃어넘길 수 없는 가시가 숨겨져 있다. 그 가시를 깨달았을 때, 누구나 이토 히로부미라는 인물, 밑바닥을 알 수 없는 그릇 크기에 공포를 느낀다. 이 유연하고 온화하며 명석한 장주인(長州人)은 줄곧 그러한 방법으로 사람들과 협조하고 또한 사람들을 위협해 왔다. 시바 소좌는 많은 원로 공신들 가운데 이토만이 영웅이 되기를 결코 욕심 내지 않는 유일한 사람일 거라고 생각했다.

붉은 카페트 저편 끝에 마차 두 대가 서 있다. 일본 영사관 것과 천진 총독부 것이리라. 영록은 함께 걸으며 빈번히 머리를 숙인다. 총독부로 직행해 주도록 부탁하고 있다.

"호의는 고맙지만 해가 지기 전에 조계를 시찰해야겠다고 말해

주게."

이토의 의사를 시바 소좌가 전달하자 영록은 커다랗게 고개를 끄덕이고, 그러면 오후 7시에 기다리고 있겠노라고 말했다.

이토는 뒤에서 쫓아오는 장군 세 사람을 철저하게 무시하고 있다. 이러한 면이 그를 그저 호락호락한 노인으로 생각지 못하게 하는 이유일 것이다.

"그리고… 의사가 술과 기름진 음식은 먹지 말라고 했으니, 연회석에서 그에 대한 무례를 용서하기 바란다고 전하게."

"엣? 각하, 건강이 좋지 않으십니까?"

"…이런 바보같으니라구. 자네는 정말 융통성이 없는 사람이군. 내가 말한 그대로 통역이나 해."

다시 한번 영록과 악수를 나눈 이토는 영사관의 귀빈용 마차에 몸을 실었다. 시바 소좌도 함께 타도록 허락받았다.

"정말로 호시탐탐이란 이런걸 두고 하는 말이군. 선창에는 분명 육군 병사들이 빽빽하게 도열해 있겠지. 이렇게 더운날에 고생이 많겠다."

이토는 바다에 정박해 있는 여러 나라 군함을 가늘게 뜬 눈으로 바라보며 말했다.

그러더니 이토는 갑자기, 움직이기 시작한 마차의 창에다 이마를 바짝 붙이고 지나친 풍경을 돌아보았다.

창 밖에는 하얀 파라솔을 든 미세스 장이 차이나 드레스에 감싸인 허리를 우아하게 굽히고 중국식 인사의 예를 올리고 있었다. 이토는 파나마 모자를 벗어서 가슴에 대고 여자의 만복에 응답했다.

"…소좌. 자네가 아는 여자인가?"

"아닙니다. 조금 전에 잠시 대화를 나누었습니다만, 그리 잘 아는 사이는 아닙니다."

"그래, 그렇다면 됐네."

"무슨 말씀이신지?"

"아닐세……."

이토는 모자를 바로 쓰고는 웃음기를 머금은 원래의 얼굴로 돌아갔다.

"자네는 융통성이 없기는 하지만 참으로 성실한 사람이다. 정치가로서는 부적합하지만 언젠가는 육군 대장으로 승진할 것이야."

"각하, 저는……."

"그 때쯤이면 살장벌(薩長閥)이라 부르는 말따위는 없어질 거야. 다만, 자네 같은 성격의 인간은 사람들과의 교제를 조심하지 않으면 안 돼. 사람은 믿어야 하는 것이 마땅하나, 그대로 다 믿어서도 안 된다. 명심해 두게."

이토는 창에다 뺨을 붙이고 다시 한번 부두를 돌아보았다.

"저런 중국 여자에게는 절대로 마음을 허락해선 안 되네. 자네의 미래쯤 하룻밤에 먹어치울 거야."

⑥⑨

6월 11일, 변법 칙서가 발포된 이래 4개월째 접어든 이즈음, 광서제와 젊은 관료들에 의한 유신정치는 진척되기는커녕 수습할 수 없는 대혼란의 와중에 빠져 있었다.

변법파의 중추인 참예신정(參預新政) 양문수가 절대로 물러서지 않을 결심으로 참내(參內 : 황제를 알현함)한 것은 9월 13일의 이른 아침이었다.

광서제는 내정 건청궁 서쪽에 있는 무근전(懋勤殿)의 문을 열고, 대리석 바닥에 중국 지도를 펼쳐놓은 채 기다리고 있었다. 친정이 공전하고 있음을 자각하고 있는 황제의 얼굴에는 초조한 기색이 역력했다.

문수가 삼궤구고두의 예를 다 마치기도 전에 황제는 보좌에서 일어나 소리쳤다.

"인사 따위 필요없어! 어째서 강유위는 참내하지 않느냐. 지금 이렇게 창합(閶闔)이 열려 백성들의 어지러운 항의가 겨우 안정됐다는데, 어째서 가장 중요한 광하가 모습을 보이지 않느냐! 강유위 그 한 사람의 마음만 빛이 바랬단 말인가!"

문수는 황공하여 바닥에 부복한 채 생각했다. 황제는 예전 강유위가 봉헌한 칠언절구의 시구를 그대로 읊어내며 진노를 표하고 있다. 그것을 황제에게 전했던 문수의 기억에 착오가 없다면, 〈황제는 밝고 맑게 하늘의 문을 열어〉라는 기구(起句)로 시작하여, 〈다만 이 세상에 대한 마음은 아직 빛이 바래지 않았음이라〉는 결구로 끝맺은 변법에 대한 뜨거운 정열을 토로한 시였다.

진노를 표하는 말에도 강유위가 봉헌한 시의 한 구절이 튀어나올 만큼, 황제는 그에게 심취해 끝없이 의지하고 있다.

문수는 망설임끝에 대답했다.

"황공하오나 신 양문수, 황상 폐하께 아뢰옵니다. 변법의 칙서를 발포한 날로부터 백여일, 그 동안 강유위가 건언한 변법의 조칙이 벌써 백십여 건에 이르옵니다. 변법단행은 원래 신을 비롯한 많은 사람들이 주장했던 것이기는 하오나, 하루에 한 번 때로는 하루에 세 번씩이나 칙서가 발포되어, 백관강신 모두 적잖이 당황하고 있사옵니다. 앞으로 개혁을 더욱 서두르신다면 모든 방향에서 반발이 일어남은 불가피한 일이오라, 신을 비롯한 변법의 동지들이 협의하여 강유위가 참내하지 못하도록 하였사옵니다. 결코 유신에 대한 심정이 바랬기 때문이 아니옵니다."

황제는 자그마한 체구를 진노에 겨워 떨면서 어린애처럼 발을 구른다.

"무슨 권한으로 그대들이 강유위의 참내를 막는게야? 짐이 소견을 원하고 있는데!"

"황공하오나 강유위는 이미 침착성을 잃고 있사옵니다. 소견을 하셔도 필경 폐하의 성덕과 영명을 가릴 뿐이옵니다."

침착성을 잃고 있는 것은 황제도 마찬가지라고 양문수는 생각했다.

석달 동안 황제와 태후는 얼굴을 마주하지 않고 있다. 태후는 황제의 방문을 고집스럽게 거부하고 있다. 그러면서도 이화원에서는 여전히 태후 이름으로 명령을 내린다.

사사건건 대립되는 두 곳의 명령을 받은 백관과 지방관리들이 어느쪽을 따를 것인가는 자명한 일이다. 태후의 위엄과 더불어 심복인 영록이 군권을 장악하고 있다는 사실—, 황제의 칙서는 이미 휴지조각이나 마찬가지였다.

"짐은 그대들에게 그런 권한까지 부여한 적이 없다. 짐은 분명 그대의 추천에 따라 양예(楊銳), 유광제(劉光第), 임욱(林旭), 담사동 등 네 명을 군기장경과 참예신정 자리에 앉혔다. 그러나 강유위는 그들의 스승이며 변법의 우두머리가 아닌가! 어째서 그대들만의 의사로 강유위의 행동을 억제하려 드는가? 짐의 영명을 가리고 있는 것은 바로 그대들 아닌가!"

"폐하 진정하시옵소서."

양문수는 거리낌없는 시선으로 황제를 올려다보았다. 황제는 멋대로 말하고 있는 게 아니다. 총명한 황제는 자신들과 마찬가지로 사태를 정확하게 인식하고 있다.

문수의 그 한마디에 황제는 보좌에 주저앉았다. 작은 등을 한층 더 굽히고, 힘없이 청나라 지도를 내려다본다. 안절부절 못하는 모습으로 마치 잃어버린 물건을 찾는 것처럼 지도 위의 국토를 다 훑어본 후에 황제가 입을 열었다.

"아무도 짐의 명령을 따르지 않는다. 왜? 어째서 천명을 받은 중화 황제의 의사가 천하에 통하지 않는 것이냐? 지방관리 중에서 최고의 이해자라고 믿었던 호광(湖廣) 총독마저도 칙명을 무시하고 자신의 본심을 숨기려 드는 상황이니……."

지방대관 중 최대 실력자인 남부 태수 장지동(張之洞)은 가장 먼저 변심하여 수구파로 돌아섰다.

"그뿐만이 아니다. 양강의 유곤일(劉坤一), 양광의 담종린(譚鍾麟) 등, 몇 번씩이나 변법을 실시하도록 독촉했음에도 불구하고 옛법을 고치려 들지 않아. 짐과 강유위가 생각한 새로운 정책이 아무것도 실행되지 않는 것이야!"

"모든 일을 지나치게 서둘렀음이옵니다. 지금은 처음 시작하던 마음으로 돌아가 새로이 논의해야 될 때인 줄로 아옵니다."

"과거를 폐지한 것은 역시 실책이었느냐?"

"강유위가 건언한 일이 잘못은 아니옵니다. 하오나 대신들에게도 저희들 변법동지들에게도 의논치 않으시고 칙서를 발포하신 것은 실책이었사옵니다."

"수구파 대신들을 해임한 것도 너무 서두른 일이었느냐?"

"뒷받침이 없사옵니다. 인사의 대권은 원래 폐하 한 분께 있사오라 마음에 안 드는 대신을 면직하심은 전혀 상관없는 일이옵니다. 하오나, 후사를 이을 인재가 없사옵니다. 이래서는 강유위의 전횡이라는 비난이나 일시적 감정에 의한 보복인사라는 비방을 들어도 변명의 여지가 없사옵니다. 이제와서 도리없는 일이기는 하오나 하다못해 이양문수에게 자문을 하명하셨더라면……."

"짐은 강유위가 하는 말이 그대들의 총체 의견이라고 생각했느니라."

황제는 현명하다. 하나를 들으면 열을 아는 것처럼 문수가 하고자 하는 말을 분명하게 이해한다. 이 정도로 명석한 두뇌를 가진 인물은, 진사 출신 관리 가운데에도 별로 없으리라. 다만, 강유위와의 궁합이 지나치게 잘맞아 오히려 나빴던 것이다.

문수는 백여일 동안, 드센 바람처럼 남발되는 개혁의 칙서를 가만히 앉아 보고만 있었던 것은 아니다. 정말 개혁해야 할 것은 하루라도 빨리 실현시키기 위해 바쁘게 뛰어다녔고, 무리라고 생각되는 사안은 육부 구당을 돌아다니며 협력을 구하여 이의가 있으면 상주하도록 설득했다. 지방 관아에 내리는 칙서에는 상세한 설명서를 붙이지 않으면 안 되었다.

그런 명령이 연일, 많을 때는 하루에 세 번씩이나 발포됐다. 백 일 동안 문수와 변법파 요인들은 정신없이 휘둘렸다.

"사료……."

황제는 한동안 생각한 후, 티없이 맑고 깨끗한 눈동자로 문수를 보았다.

"짐은 지금 막 깨달았다. 광하는 뛰어난 계몽가이기는 해도 실행자는 아닌 모양이로구나."

"…그러하옵니다. 폐하의 형안에는 황공할 따름이옵니다."

"그리고 지금 또 하나……."

황제는 보좌에서 몸을 앞으로 내민 채 손가락을 세웠다.

"짐과 그대들이 원하는 입헌군주국가에서 황제는 천자가 아니야."

"…무슨?"

"말하자면 황제도 일개 관청이 아니겠느냐. 짐은 그것을 깨닫지 못하고 칙서가 전능한 것이라 믿고 있었다. 짐이 발포하는 칙서가 지켜지지 않는 것은 황제의 권위가 실추되었기 때문이 아니다. 실무자들이 다 실행할 수 없을 난제를, 황제라는 관청이 신처럼 억지로 밀어붙였기 때문이리라. 그런 점에서, 태후 폐하가 내리시는 명령은 현실에 맞는 것이었다."

문수는 자신도 모르게 깊이 머리를 조아렸다.

"폐하는 참된 건륭 대제의 현손이시옵니다. 참으로…….."

문수의 간언을 기다릴 것도 없이 황제는 자신의 실책을 깨달았다. 젊은 황제는 새로운 국가에 군림할 영주로서의 자격을 충분히 갖추고 있다. 문수는 어떻게 해서든지 이 열세를 만회하지 않으면 안 된다고 생각했다.

"그런데, 사료. 일본의 전임 재상이 와있다는 소문이던데…….."

"오늘 참내한 것은 우선 그 말씀을 여쭙고자 하여…….."

문수는 뒤를 돌아보고 건청궁 주위에 인기척이 없음을 확인했다.

"…이토는 이제 공인이 아니오라 사적인 신분으로 온 것이기 때문에, 황제 폐하게 예를 올릴 예정은 없사옵니다. 다만 폐하께서 소견을 내리시면 필시 거절하지는 않을 것이옵니다."

"그대의 말은 일본을 변법의 바람막이로 세우자는 뜻인가? 그러나 그것은… 짐의 체면에 관계된 일 아닌가?"

"배(腹)가 하는 일을 등(背)이 대신하지 못하옵니다. 큰일을 이루기 위해서는 작은 일들을 희생시킬 수밖에 도리가 없사옵니다. 이토는 벌써 천진에서 영록과 접촉하고 있사옵니다."

"그게 정말이냐……?"

"이토는 일본 명치제를 옹립하여 유신을 성공시킨 지사 가운데 한 사람이옵니다. 그에 관한 일은 강유위의 논설을 들으시어 아시리라 짐작되옵니다만."

"알고 있다. 그렇다면, 그는 우리의 변법도 이해하고 있다, 그 말이더냐?"

"그러하옵니다. 일본이 변법의 후원자가 된다면 북양 삼군은 결코 영록의 뜻대로 움직이지 않을 것이옵니다."

"어째서? 영록은 삼군의 지휘권을 쥔 북양 대신 아닌가?"

"원세개를 비롯한 삼군 수뇌는 지난 갑오년 전쟁에서 일본군에게 대패하였사옵니다. 장병들은 일본군이 얼마나 강한지 누구보다 잘 알고 있사옵니다."

황제는 문수를 다시 바라보고, 깊은 생각에 잠긴 표정이 되었다.

"작은 것은 희생하라 …그러나, 사료. 태후 폐하는 영록의 건언을 받아들여 의지(懿旨)로 삼군을 움직이려 하실 것이야. 아무리 대단한 원세개라도 모후 마마의 명령을 거역하지는 못할텐데……."

문수는 결국 현재의 국면을 만회하기 위해 가상되는 최종의 국면을 말하지 않을 수 없었다. 그것은 강유위를 필두로 한 변법파의 총체적 의사였다.

"영명하신 황제 폐하께옵서는 부디 어심을 평안히 하시고 들어주시옵소서. 우선 이토를 빨리 소견하시어 무근전의 고문으로서 변법을 후원하도록 하명하시옵소서. 이어서 원세개를 소견하시고 병부상서 혹은 시랑으로 임명하시어 북양 삼군의 지휘권을 수여하시옵소서. 그런 연후에 영록을 주살하고 이화원을 포위해야 하옵니다."

황제의 얼굴에서 핏기가 가셨다.

"그것은 쿠데타가 아니냐?"

뜻밖에도 황제의 입에서 튀어나온 외국어의 생생한 감촉에 문수는 한순간 숨을 멈췄다.

"그러하옵니다. 백관들 모두가 등을 돌려 떠나가고 진퇴양난에 빠진 저희들 변법파에게 남은 길은 무력에 의한 쿠데타밖에 없사옵니다."

"친파파를, 어떻게 할 작정이냐……?"

"시해하시도록까지는 여쭙지 못하옵니다. 하오나, 영록과 이연영 그리고 강의(剛毅) 등 태후측 간신배들을 주살한 후, 남해의 영대(瀛臺)에 유배토록 하시옵소서."

"남해의 영대에 친파파를 유폐하라구?"

"일을 성공시키기 위해서는 다른 방도가 없사옵니다. 변법 유신을 완수하는 길은 이제 그 방법뿐이옵니다."

황제는 아! 아! 소리내 탄식하면서 하늘을 우러러 보았다. 이윽고 보좌에 앉아 있는 가냘픈 옥체가 떨리면서 발이 달그락달그락 소리를 냈다.

"불효야… 불효다! 사료."

"진정하시옵소서 폐하. 폐하는 대청제국의 황제시옵니다. 4억의 백성과 4백여 주를 통치하시는 중화의 대군주시옵니다."

"남해의 그 외로운 곳… 영대에다 친파파를 가두다니… 그것은 진정 불효야."

"예순넷의 보산을 헤아리는 태후 폐하께 위급존망한 이 나라의 집정을 맡기는 것은 더더욱 불효가 되옵니다."

"도개교(跳開橋 : 평소에는 매달아 두고 유사시에만 내려 걸치는 다리)를 걷으면 영대는 새도 날아들지 못하는 곳인데…….."

"그러시면 폐하께서 매일 이화원으로 납시옵소서. 태후 폐하의 손에서 구법을 준수하라는 의지를 거두시는 일이야말로 참된 효행이 아니시옵니까. 그러면 이 나라는 구제되고 백성들은 평안해지옵니다. 그렇지 않사옵니까, 폐하."

"못해, 못해. 친파파의 높고 큰 은혜에 욕을 보이는 그런 짓을, 짐은 할 수 없느니라."

두려움에 떠는 황제의 모습은 심상치가 않았다. 옥체는 계속 격하게 떨리고 용안은 하얀 사기그릇처럼 핏기가 하나도 없다. 이것은 어릴 때부터 사부들한테서 받은 효경의 가르침 때문만은 아니다. 겨우 세 살 때 보좌에 앉혀진 황제는 어머니에 대한 사모, 아버지에 대한 외경심을 모조리 태후 한 사람에게 기울이고 있다. 그와 동시에 삼대의 황제를 대신해 정치를 총람해 온 〈노조종〉을 깊이 신뢰하며 의지하고 있다. 문수에게는 황제가 서태후 자희의 가장 충실한 노예라는 느낌이 들었다.

황제의 결심을 촉구하기 위해서는 그 공포심을 더욱 부채질하는 수밖에 없다.

"신속하게 결단을 내리지 않으시면 황상 폐하께서 시해당할 것이옵니다. 폐하께서는 천진성에서 벌어지는 삼군 열병식에 참석하셔야 하옵니다."

"아, 그렇지. 그것은 당초 9월 5일에 열릴 예정이었다가 연기됐는데 무슨 일이 있었느냐?"

"폐하께서 다망하시다는 이유를 들어 신이 독단적으로 연기시켰사옵니다. 천진 열병식에서 황공하옵게도 황상을 시해하려는 음모가 있었사옵니다."

"누가?"

황제는 벌벌 떨면서 소리쳤다.

"누가 짐을 죽이려 하느냐?"

"다른 누구도 아닌 바로 태후 폐하시옵니다. 황상은 지금 스물여덟, 태후 폐하는 예순넷, 그것만 생각해 봐도 황상을 단순히 유폐시킬 리가 없사옵니다. 수구파는 반드시 저희들 동지와 함께 황상까지도 시해할 것이옵니다. 황공한 일이오나 정보와 상황을 유심히 살펴본 결과 그렇게밖에는 판단이 서지 않사옵니다. 어제도 천진에서 군기처로 열병식 참관을 독촉하는 사자가 또 왔사옵니다. 군기대신들도 신을 책망하고 있사옵니다. 지금 대관들은 모두 태후 폐하의 위광과 영록이 쥐고 있는 대권에 두려움을 느낀 나머지 천자를 시해하는 반역 음모에 가담하고 있사옵니다. 어떻게 해서든지 이토를 무근전으로 맞아들이시고 원세개에게 군권을 하사하시어, 기사회생의 쿠데타를 일으키시옵소서. 신, 양문수 황공하오며 진언드렸사옵나이다."

황제는 진정할 수 없이 떨리는 몸을 스스로 억제하려는 듯, 팔짱을 끼고 한참 동안 고뇌에 잠겼다가 힘없이 고개를 끄덕였다.

"음, 알았노라……. 조속히 이토 히로부미와 원세개를 참내시키도록 하라."

양문수는 땀방울이 뚝뚝 떨어지는 이마를 바닥에 대고 깊숙이 머리를 조아렸다.

자금성은 흉흉하리만치 기분 나쁜 고요에 휩싸여 있다. 태후가 이화원에 칩거한 초여름에는, 외조(外朝)와 내정(內廷) 모두 친정 개시로 들끓었다. 그러나 날이 지남에 따라 관리들은 성을 떠나 이화원을 드나들게 되었다. 그들은 황제와 태후가 피서용 별궁에 함께 머물던 예년의 여름과 마찬가지로 성 밖에 있는 관청과 이화원 사이를 오가고 있었다. 백십여 통에 달하는 칙서는 모조리 무시되고 황제와 아주 적은 수의 변법파는 어찌할 도리없이 고립돼 있다.

고즈넉하게 가라앉은 건청궁 회랑을 생쥐처럼 몸을 둥글게 구부린 환관이 달려왔다. 장안적으로 승격한 난금이다.

무근전 입구에 부복한 난금 장안의 등이 몰아쉬는 호흡때문에 크게 파도쳤다. 이윽고 호흡을 가다듬은 후 겨우 목소리를 내게 된 난금 장안의 말이, 황제를 얼어붙게 만들고 문수를 부복한 자리에서 벌떡 일으켰다.

"노재, 만세야께 아뢰옵니다. 보고에 의하면 오늘 새벽 섭사성 장군이 이끄는 무의군은 도성 교외에서 천진으로 이동하고, 대신에 동복상 장군이 이끄는 감숙군이 창덕문 밖 장신점(長辛店)에 진주했사옵니다. 천막으로 진영을 만드는 기색은 없사오나 거칠게 진을 친 채 도성을 주시하고 있다 하옵니다."

감숙군은 북양 삼군 중 군기는 가장 나쁘지만 용맹 과감한 것으로 알려져 있다. 그 가운데 다수는 피부색이 다른 이슬람 용병이었다.

"영록은 어디에 있느냐. 원세개는……."

황제는 목이 옥죄이는지 점점 작아지는 소리로 하문했다.

"영록 각하는 화차를 타고 천진을 출발하여 머잖아 이화원에 도착할 예정이옵니다. 원세개 장군은 변함없이 소참의 보루에 있어 신건 육군이 출동할 기색은 없사옵니다."

영록이 움직이기 시작했다니 —. 감숙군이 포진한 장신점은 창덕문에서 겨우 40화리, 군병의 속보라면 세 시간이 채 안 걸리는 거리다.

"서둘러라, 사료! 지금 곧 일본 공사관과 원세개에게 밀사를 파견하라. 어서, 빨리!"

황제는 궁지에 몰려 있었다.

70

동교민항은 졸지에 소동이 벌어졌다.

은행과 상점은 폐쇄되고 천진으로 피난한 민간인들 대신에, 공사관의 방위 임무를 맡은 각국 군대가 몇 소대씩 성 안으로 들어왔다. 그들은 각 공사관 마당에 참호를 파고 흙더미를 쌓아 진지를 구축했다. 공사관 구역 경계선에는 철조망을 둘러쳤다.

이렇게 되자 프레스 클럽에 집결한 각국 특파원들도 이제는 더위가 어떻다는 소리를 할 계제가 아니었다. 정보를 쫓아 시내를 뛰어다니는 기자들은 자주 회중시계가 가리키는 시각을 의심했다. 누구에게나 하루가 일 년이나 되는 것처럼 길게 느껴졌다.

9월 14일 오후, 마가호 역을 떠나 전속력으로 달려온 이토 히로부미의 마차가 일본 공사관으로 들어서자 동교민항을 뒤덮은 긴장이 극에 달했다.

거의 같은 시각, 광서제가 수행원 몇몇만을 데리고 이화원으로 향했다는 정보가 전해졌다. 이제 5분 후에 무슨 일이 터진대도 전혀 이상할 것이 없는 급박한 상황이었다.

오카 게노스케가 공사관 문 앞에서 시바 고로 소좌를 겨우겨우 붙잡은 것은 그날 저녁 무렵이었다. 어느 공사관이나 이 며칠 동안 기자들의 출입을 통제하고 있었다.

"어떻습니까? 지금 이토 공의 낌새는……."

"이러구 저러구 할 게 없어. 간간이 화를 내고 계시다. 북경에서 군대를 물리라고 야마가타 공에게 전보를 치셨다."

"하지만 주위가 모두 이런 상황인데 일본만 군대를 철수할 수도 없지 않습니까?"

"당연하지. 허나 이토 각하의 처지에서 보면 이 상황에서 황제의 소견에 응할 수도 없잖은가. 예컨대 2개 소대 병력이라도, 무력을 배경으로 하고 있다는 느낌을 주는 것은 안 된다는 말씀이다. 이화원과 자금성을 중재하시려던 참인데 해군은 대고만에 군함을 즐비하게 늘어세우고, 육군 병력은 북경으로 진주해 왔다. 게다가 영록은 병력을 출동시키고, 황제는 대체 무슨 생각인지 태연하게 이화원으로 거동했다지 않은가. 격노하시는 것도 무리가 아니지. 하지만 무슨 말씀을 하시든 나로서도 도리가 없어."

"이토 공의 격노하신 모습이라니, 아무래도 상상이 안 되는군요."

"그래. 나도 처음 봤는데 엄청나게 험악하다. 무엇때문에 내가 총리직을 사임했느냐고, 그대로 전문을 보내셨다네. 설마하니 그 정도로 결의를 굳히고 오셨을 줄은, 솔직히 말해서 나도 미처 생각지 못했던 일일세."

"그렇다면 이토 공의 생각과는 전혀 상관없이, 군대는 야마가타 공의 의도대로 움직이고 있다는 말씀입니까?"

"그런 말이 되겠지. 어쩐지 이토 공과 야마가타 공은 뜻이 잘 안맞아. 마쓰시타(松下) 시골학교를 같이 나온 이래로 줄곧 절친한 친구인 줄 알았더니 실은 무슨 일에나 대립하고 있어."

"소좌는 이제부터 어디로 가십니까?"

"영국 공사관으로 가서 맥도널드 공사와 회담할 준비를 갖추라는 명령을 내리셨다."

"맥도널드 공사는 부재중입니다. 며칠 전부터 북대하(北戴河) 산장으로 피서를 떠났습니다."

"알고 있네. 하지만 그런 꼴사나운 대답을 어떻게 곧이곧대로 할
수 있겠나. 일본의 원로 공신이 정권을 내놓고 이곳까지 달려와 조정
해 보려고 하는데, 영국 공사는 여름 휴가 중입니다 하는 말을……."

시바 소좌는 영국 공사관으로 향하는 길모퉁이를 곁눈질도 하지 않
고 지나쳐 갔다.

"이 부근을 한바퀴 돌아서 가자. 해가 지고 나서 좀 시원해지면 각
하의 머리도 얼마쯤은 식을테지."

황제가 무근전으로 외국 고문단을 영입해 들이려 한다는 소문이 끊
임없이 나돌고 있었다. 그 외국이 어느 나라인지에 대해서는 여러 가
지 설이 난무하고 있는데, 서태후는 예전부터 친러시아파이므로 필시
러시아와 이해가 대립돼 있는 일본이나 영국이 틀림없지 않겠는가 하
는 말들이 돌았다.

영국 공사 클로드 맥도널드는 그에 관련되지 않기 위해 도성을 비
운 것이 분명하다. 다시 말해 영국은 포기한 것이다.

"이토 각하는 사태가 이렇게까지 긴박하리라고는 생각지 못하셨던
것 같아. 메이지 유신의 경험에 비추어 광서제의 변법에 협조하려
고, 그럴 예정이었던 것 같다. 내게 되도록이면 피를 흘리지 않는 방
법을 강구해야 된다고 말씀하셨네."

심한 유혈사태로 발전하면 열강은 본격적으로 군사개입을 하게 된
다. 그리고 열강에 의한 북경의 무력제압은 청나라의 멸망을 의미한
다. 군은 어떨지 모르지만 이토 공은 청나라가 붕괴되는 것을 우려하
며 두려워하는 것이리라.

"하지만 소좌님. 이토 공은 예전에 내각수반으로서 청일전쟁을 적
극적으로 완수하시지 않았습니까?"

시바 소좌는 걸으면서 흰 장갑을 낀 손등으로 오카의 수첩을 밀어
냈다.

"묻는 것은 자유지만 하나하나 전부 기록은 하지마라. 자네 눈에는 이토 히로부미라는 인물의 기량이 제대로 보이지 않는 모양인데, 잘 듣게. 이토 공에 대해서만은 구적 초슈(仇敵長州 : 신정부군인 초슈 번병과 아이즈의 구 막부군들이 벌인 무진전쟁에서 패한 아이즈 사람들은 초슈 사람들을 원수로 여겼다)라는 선입관을 배제하고 나서 대하지 않으면 안 되네."

오카의 마음 속에 예전 아이즈를 공격해 아버지와 할아버지를 죽인 초슈 사람에 대해 원한이 없다면 그것은 거짓말이다. 아이즈 사람들에게 있어 아이즈 전쟁은 천황의 깃발 아래 일본을 제멋대로 주무르려한 삿초(薩長)의 도적에게 대항한 의로운 싸움이었다. 오카 자신도 그 전쟁에서 살아남은 아버지한테서 비참한 이야기를 들으며 자랐다. 하물며 몸소 전쟁을 체험한 시바 소좌로서는 그 느낌이 한결 더하리라.

"요컨대 이토 공은 전쟁을 외교의 한 수단으로 인식하고 계시다. 이토 공의 머리 속에 있는 것은 구주열강에 대해 느끼는 위협이다. 이토 공은 청나라가 망해서 완전히 열강의 식민지가 돼버리는 것을 가장 두려워하고 계시다. 중국을 놓고 열강과 쓸데없는 패권 싸움을 하려드는 군인들과는 애초부터 기량이 달라. 이토 공이 이 사태를 보고 왜 격노했는지 이제 알겠지?"

"그렇다면 이토 공은 궁지에 몰려 있는 청나라의 상황을 성심을 다해 구하려고 오셨단 말씀입니까?"

"결론은 그렇네. 중국이 열강의 식민지가 되면 일본의 안녕도 없다. 그래서 내각을 내던지면서까지 북경으로 오신거다. 청일전쟁의 시말을 잘 생각해 보게. 그것은 이토 히로부미와 이홍장이라는 두 거물이 배짱과 경험에 의해 만들어낸 위대한 전후처리였다."

무슨 뜻인가. 두 거물은 구주열강의 마수에서 아시아를 건져내기 위해, 일부러 전쟁을 하고 이홍장은 일부러 패하고, 그 결과 중국 대류에서 일본이 우위를 점할 수 있도록 이끌어간 것이라는 뜻인가.

"이것만은 분명히 말해 두지만, 이토 각하는 본관의 건의를 용납하셔서 오신 게 아니야. 오이소(大磯)의 저택으로 뵈러 갔을 때 이미 결심하고 계셨던 것이다. 이홍장 각하가 보낸 밀서를 받으셨다고 했다."

오카는 수첩을 주머니에 집어넣었다. 시바 소좌가 하는 말은 아무것도 적어두어서는 안 된다고 생각했다.

한동안 걸어가니 마주 보고 있는 미국 공사관과 러시아 공사관이 보인다. 양쪽 다 완전 무장을 갖춘 병사들이 바쁘게 드나들고 있다.

토머스 버튼이 미국 공사관 문 앞에서 선 채로 외교관과 이야기를 나누고 있다. 두 사람을 발견하자 톰은 취재 수첩을 덮고 얼른 뛰어왔다.

"수고가 많으십니다."

톰은 시바 소좌를 향해 친밀하게 손을 들어보였다. 시바 소좌는 영어를 못하고 톰은 일본어가 서툴다. 자연스럽게 오카가 북경어로 소개했다.

"저와 친한 토머스 버튼입니다."

시바 소좌는 머쓱한 웃음을 지으며 톰이 청한 악수에 응했다.

"오랜만이군요, 톰."

"아니, 알고 계셨습니까?"

"알다마다, 뉴욕타임스의 토머스 버튼 기자를 모르면 북경에 산다고 말할 수 없지."

세 사람은 스스럼없이 정보를 교환하면서 동교민항의 서쪽을 향해 걸었다.

"아침에 장신점까지 갔다 왔습니다."

톰이 걸으면서 말했다. 그러고보니 아침부터 그의 모습이 보이지 않았었다.

"저런. 그래서 어떻던가? 감숙군의 동태는?"

"일단 공성전을 벌일 태세는 갖추고 있지만, 정말로 그럴 생각은 없는 것 같았어요."

"전문가도 아닌 자네가 군대의 태세를 알 수 있겠나?"

"나는 그들 감숙군이 일본과 싸울 때, 종군 기자로 따라갔던 일이 있기 때문에 잘 압니다. 전의를 드러낼 때의 그들은 박력이 넘칩니다. 머리에 터번을 감고, 탄대를 십자로 걸쳐 메고… 물론 차림새는 옛날식이지만 모두들 알라의 이름을 드높이 외치며 공격합니다. 정말로 죽음을 두려워 하지 않아요."

감숙군은 원래 청나라에 항복한 회교족 부대다. 지휘관인 섭사성도 막료도 모두 이슬람 교도로, 소위 만용을 자랑하는 용병부대 의식이 있었다.

"그럴 듯하군. 보기만 해도 무시무시한 감숙군을 눈앞에 포진시켜 놓고 위협을 가한다, 그거로군."

"나는 그렇게 생각합니다. 정말로 변법파를 때려잡을 생각이라면 군기가 엄격한 무의군이 좋겠지요. 저항 병력이래야 자금성의 위병 정도일테니까."

서쪽 하늘에는 거대한 저녁해가 저물어간다. 노청은행 앞에는 철조망을 둘러쳐놓고 총검을 든 러시아 병사가 경비하고 있다. 그 앞으로는 예부와 호부 등 청나라 조정의 관청들이 줄지어 있으므로, 실질적으로는 그곳이 조계의 입구다.

"하지만, 톰. 황제는 감쪽같이 걸려들었어. 새파랗게 질려 오늘 아침 일찍 이화원으로 간 모양이야. 사죄를 청하고, 서태후가 용서하면 일단락 되는 것 아닌가. 물론 변법은 무산되는 거지만……."

오카가 자신의 생각을 말하자 토머스 버튼은 쓴웃음을 지으며 대답했다.

"아니, 그렇게 간단하게 끝나지 않을걸. 중국인은 적당한 타협을 싫어하지. 변법파의 순계가 태후의 목숨을 노렸던 것은 사실이다. 그런즉, 적어도 광서제의 폐위와 강유위 이하 변법파를 단죄하지 않으면 사건은 결착을 보기 힘들거야."

시바 소좌는 멀리 석양빛에 물든 관청 지붕을 바라보며 말했다.

"황제는 뭔가 대화로서 해결할 길을 찾고 있다. 오늘이 마지막 기회일테지. 태후가 불응하면 그걸로 끝이다."

"황제가 붙잡히지 않을까요?"

"이홍장이 수행하고 있다. 어떻게든 태후와 황제 사이를 중재하려는 마음이겠지. 이 장군이 만반의 준비를 했다면 해결될 가망은 있다고 봐야지."

오카는 학처럼 깡마른 노장군의 모습을 떠올렸다. 은퇴한 이 장군은 이토에게 밀서를 보내 조정해 줄 것을 요청하고, 어떻게든 이 험난한 사태를 타개해 보려고 시도하고 있다.

북경의 하늘은 넓다. 저녁해가 다 저물기도 전에 동쪽 하늘에서는 저녁별이 나타나 반짝이기 시작했다. 피부로 확실히 느낄만치 기온이 급격히 내려갔다.

소란스런 동교민항과는 반대로 관청이 줄지어 늘어서 있는 큰길은 고즈넉하기만 했다. 가로수길을 멀리 한바퀴 돌아 동장안가로 접어드는 동안, 톰과 시바 소좌는 줄곧 이야기를 나눴다. 평소 대화할 기회가 없는 일본 정보장교와 아메리카 신문기자는, 잡담으로 가장하면서 서로가 지닌 귀중한 정보를 교환하는 것이다.

군복에 뱄던 땀이 식었는지 시바 소좌가 크게 재채기를 한 곳은 황성에서 거리쪽으로 흘러가는 옥하(玉河)의 물가였다.

땅거미지는 어스름 무렵의 서늘한 바람을 따라 한들한들 가지를 나부끼는 수양버들 밑둥치에 남루한 옷을 걸친 노파가 앉아 있었다. 자는 것도 아니고 깨어 있는 것도 아니면서, 마치 신들린 사람처럼 줄곧 상반신을 건들거리고 있다.

그대로 몸을 젖혀 옥하로 떨어져버릴 것만 같은 느낌이 들어, 오카는 저도 모르게 손을 뻗어 노파의 등을 받쳐주었다.

"위험해요, 할머니. 강물에 빠지겠어요."

노파는 잠에서 깨어난 것처럼 얼굴을 번쩍 들고 주름투성이인 입매를 끌어올리며 빙그레 웃었다.

"아—, 하루 종일 잘도 버티며 기다렸다. 이제서야 겨우 왔구먼 그래."

정신이 좀 이상한 사람인가. 오카는 거적 위에다 잔돈을 놓아주고 일어서려 했다. 그러자 노파가 그의 양복 자락을 잡아끌었다.

"기다려. 이 더위 속에 하루 종일 사람을 기다리게 해놓고. 되게 쌀쌀맞은 사람이구먼 그래."

톰과 시바 소좌가 웃으면서 다가왔다. 노파는 시바 소좌의 사벨을 보고 조금 겁을 내는 눈치였다.

"그대도 군인인가?"

노파가 오카에게 물었다.

"아니, 나는 일본인 신문기자요."

"동양키라… 뭐 그런건 아무래도 괜찮아. 아무튼 나는 그대를 기다리고 있었어, 꼭 하루 동안. 말라 죽지 않은 게 다행이지. 이봐, 가지 말아. 그대에게 할말이 있어."

시바 소좌가 웃으면서 오카에게 속삭였다.

"자네와 잘 아는 사이인가?"

"농담은 그만 두세요. 머리가 좀 이상한 모양이에요. 자아, 그냥 갑시다."

"기다리라니까!"

노파는 또렷한 목소리로 오카를 불러세웠다.

"나는 오늘이 길일이라, 하루 진종일 좋은 방향에 앉아서 그대가 오기를 기다리고 있었어. 여기서 만난 것은 달단의 신이 그렇게 인도

하신 것이야. 봐라, 저기 저것을…….”

노파는 너덜거리는 옷소매를 쳐들어 어두워지는 하늘을 가리켰다.

“나는 일월성신을 점치면서, 이쪽 형혹(熒惑)의 별이 이렇게까지 가까워진 것을 본 적이 없어. 화성(火星)―, 불의 별인 형혹은 불길한 별이야. 지금 나라는 존망이 위태로운 지경에 빠져 있어. 힘을 좀 빌려주게.”

“할머니는 점성술사요 ? ”

시바 소좌가 묻자 노파는 대답 대신 소좌의 얼굴을 말끄러미 응시했다.

“저런, 그대는 어쩌면 그런 얼굴을 하고 있누. 가엾게도 지옥을 보았군.”

일순, 시바 소좌는 얼굴을 찌푸렸다. 오카는 황급히 노파의 말을 막았다.

“쓸데없는 소리말아요, 할머니. 군인은 누구나 전쟁을 하잖아요.”

“아니… 그게 아니야. 이 사람은 정말로 지옥을 본게야. 어머니가 자식을 죽이고, 할머니가 어머니를 죽이고, 할머니는 스스로 목줄기를 끊고 죽었다. 형도 아버지도 할아버지도 모두 맞아 죽었어, 이 사람은 상처를 입고 쓰러져 있으면서 그 눈으로 지옥의 전말을 보고 있었어.”

소좌의 얼굴에서 금세 핏기가 가셨다.

“…얘기를 들어보자.”

소좌는 군복 바지주머니에서 은화를 꺼내 노파의 무릎에 던졌다.

“본관의 일은 됐소. 할머니가 여기서 우리들을 기다린 이유를 듣읍시다.”

노파는 은화를 집어서 품속에 넣고 하늘을 올려다보며 눈을 깜박거렸다.

“미안하지만 안경을 좀 빌려주구려.”

소좌가 오카를 독촉했다. 칼 투아이스의 테없는 안경을 작은 얼굴에 걸치자 노파는 하늘을 한바퀴 빙 둘러보고서 몇 번이나 째지는 소리를 냈다.

"아, 잘 보인다… 엄청나구나…. 나는 별들이 이렇게 불길하게 움직이는 것을 본 적이 없어. 전성(塡星)은 천자의 몽진, 세성(歲星)은 기근, 태백(太白)은 오랑캐의 침략, 그리고 형혹은 유혈과 불─. 이윽고 간과(干戈)가 세상을 뒤덮으니 죽은 자의 장례가 줄을 이으며, 백성은 유랑하고 시체가 도성을 꽉 메우리로다……."

세 사람은 할 말을 잃었다. 노파의 예언은 그들이 똑같이 품고 있는 막연한 예감, 바로 그것이었다.

"그런 소리 들어봐야 우리들은 아무것도 할 수가 없어요."

오카가 노파를 보며 말했다.

"그러니까, 힘을 하나만 빌려주면 돼. 아무쪼록 그대들의 힘으로 사료를 좀 구해주구려."

"사료가 누구요? 할머니 아들이오?"

"아니야. 사료는 여기서 죽으면 안 되는 사람이야. 드디어 위정이란 놈 위에 파군의 별이 자리를 잡았다. 위정은 나라를 멸망시킨다. 사료를 구해주시게."

"이봐요, 할머니. 알아듣게 말해요, 위정은 또 누구요?"

말을 하다가 소좌가 문득 깨달았다.

"위정─, 원세개의 자다. 어이, 오카. 할머니는 지금 중대한 예언을 하고 있다. 원세개가 나라를 말아먹을 모양이다. 그리고… 사료란 사람은 누군가?"

노파는 애원하는 눈길로 오카와 시바 소좌를 번갈아 보았다.

"양문수를 구해주시게. 그 사람을 죽여선 안 돼."

"홧! 뭐라구? 양문수를 죽이지 말라고?"

아무말 없이 그들을 지켜보던 톰이 두 사람을 밀어젖혔다.

"군기장경 양문수 말이오?"

"그래요. 그 사람은 성질이 외곬수인 사내야. 죽지 않아도 될 목숨을 스스로 버릴지도 몰라. 부디, 제발, 문수를 구해주시게."

노파는 세 사람의 발치에 쓰러져 울었다.

"어떻게 생각하나. 나는 어쩐지 이 할머니가 하는 말이 그냥 길거리 점쟁이의 엉터리 예언이 아닌 것 같은데."

톰이 마음을 진정시키느라 파이프 담배에 불을 붙이며 말했다. 그러나 예언이라는 말로 간단히 치부해버릴 수 없는 노파의 말을, 세 사람은 제각각 가슴 속에서 반추하고 있었다.

어느 틈엔지 옥하의 물가에는 칠흑같은 밤이 다가와 있었다. 시바 소좌는 사벨을 덜그럭거리며 노파의 뒷쪽에 웅크리고 앉았다.

"할머니가 하는 말이 무슨 소린지 잘 모르겠지만, 할 수 있는 일은 해봅시다. 자아, 이제 그만 울어요."

등을 안아일으키자 노파는 알 수 없다는 듯이 시바 소좌의 얼굴을 한동안 바라본다.

"어라…, 좀 전에는 그대의 끔찍한 과거가 보였는데, 웬일인지 미래는 나쁘지 않구먼. 그대는 대장이 되겠어."

시바 소좌는 소리내 웃었다.

"하하하, 그것 참 좋은데. 하지만 보시는 바와 같이 본관은 벌써 출세길에서 벗어나 있소. 동경으로 돌아갈 확률은 아마 거의 없을 걸. 천황에게 항거한 아이즈의 무사가 육군 소좌까지 승진한 것만도 하늘의 별따기인데… 글쎄, 이런 말 해봐야 소용도 없겠지만."

"그래도 내게는 보여. 그대는 반드시 육군대장까지 출세할거야."

"고맙소, 할머니. 이걸로 뭔가 맛있는 음식이라도 사먹도록 하시오."

시바 고로 소좌는 난처한 표정으로 노파의 손에 은화 하나를 다시 쥐어주었다.

71

선의문 밖 채시구(菜市口), 번화가 가까이에 있는 유양회관(瀏陽會館) 창가에 앉아 영령은 약혼자가 돌아오기를 기다리고 있다.

신축한지 얼마 안 되는 회관의 2층은 제법 높직해서 뒤얽힌 골목길에 다닥다닥 붙어있는 지붕들너머 멀리 광안문까지도 훤히 바라다보였다. 감색으로 불타는 커다란 저녁해가 서쪽으로 기울면서 서늘한 가을바람이 기분좋게 감겨왔다. 탁자 밑에서 하루 종일 햇볕을 쬐고 있던 고양이가 영령의 무릎 위로 기어올랐다.

"파파는 오늘도 늦으시려나."

다정하게 말을 걸자 이젠 어미만큼이나 크게 자라버린 검은 고양이가 영령의 손을 핥으며 교태를 부린다. 해가 지기를 기다려 풀을 뽑으로 나온 관리인 할아버지가 안뜰에서 영령을 올려다보았다.

"복생도… 아니, 담선생도 이렇게 바빠서야 어디 장가들 겨를인들 있겠나. 관리라는 직업도 그리 쉬운 일이 아니구려. 지위가 높아지면 높아진대로 바빠서 색시를 이렇게 내팽개쳐두고 돌아볼 사이도 없으니…….."

"하는 수 없지요. 몇 백 명이나 제치고 천사님을 알현할 수 있을 만큼 출세했으니까요."

"그래. 4품의 군기장경이라면 팔팔한 진사 출신도 그렇게까지 출세하기는 힘들지. 당신도 운이 좋은 사람이오, 머잖아 대신의 부인이 될테니."

풀을 뽑으면서 노인은 엷어지는 석양빛에 물든 영령의 얼굴을 쳐다보았다.

"복생이… 아니, 담선생이 살림을 나게 되면 여기도 쓸쓸해지겠는

걸. 담선생은 여기서 오래 살았는데…….”

“죄송해요, 할아버지. 아직 조금만 더 여기 있게 해주세요. 너무 바빠서 도저히 집을 구하러 다닐 시간이 없어요.”

“그렇다면 여기에다 살림을 차리는 게 어떠시오. 웬일인지 요즈음은 유양 학생들 성적이 나빠서 신임 진사는커녕 수험생도 없어요. 방은 잔뜩 비어있으니까… 아이구, 담 장경님이 돌아오시는군.”

골목길 담장 위로 마차꾼의 모자가 보이다 안 보이다 하더니 회관 문 앞에 마차 멎는 소리가 들렸다.

“이제 돌아왔습니다.”

담사동은 이무기가 수놓인 번듯한 4품관 조복을 입고 있었다.

“어서 오시오 복생, 참 아니지, 담 노야. 부인이 아까부터 기다리고 있다우.”

부신듯한 눈으로 2층을 올려다보며 복생이 여어! 하고 불렀다.

계단을 올라오는 발소리가 몹시 피로한 듯 무겁게 들린다. 가슴을 앓은 적이 있는 복생에게 요즈음 같은 분주함은 어쩌면 감당하기 힘들 것이다.

영령은 방문 앞에 무릎을 꿇고 앉아 만복의 자세를 취했다. 양문수가 들고 날 때마다 부인이 언제나 그런 모습으로 인사하는 것을 떠올리며 될 수 있는 한 귀부인처럼 품위 있게.

무거운 발소리가 가까워진다.

“이제 돌아오십니까?”

복생은 대답도 하지 않고 방으로 들어와 우선 옷을 갈아입기 시작했다.

“저 말이요, 영령. 그런건 안 해도 괜찮아요. 그리고 이제 돌아가봐야 하지 않겠소? 사료의 식사 준비라든가 집안 일을 해야지요.”

“식사 준비는 다 해놓고 왔어요.”

세탁한 옷을 갖다주니 담사동은 부끄러운 듯이 등을 돌렸다.

"저어, 복생님. 오늘 여기서 자고 가도 되겠어요?"

벗은 윗몸을 휙 젖히며 복생은 잠시의 틈도 없이 대답했다.

"안 돼, 안 돼. 사료한테 꾸중 들어요."

"그 주인님이 오늘은 가서 자라고 했어요. 내일은 복생님께 대단히 중요한 일이 있다면서."

"일? 일이야 얼마든지 있지… 그렇다고, 왜 영령이 여기서 꼭 자고 가야 된다는 거요?"

"그건 저도 잘 모르겠어요."

복생은 부신듯한 눈길로 해가 뉘엿뉘엿 지고 있는 창밖을 바라보았다. 언제나 저런 시선으로 먼 곳을 본다. 마치 보이지 않는 것을 어떻게든 보려고 하는 것처럼.

"저기, 영령……."

"네, 무슨 말씀이세요?"

"저기, 긴히 할 얘기가 있는데, 들어주겠소?"

복생은 발치에서 빙글거리며 달라붙는 검은 고양이를 안고서, 저녁 식사가 차려진 식탁에 앉았다. 영령이 만든 음식을 바라보며 맥빠진 한숨을 쉰다.

아직 새것인 조복을 잘 개켜놓고 영령도 맞은편 의자에 앉았다. 복생은 보이지 않는 것을 찾는 듯한 시선으로 영령을 물끄러미 바라본다. 서투른 말솜씨에 수줍음이 많아서 보통 때는 눈을 마주치려 들시 않는 사람이 오늘은 영령을 지그시 응시한다. 이런 때 복생의 눈은 가엾으리만치 순진해 보인다.

"저어, 영령. 웃지말고 진지한 마음으로 들어주겠소?"

"웃지 않아요. 저는 언제나 진지해요."

"나는……."

복생은 말을 끊고서 고개를 숙였다.

"나는, 당신을… 정말 좋아합니다. 서른을 넘긴 사내가 이런 말 하는거 꼴불견이겠지만, 매일 밤 당신 꿈을 안 꾸는 날이 없어요."

"어머나, 새삼스럽게 무슨 말씀이세요? 이상해요, 복생님."

"그래요, 이상하지요. 실은 그 꿈이 언제나 똑 같은데… 유양의 어느 시골에서 내가 밭을 갈고 있어요. 애기를 업은 당신이 식사하세요 하고 부르면, 둘이 다정하게 손을 잡고서 밭둑길을 걸어 함께 돌아가는 거예요. 그런 꿈을 매일 꾼다오."

"장경님이 농사일을 하신다구요? 이상한 꿈이군요."

영령이 웃음을 띠며 입술을 살포시 깨물었다.

"만약, 만약에 말이죠. 내가 관리를 그만두고 그렇게 살게 된다면 당신은 어떻게 할건가요?"

"보세요, 복생님. 저는요, 관리와 결혼하는 게 아니예요. 복생님의 아내가 되는 거예요. 밥을 다 지어놓고 나면 반드시 애기 업고 밭에까지 당신을 모시러 갈거예요."

"그거 정말입니까?"

"정말이구 말구요. 그런데, 관청을 그만두시나요?"

"아니 아니, 그게 아니라 만약에 그렇다면 하는 얘기입니다. 맛있겠어요, 먹어도 되지요?"

복생은 젓가락을 들어 우선 무릎 위에 앉아 있는 고양이에게 고기를 한점 먹였다.

"복생님은 참 마음이 고와요. 분명히 좋은 아빠가 되실 거예요."

"그럴까요? 나는 어렸을 때 가족들 대부분이 전염병으로 죽고 말아 가정이라는 것을 잘 모르기 때문에… 그래서 좀 이상하지요? 애기보다 우선 이렇게 좋아하는 당신에게 무엇을 해줘야 좋을지, 어떻게 하면 좋을지 그것도 잘 몰라요. 저기, 영령……."

고양이를 바닥에 내려주고 복생은 야단맞은 어린애처럼 어깨를 움츠렸다.

"내가 평생 동안 당신을 사랑해도 되나요? 죽을 때까지 당신을 사랑해도 괜찮겠어요?"

어쩌면 이렇게 맑고 깨끗한 목소리를 지니고 있을까. 영령을 훔쳐 보듯 약간 위로 향한 눈동자가 물기에 젖어 반짝였다.

"고마워요, 복생님. 죽을 때까지 변치말고 사랑해 주세요, 꼭."

"나는 사료나 강선생보다 출신이나 학문이 변변치 못해서 출세는 못할 겁니다. 몸이 약해서 농사일도 할 수 없어요. 지금 이대로 있다가 죽을지도 모르는데 그래도 괜찮아요?"

"괜찮아요. 저는 지금의 복생님이 제일 좋으니까."

고마워요, 고마워요 하고 복생은 몇 번이나 말했다. 그러면서 마치 망가진 인형처럼 머리를 꾸벅꾸벅 숙이며 눈물을 흘렸다.

"약속합니다, 영령. 나는 죽을 때까지 당신을 사랑하겠습니다."

그날 밤, 두 사람은 좁은 침대에서 한쌍의 작은 새처럼 꼭 끌어안고 잤다.

불을 껐을 때, 복생은 사랑의 속삭임 대신 이렇게 말했다.

"내일, 대단히 중요한 일이 있어요. 아침 일찍 나가니까 당신만 괜찮다면 늦게까지 자고 가도록 해요. 청소나 세탁같은 일은 이제 안해도 되니까, 이 침대에서 푹 자고 가세요."

이화원에서 자금성으로 돌아온 광서제는 완전히 고립됐다.

이토 히로부미가 소견에 응할 낌새도 없고, 뿐만 아니라 변법파의 젊은 관리들과도 연락이 두절됐다. 모조리 수구파로 돌아선 노신들이 참예신정의 장경들과 황제와의 사이를 차단시킨 것이다.

이화원 낙수당으로 태후를 뵈러 갔으나 황제의 말을 들으려고도 않고 입을 열지도 않았다. 이홍장이 어떻게든 중재를 하려 했지만 외면한 채 시선도 주지 않았다. 오직 한마디, 어전을 물러나올 때 〈이 불효막심한 놈〉하고 질타한 것이 황제의 마음에 사무쳤다.

9월 15일, 어전 장안적 난금이 애쓴 덕분으로 겨우겨우 무근전에 당도한 변법파 동지 양예에게, 황제는 붉은 글씨로 휘갈겨쓴 밀지를 맡겼다.

〈시국이 어수선하니 짐은 몹시 괴롭고 고통스럽다. 생각컨대 변법이 아니면 중국을 구제할 수 없음이라. 쇠퇴하고 잘못된 수구 대신들을 물리고 새시대 영웅지사를 등용치 않으면 변법을 이룰 수 없다. 그런데도 황태후는 그처럼 하시지 않는다. 짐이 몇 차례나 거듭 간언하였으나 태후는 더욱 진노하실 뿐이다. 지금은 짐의 제위마저 위태로운 지경이다. 그대들 강유위, 양문수, 양예, 임욱, 담사동, 유광제 등은 조속한 타협과 치밀한 계산으로 법을 마련하여 현재의 모든 어려움을 구제해야 하리라. 짐은 몹시 근심스럽다. 바라고 기다림이 한계에 달했으니 견딜 방법이 없다. 특별히 이르노라.〉

황제는 고립되어 궁지에 몰려 있었다. 밀지의 내용은 요컨대 〈이제는 도저히 어찌해볼 방법이 없다. 어떻게든 해결해 주기 바란다〉는 것일 뿐 다른게 아니었다.

궁지에 몰려 있는 것은 변법의 동지들도 마찬가지였다. 그들의 높은 이상은 어찌 됐든 간에, 강유위의 급진적인 건언으로 경제적 특권을 뺏긴 만주 기인들의 저항은 대단했다. 거기에 더하여 팔고문을 폐지하고 과거제도를 부정함에 따라 사대부의 명예를 더럽혔다고 생각하는 관리들도 모두가 반발했다. 그야말로 사면초가였다.

밀지에 대한 그들의 대답조차도 황제의 손에 미치지 못했다. 안절부절 못한 황제는 다음날인 9월 16일, 다시금 이화원으로 걸음을 옮겨, 인수전에서 급거 신건 육군 사령관 원세개를 소견했다.

북양 대신 영록을 제쳐놓고 직접 원세개를 불러 직례 안찰사인 그에게 2품 대우 병부시랑이라는 파격적인 관위를 수여한 것이다.

창덕문 밖 장신점에는 동복상이 통솔하는 감숙군이 여전히 자금성을 겨냥하고 있다. 태후에 대한 반역이라는 오해를 사지 않기 위해서도, 황제는 신변의 위험을 무릅쓰고 이화원을 소견 장소로 택할 수밖에 없었다.

물론 거취가 아직 분명치 않은 원세개에 대해 손수 거병을 명할 용기는 없다. 그러나 원세개를 병부시랑으로 발탁했다는 소문이 전해지면, 변법파가 책동을 개시하고 황제의 은전을 입은 원세개는 그에 응하게 되리라—, 황제는 그렇게 생각했다.

다음날 9월 17일, 자금성으로 돌아온 황제는 무근전에 들어앉아 진종일 좋은 소식이 오기를 기다렸다.

황제의 의지를 헤아린 변법파는 비밀리에 송백노(宋伯魯) 집에 모여 서로의 의견을 타진했다. 그들의 의견은 두 가지로 나뉘었다. 원세개를 믿을 것인가, 말 것인가.

강유위는 원세개가 예전에 변법추진단체인 〈강학회 强學會〉 회원이었던 점, 그리고 이 단체에 적지 않은 금액을 기부했던 점을 들어 그를 믿을 수 있다고 했다.

이에 대해 군기장경 임욱은 맹렬히 반론을 제기했다. 교활하고 꾀 많은 원세개는 너무나 기회주의적이라 믿을만한 사람이 못된다는 것이다. 객관적으로 판단해서 전혀 열세인 우리들에게 자신의 몸을 던져 가담해줄 리가 없다는 것이다.

양문수는 석달여에 걸쳐 변법 정치가 행해지는 동안, 강유위의 능력에 대해 더 이상의 가망이 없다고 생각해 포기하고 있었다. 강유위는 우수한 사상가이기는 하나 현실에 대한 인식능력이 결핍돼 있는 게 분명했다. 두 사람의 주장을 비교해 보더라도, 강유위가 말하는 〈믿을 수 있는 점〉과, 임욱이 내세우는 〈기회주의적인 면〉 어느 쪽이 현실적인 판단인가는 자명한 것이었다.

그러나 강유위는 원세개를 지지하는 본심을 말하지 않고 있다. 본심이란, 시간이 없다는 사실이다. 이렇게 절박한 상황에서 황제와 변법파를 구할 수 있는 길은, 원세개가 군대를 이끌고 쿠데타를 일으켜주는 것밖에 다른 방법이 없다.

지금은 서태후가 내리는 교지 한 장에 의해 변법파는 언제라도 궤멸될 상황에 처해 있다. 영록이 오른손을 쳐들기만 하면 감숙군은 도성을 공략한다. 일본 공사관의 이토는 움직일 기색이 없고, 영국 공사 맥도널드는 피서라는 명목으로 도망치고 없다. 누구의 조정도 기대할 수 없다.

가능성은 차치하고라도 궁지에 몰린 변법파가 의지할 사람은 원세개밖에 없는 것이다.

결론은 담사동에 의해 내려졌다. 그때까지 동지들의 토론을 묵묵히 듣고 있던 담사동은 갑자기 의자를 넘어뜨리고 일어나더니 탁자를 치며 통곡했다.

"앉아서 죽음을 기다리기보다 한걸음이라도 나아가야 하지 않겠습니까. 이것은 우리들의 내기 도박이 아닙니다. 4억 백성들의 목숨이 걸린 도박입니다. 원세개 장군을 설득하는 일은 제가, 복생이 맡겠습니다."

회의는 담사동의 한마디로 침묵에 잠겼다. 선택할 수 있는 길이 그것밖에 없다는 것은 토론할 필요도 없이 모두가 알고 있다.

그즈음—, 무근전에서 하루를 꼬박 기다린 광서제는, 마침내 모든 것을 단념했다. 붉은색 먹으로 밀지 한 통을 써서 어전 장안적 난금에게 맡기며 강유위에게 전하라고 명했다.

〈그대 강유위, 신속히 국외로 탈출하라. 지체하지 말지니라. 짐은 그대의 일편단심과 충간의담(忠肝義膽)을 심히 잘 알고 있노라. 부디 몸을 조심하고 스스로 조섭을 잘하여 장래에 더욱 남을 위해 노고를 아끼지 말 것이며, 또한 대업을 이루도록 짐은 간절히 소망하노라. 특별히 이르노라.〉

시국이 긴박한 때에 이르자, 광서제는 하다못해 경애해 마지않는 강유위만이라도 국외로 탈출시키려 했던 것이다.

변법 정치를 시행한 겨우 석달 동안, 연 백수십 통에 달하는 황제의 칙서들—. 선의문 밖 남해회관에서 난금의 손을 통해 그 마지막 친서 한 장을 전해받은 강유위는, 북쪽 황성을 향해 격하게 머리를 조아리며 큰소리로 울었다.

강유위가 광서제의 밀지를 받은 9월 18일 저녁, 담사동은 북경성 밖에 있는 법화사 후당으로 그곳에 체류중인 원세개를 찾아갔다.

담사동은 아침 일찍 선의문 밖에 있는 하숙집을 나와, 미행하는 자가 있는지 경계하면서 마차에 탄 채 시내를 돌아다니며 꼭 해야할 말을 이것저것 숙고한 후, 저녁 무렵이 되어서야 겨우 법화사에 이르렀다.

원세개가 잔뜩 긴장한 표정의 담사동과 함께 정해진 밀담 장소에 도착했을때, 부관이 전보 한 통을 들고 왔다. 전문을 한번 훑어보고 원세개는 쾌재의 미소를 흘렸다. 발신자는 영록이다. 원세개가 황제 로부터 2품 병부시랑의 관위를 수여받았다는 소식을 듣고, 영록은 새 파랗게 질려 즉시 천진으로 귀환하라고 명령을 내린 것이다.

태후당의 우두머리가 보낸 전보를 손에 쥐고 있는 원세개 눈앞에 황제의 밀사가 앉아있다. 원세개는 이 때, 시대의 열쇠를 쥔 사람은 바로 자신임을 확신했다. 지금 유일하게 서양식 군장비를 갖춘 신건 육군의 귀추에 따라 역사가 바뀐다. 원세개는 양쪽 모두 예측할 수 없는 열쇠다.

어느 쪽 진영에 가담하든지 커다란 공훈이 약속돼 있다. 그리고 이 제 마흔이라는 자신의 나이를 생각할 때, 그는 처음으로 천하를 의식 했다.

어느 쪽과 손을 잡는 것이 좋은가. 원세개는 아직 결정을 유보하고 있었다.

담사동은 주위 사람들을 물리칠 것을 요구하고 호기 있게 말했다.

"과연, 당신은 대장군이 될 관상이군."

원세개는 담사동에게 내방한 취지부터 설명하라고 단호하게 요구했다.

"황상은 내게 무엇을 기대하고 계시는지? 그것이 듣고 싶네."

담사동은 망설이는 기색도 없이 마치 그렇게 하는 것이 원세개의 사명이라도 되는 것처럼 말했다.

"그대가 구국의 열정을 갖고 지금 바로 참내하면, 폐하는 붉은 글씨의 친필 교지를 내리실 것이오. 내용은……."

담사동은 몸을 원세개쪽으로 불쑥 내밀어 똑바로 그를 쳐다보며 말했다.

"그대의 병력으로 천진 총독부에 있는 간신 영록을 체포하여 처형할 것. 그런 다음, 그대에게 직례총독 북양대신으로 친히 보직을 맡기실 것이오."

"그리고 나서는?"

"영록의 대역 죄상을 천하에 포고하고 전보국과 철도를 봉쇄한다. 그 뒤에 부대를 이끌고 이화원을 포위한다."

"이화원을 포위하고서 무엇을 하는가?"

"그대는 포위만 하면 되오. 그 다음 일은 내가 한다. 반역과 시해는 군인의 본분에 어긋나는 일이니까."

"황공하옵게도 태후 폐하를 시해하겠다는 말인가?"

"아무리 생각해도 나라를 보전하기 위해서는 태후 폐하를 제거하는 수밖에 방법이 없다."

"그거야말로 대역죄가 아닌가?"

"아니, 우리들은 어디까지나 황상 폐하의 주유(硃諭 : 붉은 글씨로 쓴 황제의 친필 교지)를 받들어 이를 시행할 뿐, 하늘이 죽이는 것이다."

원세개는 넋이 빠져나갈만치 놀랐다. 영록을 주살하는 일이나 이화원을 포위하는 정도는 예상하고 있었다. 그러나 주유를 받들어 태후를 시해하는 것은 상상도 하지 못한 일이다. 저 광서제가 태후를 죽인다는 말이다.

원세개는 당황했다. 변법파가 궤멸되는 것은 시간 문제다. 그러나 그 일이 어떤 방법으로 시행되든, 태후가 황제를 죽이라고 명하는 일은 없을 것이다. 그런데, 황제는 태후를 죽인다.

두 사람은 한동안 말없이 서로를 쏘아보고 있었다.

이 사내는 대체 어떤 자인가, 원세개는 담사동을 보며 생각했다. 신건 육군의 실력을 알고 있는 자는 모두 자기를 두려워한다. 저 대단한 영록조차도 얼마간 조심하는 태도를 보인다. 그러나 이 사내는 결코 두려워하지 않는다. 말솜씨는 능숙하고 각오가 단단히 서있는데다, 현실이 어떻든간에 담력을 갖고 자기를 납득시키려 하고 있다. 이 녀석은 대체 누군가.

이윽고 담사동은 잔뜩 치켜올리고 있던 눈썹을 부드럽게 풀고, 마치 무언가를 바라보며 부신 것처럼 눈을 가늘게 떴다.

"그대에게는 선택할 권리가 있소. 칙명에 따라 대업을 이룰 것인지, 영록에게로 달려가 이 일을 알리고 공훈을 세울 것인지. 자, 자유롭게 선택하시오. 그럼 이만 실례하겠소."

담사동은 새 조복의 깃을 번쩍이며 자리를 떴다.

"기다리시오, 담 장경!"

원세개가 담사동을 불러세웠다.

"무슨 일이오, 장군. 영록에게 통지할 작정이면 이 자리에서 나를 죽이시오. 채시구 형장에서 목이 날아가는 것보다는, 그대같은 대장부 손에 죽임을 당하는 것이 나으리라."

대체 이 사내에게 무엇을 물으려 했던가. 원세개는 갑자기 그 때까지 전혀 생각지도 않던 말을 물었다.

"자네는 죽는 게 두렵지 않은가?"

"두렵지 않아. 나는 어려서 가족을 잃고, 아는 사람들의 은혜를 입으며 오늘까지 살아왔다. 매일 자신의 요행을 하늘에 감사드린다. 근래에는 많은 동지들을 알게 돼 학문도 닦고 4품의 관위까지도 하사받았다. 더군다나 사랑하는 사람까지 생겼다. 이 위에 무엇을 더 바라겠는가?"

"자네 정도의 인물이라면, 바라는 대로 손에 넣지 못할 게 없을 텐데."

"그것은 내 분에 넘치는 것이다. 예컨대 사랑하는 사람을 만나 그 사랑을 한몸에 받아 가슴을 채우고 살결의 따스함을 얻었는데, 그 위에 무엇을 더 바라리. 나는 이미 만족한다. 때문에 죽음을 두려워하지 않는다. 아니, 두려워해서는 안 되는 것이다."

담사동은 총총히 사라졌다. 그 사내가 잠시 동안 앉았던 흑단 의자가 묘하게도 공허하게 느껴지는 것은 무슨 까닭인가.

원세개는 심한 질투심을 느꼈다.

나는 결코 만족하지 않는다. 천하를 손에 넣고 말리라.

원세개는 야수처럼 으르렁거리며 밀사가 앉았던 의자를 머리 위로 집어올려 창문을 향해 힘껏 던져버렸다.

부관이 달려왔다.

"죽여버릴테다! 그 놈들의 목을 하나도 남김없이 채시구 바닥에 즐비하니 늘여놓을테다. 말을 끌고와!"

원세개는 탁자를 뒤집어엎고서 채찍과 검을 쥐고 뛰어나갔다. 병사가 말을 끌고 왔다.

"각하, 어디로 가십니까?"

땅땅한 체구를 가볍게 날려 말 등에 올라탄 원세개는 누문을 달려나가며 외쳤다.

"천진! 천진이다!"

몇몇 기마 장교가 저녁 어스름 속으로 달려나가는 젊은 장군의 뒤를 따라 말에 박차를 가했다.

72

곤명호에 떠오른 만월이 군청색 중천에 이를 때까지, 자희는 줄곧
낙수당 누대에 혼자 서 있었다.

작은 새들은 조용히 잠들고 가을 벌레들이 울고 있다. 처마밑에 줄
지어 달린 많은 조롱에 손수 비단보자기를 덮어씌운다. 자희는 이 며
칠간 환관과 궁녀들을 신변 가까이에 오지 못하게 했다.

야경꾼의 목소리가 긴 회랑을 오락가락 한다. 다시 한동안 자희는
그림자를 길게 끌면서 깊은 생각에 잠겼다.

등나무 칸막이 저쪽으로 물러가있는 샤오리 장안에게 자희가 명했
다.

"춘아. 전등을 끄려무나. 눈이 아프다."

이화원에는 얼마 전에 전등이 들어왔다. 처음에는 대낮같은 밝음이
신기해서, 매일 밤이다시피 전등을 주욱 켜놓은 누대에서 주연을 벌
였지만 그것도 곧 싫증이 났다.

춘아는 밀촉에 불을 밝히고 낭하로 나가 전등을 껐다. 낙수당은 누
대에서 비쳐드는 달빛으로 가득찼다.

긴 회랑에서 높은 구두소리가 가까이 다가왔다.

"노조종 마마. 수안 공주(壽安公主)님이 오셨사옵니다."

손에 촛대를 들고 성장을 한 아름다운 만주 부인이 걸어온다. 동반
한 사람은 없다.

춘아는 발아래 부복하여 수안 공주를 맞았다.

"안녕, 춘아. 할머니는 아직 안 주무시느냐?"

"예, 수안 마마. 노조종께옵서 줄곧 기다리고 계시옵니다."

달단의 부인은 춘아가 내민 어깨에 손을 얹고서 낙수당으로 들어갔

다. 수안의 옷에서는 언제나 현기증이 날 것 같은 향기가 피어오른다. 아마도 서양의 향수라는 물건일 것이다. 언젠가 한번 노조종에게도 헌상한 적이 있는데 태후는 냄새를 맡자마자 얼굴을 찌푸리며 내버리고 말았다.

"안녕하세요, 할머님."

수안 공주는 쪽 곧은 등을 구부리고 태후 앞에 머리를 조아렸다.

"어서 오너라, 수안. 저런, 일부러 옷을 갈아입고 오느라 애쓰지 않아도 될 것을……."

"하지만 마가호 역에서 말을 타고 달려왔는걸요. 먼지투성이인 서양옷을 입고 들어오면, 할머님이 기절하실 것 같아서요."

"여전히 말괄량이로구나. 자아, 어서 이리 앉아라… 춘아야, 차와 과자를 내오너라."

붉은색 배나무 탁자를 사이에 두고 할머니와 손녀가 마주 앉았다. 춘아는 언제나 이 두 사람이 너무나 닮았다고 생각한다. 수안 공주는 남방계인 어머니의 피를 이어 받았으므로 얼굴 모습은 다르지만, 사소한 앉음새라든지 심지가 굳은 분위기 등이 대단히 비슷하다.

"정말이지 네가 남자로 태어났더라면 귀찮고 복잡한 일이 아무것도 없었을 텐데……. 생각처럼 제대로 돼가는 일이 하나도 없어."

"그랬다면 지금쯤 황상 폐하도 순친왕부에서 느긋하게 지내고 있을 텐데요. 그렇죠?"

태후의 표정이 흐려졌다.

"…그 애한테는 그쪽이 더 어울릴지 모르지. 역시 인간은 자유가 제일이야. 그런 점에서 너는 행복한 사람이다."

"모두 할머님 덕분이에요."

"너를 성에다 들여놓지 않았던 것은, 절대 내가 심술궂은 사람이라서 그랬던게 아니야."

"알고 있어요, 그런 것쯤. 그래서 할머님께는 언제나 감사하고 있어요."

"네 어미는 잘 있느냐?"

"예, 여전히. 전문(前門)에 있는 가게도 성업중이구요."

"가끔씩 동치제 묘소에도 가보곤 하느냐?"

"그럼요. 창서산(昌瑞山)은 참 좋은 곳이잖아요. 봄 가을에는 도시락을 싸들고 가요. 더구나 거기엔 아버지뿐만 아니라 동태후 마마랑 함풍제도 함께 계시니까요."

"건륭 폐하도 계시지… 나도 죽으면 창서산에 묻어달라고 할까. 좋은 곳이니까."

차를 따르면서 춘아는 자신도 모르게 힐난하는 투로 말했다.

"무슨 말씀을 하시오니까, 폐하."

불길한 말에 매우 신경질적인 반응을 보이던 태후가 요즈음 자주자주 그런 소리를 입에 담는다.

춘아는 방 한구석으로 물러났다.

"그런데 수안. 너 재택과 교제한다는 게 정말이냐?"

"교제라니요, 그런 일 없어요. 재택 전하가 멋대로 열을 올리며 따라다니고 있는 것뿐이에요."

"나는 그 사람이 별로 마음에 안 들어. 유학을 시켜놨더니 완전히 서양물이 들어서는, 번쩍번쩍하니 금칠한 마차를 타고 다니질 않나, 무도횐가 뭔가를 안 하나. 그러면서도 머리가 나쁘니까 외국 공사들이 별로 상대하려 들지를 않아. 입도 가볍고."

"그래도 지금 제게는 그런 재택 전하가 고마운 사람이에요."

태후는 쓴웃음을 머금었다. 손녀딸의 행동을 책망한다기보다 오히려 그 자유분방함을 부러워하는 듯하다.

"그럴 수도 있겠구나. 그런데 성 안의 소문이랑 내 이야기랑, 있지도 않은 일들을 조잘조잘 지껄이고 다니는 게 재택이더냐?"

"아니예요. 재택 전하는 할머님에 대해 전혀 나쁘게 말하지 않아요. 그야 분명 수다스럽기는 하지만. 별로 대수롭지 않은 농담이 전해지는 동안에 꼬리가 붙어서 그렇게 되는 거지요."

몇몇 가지 허황되게 꾸며진 자신의 소문이 생각났는지, 태후는 부채로 입을 가리고 우습다는 듯이 입가에 미소를 머금었다.

"그래서 드디어는 남편인 함풍제랑 동태후까지 모두 내가 독살했다고……."

"네. 덧붙여 동치제도."

"어지간히 해두지 않으면 용서하지 않겠다고 전하거라."

수안 공주는 아름다운 입매에 미소를 떠올리며 물었다.

"누구한테요?"

"뻔하잖니, 네 애인 말이다. 있잖아, 거 뭐라든가 하는 대머리 신문기자."

"얼굴을 아세요?"

"전에 이홍장이 사진을 들고 왔었다. 폐하, 일대 사건이옵니다! 라면서. 소전이 그렇게 당황한 모습을 본 것은 전무후무 그 때 한번뿐이다. 동양키가 쳐들어 왔을 때에도 전혀 흐트러짐이 없었는데 말이다."

"할머님도 몹시 놀라셨겠지요?"

"그거야 말할 것도 없지. 단 하나뿐인 손녀딸의 애인이 서양사람에 마흔 살이나 된 신문기자, 더구나 대머리라니… 허기사 제멋대로 쓰게 내버려두어도 상관없어. 머잖아 회사에서 상금이라도 나와 아메리카로 돌아가게 되면, 반드시 너도 데리고 갈테니까. 아 참 춘아야, 너는 그 남자를 만난 적이 있지?"

춘아는 예 라고만 대답했다. 수안 공주의 부탁으로 취재에 응하기는 했었지만, 그 중년의 아메리카 기자가 아름다운 공주의 연인이라니 아무래도 믿어지지가 않는다.

"그래, 남자는 외양으로 따질게 아니니까… 그런데, 그 좋아하는 사람은 네 정체를 알고 있느냐?"

"아니요. 전문에 있는 선술집 딸이라는 것밖에 몰라요."

"재택은?"

"물론 재택 전하도 모르죠."

"너무 귀찮게 굴거든 말해줘라. 나는 선제의 사생아예요, 하고 말이다."

할머니와 손녀는 재택 전하의 깜짝 놀란 얼굴을 상상하며 한동안 웃음을 멈추지 못했다.

웃음기를 거두고 진지한 얼굴로 돌아오자, 수안 공주의 빈틈없어 보이는 칼날같은 아름다움이 한층 더 두드러졌다.

"자 이제, 집안 얘기는 그 정도로 해두고……."

태후는 차를 다 마시고 나서 탁상을 떠나 얇은 비단 휘장이 좌우로 열려져 있는 보좌로 몸을 옮겼다. 수안 공주는 발아래 부복하여 예를 올렸다.

촛불이 검은 옷으로 몸을 감싼 태후의 고귀한 모습을 발끝에서부터 신비롭게 비추어올렸다.

"그러면, 수안. 새로이 묻겠다. 변법파의 움직임은 어떻게 돼가고 있더냐?"

수안 공주는 무릎을 꿇고 앉은 채 흔들림없이 침착한 목소리로 말했다.

"삼가 태후 폐하께 아뢰옵니다. 그저께 저녁, 군기장경 담사동은 혼자 법화사로 찾아가 원세개와 면담했사옵니다. 그후, 원 장군은 말을 타고 마가호 역으로 달려가 임시 열차를 마련해 천진으로 향했사옵니다. 동교민항에서 즉각 천진으로 연락을 취하고 나중에 결과를 알아보았더니, 네 시간 후 원 장군과 막료는 천진 노룡두(老龍頭) 역에서 직례 총독부로 직접 들어갔다는 것이었사옵니다."

"흐음… 우선은 안심해도 된다는 말이렷다."

"그러하옵니다. 한동안 회의를 한 뒤, 원 장군은 소참의 신군 주둔소로 들어가 군병 칠천 명에게 출진하도록 명했사옵니다. 한편 천진에 남아있는 무의군은 주력군으로서 천진성 방위에 임하고, 각각 일개 대대가 대고항 및 부두 근처의 수비에 들어갔사옵니다. 오늘 새벽, 신건 육군은 단기서(段祺瑞)와 풍국장(馮國璋)을 지휘관으로 하여 진군을 개시하고, 원 장군은 영록 총독과 함께 철도를 이용하여 도성으로 오고 있다하옵니다."

"이화원으로 올 예정인가?"

"예. 무슨 일이든 태후 폐하의 명령이 없으면 일을 진척시킬 수 없사옵나이다."

태후는 팔걸이에 몸을 기대고서 한동안 무슨 생각을 하는 모양이었다.

"담사동은 원세개에게 무슨 얘기를 했을까?"

"필시 화급을 요하는 일이었을 것이옵니다. 법화사를 뛰쳐나온 원 장군이 서두는 품새로 미루어보아……."

"나는 괴로운 명령을 내릴 생각이 없다."

"폐하의 고충은 충분히 알고 있사옵니다. 하오나 원세개의 통보에 의해 대세는 판가름이 났사옵니다. 폐하의 확고한 결단이 필요한 때가 아닌가 여겨지옵니다만."

"그런데……."

태후는 가장 마음이 쓰이고 있던 일을 묻는 듯 몸을 일으켰다.

"강유위의 움직임은 어떠냐?"

"예. 강유위는 어제 영국 공사를 방문했습니다만 공교롭게도 맥도널드 공사는 북대하 산장에서 피서중이라……."

"얽혀들지 않기 위해 피했단 말이더냐?"

"필경은 그런 것이라 생각되옵니다. 강유위는 다시 일본 공사관으로 이토 히로부미를 찾아갔는데, 별로 만족할 만한 대답을 듣지 못한 것 같은 모습이었사옵니다."

"왜 그랬을까. 이토는 그 때문에 온 게 아니냐?"

수안 공주는 누대 위에 떠오른 달을 바라보며 잠시 생각에 잠겼다.

"기탄없이 말해주면 좋겠구나. 이런 경우 신문기자의 예측이 정확할테지?"

"동교민항은 각국 군대로 가득하옵니다. 사정에 따라서는 우리 군대와의 교전이 불가피해질지도 모르옵니다. 일본이 군대를 파견한 것에 대해 이토 공이 격노했다고 하옵니다. 야마가타 공이 파견한 군대를 배경으로 정치를 중재할 수는 없는 일이며, 더욱이 대화의 향방 여하에 따라 교전이 벌어진다면 야마가타 공의 수훈이 되옵니다. 이토 공은 움직일래야 움직일 수 없는 상황이라는 게 한결같은 소문이옵니다."

"행운이 강유위를 외면했다는 말이군. 그래서 지금은 어찌 하고 있다더냐?"

"은밀히 도성을 떠났사옵니다."

"뭐라구? 동지들을 내버려두고 혼자서 말이냐?"

"황상 폐하께서 밀지를 내리셨사옵니다. 지금 현재는 당고(塘沽)에 정박중인 영국 상선에 몸을 숨기고 있사오며, 내일 아침 출범할 예정이온데 어찌 하오리까?"

"됐다. 버려두어라."

"두고 두고 화근이 되지 않겠사옵니까?"

"강유위는 그럴 정도로 걸출한 인물은 아니다. 게다가 황상이 스승으로 받들던 사람을……."

이야기를 잠시 멈추었던 태후는 갑자기 목멘 소리로 말을 이었다.

"부모도 없는 재첩이 스승으로 의지하고 있는 사람을 한 사람도 아닌 두 사람씩이나 죽일 수는 없다. 이 일은 배가 떠날 때까지 덮어두어라. 살아있으면 사제간에 언젠가 다시 만날 기회가 있으리라. 만일에 그것이 나라에 대한 화근이 된대도 하는 수 없지."

춘아는 태후의 탄식을 듣고 있었다. 할머니와 손녀가 나누는 대화에 끼어드는 것은 금기라고 생각하면서도, 한마디 거들지 않을 수 없었다.

"노재, 노조종께 아뢰옵니다. 황상 폐하는 순친왕부에서 나오실 때부터 노조종의 아드님이 되셨사옵니다. 황상께서 의지하실 곳은 노조종 한 분뿐이옵니다. 아무쪼록 자비를 베푸시옵소서."

"그만 두어라, 춘아."

태후가 슬픔에 젖은 얼굴로 춘아를 보며 말했다.

"아들이라면 어미를 죽이려 들겠느냐?"

대퇴부의 상처가 욱씬거린다. 마가호 역에서 사건이 발생했을 때, 춘아의 품속에서 소녀처럼 바들바들 떨던 옥체의 감촉이 생각났다. 그 일이 태후의 마음에 얼마나 큰 상처를 남겼는지 아무도 짐작치 못한다. 더 이상은 춘아를 나무라지도 항변도 하지 않았다.

태후는 다시 수안 공주를 바라보는 자세로 고쳐 앉았다.

"다른 차들도 도망쳤느냐?"

"아니옵니다, 국외로 탈출하라는 칙명은 강유위 한 사람에게만 내렸기 때문에, 다른 사람들은 모두 태연하게 사직 당국에 체포되기를 기다리고 있는 상황이옵니다."

"저런… 모두들 젊다고는 해도 3품 4품의 고관이겠지. 설령 칙명을 못받았다해도 앉아서 죽음을 기다릴 필요는 없지 않느냐. 노신을 의지하든지 외국공사관으로 피신을 하든지 제 몸 하나 지킬 방법은 얼마든지 있을 텐데."

"신문기자가 본인들한테 들은 말에 의하면… 가령 군기장경 양예 등은 호광(湖廣) 총독 장지동 공에게 부탁하면 어쩌면 자기 한 목숨쯤은 구할 수 있을 텐데, 무고한 사람에게 혐의가 씌워질지도 모른다며 폐를 끼칠 수 없다고 말했다 하옵니다. 또 임욱 장경은 예전에 영록 총독과 친분이 두터웠던 사람인데, 지금은 그냥 말없이 죽어야 할 때라고 하더이다. 그리고 군기장경 양문수는 각국의 공사들 사이에서도 명망이 높은 사람이온데, 외국을 개입시키는 것은 재앙의 근원이라며 망명하라는 권유를 단호히 거절하고 있다는 것이었사옵니다."

수안 공주의 말을 들으면서 태후는 점점 고개를 숙이더니 옷소매로 눈시울을 닦았다.

"할머님 심중, 잘 알고 있사옵니다."

"안다고? 너는 모를 것이다. …그 사람들은 사대부다. 공금을 빼돌려 재산이나 축적하기에 광분해 나라까지 팔고 백성들을 착취하는 일밖에 모르는 대관강신들 속에서, 병들어 쇠약한 나라를 구하기 위해 몸을 아끼지 않은 진정한 사대부다. 역시 나는 망국의 마녀로 그들에게 죽임을 당해야 마땅한 일 아니었을까. 아마도 그들은 어렸을 때부터 사대부가 되기 위해 열심히 공부하여 숱한 간난신고(艱難辛苦)를 겪으며 생원과 거인이 되고 결국 진사가 돼서 진정한 마음으로 나라의 앞날을 염려하는 사람들일 것이야. 거인은 상천의 별과 통하고 진사는 해와 달을 움직인다고 했다. 하지만 하늘은 그들을 버렸구나. 나는… 늙고 쇠잔한 내 자신이 밉다. 예순넷이나 됐는데, 아직도 그들을 미혹시키고, 뿐만 아니라 재차 삼차 여의봉을 휘둘러야만 하다니… 이런 내 자신이 그지 없이 밉기만 하다."

수안 공주와 춘아는 한없이 흐느껴 우는 태후 앞에 부복했디.

"수안아……."

태후는 눈물을 거두고 얼굴을 들어 입가에 미소를 떠올리며, 다시금 부드러운 할머니의 목소리로 돌아왔다.

"잘 알아다 주었다. 너는 정말 믿음직스럽구나. 뭔가 상을 주고 싶은데 원하는 게 있느냐?"

수안도 돌변한 모습으로 밝게 대답했다.

"꼭 하나만. 괜찮지요, 할머님?"

"그래, 좋다. 금팔찌냐 아니면 산호 머리꽂이냐?"

"사람 목숨을 하나 구해 주시겠습니까?"

태후는 눈을 깜박거리며 보좌에서 내려앉았다.

"누구의?"

"조금 전에 말씀드렸던 군기장경 양문수!"

춘아가 얼굴을 번쩍 들었다. 수안 공주는 마치 할머니를 조르는 어린아이처럼 무릎걸음으로 태후 가까이 다가가 옷자락을 잡아당겼다.

"너 설마하니 신문기자와 무슨 일이 있었던건 아니겠지?"

"그게 아니예요. 그 신문기자가 제게 부탁했어요. 양문수는 나라를 위해 꼭 훌륭한 일을 할 사람이니 어떻게든 도와줄 방법이 없겠느냐구요."

"흐음. 사료 말인가… 그는 장원 급제한 수재지. 인품이 좋은 사람인건 분명해. 하지만 그를 도와줄 구실이 없어… 참, 그러고 보니 춘아, 사료는 너와 동향 사람이라 했었느냐?"

춘아는 바닥에 머리를 조아렸다.

"예. 양 장경에겐 어릴 때부터 여러 가지로 은덕을 입었사옵니다. 폐하, 부디 높고 크신 은혜를 베풀어 주시옵소서. 아무쪼록…….."

"난처하게 됐구나… 내겐 도와줄 구실도 없고, 본인 자신도 목숨을 구하려 들지 않는 모양이니, 너희들이 어떻게 해볼 수 있겠느냐?"

수안 공주와 춘아는 얼굴을 마주 보았다.

"그럼, 허락해 주시는 건가요? 할머님."

"허락이나마나, 도와줄 길이 있으면 도와주도록 해라. 너희들을 책망하지 않을테니까."

수안 공주는 환성을 올리며 할머니의 목에 매달렸다.

"와아, 고맙습니다, 할머님. 제가 꼭 구출해 내겠어요."

"봐라 봐라, 뭐냐 버릇없이. 너는 그 신문기자한테도 이런 짓을 하느냐. 그 입맞추는 짓은 좀 그만두어라. 여자끼리 무슨 짓이냐!"

어전 태감이 노조종을 부르며 긴 회랑을 달려왔다.

태후는 재빨리 보좌에 앉고 수안 공주는 아무 일도 없었던 것처럼 얌전하게 자세를 고쳤다.

춘아는 문쪽으로 달려나갔다.

"왜 이리 시끄러우냐. 어전인 줄 모르느냐, 물러가라!"

샤오리 장안이 질타하는 소리도 들리지 않는 듯, 어전 태감은 커다란 목소리로 외치면서 낙수당으로 뛰어들었다.

"큰일 났사옵니다! 황상 폐하의 모반이옵니다! 노조종을 시해하라고 신건 육군에 밀칙을 내렸다 하옵니다. 지금 막 영록 총독이 수하 군대를 이끌고 도착했사옵니다!"

세 사람은 소리를 지르며 몹시 놀란 시늉을 했다.

"원 장군이 보고를 해왔사옵니다. 정말 위험한 지경이었사옵니다!"

낭하를 쿵쿵 울리는 발걸음 소리와 함께 세 사람의 그림자가 다가왔다. 영록은 보라는 듯이 황색 조끼를 입고 있다. 원세개는 서양 군복에 사벨을 늘어뜨리고 있고 그 뒤로 예복을 갖춰입은 이연영이 따라오고 있었다.

"아이구, 아둔한 것들……."

태후가 지겹다는 듯이 중얼거리자, 수안 공주가 얼굴을 조금 들고서 혀를 낼름 내밀었다.

73

대청제국이 그 미래를 걸었던 변법 유신의 종말과 함께 북경의 가을이 갑자기 찾아왔다.

동교민항에는 대오를 지어 철수하는 군화소리가 끊이지 않는다. 일본 공사관 정원에서도 병사들이 막사를 철거하고 참호를 메우고 있다.

담사동은 조복을 입은 채 맑게 개어 새파랗게 펼쳐진 하늘을 보며 이층 창가에 피곤한 등을 기대고 앉아 있었다. 양문수는 의자에 앉아 눈을 감고 있다. 두 사람은 이럭저럭 한 시간이나 꼼짝도 않고 그렇게 있었다.

오카 게노스케는 아무래도 그들을 취재할 기분이 나지 않았다. 말 상대라도 해주라며 시바 소좌가 오카를 응접실에 남겨두고 간 것은, 다시는 없을 취재 기회를 부여한 것임에 틀림없다. 하지만 오카는 아무 말도 꺼내지 못한 채, 그들 앞에서 한 시간을 그냥 흘려보내고 있었다.

특별히 그들을 동정하고 있기 때문이 아니다. 역사적인 사건의 무게가 오카를 겁쟁이로 만든 것도 아니다.

오카는 묵묵히 앉아서 줄곧 생각에 잠겨 있는 양문수의 얼굴을 바라보며, 이것이 진정 사대부인 사람의 관록일 것이라고 생각했다. 단정한 얼굴 모습은 일본인이 영원히 동경해마지 않을 중국의 예지, 그 자체였다.

갑자기 양문수가 충혈된 눈을 크게 뜨고 오카를 보았다.

"이토 각하는 저희들과의 면담을 거절하시는 겁니까?"

정확하고 아름다운 북경관어였다.

"지금 주재 무관이 설득하고 있습니다. 조금만 더 기다리십시오."

오카의 입에서 흘러나오는 중국어가 뜻밖이었는지 양문수는 이상스럽다는 표정으로 바라보았다.

"당신은 통역관인가요?"

"아니오, 신문사 특파원입니다. 외교관도 무관들도 모두 바쁜 사람들이라, 내가 잠시 상대를 해 드릴까 하고…….."

"모두들 별로 얽혀들고 싶지 않겠지요."

"그런 뜻이 아닙니다. 총서와의 연락 관계라든지 이곳에 거류하고 있는 일본인들의 뒷수습, 그리고 군대가 철수하는 일 등 여러 가지로 바쁜 일이 많습니다."

양문수는 서글픈 표정으로 오카의 시선을 비켰다.

"당신은 북경어를 상당히 잘하시는군요. 다른 외국어도 하십니까?"

"프랑스어를 합니다. 영어는 썩 잘하지 못합니다만."

양문수는 뒤를 돌아보며 창가에 서 있는 담사동과 시선을 마주쳤다.

"무슨……?"

"아닙니다. 민간인인 당신이 외국어를 너무 잘해서 뜻밖이었습니다. 우리 동지들 중에는 외국어를 해득하는 사람이 없습니다. 시대에 뒤떨어진 교양만으로 나라를 변화시켜 보려고 했던 우리들이 어리석었습니다."

"그것은 국가에서 오랫동안 시행해온 정책의 결과입니다. 결코 부끄럽게 생각할 일은 아니겠지요. 당신들은 중체서용(中體西用)의 국시를 받들고 있지 않습니까. 모든 것은 이제부터입니다."

그렇게 말하는 오카의 입술이 파르르 떨렸다.

"우리들의 이상을 알고 계십니까?"

"강남해 선생의 저서를 읽었습니다. 연설도 몇 번인가 들었지요. 징말 훌륭한 사상이라고 생각합니다."

담사동은 오카의 말이 듣기 싫어서 등을 돌리는 것처럼 하늘을 보았다.

무거운 발걸음 소리가 복도에 메아리지더니 시바 소좌가 들어왔다. 머리를 약간 숙여 실내 전체에 경례를 하고 소좌는 양문수와 정면으로 마주앉았다.

"정말 죄송합니다만 이토 각하는 두 분의 면담을 사양하셨습니다. 힘이 되어드리지 못해 유감입니다."

"그렇습니까……?"

양문수의 표정이 암울해졌다.

"어제 오셨던 강남해 선생도 만나지 못했습니다. 너무 마음 상하지
마시고 양해해 주십시오."

양문수는 한숨을 쉬며 고개를 끄덕였다.

"그럼, 한 가지만 물어보고 싶은데. 황상 폐하 소식은 알고 계십니
까?"

"본관이 들은 바에 의하면 남해의 영대로 옮겨지셨다고 합니다."

"영대로……."

양문수는 더 이상 말을 잇지 못했고, 담사동은 창가에서 미끄러지
듯 주저앉으며 무릎을 꿇었다.

시바 소좌는 부동자세를 취하고 군인다운 목소리로 상황을 전했
다.

"오늘 새벽, 태후 폐하는 마차를 타고 이화원을 출발하시어 서직문
을 통해 성 안으로 들어가셨습니다. 광서 폐하는 외조 중화전에서 곧
바로 어전 장안적 이춘운을 비롯한 태후궁의 환관들에 의해 체포되
고, 격노한 태후는 손수 황제를 후려 치셨다고 합니다."

"아무도 말리지 않았답니까?"

양문수가 어깨를 격하게 들먹거리며, 떨리는 손을 주체하지 못해
입고 있는 조복 위로 무릎을 문지르며 물었다.

"영록 장군의 수하 병사들이 환관과 시종을 제압하고 있었답니다.
다만 경인궁에 있던 진비가 소동을 듣고 달려와 태후 폐하께 간절히
탄원하셨다고 합니다만, 태후는 더욱 진노함을 표하며, 〈측실인 주제
로 정전(政殿)에 발을 들여놓다니 무슨 경우냐〉고 진비도 몹시 후려
치셨다는 전언입니다."

담사동은 창가에서 무릎을 꿇고 앉은 채, 참다참다 새나오는 신음
소리처럼 한마디 내뱉었다.

"측실인 주제로 정전에 발을 들여놓지 말라구? 뭣이 어째, 자기는 어떻게 했는데……."

그게 아닐거라고 오카는 생각했다. 쿠데타를 기도한 황제에 대해서는 격노했을지도 모른다. 그러나 진비를 향해 내던진 태후의 말에는 깊은 의미가 숨겨져 있을 것 같은 느낌이 들었다.

"그 후 태후 폐하는 황제 폐하한테서 용포와 여의봉을 뺏고, 내무부의 마차에 태워 영대로 호송하도록 하셨습니다. 신무문 밖에 대기하고 있던 원세개의 신건 육군 일개 중대를 성 안으로 들여 만세궁, 무근전, 건청궁, 경인궁 등을 수색했으며 변법에 관한 문서를 모조리 압수했다고 합니다. 진비는 북오소(北五所)의 냉궁(冷宮)에 유폐되었답니다."

두 사람의 낙담은 비통했다. 양문수는 화령이 위를 향할 정도로 고개를 파묻었고, 담사동은 바닥을 쥐어뜯으며 통곡했다. 고개를 숙인 채 문수가 말했다.

"실은 오늘 아침, 만세궁의 난금이라는 장안적이 목숨을 걸고 우리가 숨어 있는 집으로 달려와, 급히 이토 공께 중재를 부탁해 보라고 했습니다. 대략적인 경위는 그 사람에게 들었습니다. 제발, 다시 한 번 이토 각하께 중재를 부탁드릴 수 없겠습니까?"

시바 소좌는 부동자세로 고개를 가로저었다.

"각하의 처지도 헤아려 주십시오. 정변은 일어나고 말았습니다. 이 이상 각하가 중재에 나서게 되면 우리나라는 다른 외국들로부터 내정 간섭이라는 비난을 면할 수 없게 됩니다. 다만……."

시바 소좌는 양문수를 지그시 바라보았다.

"다만, 이토 공은 두 분이 지닌 근황(勤皇)의 뜻을 이해하고 계십니다. 두 분에게 망명할 뜻이 있다면 일본은 책임지고 보호하겠습니다. 양 장경, 당신은 죽어선 안 됩니다. 청나라의 미래를 위해 살아 남아 주십시오."

양문수는 화령을 흔들거리며 고개를 저었다.

"그건 안 됩니다. 많은 동지들이 이미 체포됐습니다. 각국 공사들이 똑같은 권유를 해왔습니다만 거절했습니다."

시바 소좌의 목소리가 거칠어졌다.

"무슨 소리를 하고 있는거요. 우두머리인 강유위는 벌써 영국의 보호를 받으며 탈출하지 않았습니까?"

"나는……."

양문수가 조용히 대답했다.

"중화의 진사입니다. 과거에 등제할 때 천하 제 일등 장원의 영광을 누렸습니다. 나는 사대부의 긍지를 버리고 외국의 도움을 받을 수 없습니다. 황상 폐하의 곁을 떠날 수 없습니다. 강유위는 애초 공양의 학자입니다만 나는 이 나라 대청제국의 관료입니다."

두 사람은 한동안 설전을 계속했다. 시바 소좌가 집요하게 망명을 권하는 반면 양문수는 전혀 흔들림없는 자세로 줄곧 거부했다.

갑자기 이토 히로부미가 응접실에 나타난 것은 그런 논쟁이 한창 계속되고 있는 도중이었다.

시바 소좌와 오카는 금세 부동자세가 되고, 양문수와 담사동은 무릎을 꿇고 청안(請安)의 예를 취했다.

"어떻게 됐나. 아직 마음이 정해지지 않았는가?"

이토는 미소를 띤 채 의자에 앉아 지팡이 끝으로 양문수 발치께의 바닥을 두드렸다.

"통역하게, 자네는 통역사 아닌가?"

오카는 서둘러 이토의 말을 양문수에게 전했다. 턱수염을 쓰다듬으며 이토가 말을 이었다.

"일본의 유신에서는 많은 지사가 목숨을 잃었다. 그러나 야마가타 공과 내가 살아남았기 때문에 오늘의 일본을 이룰 수 있었다. 우리들도 죽을 수밖에 없는 상황은 얼마든지 있었다. 죽는 게 쉽고 사는 게 어렵다고 생각했던 일이 대체 얼마나 되었을까. 강유위는 필시 도망친 게 아닐걸세. 오히려 어려운 길을 택한 것이다. 동지는 한 사람이라도 많은 게 좋아. 나도 혼자였다면 아무것도 할 수 없었다. 야마가타가 군대를 조직하고 이노우에(井上)가 여러 외국들과 접촉하고, 마츠카타(松方)가 재정을 담당해 주었기 때문에, 나는 세 번이나 대명(大命)을 받아 천황 폐하의 정치를 도울 수 있었다. 강유위 혼자서는 필경 아무것도 할 수 없을 것이다."

오카가 통역하는 말을 묵묵히 다 듣고 나서 양문수는 무릎을 꺾어 세운 채 말했다.

"그러나 각하. 제게는 숙명이 있습니다."

"숙명이라니?"

"천자 가장 가까운 곁에서 늘 섬기며 높은 긍지를 지닌 진사의 임무를 완수하는 일이 제 숙명입니다."

통역한 말을 듣자 이토는 얼굴을 젖히고 웃음을 터뜨렸다.

"도대체 그런 일을 누가 정해 놓았는가?"

"하늘이 그렇게 정했습니다."

이토는 방법이 없는 사람이로군 하는 표정으로 시바 소좌와 시선을 주고받았다.

"그러면 묻겠는데, 내가 살아남아서 오늘 여기에 있는 것도 숙명인기?"

"그런 것임에 틀림없습니다."

"그렇다면 시바 소좌는 어떤가. 어째서 이 사람이 자네를 그렇게 열심히 설득하는 것인지 본인은 이해할 수 없을 테지. 이 사람은 겨우 열 살때 아이즈 전쟁에 참가해, 일족 모두가 참살당하는 것을 목격하고 자신도 깊은 상처를 입었다. 원래는 죽을 수밖에 없었던 사람이 살아 남아, 지금은 이렇게 나라를 위해 훌륭한 역할을 담당하고 있다. 그 동안 견고한 번벌정부(藩閥政府) 아래, 조정에 대한 반역자

라는 오명을 쓰고서도 여기까지 출세를 이룩한 것은 결코 숙명 따위
가 아니야. 살아서 있는 힘을 다해, 이 세상에 나아가 반역한 빈털털
이 무가(武家)의 가신이라는 오명을 씻어야겠기에, 오늘날 이렇게 이
토의 막료라는 임무를 수행하는 자리에까지 이르렀다. 남자의 노력이
란 그런 것이라고 생각한다. 나는 이 사람을 매우 존경한다. 진정한
아이즈 무사다."

동시 통역을 하면서 오카는 몇 번이나 목이 멨다. 이윽고 마지막
말까지 통역을 마치고 나서, 오카는 한마디 자신의 말을 전했다.

"부디 목숨을 보전해 주십시오, 양 노야."

양문수는 한참 동안 고개를 숙인 채 말없이 앉아 있었다.

이토는 양문수의 어깨너머를 보며 말했다.

"자네는 어찌할 생각인가?"

담사동은 망설임없이 대답했다.

"각하의 뜻은 감사하게 생각합니다. 그러나 제게는 원세개 설득에 실
패한 책임이 있습니다. 그 죄만으로도 저는 살아남을 수가 없습니다."

"호오ㅡ."

이토는 감탄했다는 듯이 고개를 끄덕거렸다.

"자네는 사리를 아주 정확하게 따져 말하는 사람이군. 죄가 있으니
죽는다, 그만큼 명쾌한 대답은 없지."

"또 하나 이유가 있습니다. 들어주시겠습니까?"

"듣지. 무엇인가?"

"동서양을 막론하고 피를 흘리지 않는 혁명이란 있을 수 없습니
다. 저는 머리와 발바닥이 닳도록 노력해 왔습니다만, 강유위 군이나
양문수 군만큼 됨됨이가 좋지 못하므로, 앞으로 살아남는다 해도 필
시 아무런 보탬도 되지 못할 것입니다. 그러므로 여기서는 일단 피를
흘려서 장래의 혁명가들에게 용기를 줄 수 있는 원천이 되고자 합니
다."

이토는 지팡이를 끌어당기고 눈을 감았다.

"자네는 정말 판단이 빠른 사람이다. 제법 자부심이 강한 나도 대답할 말이 떠오르지 않네."

이토는 양문수의 결론을 기다리지 않고 방을 나갔다.

문수의 결심은 움직이지 않았다.

자신이 지은 죄는 젊은 황제를 교사하여 황태후를 시해하려 했던 대역죄다. 법대로 처단한다면 항주에 내려가 있는 아내와 자식들도 단죄를 면할 수 없다.

시바 소좌와 오카의 전송을 받으며 두 사람은 정문으로 이어지는 아카시아 길을 걸었다. 모든 희망이 끊어졌다.

동교민항의 큰길을 향한 정문 앞에서, 붉은색 어전복을 입은 남자가 말고삐를 잡은 채 위병과 옥신각신하고 있었다.

"저건 샤오리 장안 아닙니까?"

오카의 말에 문수는 눈을 크게 떴다. 손을 휘두르며 큰소리로 아우성을 쳐서 위병이 뒷걸음질치도록 만들고 있는 것은―, 춘아다.

"오해하지 말아주게, 복생. 샤오리 장안은 공훈을 세우고 싶어하는 사람이 아니야. 하다못해 사직 당국의 포승에 묶이지 않도록, 우리들을 형부아문까지 데리고 가려는 걸거야."

"알고 있네, 사료."

두 사람은 가슴을 펴고 당당히 걸었다. 시바 소좌가 위병을 향해 외쳤다.

"좋아, 들여보내!"

순간 춘아는 한낮의 뜨거운 돌판길 위를, 마치 작은 공처럼 튀어들어왔다. 가까이 달려오면서 춘아는 큰소리로 울부짖었다.

"소야! 안 돼, 안 돼, 가면 안 돼요!"

춘아는 앞길을 가로막는 것처럼 긴 어전복 소매를 좌우로 벌리고 섰다가 갑자기 문수의 허리를 붙들고 매달렸다.

　그 때, 3품의 고급 태감이 열 살짜리 어린애로 보인 것은 왜일까.
뜨거운 돌판위에 무릎을 짚고 자신의 발걸음을 멈춰세운 춘아의 머리
를 껴안으며, 문수는 빠질듯이 푸른 도성의 가을하늘을 올려다보았
다. 잎이 무성한 아카시아나무 위로 십수 년의 시간이 소리를 내며
흘러갔다.

　"가면 안 돼요, 소야. 나를 혼자 내버려두지 말아요."

　어린아이 때와 조금도 다름없는 하북사투리로 춘아가 말했다.

　"나는 이제 네게 아무것도 해줄 수 없어. 내 뜻은 꺾였다. 대신에
네 앞길이 더 양양해지지 않았니. 이러면 안 돼."

　"왜요. 왜 소야가 죽어야만 해요? 나쁜 일은 아무것도 안 했잖아
요. 다른 관리들이 모두 그러는 것처럼 뇌물을 받았다든지, 약한 사
람을 괴롭혔다든지, 소야는 그런 일 한 번도 한 적이 없잖아요. 나라
를 위해 만세야를 도운 일이 어째서 죽어야 할 만큼 나쁜 일이라는
거예요."

　"춘아… 나는 네가 모시는 주인을 죽이려고 했단다."

　경련을 일으키듯 목을 크르륵 거리더니 춘아는 커다랗게 소리를 지
르며 울었다. 달래줄 말이 생각나지 않아 변발한 머리를 허리에 꼭
끌어안으며 문수가 말했다.

　"저기, 춘아야. 너… 옛날에 백태태가 나한테 했던 말, 기억하고
있니?"

　춘아는 이무기가 수놓인 문수의 조복에 코를 문지르며 몇 번이나
고개를 끄덕였다.

　"알고 있어요. 어떻게 잊어버리겠어요? 소야는 항상 만세야를 측
근에서 섬기며 재상이 된다는 그 말을."

　"그래. 나는 줄곧 백태태의 그 예언을 믿어왔다. 이제 재상은 될
수 없지만 나는 마지막까지 황상을 모시지 않으면 안 돼. 그게 내 숙

명이란다."

"예언은 빗나갔잖아요."

"조금……. 하지만 춘아, 네게 해준 예언은 맞았다. 분명 너는 백태태가 말한대로 노불야의 보물을 전부 가질 수 있어."

자신을 껴안고 있는 춘아의 힘이 어쩌면 이렇게 든든한가. 이녀석은 제 손으로 존재하지도 않은 미래를 잡아낸 것이라고 생각한 순간, 문수의 가슴 속에서 갑자기 뜨거운 것이 치솟았다.

이녀석은 백태태가 원했던대로 운명을 자신의 힘으로 개척했다. 엉터리 점괘를 믿고 존재하지도 않던 오늘이라는 시간을 드디어 만들어낸 것이다.

춘아는 갑자기 울음을 그쳤다. 돌판 위에 무릎을 짚은 채로 흠칫흠칫하며 문수의 배를, 그리고 가슴과 얼굴을 더듬듯이 올려다보았다.

"그건, 틀려요, 소야……."

춘아가 쥐어짜는 듯한 목소리로 들려준 말은 문수를 얼어붙게 만들었다.

"틀려요, 소야. 백태태는 내게 거짓말을 했어요. 그런거 애초부터 알고 있었어요. 내가 너무 불쌍하니까 백태태는 예언을 베풀어줬어요. 나는 줄곧 거지 노릇을 해서 죽이랑 콩이랑 나누어 주는대로 얻어 먹었기 때문에, 잘 알고 있었어요. 그 때, 백태태는 내게 꿈과 희망을 베풀어 주었던 거예요."

"춘아… 너……."

"백태태는 제일 중요한 것을 내게 베풀어 줬어요. 죽이나 콩은 똥이 되면 그만이지만, 뱃속에서 줄곧 소화되지 않고 머물러 있는 걸 내게 줬던 거예요. 거짓말이라는건 알고 있었지만 꿈을 꿀 수 있다는 것만으로도 고마워서, 그래서 나는 고추를 잘랐어요. 고추도 불알도 잘라버리고 나면, 아픈 만큼 진짜가 될지도 모르니까, 그래서─."

"잘됐다, 춘아. 정말로 그렇게 됐잖니."

"예언이란건 그런거예요. 운명이란거 열심히 노력하면 얼마든지 바꿀 수 있어요. 그렇죠? 소야. 그러니까 살아있어 줘요. 내가 해온 것처럼 백태태의 예언을 바꿔봐요."

문수는 중심이 무너진 것처럼 그 자리에 풀썩 주저앉았다. 담사동은 조금 떨어진 곳에 있는 아카시아나무 둥치에 기대어 서서, 두 사람의 모습을 지켜보고 있었다.

"사료. 무슨 일인지 잘 모르겠지만 자네는 여기에 남게. 아, 내 표현이 좀 좋지 않았나… 다시 말해서 자네는 어려운 길을 택해 주게나. 나는 쉬운 길을 택할테니까."

어느 틈엔지 공사관 문 밖에 북양군 헌병이 늘어서 있었다. 담사동은 마치 보이지 않는 것을 보기라도 하는 것처럼 눈을 가늘게 뜨고 하늘을 올려다보았다.

"잡으러 왔다, 샤오리 장안. 자네와는 처남 매부가 될 뻔했는데, 미련이 있다면 그것뿐이다."

"복생!"

담사동의 뒤를 쫓아가려는 문수를 공사관 직원들이 껴안아 말렸다.

담사동은 정문까지 똑바로 뻗어 있는 한낮의 길을, 눈부신 햇빛 속에서 가슴을 한껏 펴고 당당히 걸어갔다. 그리고 두번 다시 뒤를 돌아보지 않았다.

74

유양회관은 물을 끼얹은 듯이 조용하기만 하다.

관리하는 노인도 서생들의 모습도 보이지 않는다. 부엌에는 썩은 야채가 널려 있고 더러운 냄비랑 식기가 흐트러져 있다. 분명 이곳에도 헌병이 다녀갔겠지.

이른 아침, 십찰해 근방에 있는 양문수의 집에도 수많은 헌병들이 들이닥쳐 편지랑 서류들을 압수해 갔다. 무서운 얼굴을 한 만주인 장교가 이것저것 물었지만, 영령은 이유도 모른 채 울기만 했다. 하려니까 정말 아무것도 모른다고 생각했는지 헌병은 영령을 버려두고 돌아갔다.

문수한테서는 요 며칠동안 아무런 소식도 없었다. 근처에 있는 집들은 어디나 사람들의 출입이 빈번해졌고, 길거리에는 북양군 병사들의 모습이 눈에 두드러지게 많았다. 무슨 일인지 큰 사건이 일어난 것임에 틀림없다. 한동안은 문수가 돌아오기를 기다렸지만 그럭저럭 하는 사이에 무서운 생각이 들어, 영령은 선무문 밖에 있는 유양회관으로 찾아온 것이다.

담사동의 방은 아래 위를 구별할 수 없을 만치 뒤죽박죽이었다. 도둑이 들었어도 이보다는 나을거라는 생각이 들 정도이니, 이것도 분명 북양군 헌병들의 짓임이 틀림없다. 관리인 할아버지는 붙잡혀 갔을까. 아니면 위험을 느끼고 피신해버린 것일까.

영령은 휘파람을 불어 아직 이름도 없는 고양이를 불렀다. 영령의 모습을 보면 어디에 있다가도 달려와서는 가슴으로 뛰어올라 코를 비비작대며 교태를 부리는데, 대체 어떻게 된 일인가. 울음소리도 들리지 않는다.

하루 종일 영령은 흐트러진 방과 부엌을 정리했다. 청소를 다 마치면 쌀시장 골목에 있는 남해회관으로 가보자. 강 선생이든 그 제자든, 만일 집을 비우고 없다해도 누군가 아는 사람이 있을 것이다. 거기도 여기처럼 엉망진창이면 어떻게 하나 하고 생각하니, 영령은 마음이 약해져 울고 싶기만 했다.

가끔씩 순찰도는 병대가 철포를 철거덕거리면서 회관 뜨락을 들여다보고 갔다.

양키다!

우물가에서 누군가가 자기 어깨를 두드리는 바람에 돌아본 순간, 영령은 비명을 지르며 부엌으로 뛰어들었다.

몽둥이 같은 나무토막 하나를 집어들고 문 틈으로 그의 태도를 살핀다. 상복처럼 헐렁헐렁한 흰 양복을 입은 양키는, 아무래도 뭔가를 찾는 모양인지 집안을 뒤지고 있다. 붉고 커다란 코. 살집이 좋은 턱에 듬성듬성 난 수염. 어쩌면 저렇게 무서운 얼굴일까.

"사람 살려요!"

큰소리로 외쳐보지만 창문이 닫혀 있는 이웃집까지는 들리지도 않을 것이다.

양키는 모자를 벗고 정수리에 맺힌 땀을 손수건으로 닦으며 우물물을 벌컥벌컥 들이마셨다. 앗, 이쪽으로 온다.

영령은 몽둥이를 잡은 손에 힘을 주었다.

"괜찮아요, 그렇게 놀라지 말아요. 당신에게 할 얘기가 있어서 왔어요."

능숙한 북경어로 양키가 말했다.

"오지마! 이리로 오지마! 안에 사람들이 많아요."

"아무도 없다는거 알고 있어요. 내 말 들어요, 영령, 당신에게 볼일이 있어서 왔어요."

어떻게 이름을 알고 있을까. 눈이 마주치자 양키는 달래듯이 미소를 지어보였다.

"당신 오빠한테서 부탁을 받고 왔어요. 얼른 일본 공사관으로 가보세요."

"오빠… 라니?"

"이춘운. 샤오리 장안에게서 부탁 받았어요."

"거짓말. 엉터리같은 소리 말아요."

"거짓말 아니예요. 공사관에서 당신의 주인이 기다리고 있어요. 얼

266

른 가봐요, 양문수가 있는 곳으로."

영령은 부엌에서 뛰어나왔다. 남자는 문쪽을 한번 돌아보고 나서 모자를 가슴에 댔다.

"걱정 안 해도 돼요. 나는 아메리카 신문기자인데, 토머스 버튼. 톰이라고 불러요."

문수의 이름을 듣는 순간 영령의 마음에서 공포심이 사라졌다.

"주인님은 무사하신가요? 붙잡혀 감옥에 갇히신 게 아니구요?"

"아니. 일본 공사관에서 보호받고 있어요. 자, 나하고 같이 갑시다."

"갈아입을 옷이랑 갖다 드려야지요. 잠깐만 기다리세요. 준비해 올 테니까."

"그런건 필요 없어요. 당신만 오면 돼요."

싫고 좋고 대답할 사이도 없이 톰은 영령의 손을 잡아끌고 걷기 시작했다. 문 안쪽에서 일단 발을 멈추고 골목길 좌우를 살핀다.

"가끔씩 병대가 집안을 살펴보러 오긴 하는데. 저어… 미안해요, 이 손 좀 놓아주시겠어요?"

"아, 이거 실례했군. 내 얘기는 알아들었죠?"

"뭐가 뭔지 잘 모르겠지만 여하튼 당신과 같이 가면, 주인님을 만날 수 있는 거지요?"

"그래요. 너무 눈에 띄년 안 되니까 조금 떨어셔서 내 뒤를 따라와요."

말보다 빨리 톰은 커다란 보폭으로 걸음을 내딛었다. 영령은 종종 걸음으로 그 뒤를 쫓아가며 이 양키는 나쁜 사람은 아닌 모양이라고 생각했다. 때때로 걱정이 되는지 뒤를 돌아보는 얼굴이 순하다. 영령은 톰의 곁으로 가서 나란히 걸으며 물었다.

"오빠를 만났어요?"

"아니. 내 비서가 오빠의 편지를 갖고 왔어요. 당신을 빨리 주인이

있는 곳으로 데려다 주라고. 이럴 때 외국인은 편리하거든. 병대가
절대로 건드리지 않으니까."

"오빠는 지금 어디에 있어요?"

"바빠서 성을 나오지 못할 거예요. 당신 오빠는 아마 이 세상에서
제일 바쁜 사람일거요. 그건 그렇고, 예감이 잘 들어맞았어. 십찰해 저
택에 없으면 여기에 있을 거라고 써 있어서 여기부터 먼저 들렀는데."

"무슨 일이 있었나요? 저는 아무것도 몰라서……."

톰은 걷는 속도를 조금 늦추었다.

"아무것도 모른다고? …정말 이상한 민족이야. 성격이 느긋한 건
지 강해서 그러는 건지. 이게 아마 동경이나 뉴욕이었다면 온통 야단
법석이 났을텐데. 그런데 여기서는 당황하고 허둥대는 사람이 하나도
없어. 체조하고 배나 깎아 먹고 조롱을 매달지 않나……. 이봐요!
노불야가 황제를 잡아 가뒀어요! 세상이 뒤집혔다구요!"

영령은 걸음을 멈추고 그 자리에 우뚝 섰다.

"괜찮아요, 영령. 당신은 아무것도 걱정 안 해도 돼요. 갑시다."

광안문 대로를 향해 똑바로 뻗어 있는 골목길이 몹시 길게 느껴
졌다.

노불야가 만세야를 잡아서 가두었다? 천하가 뒤집혔다? 영령은
머리 속이 뒤죽박죽 돼버려 아무것도 생각나지 않았다.

"그런데 어째서 유양회관에 있었죠? 누구 아는 사람이라도 있나
요?"

톰의 말을 듣는 순간, 영령은 아무말도 할 수 없을 만치 슬픈 기
분이 들었다. 복생을 잊고 있었다. 지금 이 순간에도 도성의 어딘가
에서 줄곧 자기만을 생각하고 있을 복생에 대해 까맣게 잊어먹고 있
었다.

"저어, 복생이라고 알고 계시나요? 담사동. 유양회관에 살고 있
는 담사동 말예요."

"이름은 알고 있어요. 당신은 그 사람을 찾아갔었나요?"

"저, 결혼할 거예요. 복생님과."

뭔가 말하려다 입을 다물고 톰은 하늘을 올려다보았다.

골목을 빠져나와 마주친 대로에는 사람들이 웅성거리며 동쪽을 향해 달려가고 있었다. 이쪽 저쪽 골목에서 몰려나온 수백 수천의 군중들이 채시구 광장을 향해 뛰어간다.

"무슨 일일까? 잃어버리지 않게 잘 따라와요."

사람들의 흐름 속에 휘말려 걸으면서 영령은 불길한 기분에 사로잡혀 톰의 팔소매를 잡아끌었다.

"다른 길로 돌아서 가요. 저쪽으로는 지나가고 싶지 않아요."

그러나 톰은 농담처럼 대답했다.

"미안하지만, 영령. 나는 신문기자라서 사람들이 몰려 있는 것을 못본 체하고 그냥 지나갈 수 없어요. 잠깐만 같이 가요."

톰은 반대로 영령의 팔을 붙들고 채시구 광장에 둘러서있는 사람들을 헤치고 앞쪽으로 나아갔다.

상반신이 알몸인 채 손을 뒤로 묶인 죄인 네 명이 광장 한가운데 앉아있었다. 커다란 만월도(彎月刀)를 든 형리가 등 뒤에 서있고, 천막 아래엔 관복을 입은 관리와 북양군 장교가 나란히 의자에 앉아있다.

그 광경을 한눈에 파악한 순간, 톰은 영령을 이끌고 군중 속으로 다시 돌아가려고 했나.

"역시 그만두는 게 좋겠어. 보면 안 돼요."

영령은 톰의 손을 뿌리쳤다. 불길한 예감이 적중하고 말았지만 이것은 분명히 부처님이 길을 인도해 주었음에 틀림없다.

"복생님!"

영령은 광장을 향해 소리쳤다. 목소리가 커다랗게 울려퍼져 죄인 네 명이 일제히 뒤를 돌아보았다. 톰이 영령의 어깨를 붙잡았다.

"그만 둬요, 영령. 보면 안 돼. 갑시다."

"아니. 나는 보고 갈래요."

영령은 사람들 속에서 한걸음 앞으로 나섰다.

"저 사람은 지금도 나를 사랑하고 있는걸요. 이 세상 수많은 여자들 중에서 나만을 선택한 사람이에요."

영령은 다시 한걸음 광장쪽으로 다가갔다. 착검한 총을 겨누며 병사가 달려왔다.

"이 개만도 못한 인간! 나는 담사동의 아내요. 여기서 그를 보게 해달라구요."

군중들이 술렁거리자 병사는 겨누고 있던 총을 거두었다. 영령은 작은 몸 전체에서 쥐어짜내는 듯한 목소리로, 광장을 향해 힘껏 소리쳤다.

"복생님! 저, 똑똑히 보고 있어요. 여기서 잘 지켜보고 있을게요!"

그러고 나서 영령은 마치 위엄을 갖춘 군인처럼 등줄기를 꼿꼿하게 세웠다. 자그만 어깨가 줄곧 떨리고 있었지만, 어금니를 힘주어 깨물고 눈도 깜박이지 않고 뚫어질 듯 광장을 응시했다.

반라의 몸에 손을 뒤로 묶인 채, 담사동은 영령을 알아보았다.

죄상을 읽고 집행을 명한 관리를 향하여, 복생은 마치 영령의 용기에 고무당한 것처럼 큰소리로 외쳤다.

"너희들은 적을 죽일 힘은 있어도, 쇠약한 국운을 일으킬 능력은 없을 것이다! 나는 죽어야 할 곳을 선택했다. 만세! 만세!"

채시구 광장을 빈틈없이 메우고 상점의 창문이랑 담장 위, 그리고 지붕 위에까지 무리져 구경하던 사람들이 일제히 웅성거렸다.

영령은 이렇게 늠름한 복생의 모습을 처음 보았다. 흠칫거리기 일쑤이던 평소의 모습은 손톱만치도 없이, 담사동은 지면에 허리를 꼿꼿하니 세우고 듬직하게 앉아 형리를 노려보고 있었다.

"사건심리도 하지 않고 우리들을 죄인으로 몰아 참수하는 것은 온 세상의 웃음거리가 될 것이다. 자네도 형부상서로서 일국의 법을 관장하는 사람이면 부끄러운 줄 알아라."

감시관은 비굴한 웃음을 엷게 떠올리며 대답했다.

"나는 태후 폐하의 명령을 받들고 있다. 무슨 소리를 하든지 임무를 완수할 뿐이다."

"무슨 일이든 태후의 이름으로 거행하는 너희들은 비겁자다. 국가적인 모든 고뇌를 한 여자의 등에다 짐지워 놓고, 그것을 충의라고 부르는 너희들은 천하에 몹쓸 불충한 놈들이다."

"닥쳐라! 이 무례한 놈!"

"이제 할 말은 아무것도 없다. 대청제국의 말기를 보지 않고, 이 아름다운 북경의 가을하늘 아래서 죽는 나 자신을 지극히 다행스럽게 생각한다. 자아, 베라!"

형부상서가 손을 한번 쳐들어보이고 사라지자, 형리가 담사동을 정면으로 이끌어냈다. 만월도를 치켜든 커다란 체구의 남자가 웃통을 벗고 담사동의 등 뒤에 섰다.

만월도가 담사동의 머리 위에 번쩍 빛나는 순간, 그 때까지 물을 끼얹은 듯 조용하게 숨을 죽이고 있던 군중 속에서 하늘을 뒤흔들 만큼 커다란 함성이 치솟았다. 죄인의 망령이 자신의 몸에 달라붙지 않도록 구경꾼들은 가능한한 크게 소리를 지르는 것이다.

영령은 결코 소리를 내지 않았다. 입술을 꼭 깨물고 또렷한 시신으로 복생을 바라보았다.

한순간, 영령은 복생이 자신을 향해 언제나처럼 다정한 표정으로 웃는 것을 보았다. 노을이 물드는 하숙집 이층에서 망가진 인형처럼 고개를 꾸뻑꾸뻑 숙이며, 넘쳐나는 눈물을 주체하지 못하던 복생의 목소리가 귓가에 되살아났다.

약속합니다, 영령. 나는 죽을 때까지 당신을 사랑하겠습니다ー.

복생의 목숨이 경각에 달린 지금, 그 약속을 지키고 있는 것이라

깨달았을 때, 영령은 가슴에 얹은 두 손을 힘주어 모두고, 있는 힘을 다해 소리쳤다.

"고마워요, 복생님! 고마워요. 저요, 여기서 똑똑히 보고 있어요. 잘 지켜 보고 있어요!"

거기까지 목소리가 들린 것일까. 담사동이 빙그레 웃고서, 다 이루지 못한 꿈을 바라보는 것처럼, 그 부신 듯한 눈동자를 천천히 들어 맑게 갠 푸른 하늘로 향했다.

잰걸음으로 채시구를 빠져나가는 영령의 뒤를 쫓아가면서, 토머스 버튼은 위로할 말을 찾지 못했다.

영령은 선무문을 향해 똑바로 걸었다. 등줄기를 꼿꼿이 세우고 대지를 짓밟는 것처럼 발끝에 힘을 주고 걷는 모습이 오빠 샤오리 장안과 꼭 닮았다.

죄인의 목이 떨어지는 순간마다 채시구에서는 매번 우뢰같은 함성이 터져나왔다.

"미안해요. 내가 쓸데없는 짓을 해서……."

영령은 아무 대답도 하지 않고 걷기만 한다. 영령을 광장에서 이끌어낼 때 마치 돌같이 단단하고 차갑던 살의 감촉이 톰의 손에 생생히 남아 있었다.

흰색 나무관을 실은 짐수레가 길가에 서 있다. 영령은 나무그늘에 웅크리고 앉아 담배를 피우고 있는 노인에게로 다가갔다.

"아… 영령. 이제 다 끝났는가……."

노인의 품속에서 검은 새끼고양이가 튀어나와 영령의 발치에 휘감겼다.

"할아버지. 저는 주인님께 가봐야 돼서요, 뒷일을 좀 부탁드려도 되겠어요?"

노인은 톰을 보고서 벌떡 일어섰다.

"양 노야는 무사한거냐? 거 잘 됐구나. 그래, 뒷일은 걱정하지 마라."

"애는, 제가 데리고가도 될까요?"

하며, 영령은 새끼고양이를 품에 안았다.

"어디 갔나 하고 마마가 찾았잖니."

새끼고양이를 쓰다듬으며 영령이 말했다.

"그래, 귀여워 해주렴. 여러 가지로 힘들겠지만, 너도 열심히 살아라. 자, 빨리 가봐라."

"고맙습니다, 할아버지."

손으로 나무관을 슬쩍 만져보고 영령은 발걸음을 돌렸다.

성벽이 있는 곳에 다다르자 두 사람은 선무문을 빠져나가지 않고, 인적이 드문 성벽 주위의 도랑길로 접어들었다. 영령은 걸으면서 줄곧 입술을 깨물고 있었다.

정면에 거대한 전루(箭樓 : 활을 쏠 수 있게 만들어 놓은 누각)가 딸린 정양문 가까이까지 와서 영령은 겨우 발걸음을 늦추었다. 문을 빠져나가면 동교민항이 지척이다.

"저는 이제부터 어떻게 되나요?"

정양문 주위에는 서양식 군복을 입은 신건 육군의 병사들이 가득했다. 터번을 두르고 탄대를 십자로 맨 이슬람 병사들의 모습도 곳곳에서 눈에 띄었다. 철수한 외국군과 자리를 바꿔 삼숙군이 입성한 모양이다. 엄청나게 많은 중국 병사들에 의해 동교민항은 완전히 포위당해 있었다.

"나도 죽게 되나요?"

"아니. 양문수와 함께 일본으로 가요."

"어떻게요?"

어떻게 탈출시킬 것인가. 일본군은 철수했고 이토 히로부미도 일개 소대의 호위를 받으며 귀국했다. 공사관에는 외교관과 겨우 몇 명밖에 안 되는 주재 무관이 있을 뿐이다.

정양문을 나서니 대로에 면해 있는 관아 앞에서는 지나가는 마차와 짐을 검사하고 있었다. 노청은행 앞에 둘러친 바리케이드는 러시아 병사 대신 북양군이 경비하고 있다. 그들의 총구는 동교민항쪽으로 향해 있었다.

아침녘에는 이 정도로 경비가 엄중하지 않았던 것으로 미루어, 북양군은 톰이 프레스 클럽을 나온 이후에 일제히 동교민항을 포위한 모양이다.

"걱정하지 말아요. 당신과 양 장경은 반드시 일본으로 갈 수 있어요. 아무도 막지 못하게 할거니까."

"하지만, 당신은 신문기자라면서요?"

"그래요. 그렇지만 영령. 우리들은 무기는 없지만 이걸 갖고 있어요."

톰은 계속 걸으면서 주머니에서 만년필을 꺼냈다.

"우리들은 이거 하나로 충분히 정의를 지킬 수 있어요."

바리케이드 저편에서 손을 뒤로 묶인 중국인이 등을 떠밀리며 왔다. 큰소리로 울부짖으면서 몇 걸음인가 걷다가 길바닥에 주저앉는 것을, 병사가 주먹질을 하고 다시 끌고 간다.

"나, 저 사람 알아요. 대붕란(大棚欄) 요정의 주인. 강선생이랑 우리 주인이 잘 다니던 곳이에요."

아마도 동교민항에는 변법파와 관계를 맺었던 많은 중국인들이 자취를 감춘 모양이다. 북양군은 모든 도로를 봉쇄하고 용의자 색출에 전력을 기울이고 있다. 그리고 그들의 가장 중요한 임무는 변법파의 중심 인물인 양문수를 체포하는 것이리라.

동교민항은 조약에 의한 조계는 아니다. 처음부터 청조 관아의 뒷편에 자연발생적으로 이루어진 공사관 거리에 지나지 않았다. 모여 있는 건물들이 주위와 확연하게 구분되는 서양식이기 때문에 모두들 청조의 권한이 미치지 않는 외국 조계라고 오해하고 있을 뿐이었다. 때문에 외국 조계로 잘못 알고 은행이나 상사(商社)에 근무하는 사람을 의지하여 그곳으로 도망친 사람이 법적으로 보호받을 수 없음은 말할 필요도 없다. 치외법권이 인정되는 곳은 각국 공사관 내부뿐이다. 북양군은 동교민항을 완전히 제압하고 있었다.

"서라!"

병사들이 톰과 영령을 에워싸고 착검한 총을 들이댔다. 젊은 장교가 위압적인 말투로 신분증이 없는 사람은 누구를 막론하고 통행시킬 수 없노라고 했다.

톰은 아메리카 공사관 발행의 신분증을 제시하고, 동행하는 여자는 프레스 클럽의 웨이트리스라고 설명했지만, 장교는 납득하지 않았다. 영령은 새하얗게 질려서 떨고 있다.

궁지에 빠진 두 사람을 구해준 것은 때마침 그곳을 지나가던 독일인 기자 한스였다. 그는 긴장한 톰과 영령의 얼굴을 보자마자, 특유의 농담과 웃는 얼굴로 아는 사이인 듯한 장교를 구슬러 무마시켰다.

검문을 통과하자 한스는 영령의 어깨를 껴안고 걸음을 빨리했다.

"망명?"

한스는 주위를 살피며 영어로 물었다.

"음. 일본 공사관으로 데리고 가는거야. 덕분에 살았다. 이렇게 살벌할 줄은 생각지 못했거든."

"자네 얼굴이 그렇게 새파랗게 질린건 처음 봤네. 원세개의 병대는 보통 수단으로는 안 되겠든데. 장비도 대단하지만 군율도 국제 수준이야. 운좋게도 그 장교는 산동 사건을 취재하러 갔을 때 얼굴을 익혔던 사람이었어."

"의화단 취재 말인가?"

"음. 그러니까 원 장군은 의화단 진압을 팽개치면서까지 북경으로 병력을 집결시켰다는 얘기가 되는군. 신건 육군 칠천명이 동교민항을 포위하고 있다. 이 아가씨를 일본 공사관에 데려다주고 그 후는 어쩔 셈인가? 이것만은 아무리 솜씨 좋은 일본 특무기관이라도 방법이 없을걸."

"일본 여자로 변장시키면 안 될까?"

"이봐, 톰."

하고, 한스는 예리한 시선으로 영령을 보았다.

"우리들은 일본인과 중국인을 잘 구별하지 못하지만, 그들끼리는 서로 한눈에 금방 알아보는 것 같아. 자네 눈에는 내가 미국사람으로 보이나?"

"그래, 정말 그렇겠군."

"영록 장군이 뭔가 제법 하려는 모양이지?"

"그러게 말이야. 이렇게 물샐틈없이 봉쇄해 놓고서, 신병 인도 교섭에 들어가겠다 그거지. 어느 나라 공사나 부들부들 떨겠지."

톰은 정양문 밖을 가득 메운 북양군 대부대를 떠올렸다. 영록은 각국의 군대가 철수하는 것을 기다렸다가 휘하의 북양군을 동원했을 것이다.

발을 맞춰 행군하는 북양군 일 개 소대를 지나쳐보내고 나서 한스는 작은 소리로 속삭였다.

"이 상태라면 성문은 물론이고 마가호 역이랑 천진도 철저히 검문할 거야. 대고항에 정박한 일본 선박까지 보낸다는건 기적일거야… 그런데, 그 망명자는 누군가?"

톰은 두 사람을 궁지에서 구해준 답례로 생각하고 대답했다.

"저 여자가 대고항에 정박중인 배에 타고난 후에 텔리그램을 치겠다고 약속해 주겠나?"

"오케이. 약속하지."

"…망명자는 군기처의 양문수, 양 장경이다. 이 아가씨는 그의 비서야."

"무슨 소리야？"

한스는 양손을 모자 위로 올려잡았다.

"알겠나, 톰. 북양군의 표적은 바로 그 사람이라구."

일본 공사관 문 앞은 팽팽한 긴장감에 싸여 있었다. 단단히 잠긴 강철문 앞에 일본 병사가 총검을 들고 늘어서 있고, 사자 석상을 둘러싸듯이 일개 소대의 북양군이 몰려 있었다. 아마도 양문수의 소재가 알려진 모양이다.

"시바 소좌와 만나게 해주시오！ 빨리！"

고로 시바라는 말을 듣자마자 통용문으로 하사관이 달려나왔다. 위병들이 얼른 톰과 영령을 호위하며 중국군을 위협했다.

"고마워 한스. 은혜는 나중에 갚을게."

토머스 버튼이 통용문에서 뒤를 돌아보았다.

"행운을 비네. 주님의 가호가 있기를……."

한스는 익살맞은 표정으로 모자를 가슴에 대고 그렇게 말하고 나서 프레스 클럽을 향해 달려갔다.

75

신건 육군의 사열을 마친 후, 영록과 원세개는 한동안 천안문 광장의 거대한 돌기둥 아래에서 나란히 말을 타고 서 있었다.

잘 훈련된 서양식 군대의 위용은 북양 삼군 총사령관인 영록을 대단히 감탄시켰다. 그러나 그들이 정연하게 대오를 지어 수비구역으로 떠나고 나자 광장에는 오히려 공포심만이 가득 찼다. 영록은 지휘관인 원세개를 가까이 부르지 않을 수 없었다.

원세개는 올해 마흔 살—. 자기와는 아들만큼이나 나이차가 진다. 그러나 그가 통솔하는 칠천의 정병은 그 장비로 보든, 훈련된 상황으로 보든, 이슬람 용병의 감숙군이나 천진을 방위하는 무의군에 비교할 바가 아니다. 아니, 녹영과 팔기군 그리고 그 이외에 청나라가 보유한 모든 군대를 모은대도, 원세개의 신건 육군에는 전혀 상대가 안 될 것이다.

"위정—."

영록은 적당한 말을 골라가면서 옆에 있는 원세개에게 물었다.

"귀관은 담사동의 권유에 응할 생각이 전혀 없었는가? 그쪽 진영에 가담해 태후 폐하와 나를 주살했으면, 귀관은 금방 내 자리를 차지 할 수 있었을 텐데."

원세개는 말 고삐를 잡은 채 얼굴도 돌리지 않고 대답했다.

"무슨 말씀을 그렇게 하십니까, 각하. 본관은 각하가 관장하시는 북양 삼군의 일개 지휘관입니다. 어떻게 직속 상관에게 총구를 들이댈 수 있겠습니까?"

"하지만 체포된 모반자들은 한결같이 귀관에게 배신당했다고 입을 모아 탄식하는 모양일세. 귀관은 담사동의 권유를 일단은 받아들이지 않았었나?"

"그랬습니다. 하지만 그것은 본관의 계략이었습니다. 그것이 최선의 방법이었다고 생각합니다만."

"배신자라고 매도당해도 상관없다는 말인가?"

"모반자들이 뭐라든 전혀 상관치 않습니다."

"허나 귀관은 사건이 나기 겨우 이틀 전에 황상께 2품 병부시랑의 관위를 하사받지 않았나. 귀관을 가장 원망하는 사람은 아마도 영대에 유폐된 황상이시겠지."

"황공하오나 황상은 모반을 획책한 장본인입니다. 본관은 황상의 사병(私兵)이 아니라 대청제국의 장군입니다."

"그러면 하나 묻겠네. 지금이니까 말이네만, 나는 천진에서 열릴 예정이었던 열병식 때 황상을 체포하고 변법파를 모조리 주살할 생각이었네. 태후 폐하께서 그런 뜻의 교지를 귀관에게 내리셨다면, 귀관은 어떻게 했겠나? 황상편에서 보면 이쪽이 모반자가 될텐데."

원세개는 어려운 질문에도 표정 하나 흐트리지 않았다.

"물론 그 교지에 따릅니다. 이유는 두 가지입니다. 하나는 태후 마마를 시해하려는 황상의 생각은 공자님의 가르침인 효양을 거스르는 일입니다. 다른 하나는, 강유위나 양문수 등의 경망스러운 부추김에 따라 조종의 법을 고치려던 황상의 정책은 과오입니다. 오랫동안에 걸쳐 이룩한 태후 폐하의 업적, 그리고 영록 각하께서 본관에게 베풀어주신 후의 등, 무엇을 어떻게 생각하든 본관이 변법파에 가담할 이유가 없습니다."

(얼씨구, 마음에도 없는 소릴 잘도 지껄이는군…….)

영록은 얼굴을 찌푸렸다.

솔직히 말해 영록은 원세개를 믿지 않았다. 북경에 주둔하고 있는 무의군을 천진으로 불러내리고, 대신에 감숙군을 장신점으로 진군시킨 것은, 원세개가 황제당에 가담할 경우에 대처하기 위한 포진이었다. 정면으로 부딪쳐서는 도저히 승산이 없으므로, 영록에게 가장 충실한 섭사성의 무의군으로 천진성을 방어케 하고, 그 사이에 동복상의 감숙군으로 황성을 점거하게 한다는 전략이었다.

어쩌면 원세개는 그런 영록의 계략을 훤히 읽고 있었는지도 모른다.

그렇다 치더라도—, 강유위가 주재하는 변법학회에 참가하고 제법 많은 기부금까지 내면서, 한편으로는 영록에게 충성을 맹세하고 있던 이 사내는, 대체 무슨 생각을 하고 있는가.

"위정, …귀관은 정말 알 수 없는 사람이군. 이홍장 휘하에 있을 때 귀관처럼 명쾌한 사람은 없다고 생각했었는데, 이번에 보니 전혀 알 수 없다는 느낌이야."

결국 어느 쪽으로 쓰러져도 상관없게끔 양다리를 걸치고 있었던 것이리라. 그러면서도, 전혀 피흘리지 않고 이루어낸 정변 후에도 황제가 내린 2품 병부시랑 관위를 눈하나 깜짝않고 차지한 이 사내의 솜씨는 이만저만한 것이 아니다.

원세개는 사벨을 덜그럭거리며 말고삐를 당겨 몇 발자욱 나아갔다. 영록이 대장군의 상징인 황색 조끼를 걸친 가슴을 쭉 펴고 말머리를 나란히 하자, 원세개는 갑자기 묘한 말을 했다.

"만일 각하가 이 기회에 대청제국의 천하를 취하여 황제가 되실 생각이 있다면, 아무쪼록 이 원세개와 신건 육군을 사용해 주십시오."

"아니, 무슨 말을 하는게야?"

"가령 말씀입니다. 단지, 만약 그렇게 된다면……."

원세개는 거기서 처음 영록을 돌아보았다.

"각하께서 개국 시조가 되시고 그 후의 천하는 본관에게 물려주십시오. 선양(禪讓)하시란 말씀입니다."

원세개는 명백하게 영록을 협박하고 있다.

칠천의 정예병력을 과시한 후에 내뱉은 이 말은 대단히 자극적이다. 원세개는 둥근 얼굴을 하늘로 향하고 말 위에서 불룩한 배를 흔들어대면서 크게 웃었다.

"그렇게 심각한 얼굴 하지 마십시오, 각하. 시국이 시국인지라… 농담이 좀 지나쳤나요? 그러면 지금부터 동교민항을 포위하겠습니다. 각하께는 일본 공사와의 교섭을 부탁합니다."

"아, 그래. 귀관만 믿네, 위정. 다른 잡어들은 어찌하건 간에 그녀석만은 놓치지 않도록."

원세개는 서양식으로 거수경례를 붙이고 광장으로 말을 달렸다.

덥다—.

원세개는 군모를 벗어서 땀을 닦고 맑게 갠 하늘을 올려다보았다. 벌써 가을이 깊었는데 한여름같은 이 더위는 대체 어떻게 된 일인

가. 태양이 머리꼭대기에서 불타고 있다.

바닥에 깔린 돌판에서 아지랭이같이 뿜어나는 열기 속에 주위의 풍경들이 흔들거린다. 뜨거운 태양열을 두려워한 탓인지 천안문 광장에는 사람이라고는 그림자조차 없다. 돌아보니 자금성을 둘러싼 청자줏빛 기와지붕이, 사막에서의 나그네들이 흔히 본다는 신기루처럼 일그러져 있다.

영록과 대화를 나누는 동안에 더위를 먹은 모양이다. 목이 타고 머리가 깨지듯 아프다.

말이 발을 멈췄다. 갈기에서 땀을 뚝뚝 흘리며 불안한 기색으로 한 번 울음소리를 내더니, 발이 땅에 붙어버린 것처럼 전혀 움직이지 않는다.

사열을 마치고 영록의 부름을 받았을 때, 무언가 긴요한 이야기가 있는 것 같아 막료와 호위병들은 멀리 떨어져 있도록 했다.

물이 없다.

저편 멀리, 열기 속에서 흔들거리는 종인부(宗人府) 문 앞에 기마병이 멈추어 서 있다.

"어이! 물을 가져와!"

기마병이 뜨거운 아지랭이 속을 헤치며 천천히 이쪽으로 다가온다.

화가 치밀 정도로 느릿느릿한 걸음걸이다. 원세개는 사벨을 머리 위에서 흔들며 빨리 오라고 재촉했다.

"빨리! 뭘하고 있나!"

듣기 좋을 정도의 말굽소리를 광장에 울려 퍼뜨리며, 기마병은 신호를 보지 못했는지 계속 느린 속도로 다가온다.

문득, 원세개의 말이 떨어뜨리고 있던 머리를 쳐들고 재갈을 단단히 물었다. 잘 조련된 군마의 부동자세다. 원세개는 뜨겁게 피어오르는 아지랭이 속에서 점점 가까이 다가오는 기마병에 시선을 고정시켰다.

그 때 원세개는, 열에 들뜬 자신이 환상을 본 것이라고 생각했다.

결코 착각이 있을 수 없는 가까운 거리에 신기루를 밟으며 나타난 것은, 커다란 아랍말을 금색 마구로 치장하고 온통 붉은 갑옷으로 무장을 갖춘 고색창연한 대장군의 모습이었다.

"…누구신지?"

원세개는 빼들고 있던 칼을 겨누었다. 그러자 옛 무사는 갑옷 겨드랑이에 끼고 있던 창을 눕혀 원세개 앞을 가로막았다.

"비켜라! 이놈."

그렇게 한마디 던져놓고, 대장군은 멍하니 바라보는 원세개의 말 앞을 지나쳐갔다. 갑옷 위에는 영록과 마찬가지인 황색 비단 조끼를 걸쳤다. 창 손잡이에는 호랑이꼬리가 매달려 있고, 투구 꼭대기에는 붉은 방울이 흔들리고 있었다.

꿈이 틀림없어……. 원세개는 땀이 스며들어 따가운 눈을 깜박거렸다. 말은 긴 목을 숙여서 지나쳐 가는 기마에 대해 복종의 뜻을 표시했다.

아니, 꿈이 아니다. 마치 건륭 시대의 두루마리 그림 속에서 빠져나온듯한 대장군이 분명 눈앞에 있다. 금색 안장에 매달린 호피(虎皮) 전통에는 새의 깃털을 단 화살이 빽빽하게 꽂혀 있다. 갑옷 허리에는 작고 강한 달단의 활과, 자개로 상감 무늬를 놓은 길고 날씬한 검을 차고 있다. 투구의 얼굴 덮개 아래로는 하얀 수염이 늘여져 있다. 원세개는 말에서 뛰어내려 무릎을 꿇었다.

"오랜만에 뵙겠습니다, 이 각하. 위정이옵니다."

장군은 일순 말을 멈추고 등줄기를 늠름하게 세운 채 얼굴만을 돌려, 싸늘한 목소리로 말했다.

"어느 나라 군병인가? 나는 너를 모른다."

"각하, 무슨 말씀을……."

대장군은 전혀 무심한 표정으로 투구 속의 시선을 거두더니, 장화 뒷축으로 가볍게 박차를 가하여 뜨거운 아지랭이 속으로 말을 몰아갔다.

영록의 만족감은 절정에 달해 있었다.

직례 총독 겸 북양대신으로서 실질적인 권력을 수중에 넣음과 동시에, 변법파를 궤멸시키고 태후의 목숨을 구했다. 왕족이건 재상이건, 이 놀라운 솜씨의 만주 귀족을 두려워하지 않는 사람이 없다.

영록은 오문(午門)에서 말을 가마로 바꿔타고 성 안을 제집인양 여기는 얼굴로 나아간다. 황제는 남해의 영대에 유폐되고, 태후도 더위와 혼란을 피해 이화원으로 다시 떠나버린 자금성은 지금 영록의 것이나 다름없다.

천진 총독으로서 누리는 경제력, 북양대신으로서 지닌 군사력, 그리고 이번에 세운 공훈이 삼위일체가 되어 가마 위에 거만스럽게 앉아 있는 영록의 체구는 누구의 눈에나 거대하게 비쳤다.

잠시 들른 내무부와 군기처에서도 정변에 의해 부활한 수구파 대관들이 영록을 영웅으로 대접했다.

이 기회에 역시 군기대신의 대열에 서야만 하리라고 영록은 생각했다. 직례 총독 후임에는 제뜻대로 휘두를 수 있는 심복을 앉혀놓고 군기처로 들어가면, 지금까지 유례가 없는 최대의 강권을 지닌 재상이 될 것이다. 동치제와 광서제 두 어린 황제의 섭정에 이어, 세번째로 정치의 최고봉에 앉은 태후가 충신 영록의 희망을 들어주지 않을 리 없다. 지위가 인신(人臣)의 극치에 달한다는 말은 그야말로 이런 것을 두고 하는 말이리라.

군기처를 나섰을 때, 진국공 재택의 행렬과 마주쳤다. 영록은 전부터 서양바람이 잔뜩 든 이 젊은 황족이 마음에 들지 않았다. 일단은 동치제와 광서제의 재종형제인 터라 좀 껄끄럽기는 하지만, 언젠가 가까운 시일 안에 변법파와 연결된 빌미를 찾아내 반드시 실각시키고 말리라고 생각하고 있었다.

얼마 전, 영록의 딸이 2대째 순친왕가의 재풍에게로 출가했다. 왕자가 태어나면 무슨 수를 써서라도 입성케 하여 옥좌에 앉히리라. 그렇게 되면 영록은 황제의 외조부로서 재상뿐만 아니라 섭정이 되어 정치를 총괄할 수 있게 된다. 그 날을 위해서도 계승권을 지닌 황족은 누구든지 간에 짓눌러야 한다.

"멈출 필요 없다. 그냥 가라."

영록은 가마를 선도하는 환관에게 명했다. 재택의 행렬은 당황스러움을 감추지 못하며 가까이 오고 있다. 붉은 담을 끼고 도는 좁은 길에서 두 채의 의자식 가마는 어깨를 부딪칠듯이 하며 가까스로 지나쳤다.

"장군, 불경스럽도다!"

재택은 서양사람처럼 보이는 새하얀 얼굴을 휙 돌려 영록을 노려보며 힐책했다. 그러나 영록의 태도는 말로 나무랄 수 있을 정도의 거만스러움이 아니었다. 그래도 재택이 생각하기에 이 불경스러움을 모른 척하면 세습왕가의 체면이 서지 않으니까, 어쩔 수 없이 흠칫거리며 타이르는 정도의 상황이라고나 해야 할는지.

"뭐가 불경스럽다는 거요? 전하."

그 한마디에 재택은 누구라도 느낄만치 주눅이 들었다.

"전하가 희망하신다면 다시 영국으로 유학을 보내드리도록 신이 태후 폐하께 말씀 올려드리지요. 일이 년 정도가 아니라 부디 오래도록 말씀이오."

가마는 아무 일도 없었다는 듯 각각의 길로 헤어졌다. 영록은 반쯤 뒤돌아 재차 타격을 가하듯 일부러 들으라고 혼잣말로 떠들었다.

"아이구 맙소사. 다행히도 조종의 옛법을 돌이키게 됐는데, 이 바쁜 와중에 밤이면 밤마다 왕부에서 무도회를 여는 무분별한 자가 있을 줄이야. 통탄할 노릇이다. 저승에 계신 건륭대제도 불초한 자손때문에 얼마나 한탄을 하고 계실꼬!"

영록은 가마에 탄 채 양심문(養心門)을 들어섰다. 강희대제가 이곳을 서재로 정한 이래, 역대 황제들이 거처용 궁궐로 사용해온 양심전에 지금은 주인이 없다.

이화원에서 돌아온 태후궁 태감들이 형부의 하급관리들과 함께 어전 안을 정리하고 있었다. 그들 주위에서 주뼛거리며 설명을 하고 있는 환관은 일터를 잃은 만세궁의 태감들이다. 그들 중에는 수갑이 채워진 채 끌려다니는 사람도 있었다. 동난각(東暖閣)의 들창 안에는 형부시랑의 모습이 보인다. 변법파의 상주문이랑 칙서의 초안을 차례차례로 들어내 탁상 위에 쌓아놓는다.

"영록각하, 드시옵니다!"

선도 환관이 안뜰에 서서 외치자 사람들은 일제히 무릎을 꿇었다. 정전 입구에 붉은 어전복을 입고 서 있는 이춘운을 발견하고 영록은 친밀하게 말을 걸었다.

"춘아—. 아니, 실례했군. 샤오리 장안. 어떤가, 수색작업은 순조롭게 되어 가는가?"

춘아는 종종걸음으로 어전에서 내려와 부복했다.

"예 각하. 모두 지체없이 진행되고 있습니다."

"이연영 총관은 없느냐?"

"예. 이 노야는 건청궁과 무근전을 조사하고 계십니다."

태후가 다시 자금성으로 돌아와 보좌에 오르면, 노령의 이연영을 대신해 이 젊은 태감이 대총관의 지위에 오를 것이다. 제법 믿음직스러운 사내라고 생각하며 영록은 입가에 흡족한 미소를 흘렸다.

"이번 소동에 관여한 사람들 가운데 만세궁 태감들에 대한 문초는 네게 맡기겠다. 외조의 관리와 내정의 환관들을 같은 장소에 끌어내 다루게 되면, 네가 앞으로 힘들겠지. 깊이 관여한 자는 내정의 규정에 따라 처단할 수밖에 없지만, 그 이외는 화근을 남기지 않을 정도로 처리하게."

어쩌면 춘아가 가장 바라고 있었을지도 모르는 일을 영록은 아량을 지닌 태도로 말했다. 만세궁 태감들은 대부분 젊은 사람들뿐이어서, 실질적으로 사건에 깊이 관여된 사람은 아마 별로 없을 것이다. 죽음을 각오한 자들을 곤장형으로 다스리고 나면, 춘아에 대한 신뢰가 한층 더 깊어질 것이다.

다만, 마음에 걸리는 자가 한 사람 있다.

"그런데, 샤오리 장안. 만세궁의 어전 장안적은 붙잡았는가?"

"난금 말씀이시옵니까?"

춘아의 표정이 어두워졌다. 두 사람은 입궐 동기인데다 의형제를 맺었다는 소문을 영록도 들어서 알고 있다.

"난금 장안은 만세야를 영대로 호송하는 도중, 어디론가 잠적해 버렸습니다. 현재 행방을 찾고 있는 중입니다만."

영록은 춘아가 피신시킨 것이라고 직감했다. 하지만 그랬다면 그걸로 됐다. 성에서 달아난 환관 따위, 언젠가 거지가 되든지 전문(前門) 거리에 있는 남창 소굴로 굴러들어가든지… 그렇지 않고는 달리 살아갈 길이 없을 테니까.

"됐네. 찾지 말고 버려둬. 그 외의 죄인도 성에서 나가길 원하는 자가 있으면 모든 형벌을 면해주고 신무문으로 내보내게. 단지, 노자 돈이나 먹을 것을 주어선 안 된다."

춘아가 머리를 깊이 조아리자, 안뜰에 둘러서 있던 환관들은 모두 이마를 바닥에 대며 부복했다.

"각하의 인자하심과 넘치는 아량, 노재, 이천 명의 환관들을 대신하여 감사드리옵나이다."

참으로 빈틈없는 응수라고 영록은 감탄했다. 언제가 되든 이 사내 만큼은 자기 수하로 만들어 두지 않으면 안 된다. 노불야가 점점 나이 들어가면, 그 때는 대총관이 되어 있을 이 사내의 권력도 커진다. 태후가 죽으면 정치의 실권은 조카인 광서황후의 손에 넘겨질 것이다. 내정 24아문은 조만간에 춘아가 제 뜻대로 주무르게 될 것이고, 막대한 황실 재산도 전부 관리하게 되리라. 별로 욕심이 없어보이는 남부극단 배우 출신의 이 사내가, 스스로 싫다고 거부한대도 자연히 그렇게 될 것이다.

영록은 바닥 돌판 위에 부복하고 있는 춘아의 목덜미를 지그시 내려다보았다. 대체 어떤 별 아래 태어난 사람인가. 이춘운이라는 이 젊은이는 노불야가 남기는 어마어마한 보물을 모두 그의 수중에 넣게 되리라. 스스로 원하지 않아도 자연히 그렇게 되는 것이기 때문에 운명이란 두려운 것이다. 이번 정변으로 인해 황제는 영원히 자유의 몸으로 돌아오지 못할 것이다. 왕부의 친왕들은 공포에 질려 있고 만주 기인들은 그 무능함을 드러냈다. 아마도 이춘운은 누구를 막론하고 출입이 금지돼 있는, 자희 태후의 권위를 상징하는 후궁에 들어가 부복하는 오직 한 사람이 될 것이다. 황금과 비취와 옥, 그리고 왕희지의 쾌설시청첩(快雪時晴帖)과 단풍유록(丹楓呦鹿)의 산수화, 모공(毛公)의 삼발이 솥과 고희천자(古稀天子)의 옥규(玉圭 : 옥으로 만든 홀, 벼슬아치가 조복에 갖추어 손에 쥐는 패), 납문(蠟紋)의 항아리, 고대의 패옥(佩玉 : 귀인이 허리에 차고 다니는 옥패찰)과 벽옥(璧玉 : 둥근 옥)과 종(琮 : 지신제에 쓰는 옥) 등등—, 사천 년 동안 중화 황제의 손을 거쳐 내려와 오늘날 내정의 깊고 깊은 곳에서 잠자고 있는 보물들, 모조리 이 훤칠 한 사람이 제멋대로 주무르게 될 것이다.

그러나—.

영록은 심한 질투심을 느끼면서 가마를 다음 행선지로 나아가도록 명했다.

그러나… 그 따위 것들 하나도 필요없다. 내게는 천명이 있다.

영록은 삼안의 화령을 뜨거운 바람에 나부끼며, 한낮의 태양빛에 황색 비단조끼를 번쩍이면서 행렬을 건청궁으로 향했다.

월화문(月華門)을 나서면 하얀 대리석 기단(基壇) 위에 화려하게 장식된 건청궁이 우뚝 솟아 있다. 회랑과 작은 전각들이 이층 누각을 에워싸고, 외조 삼전과 마주보는 건청문으로부터 일직선으로 뻗은 대리석 계단이 안뜰을 양쪽으로 나누어놓고 있는 모습은 후궁의 정전(正殿)으로 너무나 잘 어울리는 위용이다.

대총관 이연영은 궁전 한쪽의 계단 위에 힘없이 앉아 있었다.

"왜 그러는가? 이안달. 기운이 없어보이는데."

가마를 문 밖에 대기시키고 한낮의 열기가 끓어오르는 안뜰을 가로질러 가며 영록이 큰소리로 물었다. 이연영은 울적한 표정으로 말처럼 긴 얼굴을 힘없이 떨어뜨렸다.

"내가 기운이 없는 게 아니야. 영록 그대가 기운이 너무 넘치는 거지. 도대체 뭘 먹길래……."

영록은 계단을 두 개씩이나 한꺼번에 뛰어올라가 노태감의 얼굴을 들여다보았다.

"알고 싶은가?"

"그래, 꼭 좀 알고 싶네. 뱃속에 든 양새끼인가? 구렁이 간? 어쨌거나 그대의 정력은 따라갈 수가 없어."

"가르쳐 주지. 나는 사람을 잡아먹고 산다."

일순 얼굴을 번쩍 쳐들어 정신을 가다듬고 나서, 이연영은 얄팍한 입술을 일그러뜨리며 희미하게 웃었다.

"과연! 나도 지금까지 살아오면서 사람들을 어지간히 잡아먹었는데, 이제는 어째 뱃속이 받아들이질 않아. 소화가 잘 되는 것만 먹으니 역시 정력이 안 붙는 모양이야. …실은 말일세, 영록."

이연영은 비썩 마른 어깨를 축 늘어뜨렸다.

"어제, 노조종께 마지막 선언을 받았네. 오랜 세월 동안 일하느라 고생이 많았다고 말이야."

"저런. 그것 참 안 됐네 그려. 외양만으로는 그렇게까지 늙어 보이지 않는데…….”

영록은 이연영을 위로할 생각으로 그렇게 말했다. 다시금 국사를 돌봐야 하는 태후의 격무에 이 노태감이 함께 감당해 내리라고는 생각하지 않는다.

“요컨대 그 춘아 녀석이 그만치 컸다는 얘기야. 개구장이 꼬마 녀석이라고 업신여겼던 내가 어리석었다. 아들쯤 되는 세대는 꼼짝 못하게 눌러놓았는데 손주 녀석 세대까지는 시선이 못미쳤어.”

“그렇게 비뚤어진 생각일랑 하지 말게. 춘아는 비록 나이는 어리지만 그래봬도 상당히 현명한 사람이야.”

영록은 시들어 늘어진 대총관과 어깨를 나란히 하고 앉았다.

“봉록은 죽을 때까지 지금과 똑같이 받게 돼. 2품 관위도 그대로 지니고 있으라니까 전례가 없는 은전이다. 앞으로 고향인 대성으로 돌아가 천경(千頃)짜리 농원을 경영하든지, 금산 보장사로 들어가 편안히 지내든지, 내 좋을대로 하라셨네.”

“그거 근사한데. 사십 년이나 태후 폐하를 측근에서 모신 대총관은 역시 다르군 그래. 고마운 일 아닌가, 이안달. 물러날 때다, 이제.”

“물러날 때라…….”

이연영은 하얀 떡갈나무 지팡이 위에 턱을 괴고 잔서의 열기 속에 반짝이는 보랏빛 기와지붕을 올려다보았다.

“허무해. 힘풍제 시대부디 사십여 년. 나는 줄곧 노조종 곁을 떠나 본 적이 없다. 그래, 분명 사복(私腹)도 채웠고 그대와 짝패가 돼서 나쁜 짓도 저질렀다. 힘이 다했으니까 물러날 때임에 틀림없겠지. 하지만… 나는 대체 지금까지 뭘 해온 거야?”

이런 후회의 한탄이야말로 늙었다는 증거다. 냉큼 고향으로 돌아가든지 절로 들어가든지 하라고 영록은 마음 속으로 외쳤다.

“좋겠네, 그대는. 마치 사오십 된 한창 나이의 남자로 보여. 역시 남자의 정력이 없는 만큼 나는 빨리 늙는 모양이지.”

"그런 게 아니야, 이안달."

"그럼, 그 젊음의 비결이 뭔가?"

"전에도 얘기한 적이 있지. 간단한 일이야. 나는 남이 갖고 있지 않은 것을 지니고 있다네."

"대체 그게 뭔가?"

영록은 기단 위에 올라서서 껄껄거리며 웃었다.

"잊었나? 내게는 천명이 있다고 했잖은가!"

이연영이 대답도 않고 입을 꾹 다물어버린 것은 지금까지 입버릇처럼 들어온 맹우 영록의 말이 이 때만큼은 농담으로 들리지 않았기 때문이다.

"우리 과이가는 예전 태조공의 전위(前衛)를 맡았던 달단의 명문이다. 우리들은 만주 들판에서 일어나, 문약(文弱 : 문치 정치의 폐단으로 말미암아 국력이 쇠약해짐)에 빠진 명나라 황실을 쓰러뜨리고 천하를 뺏았다. 그런데 애친각라는 세월과 함께 똑같은 전철(前轍)을 밟아 문약으로 흐르면서, 쓸데없이 과거 출신의 사대부를 중용하고 우리들 건국 공신인 무가(武家)를 업신여겼다. 아버지도 할아버지도 변경을 지키는 장군으로 일생을 마쳤다. 애초 말 위에서 천하를 뺏았던 우리들이 말에서 내려와 활을 버리고 검을 놓은 그 때부터 쇠약해지기 시작한 것이야. 두고 봐라, 이 노야. 나는 어떻게 해서든지 다시 한번 말 위에서 천하를 휘어잡아 보일테다. 결코 쇠망하는 일 없는 후청국(後淸國)을 이 손으로 일으킬 것이다."

영록은 건청궁까지 똑바로 뻗어 있는 대리석 계단에 서서 외조 삼전의 지붕을 올려다보았다.

"영록… 하나만 물어봐도 되겠나?"

대총관은 슬픈 눈으로 영록을 보았다.

"나는 노조종을 사십 년이나 섬겨왔다. 그분의 가슴 속은 누구보다도 잘 알고 있지. 이봐, 영록. 노조종은 사십 년 동안 줄곧 그대를 사랑했다네."

"그게 어쨌다는 거야?"

"어쨌느냐고 하면 더 이상 할말이 없지만…, 그러나 그 애처러운 여자의 마음을, 야망을 위해 이용하는 것은 도대체 무슨 소행인가 싶어서……."

"사람의 도리? 집어치워. 그 따위 시시한 소릴랑. 분명히 말해, 나를 사랑해 달라고 부탁한 적 없네. 자희가 제멋대로 내게 반하고 좋아해서 관위를 주었을 뿐, 자희를 이용한 기억이 없어."

"그건 불경이야, 아니 불충이다! 영록."

"시끄러, 이 늙은이야!"

영록은 소매에 매달리는 대총관을 걷어차 넘어뜨리고, 황색 조끼를 걸친 가슴을 불쑥 내밀며 큰소리로 웃어제꼈다.

"불경이나 불충은 문약한 한인이나 지껄이는 소리야. 나는 그 따위 것 모른다. 내 몸에 흐르고 있는 달단족의 피는 〈힘〉 그것이다. 낫놓고 기억자도 모르는 조혜 대장군은 생애에 단 한 번의 패전도 없이 대청제국을 반석 위에 올려놓지 않았던가. 진중에서 시나 읊조리며 두 손 비벼 양키놈들을 맞아들인 문인장군들쯤, 다발로 묶어서 대항한다고 이 영록을 능가할 수 있겠는가. 이 영록을 불충한 자라고 욕할 수 있는 사람은 지하에 잠든 조혜 장군뿐일 것이야!"

그 때, 영록은 때아닌 말발굽 소리를 들었다. 이연영도 일어나서 주위를 둘러보았다. 잘못 들은 것일까, 내정에서 말을 타고 달리는 자가 있다니.

"지금, 말발굽 소리가 들리지 않았나? 노총관."

"아, 그래. 그런 느낌이 들었는데."

이번엔 분명하게 말 울음소리가 들려왔다. 두 사람은 무의식 중에 계단을 내려가며 시선을 집중시켰다.

뜨거운 아지랭이가 일렁이는 문루 안쪽에, 붉은 갑옷을 입은 무사가 말 위에 앉아 있는 모습을 두 사람은 그 때 똑똑히 보았다.

"뭐야? 저건……."

기마는 건청문 쪽으로 똑바로 뻗어 있는 계단 위를 향해, 신기루를 밟으며 다가오기 시작했다. 대리석 위에 말발굽 소리가 울린다. 이윽고 햇빛을 받아 번쩍이는 황금의 안장을, 투구 위에서 흔들거리는 붉은색 방울을, 갑옷 옆구리에 끼고 있는 호랑이꼬리가 장식된 긴 창을, 두 사람은 꿈꾸듯이 바라보았다.

"…황색 조끼를 입고 있다. 보이나? 영록."

투구의 얼굴 덮개 아래로 흘러내린 흰수염과 목덜미에서 나부끼는 금군의 황색 머플러를 확인한 순간, 대총관은 공중제비를 넘듯이 계단에서 굴러내려갔다.

"영록, 무엄하다, 엎드려라! 저분은 조혜 장군이시다. 정토 대장군 조혜 각하란 말이야."

영록은 돌처럼 굳어졌다. 한낮의 햇빛이 쏟아지는 계단을 말에 탄채 똑바로 올라오고 있는 붉은 갑옷의 무사는, 어렸을 때 늘 이야기로 들었던 영웅의 모습 그대로다. 무영전(武英殿)에 걸려 있는 초상화 속의 대장군 조혜임에 틀림없다.

영록은 겁에 질려 얼빠진 모습으로 뒷걸음질치며 건청궁 계단을 엉덩이로 밀고 올라갔다.

계단의 반쯤까지 올라갔을 때, 무사는 높고 쨍한 목소리로 기합을 넣어 말을 달렸다. 긴 창을 수평으로 들고 커다랗게 고함치며 돌진한다. 영록은 비명을 지르면서 전각 안으로 굴러들어가 몸을 숨겼다.

계단을 단숨에 뛰어오르자 무사는 날렵한 움직임으로 말에서 내렸다. 그러고는 왼손에 창을 쥐고 오른손엔 검을 빼들고서 영록에게로 다가갔다.

"만추(滿酋) 이놈!"

무사는 소리를 내며 장검을 휘둘렀다. 예리한 칼날이 주저앉은 영

292

록의 관을 두동강내 떨어뜨리고, 둥근 기둥에 깊숙이 꽂혔다.

"소전……."

목줄기에 소전의 창끝이 닿는 순간, 영록은 오줌을 지렸다.

"감히 어디라고 너같은 놈이 나의 자(字)를 부르느냐!"

"각하… 이홍장 각하……."

이홍장은 투구 속에서 분명치 않은 목소리로, 신음처럼 토했다.

"왜 죽였느냐? 심문도 하지 않고, 변명도 듣지 않고. 군주에게 충성을 다한 젊은이들을, 어째서 목을 베었느냐?"

"그, 그들은, 각하. 태후 폐하를 시해하려고 책동한 대역 죄인이라서……."

"태후의 의사는 아니렷다. 자희는 나라의 구적(仇賊)에 대해서는 용서 없지만, 제 한몸 보전하기에 급급하는 소인은 아니다. 그들의 뜻이 가상하다고 여겼으면 기쁘게 신명을 내던졌을 것이야. 이 모두는 네가 꾸민 짓이다."

영록은 벌벌 떨었다. 그 자태는 칠십여 세 늙어 꼬부라져 은거하고 있는 노장군의 모습이 결코 아니었다. 삼십 년 전, 태평천국을 멸하고, 염군의 반란을 진압하고, 이슬람 교도를 쳐부수고서 개선하던, 동치 중흥의 영웅 이홍장의 늠름한 모습 그대로였다.

"왜 두려워하느냐? 네 놈이 업신여기던 문약의 장군이다. 양키들의 주구(走狗)라 불리고 망국의 매국노라고 매도당하면서, 붓과 검을 바꿔쥐었을 뿐인 사대부 장군이다!"

창끝이 목줄기를 겨냥하고 있다. 영록은 엉금엉금 기어서 기둥 주위를 맴돌았다.

"그래, 너는 소문대로 뛰어난 인물임에는 틀림없다. 하지만 만 번 죽어 마땅한 죄를 두 가지 저질렀다. 하나는 변법 지사들을 죽인 것. 또 하나는 자희의 한결같은 여심을 농락한 일이다. 잘잘못은 여하튼 간에 우국의 충정과 여인의 진심, 이 두 가지는 적어도 남자라

면 목숨과 바꿀지언정 부응하지 않으면 안 되는 것이다. 너는 그것을
한꺼번에 짓밟아버렸다.”

창이 목줄기의 급소를 누르고 있어, 영록은 간신히 입을 열었다.

“나는 천하를 취한다. 그대나 중국번과는 다르다. 내게는 천명이
있어.”

“천명? …기가 막혀 웃음도 안 나온다, 영록. 그런 것이 대체 어
디에 있다는 게냐?”

“나는 꿈을 꾸었다. 어릴 때부터 몇 번씩이나 반복해서, 당자 깊은
곳에 잠자고 있는 용옥을 내 품에 안는 꿈을 꾸었다. 내게는 중화의
국토를 다스리라는 천명이 있다.”

“그게, 어쨌다는 게야?”

이홍장은 창끝에 힘을 주었다.

“설령 그렇다고 치자. 하지만 지금 내가 이 창을 네 목줄기에 찔러
넣으면, 그 천명이라는 것은 어떻게 되느냐? 운명이라는 것은 어차
피 그런 것이다. 인간이 힘껏 노력해서도 바꿀 수 없는 숙명따위가
있대서야 말이 되느냐!”

장군은 창을 거두었다. 영록은 발치에 엎어져 울음을 터뜨렸다.

“장난이 좀 지나쳤는가. 됐어, 됐으니 울지 말게. 그렇게 용옥이
탐나면 당자에 가서 훔쳐오너라. 나는 아뭇소리 안 할테니…….”

장군은 장화 소리를 저벅거리며 전을 나섰다. 가볍게 말에 올라타
고 아무 일도 없었다는 듯이 한낮의 계단을 다시 내려가, 거듭 머리
를 조아리고 있는 대총관을 향해 말했다.

“제법 오래 된 태감이로군. 물러가라, 이곳은 내정의 정전, 너같은
소화계가 어슬렁거릴 곳이 아니다.”

대총관은 멍청하게 서서, 일렁이는 열기의 아지랭이 속으로 사라져
가는 장군을 지켜보았다.

76

진국공 재택은 부아가 치밀어 견딜 수가 없었다.

성을 나서는 도중의 가마 위에서도 아무에게나 가리지 않고 화를 내고, 가만히 앉아 있지를 못해 수행하는 하인들까지 사인교를 떠받치지 않으면 안 될 상황이었다.

나중에는 터무니없이 많은 은화를 던져주고 길거리에서 파는 배를 몽땅 사서는, 가마 위에서 먹으며 집어던지며 큰소리로 끊임없이 아우성을 피웠다.

"아―, 지겹다! 뭐가 뭔지 정말 싫다! 나는 런던으로 갈거야. 영록 같은 놈한테서 쫓아낸다는 소리를 들을 바에야, 내 스스로 떠나줄테다. 얼른 영국 공사를 불러라, 내일이라도 당장 떠난다!"

"아니 되옵니다, 전하. 때와 장소를 가리시옵소서."

늙은 하인은 재택이 집어던진 배의 조각들을 주워모으며 열심히 달랬다.

부아가 난 원인은 영록이 던진 폭언 때문만이 아니다. 수다스럽고 외로움을 몹시 타는데다 부산스러워서 한시도 가만히 있지 못하는 이 청년 귀족에게는 이즈음 고통이 너무 많았다.

원래의 생가는 강희제로부터 갈라져 나온 지류인 유군왕가(愉君王家)로, 대를 이을 아들이 없었던 1대 진국공 혁순(奕詢)의 양자로 들어가 후사를 잇게 되었다. 황제의 계열로 보자면 동치제와 광서제의 재종 형제가 되지만, 혈연은 5대를 거슬러 올라가야될 만큼 엷다. 놀아줄 상대가 없는 외톨이 양자였기 때문에, 집 가까이에 있는 순친왕가의 아이들과 형제처럼 자랐다. 요컨대 이번 사건으로 불행에 휩싸인 광서제 재첨을 어릴 적부터 친형처럼 따랐다.

그 일 하나만으로도 재택의 마음은 형언할 수 없이 착잡하다.

더욱이 그를 견디기 힘들게 짓누르는 중압감은 그의 아내다. 서태후의 명령 한마디로 어쩔 수 없이 떠맡은 계상 장군의 딸, 곧 태후의 조카이며 융유 황후의 동생이다. 형제처럼 자란 황제와 재택은 기구하다고나 할까 당연하다고나 할까, 섭혁나랍의 자매를 아내로 맞았던 것이다.

융유 황후와 쌍둥이처럼 닮은 동생을, 황제가 황후를 피하는 것과 마찬가지로 재택도 사랑할 수가 없었다.

이런 복잡미묘한 인간관계 속에서 정변이 일어났다. 황제가 후사를 이을 아들도 없이 유폐되고 태후가 복권된 지금, 당면한 최대의 관심사는 누가 다음 차례의 황제로서 자금성으로 맞아들여질 것인가 하는 것이다. 자연스럽게 생각해 보면, 그 대상을 둘로 좁힐 수 있다. 태후의 여동생으로 이어지는 순친왕가거나, 조카가 출가한 진국공 재택 가문이다. 다행인지 불행인지 아직 아이가 없는데, 그러면 차라리 재택 본인은 어떠냐는 소리도 들려온다. 노신들은 외유 경험이 있어 서양문물에 익숙한 재택이 제위에 오르면, 외교상으로 무엇이든 형편이 훨씬 좋아지리라고 지극히 단순하게 생각하고 있었다.

영록의 폭언도 바로 그런 움직임에 대한 견제다. 영록의 딸은 이대째 순친왕인 재풍에게 출가했다. 즉 순친왕가의 왕자가 후계자로 서면 영록은 황제의 외할아버지가 된다.

자신에게는 손톱만치의 야심도 없고 오히려 정쟁의 와중에 휘말리는 것을 두려워하고 있는데, 사람들은 자신을 주목하고 있으며 그 위에 정적(政敵)으로 오인받아 궁중에서 모욕을 당했다. 재택의 입장에서는 모든 것이 순순히 받아들이기 힘든 일들뿐이었다.

무엇보다—, 이런 상황에서는 무도회도 열 수 없다.

"아, 싫다 싫어! 나는 이제 머리가 어떻게 되고 말거야. 그까짓 집에 돌아간들 무슨 소용이야. 가마를 돌려라! 동교민항에 가서 서양요리라도 먹어야겠다."

"전하, 무슨 말씀을 하시옵니까. 지금 동교민항은 큰 소란이 벌어졌습니다."

"소란? 무슨 소리냐?"

"정말…, 전하는 외국인을 무도회에 오는 손님으로 밖에 생각지 않으신다니까. 말씀 드리오리까? 전하. 동교민항에는 변법과 잔당들이 많이 도망쳐 들어가 있어서, 북양군이 포위하고 있사옵니다."

"뭐야? 그게 정말이냐? 그래도 레스토랑은 열려 있겠지. 어느 프랑스 요리집 이층에서 포도주나 마시며 잡혀나오는 사람들 얼굴 구경이라도 하면 재미있겠구나."

"전하. 농담도 좀 어지간히 하시옵소서."

재택의 말은 농담도 술주정도 아니다. 집으로 돌아가봐야 낙타처럼 기다란 얼굴을 한 부인이 기다리고 있을 뿐이다. 밤이 되면 부리나케 침실에 나타나 구역질이 날 것만 같은 교태를 부리고, 〈전하, 후사를 이어야 합니다〉하면서 달려든다. 너를 안느니 차라리 낙타와 눈을 맞추는 편이 훨씬 낫겠다고 말하고 싶지만, 불행하게도 부인은 태후의 조카다.

오늘은 꾀병을 부려볼까, 하고 재택은 궁리를 짜낸다.

외국 유학에서 자유분방함을 만끽하고 돌아와 그것이 얼마나 좋은 것인지를 알아버린 하얀 얼굴의 귀공자에게, 이 숨막히게 폐쇄된 매일매일은 너무나 감당하기 힘든 일상이었다.

이제 조금씩 꽃색깔이 바래기 시작한 문앞의 백일홍나무 밑에, 새 하얀 레이스 양산이 펼쳐져 있다.

재택의 가슴이 두근거린다.

"여어! 안녕하십니까, 미세스 장. 저를 찾아 오신 건가요?"

문앞에서 가마를 내린 재택은 별로 익숙치 못한 영어로 말을 붙였다. 양산을 빙글빙글 돌리면서 차이나 드레스를 입은 요염한 모습의 여자가 뒤를 돌아보았다. 한쪽 무릎을 굽혀 만복의 예를 올리려는 여인의 손을 잡고, 재택은 남의 눈을 개의치 않고 가볍게 입을 맞췄다.

"무슨 일로?"

"볼일이 없으면 전하를 만나러 올 수 없나요?"

재택은 하얀 얼굴에 소년처럼 홍조를 띠었다.

"전혀 부르시는 일이 없기에 무례인 줄 알면서도 이렇게 뵈러 왔어요. 보고 싶어도 만날 수 없는 게 이렇게 가슴 아픈 일인 줄은 몰랐어요. 정말 미워요."

"영광입니다, 미세스 장. 댄스 파트너는 안 되겠지만, 식사라도 함께 하실까요?"

미세스 장은 눈매를 초생달처럼 가늘게 하며 매혹적으로 웃는다. 얼마나 사랑스러운지, 자신도 모르게 껴안고 싶어지는 미소다. 이 표정은 어디선가 본 적이 있는 것 같다고, 처음 무도회에서 만났을 때부터 기억을 더듬었지만 아무리 해도 생각이 안 난다.

"어머나, 좋아라. 그러면 우리 동교민항으로 가요. 양춘원 지점이 생겼어요, 아세요? 그 집의 테일 스튜는 아주 일품이에요."

두 사람의 대화에 의아스러운 듯이 귀를 기울이고 있는 하인을 한번 돌아보고서 재택이 물었다.

"무슨 일인지 북양군이 많이 있다던데… 위험하지 않을까요?"

미세스 장은 양산으로 재택의 등을 가리고서 귓볼을 깨물듯이 하며 속삭였다.

"전하와 제가 여기서 이렇게 하고 있는 게 훨씬 더 위험스러워요."

"지당한 말씀이군요. 그럼, 잠시 기다려 주시겠습니까?"

"제가 이런 차림이니까, 전하도 제발 조복차림 그대로… 얼마나 기다리면 되나요. 삼 년? 오 년?"

"오 분만 기다려 주세요. 마차를 타고 갑시다."

재택은 쫓아오려는 하인을 뿌리치고 달려갔다.

재택 공의 저택에는 당사자(唐獅子)와 문창(門槍)으로 장식한 커다란 대문 이외에 청동으로 만든 서양식 문이 있다. 골목길로 꺾어져서 그 문을 들어서면 화원을 없애버리고 건축한 무도관이 있다.

"마차를 내라, 빨리!"

언제나 연미복을 입고 대기하고 있는 마부가 잔디밭을 달려온다. 수위가 정원으로 나있는 차고문을 좌우로 열자, 짙은 녹색에 금색 장식물을 가득 붙인 영국제 마차가 모습을 나타냈다.

곁에 붙어 있는 마굿간에서 갈색털이 약간 섞인 백마 두 마리가 끌려나왔다.

"얼른 좀 서둘러라. 빨리!"

재택은 품에서 금시계를 꺼내보고 재촉하면서, 아직 준비가 덜된 마차 좌석에 올라탔다. 무리하게 변발을 잘리고 멋으로 안경까지 쓰도록 단련을 받은 젊은 마부가 고삐를 쥐고, 다른 한 사람은 후미의 발판에 타고서 공작기를 내건다. 분홍색 천에 〈택 澤〉자를 물들인 삼각형 깃발이다.

늙은 하인이 유리창에 얼굴을 바짝 붙이고 소리쳤다.

"전하! 동교민항은 안 되옵니다. 북양군과 시끄러운 일이 생기면 영록 공에게 무슨 소릴 들을지 모르옵니다."

"흥, 그러면 어때. 영록이 뭐야, 원세개가 뭐야, 그깟것들!"

"노불야께 꾸중 듣사옵니다."

"그래서 어떻다는 거야? 나는 강희대제의 오세 손이다. 군대가 위세를 부리는 한복판으로 뛰어들어가서 예쁜 여자와 테일 스튜 먹는 걸 보여줄 테다. 입 속에 불이 붙는 것 같은 브랜디를 마시고, 촌스러운 군병들 앞에서 미뉴에트 추는 걸 보여줘야지. 가자!"

북경과 천진을 다 뒤져봐도 단 한 대밖에 없는 금빛 찬란한 마차는, 하인을 떨쳐내고 키 큰 전나무들이 울창하게 늘어선 자갈길을 지나 미세스 장이 기다리는 곳으로 향했다.

역시 옷을 갈아입어야 했을 걸 그랬나, 하고 재택은 생각했다. 하지만 영록의 군대가 둘러싸고 있는 서양 요리집에서 산호 정대가 장식된 관을 약간 기울여 쓰고, 이무기가 수놓인 일등 공작의 조복자락을 감아쥐고서 미뉴에트를 추는 것도 괜찮겠는데. 그렇다, 정변 때문에 잔뜩 겁에 질려있을 공사와 무관들도 꼭 부르도록 하자.

재택은 마음이 들떠서 어쩔 줄 몰라하며 유리와 마호가니로 장식된 벽을 소매로 닦고, 연지색 비단을 깐 좌석의 먼지를 정성스레 털어냈다.

"이렇게 기다리시게 해서 죄송합니다. 타시지요, 미세스 장."

손을 내밀어 마음에 두고 있는 여인을 안으로 모셔들이자, 마차 안은 무어라 말로 다 형용할 수 없이 그윽한 향기로 가득 찼다. 보통 때 같으면 물 속을 헤엄치는 물고기처럼 금세 미끄러져 빠져나갔을 여인의 하얀 손이, 마차가 달리기 시작한 후에도 재택이 하는대로 가만히 내버려 두고 있었다. 양손으로 감싸쥐니 참새 부리같은 손톱으로 땀이 흥건하게 밴 재택의 손바닥을 간지럽힌다.

사람들은 이 여인을 장씨 부인이라 부른다. 일본 귀족의 딸이라는 설도 있고, 아메리카 신문사의 특파원이라고도 하며, 지방 대관의 현지처라느니, 외국인 실업가의 애첩이라는 소문도 들린다. 그러한 억측을 하나하나 들을 때마다 그렇겠다는 생각이 들만치, 도대체 정체를 알 수 없는 여자였다. 세계 여러 나라 외교관들과 자유자재로 대화를 나눌 수 있을 정도로 대단한 어학실력을 지녔고, 어떤 나라 남성들의 미의식이라도 충족시킬 만한 미모까지 겸비했다. 그녀에 대한 소문은 분분하기만 했지 정확한 것은 하나도 없다. 다만 확실한 것은, 미뉴에트를 추는 것 이외에는 어떤 권유에도 결코 응하는 일이 없으며, 술고래처럼 샴페인을 아무리 많이 마셔도 얼굴색 하나 변하지 않는 여자라는 것이다.

"나와 함께 런던에 가주시지 않겠습니까?"

재택의 서투른 영어를 잠시 음미하고 나서, 미세스 장은 생긋이 웃었다.

"생각해 보겠어요, 전하."

"그건 〈노―〉라는 의미인가요? 나는 진심입니다만."

"오해하지 마세요. 다른 사람도 아닌 재택 전하의 말씀을, 깊이 생각도 안 해보고 거절할 수 있는 여성은 아마 이 세상에 단 한 사람도 없을걸요."

"대답은 언제 들려주시렵니까?"

"마차에서 내릴 때까지."

재택은 이 여인이 대체 누구인지, 무엇때문에 문 앞에서 자신을 기다리고 있었는지, 지금 그런 것은 아무래도 상관없다고 생각했다.

동교민항이 가까워질수록 길거리는 심상치 않은 분위기가 감돌았다. 감색 노을로 물들어 가는 창밖은 서양 군복에 착검한 총을 든 신건 육군의 병사들로 가득했다.

"테일 스튜는 좀 무리인 것 같군요."

"아쉽지만 전문(前門) 밖에 있는 요리집에라도 갈까요. 어떠십니까?"

미세스 장은 불만스러운 표정으로, 불꽃처럼 빨간 입술을 비죽이 빼물고 있었다.

"어차피 이렇게 된 바에야, 천진까지 멀리 가보시지 않겠어요?"

"마차로 말입니까? 한밤중이 될텐데요."

"런던까지 함께 가자고 저를 유혹하신 전하가 천진을 멀다고 하시나요? 조계 안의 호텔이라면 한밤중에도 열려 있을 거예요."

재택의 가슴은 흥분으로 말미암아 금방이라도 터져나갈 것만 같왔다.

"그러면 기차를 타고 갑시다. 네 시간이면 도착하니까."

"왜 그렇게 서두르세요? 저는 이 마차가 정말 마음에 드는데… 저와 이렇게 마차를 타고 멀리까지 가는 게 싫으신가요?"

"천만의 말씀을. 오히려 제가 원하는 바입니다, 미세스 장."

마부에게 행선지를 명하려는 재택의 팔을, 미세스 장은 자신의 가슴께로 끌어당겼다.

"또 하나, 부탁이 있는데 들어주시겠어요?"

"그럼요, 무엇이든."

"미뉴에트를 추는 친구를 불러도 좋을까요?"

"아, 네. 좋구 말구요. 어디로 들르면 되나요?"

미세스 장은 입술만으로 웃으며, 요염기를 걷어낸 갸름한 눈으로 재택을 응시했다.

"일본 공사관―."

일순, 두 사람은 심각한 얼굴로 마주 보았다. 재택의 마음 속에 혹시 보이지 않는 올가미 속으로 얽혀들고 있는 게 아닐까 하는 불안이 싹텄다.

"…설마, 묘한 이야기는 아니겠지요."

"묘한 이야기라니요?"

"가령, 망명자를 돕는다든가 하는…….."

미세스 장의 붉은 입술이 문득 묘하게 일그러지는 것처럼 보인 것은 단순히 자신의 생각 탓인가.

"만일 그렇다면요?"

"미세스 장. 나는 당신을 사랑하고 말았어요. 만일 지옥의 불 속이라도 당신과 함께라면 손을 잡고 걸어 들어갈 겁니다."

"전하는 영어를 아주 잘 하시는군요. 북경어로는 그런 표현이 불가능해요."

"나와 미뉴에트를 추어 주시겠습니까?"

"우리는 벌써 춤 속에 들어가 있는걸요. 보세요……."

미세스 장은 미뉴에트를 추는 손놀림으로, 땀에 젖은 재택의 손을 어깨 높이로 들어올렸다. 노청은행 앞의 봉쇄선이 눈 앞에 다가와 있었다.

작은 돌을 깔아서 부채꼴 모양으로 꾸며놓은 동교민항의 길 한가운데 마차가 정지했다. 쌓아놓은 흙부대를 넘어서 북양군 장교가 달려왔다. 마차문 밖에 멈추어 서더니 동화 속에서 빠져나온 것처럼 번쩍거리는 금마차를 보고 놀라서 눈이 휘둥그레진다.

"물러가라, 진국공 재택 전하의 어전이다."

후미의 발판에 서 있는 시종관이 빨간 방울이 달린 분홍색 공작기를 머리 위로 치켜들었다. 갑자기 병사들은 부동자세로 착검한 총을 받들고, 장교는 경례를 붙였다.

재택은 천천히 문을 열어 이무기가 수놓인 조복 어깨를 조금 내밀었다.

"공무가 있어 일본 영사관으로 간다."

장교는 거수경례를 붙인 채 말했다.

"재택 전하께 알려드립니다. 군의 명령에 의해 이곳에서부터 앞쪽으로는, 어떤 왕족이나 대신이라 해도 통과하실 수 없습니다."

어쩌면 생전 처음으로 이렇게 가까이에서 보게 된 것임에 틀림없을 애친각라의 황족 앞에서, 젊은 장교의 목소리는 마치 학질에 걸린 것처럼 부들부들 떨리고 있었다.

"흐음, 그래. 그러면 내가 자네에게 묻지. 군명은 누가 내렸는가?"

"신건 육군 사령관 원세개입니다."

"원 장군에게 명령을 내린 사람은 누군가?"

"북양 대신 영록 각하입니다."

"영록은 누구의 명을 받들었는가?"

"그것은……."

장교는 입을 다물었다.

"설령 북양 대신이라 해도 칙명이 없이는 군을 움직일 수 없어. 그렇다면 이것은 영록의 모반인가?"

"아닙니다. 그렇지는 않습니다. 필시 태후 폐하의 명령으로……."

"나는 지금, 자희 태후 폐하의 칙명에 의해 일본 공사관으로 향하고 있다. 길을 비켜라."

재택은 불쾌한 표정을 지으며 문을 닫았다. 장교는 정확하게 우로 돌아를 하더니 봉쇄선을 향해 호령했다.

"칙사 통과! 길을 비켜라, 받들어 총!"

목책이 밀어 젖혀졌다. 병사들이 정연하게 총을 받들고 있는 가운데로 짙은 녹색의 마차가 서서히 빠져나갔다.

장교는 사벨을 뽑아 손잡이를 어깻죽지에 대고 칙사 통과를 외치면서 마차 앞에서 달려갔다. 갑작스레 의장의 대열이 길 좌우로 늘어선다.

재택은 뽐내듯이 말했다.

"보십시오, 미세스 장. 북양군은 영록의 사병이 아닙니다. 모두 애친각라의 군병입니다."

"그 말씀은 바로, 모두 전하의 것이라는 말씀이시죠."

미세스 장은 마술사처럼 부채를 꺼내더니, 얼굴을 가리면서 입술을 재택 가까이로 가져갔다.

"그리고, 모두 내 것이에요."

여인의 입술에서는 달착지근한 백단 향기가 묻어났다.

77

"참 잘 어울려요, 소야. 어디로 보나 일본사람하고 똑같아요."

흰 마직 양복을 입은 소야는 무표정한 얼굴로 지팡이를 짚고 벽에다 등을 붙이고 서 있었다. 그냥 해보는 소리가 아니라 키가 크고 바짝 여윈 소야에게는 양복이 정말 잘 어울린다고, 영령은 생각했다.

"그런데, 나도 정말 외교관 부인처럼 보일까요?"

영령은 한쪽 손으로 고양이를 껴안은 채 이브닝 드레스 자락을 손가락으로 감아올렸다. 소야는 아무 대답도 없다.

소야를 보면 매달려 울 것이라고 생각했다. 하지만 볼품 없이 바싹 야윈 소야의 얼굴을 마주한 순간, 영령은 웃어야 한다는 생각이 우선 떠올랐다. 이제 앞으로 어떻게 될지 모르지만 줄곧 웃음을 보이지 않으면 안 되리라.

제대로 이야기를 나눌 사이도 없이 일본 육군 장교가 와서 두 사람을 일본인으로 변장시켰다. 변발을 잘라낼 때에 어쩔 수 없이 작은 실갱이가 있었지만, 장교의 열성적인 설득에 결국은 소야가 고집을 꺾었다.

공사관 소속의 이발사가 변발을 가위로 잘라내는 동안, 장교는 줄곧 소야의 등 뒤에 서서 경례를 붙이고 있었다.

"…영령, 너는 뭐가 그렇게 즐거우냐. 약혼자가 참수당한 것을 보고도, 나와 함께 이런 차림을 하고서 일본으로 도망가는 것이 그렇게도 좋으냐?"

웃어야지. 줄곧 웃고 있어야 돼. 소야가 다시 한번 웃음진 얼굴을 보여줄 때까지, 언제나 웃지 않으면 안 되는 거야.

"너는 참 천한 여자구나. 남의 마음을 그렇게도 모르느냐?"

그게 아니예요, 소야. 그렇게 슬픈 얼굴을 하고 있으면 금세 붙잡히고 말테니까.

영령은 고양이를 껴안은 채 거울 앞에 서서, 서양사람이 곧잘 하는 모양대로 무릎을 약간 굽히고 고개를 조금 숙이는 인사를 해보았다. 소야가 구두 뒷축을 질질 끌며 다가왔다.

거울 속으로 보이는 소야는 도깨비처럼 무서운 얼굴을 하고 있다. 그리고는 지팡이를 휘둘러 영령의 등을 힘껏 내리쳤다.

"나는 널 그렇게 천한 여자로 키우지 않았다. 드디어 정체를 드러냈구나."

소야는 바닥에 꿇어앉은 영령의 등을 몇 번이나 후려쳤다.

"…정체라니 무슨 말씀이세요?"

"말똥주이다. 너는 역시 말똥주이 근성을 버리지 못하고 여태 지니고 있었구나."

이 계집애, 이 계집애 하며, 소야는 떼를 쓰는 어린애처럼 영령을 계속 때렸다.

옆방에 있던 사람이 놀라서 뛰어들어와 소야를 껴안아 의자에 앉혔다. 소야가 반발하지 않았던 것은 그 사람의 차림새에 깜짝 놀랐기 때문이었다.

확실히는 모르지만, 대단히 능숙한 북경어를 구사하며 일본인 신문기자라고 자기 소개를 했던 사람이다. 그 사람은 소야의 망포 조복을 소야와 똑같은 모습으로 갖추어 입고 있었다.

"대단히 실례인 줄은 압니다만 사정이 그렇게 됐습니다. 이웃집 민가 지붕에도, 뒷쪽의 첨사부(詹事府 : 황후나 태자의 집안일을 맡아 보는 곳) 담장 위에도 북양군 파수병이 지키고 있어서요."

"무얼 하려는 겁니까?"

소야는 이상스럽다는 듯이 물었다.

"이제 곧 마차가 두 분을 모시러 옵니다. 내가 정원 한쪽의 눈에 잘 띄는 곳에 있으면 당신들은 의심 받지 않고 이곳을 빠져나갈 수 있습니다. 어떻습니까, 멋진 생각이지요?"

이 사람은 일본인 치고는 키가 꽤 큰 편이다. 관복의 크기도 마침 맞아서, 멀리서 보면 정말 소야로 착각할지도 모르겠다.

"당신이 위험해지지 않겠습니까?"

"설마하니 공사관을 향해 저격하는 일은 없겠지요."

"원세개는 할지도 모릅니다. 그 사내는 신의라는 것이 없는 사람입니다."

"그 때는 또 그 때입니다. 나는 각오하고 있기도 하지만 적어도 여기는 당신이 죽을 곳이 아닙니다. 알아주시기 바랍니다, 양 노야. 당신에게는 살아야 할 의무가 있습니다."

"죽을 권리는 없습니까?"

"메이요우〔沒有〕 ─. 없어요."

신문기자는 힘차게 고개를 가로저었다.

"당신의 동지는 당신을 살리기 위해 모두 죽었습니다. 그렇기 때문에 당신에게는 살아야할 의무가 있습니다. 죽는 일은 허락되지 않습니다."

남자는 소야의 무릎 위에 깨진 색안경을 놓았다. 그것은 마치 문수에게 건네줄 기회를 줄곧 살피고 있었던 것처럼 타이밍이 아주 좋았다.

"이건?"

"순계 장경의 유품입니다. 마가호 역 플랫폼에서 내가 주운 것입니다."

아아, 하는 신음소리를 내며 소야는 깨진 안경을 품에 안았다.

"제가 가져도 되겠습니까?"

"예. 일본에 가면 꼭 수리해서 사용하도록 하세요. 그 사람의 행동에 대한 옳고 그름은 차치해두고, 그 안경에는 대장부의 혼이 스며

있으리라고 나는 믿습니다."

순계는 폭탄을 안고 가루가 되어 날아가기까지 마지막 몇 분 동안, 그 안경 속에서 어떤 광경을 보고 있었을까 하고 영령은 생각했다. 항상 말이 없어 조용한 사람이었지만 그윽한 눈빛을 가진 그는 소야와 사이가 무척 좋았다.

"잘 생각해 보세요, 양 노야. 모두들 당신에게 이 나라의 미래를 맡기고 갔습니다."

소야는 파나마 모자의 챙을 꽉 움켜쥐고 몇 번이고 고개를 끄덕였다.

바깥 문 쪽이 갑자기 소란스러워졌다.

"문을 열어라! 마차를 통과시켜!"

장교가 큰소리로 외치며 정문을 향해 아카시아길을 달려갔다.

일본 공사관과 인접해 있는 중국인 민가의 지붕에 엎드려, 원세개와 막료들은 쌍안경을 들여다보고 있었다. 곁에는 솜씨가 뛰어난 저격수도 대기하고 있다.

전령이 사다리를 타고 올라왔다.

"뭐야, 재택 전하의 마차라고? 그래, 정말로 진국공이 타고 있더냐?"

막료의 깜짝 놀라는 말소리를 들으면서 원세개는 쌍안경을 공사관 정문으로 향했다. 주재 무관이 문을 열라고 명령하며 달려간다. 문 앞의 병사들은 일본군 위병이나 북양군이나 모두 받들어 총 자세를 취했다.

"각하. 재택 전하가 태후 폐하의 칙사 자격으로 행차했답니다. 어떻게 된 일입니까?"

쌍안경에서 눈을 떼지도 않고 원세개가 대답했다.

"그런 교지는 들은 일이 없다. 재택 전하가 칙사로 행차할 이유가 없는데… 혹시 양문수를 인도하라는 교섭인가?"

"글쎄요, 그것밖에는 짐작이 안 되는데요."

"그렇대도 재택 전하로는 아무것도 안 될텐데. 그런 중대한 교섭이라면 좀더 제대로 된 사자(使者)가 있을 것 아닌가. 빨리 군기처로 전령을 보내라."

공사관의 철문이 열렸다. 삐걱거리는 소리를 내며 공사관 안으로 들어선 진녹색의 마차와 다부지게 생긴 두 필의 말에 원세개는 시선을 빼앗겼다. 소문은 들었지만 정말이지 멋쟁이 진국공 재택에게 잘 어울리는 마차다. 마부는 연미복에 실크 햇을 쓰고, 후미에는 공작기를 든 시종이 서 있다. 마차 안의 모습은 보이지 않는다.

"재택공의 마차인 것은 틀림없는데……."

쌍안경을 돌려서 문 앞쪽을 본다. 일본 위병들은 총을 허리에 대고서 위협을 가하고, 일개 소대의 북양군은 허둥거리고 있다. 소대장이 머리 위에서 총을 휘둘렀다. 어떻게 하면 되느냐고 이쪽을 향해 지시를 묻고 있다.

"신호수!"

장군은 지붕의 돌출 부분에 걸터앉아 있는 통신병에게 명했다.

"신호용 깃발을 흔들어라. 소대는 백미터 뒤로 물러나 대기하고, 절대로 발포는 하지마라."

신호수가 앉은 채로 흰색과 붉은색의 작은 깃발을 흔들자, 북양군 병사들은 서쪽으로 물러났다. 그들은 다시 스페인 공사관 담장과 홍콩상해은행 앞으로 나누어져, 오른쪽 무릎을 꿇고 왼쪽 무릎은 세운 자세로 포진했다.

마차는 공사관의 차고로 들어갔는데 무슨 까닭인지 사람이 내리는 기색이 없다. 당연히 마중을 나와야할 공사의 모습도 보이지 않는다.

"수상한데. 공무수행 깃발도 없고, 현관에도 영접하는 사람의 기척이 없어……. 어떻게 하시겠습니까? 각하."

나란히 배를 깔고 엎드려 상황을 살피면서 막료가 물었다.

"만일 양문수가 마차를 타고 공사관을 나서면 지체말고 체포하라. 그 때는 일본군과의 교전도 불사한다. 저항하면 사살해도 좋다."

"하지만, 재택공이……."

"모반자에게 협력했다면 제아무리 대단한 재택 전하라도 같은 죄로 다스린다."

막료는 전령을 불러 명령을 하달했다.

기분 나쁠 정도로 고요하게 가라앉은 풍경을, 떨어지기 시작하는 저녁해가 물들이고 있다. 살랑거리는 바람 속에 주위가 색종이로 비쳐보는 것처럼 붉은 색으로 뒤덮였다.

이윽고 열이 식기 시작한 지붕에 엎드려, 원세개는 이 불가해한 상황에 대해 다시 한번 생각을 정리했다.

진국공 재택과는 면식이 없다. 그러나 천진의 무역상들한테서 소문은 많이 들었다. 유럽에 주문하는 물건이 너무 많아서, 혹시 비밀리에 무기라도 사모으는 게 아닌가 하고 의심했던 일도 있었다. 허나 대고항에서 화물을 검사했던 헌병의 보고에 의하면, 그것들은 모두, 질려서 입을 다물지 못할 정도의 향락을 위한 사치품들뿐이었다. 양주와 담배, 양복지와 식기, 그리고 바이올린, 오르골이랑 벽시계 등등―, 화려한 금빛 마차와 갈색털이 섞인 아랍산 백마도 런던에서 수입해 들여온 것이었다.

의심하는 데는 당연한 이유가 있었다. 진국공 재택은 광서제의 어릴 적 친구로서 호형호제할 만큼 사이가 좋다. 게다가 두 사람의 정실 부인이 자매지간이다. 만일 태후를 배신하고 변법파와 내통하는 황족이 있다면, 재택을 빼놓고 누가 있겠는가.

상황만을 놓고 판단한다면 위험 인물임에 틀림없지만 그저 소문에 지나지 않았다. 역시 항간에서 떠도는 것처럼 서양물이 든 바보라는 것이 영록을 위시한 수구파 중신들의 결론이었다.

그렇기는 해도—, 오히려 그렇기 때문에, 이 상황은 더 미심쩍은 생각이 든다.

강유위는 정변이 일어나기 직전에 영국 상선을 타고 도망쳤다고 한다. 또 한 사람, 결코 도망치도록 버려둘 수 없는 변법파의 우두머리가 일본 공사관 안에 있다.

"물을 가져와!"

원세개는 지붕 한쪽에 대기하고 있는 부관에게 말했다. 물통을 받아들자 장군은 엎드린 채로 군복 목덜미에다 뜨뜻미지근한 물을 들이부었다. 물은 살집이 좋은 등허리에서 배로 흘러내려가 바지까지 적셨다.

양문수라는 사내와도 면식은 없다. 젊은 시절에 몇 번인가 이홍장 장군을 모시고 내정으로 들어갔을 때, 잠시잠시 보았던 일이 있을 뿐이다. 광서 13년의 장원—, 이름보다 먼저 사람들이 입을 모아 추켜세우는 그 칭호가 인상적이었다. 삼 년에 한 명밖에 나오지 않는 과거의 일등 장원은, 그 후의 정치적 실책이나 건강상태에 의해 몇 사람인가 도중하차하고 말았지만, 대부분 재상의 지위가 약속된 선량 중의 선량이다.

하지만 원세개가 양문수를 체포하는 일에 강박관념을 지니고 있다고 할 만큼, 투지를 불태우는 진짜 이유는 그게 아니다.

예전의 전우였던 그 왕일이 술에 취할 때마다 반드시 자랑삼아 하던 말이 있었다.

"내가 아무리 해도 당해낼 수 없는 사내가 꼭 한 사람 있다."

원세개로서는 〈아무리 해도 당해낼 수 없는 사내〉는 다른 누구도 아닌 바로 왕일이었다. 그래서 조선에서 벌어진 전쟁 당시, 일본군에게 공격당하고 있는 왕일을 그냥 내버려두고 병력을 후퇴시켰던 것이다. 왕일이 건재하는 한 자신의 미래는 없다고 생각한 끝에 내린 결단이었다.

왕일이 소참의 감옥을 탈출한 것에 대해서는 그다지 불안감을 느끼지 않는다. 그 바보스러울 정도로 외곬수인 사내는 백성들의 도움을 떳떳치 않게 여기고, 이홍장 장군이나 다른 친한 사람들에게 자신으로 인한 재액이 미칠까 두려워한 나머지, 초나라 시대의 굴원(屈原)처럼 유랑하다가 객사하고 말았을게 틀림없다.

그런데, 그 왕일이 〈아무리 해도 당해낼 수 없다〉고 늘 칭찬하던 사내가 지금 눈앞의 하얀 건물 안에 몸을 숨기고 있는 것이다.

원세개는 젖은 군복 소매에 묻고 있던 얼굴을 들었다.

양문수를 죽여야 한다. 그 사내가 무엇을 하고 얼마만큼의 실력을 지녔고, 지금 어떤 궁지에 몰려 있는가, 그런 것은 아무 상관이 없다. 미래를 위하여, 자신보다 뛰어난 인간은 살려둘 수가 없다.

원세개는 다시 쌍안경을 들여다보았다. 어두운 원통을 통해 보는 저녁 무렵의 정원풍경은 바로 자기 자신의 삭막한 마음 속이었다.

갑자기, 어슴푸레하니 어두운 현관 앞에 망포를 입고 키가 훤칠한 관리가 모습을 나타냈다.

(양문수!)

원세개는 몸을 일으켰다. 3품관 군기장경을 나타내는 남색의 정대. 공작의 보복. 관 뒷편에 흔들리는 단안의 화령.

재택의 마차에는 눈길도 주지 않고, 벗나무가 울창하게 우거져 있는 정원을 향해 걷는다. 뒤에는 외국 기자들이 따르고 있다.

막료가 질린 목소리로 말했다.

"각하, 보십시오. 우리가 여기에 있는 걸 모를까요?"

"아니, 진사의 얕은 꾀겠지. 저렇게 해서 자신은 국제 여론의 지원을 받고 있노라고, 우리들에게 시위를 하는거다."

양문수는 자기네들의 소재를 과시하는 것처럼 전망이 툭 터진 잔디밭 언덕으로 올라갔다. 기자들이 주위를 에워싸고, 대체 무슨 연설을 하려는 것인지 때아닌 회견이 시작됐다.

둘러선 기자들 뒤에 카메라 맨들이 다시 삼각대를 세워놓고, 마그네슘을 터뜨리기 시작했다. 양문수는 기자들을 둘러보면서 열변을 토하는 모습이다.

"하지만 각하. 반드시 얕은 꾀라고만 할 수도 없겠는데요. 기자들을 저렇게 많이 모아놓고 연설을 하면 신병을 보호하겠다고 나서는 나라도 있지 않겠습니까?"

그러나 원세개는 그런 일은 없을 것이라고 단정했다. 태후가 지금 정권을 완전히 장악하고 있는데, 이미 실체가 없어진 변법파에게 이제와서 새삼스럽게 협력하겠다고 나설 나라가 있겠는가. 만일 있다고 한다면 그것은 이토 히로부미의 체면이 걸린 일본뿐이리라.

"어쩐지 북양군이 덜미를 잡힌 것 같은 느낌입니다. 이래서는 꼼짝달싹도 못합니다. 양문수 인도에 관한 담판을 조속히 개시해달라고 영록 각하께 의견서를 제출하시지요?"

"아니?"

원세개는 쌍안경에서 눈을 떼고 낮은 음성으로 명했다.

"저격수, 앞으로!"

막료와 부관들은 모두 귀를 의심했다.

"각하, 그건 안 됩니다. 공사관을 향해 발포했다가는 큰 사건이 벌어집니다."

"상관 없다. 큰 사건으로 만들면 돼. 뭐하나, 저격수!"

소총에 조준경을 장착한 저격수가 기와지붕의 능선을 달려왔다. 곁에 엎드려 쏴 자세를 취하도록 지시하고, 원세개는 다시 쌍안경을 집어들었다.

"한 발로 끝내라. 실수해서 기자를 쏜다든가 하면 절대 안 돼. 그러면 전쟁이 터진다."

"알겠습니다"

저격수는 군모의 챙을 뒤로 제끼고 숨을 멈추었다.

"각하, 안 됩니다!"

원세개에게 매달리던 부관은 그의 발길에 채여 지붕 아래로 떨어졌다. 막료들은 그 행동을 보며 벌벌 떨고만 있다.

"죽여버릴테다! 놈을 꼭 죽이고 말테야. 동교민항 전군에게 명령을 하달하라. 총탄을 장전하고 전투 상황으로 배치하라."

전령이 사다리를 뛰어내리고 신호수가 사방을 향해 깃발을 흔들었다.

원세개는 언덕을 노려보며 목소리를 낮춰 명령을 내렸다. 저격수가 복창했다.

"목표, 정면 언덕 위의 관."

"목표, 정면 언덕 위의 관."

"거리, 이백."

"거리, 이백."

원세개는 쌍안경을 들여다보면서 양문수를 에워싸고 있는 외국인 기자들 틈으로 남색의 정대가 가늠자 위에 오를 한 순간을 지그시 기다렸다.

오카 게노스케는 정원에 있는 야트막한 언덕에 오르자 우선 주위를 한바퀴 둘러보았다.

노을이 물든 서쪽 하늘을 배경으로 인접한 민가 지붕에 열 명쯤, 그리고 북쪽 첨사부와, 길 하나를 사이에 둔 남쪽 홍콩상해은행 2층에도 북양군 병사들의 모습이 보인다. 저격수 총구가 세 방향에서 이쪽을 노리고 있다.

토머스 버튼은 오카를 멀리 에워싸고 있는 외국인 기자들을 좀더 가까이로 불러모았다.

"겨냥당하고 있다. 설마하지만, 모두 조금씩 좁혀주시도록."

프레스 클럽에서 모여든 각국의 기자들은 한 사람도 두려워하지 않고 오카 게노스케의 주위를 에워쌌다.

"아주 잘 어울린다, 게이. 어디로 보나 틀림없는 청나라 고관이다. 자아, 시작해야지."

"시작하라니…, 무슨 이야기를 하는 게 좋을까?"

독일 기자 한스가 등에 찰싹 달라붙으며 수첩을 펼쳤다.

"뻔하잖아. 변법파의 쿠데타에 실패한 양문수를 일본의 특무기관이 국외로 탈출시키는 얘기지. 걱정마, 전보는 진짜 양문수가 일본 여객선에 타고난 다음에 칠테니까. 그렇지? 모두!"

런던타임스 기자가 작은 안경을 노을빛에 물들이며 오카의 정면에 섰다.

"본국에서는 내가 잘못해서 총에 맞아 죽기를 기다리고 있을지도 몰라. 어이, 르 몽드 기자. 그 점은 파리도 마찬가지 아닌가. 조국을 위하여 모두 좀 더 앞으로 나와라."

르 몽드의 나이든 기자는 마치 그렇게 하는 것이 모국에 대한 충성이라도 되는 것처럼 몸을 오카에게 밀착시켰다.

"아멘. 바로 옆이 우리나라 공사관인 게 천만다행이다. 사면초가는 아니야. 게이, 머리를 조금 더 숙이는게 좋겠어. 깃털 장식만 보여주면 되니까."

오카를 에워싼 기자들 바깥쪽으로 다시 카메라 맨들이 삼각대를 세웠다. 요며칠 동안 말다툼이 그치지 않던 각국 기자들이 오카의 목숨을 지켜주고 있다.

기자들 틈을 비집고 들어온 동경일일신문 기자가 입을 다물고 있는 오카에게 용기를 북돋아주었다.

"어쩐지 우리들은 여태까지 서로 오해하고 있었던 것 같아. 자아, 무슨 말이든 좋으니까 입을 움직여, 빨리."

오카는 다시 한번 이웃집 지붕 위에 엎드려 있는 심상치 않은 그림자들을 노려보고 나서, 능숙한 북경어로 자신의 의견을 생각나는 대로 풀어가기 시작했다.

"여러분 감사합니다. 이 일은 결코 일본의 음모가 아닙니다. 그것만은 분명히 알아주기 바랍니다."

"그런 것쯤은 모두 알고 있어요, 양 노야."

누군가가 농담처럼 말했다.

"고맙습니다. 요컨대 모두들 똑같은 기분일거라고 생각합니다만, 이 일에 대한 잘잘못은 어찌됐든 간에 변법파의 한 사람을 탈출시킨다는 것은 대단히 의미심장한 일이라고 생각합니다. 변법운동은 결국 실패로 끝나고 말았는데, 그것은 자유주의에 역행하는 최악의 선택임에 틀림없습니다. 우리들이 외국으로 피신시키려는 한 사람은 이 나라의 양심입니다. 때문에 나는 이런 모습으로 여기에 서 있는 자신을 전혀 우스꽝스럽게 생각지 않습니다. 일개 특파원에 불과한 내가 이런 방법으로 역사에 참여하는 것이, 결코 쓸데없는 참견이라고는 생각되지 않습니다. 우리들이 송고한 기사는 반드시 국가 시책이나 또는 신문사 형편에 따라 내용이 바뀔 수도 있습니다. 그것은 우리 언론인들에게 있어 정말 참기 힘든 일입니다. 우리들의 조국은 모두 예외없이, 시대에 뒤떨어진 동양의 이 거대한 국가를 노리고 있습니다. 하지만 우리는 난해한 북경어를 능숙해지도록 열심히 익혀, 모두 이 나라에 영원히 남지 않으면 안 됩니다. 우리들은 예전 각 나라의 이기적인 욕구에 의한 희생물로서 이 나라로 파송되어 결국 이 나라의 흙이 되고 말았던 선교사들이나 마찬가지입니다. 성서가 취재수첩이 되고, 교회가 프레스 클럽으로 바뀌었을 뿐입니다. 허나 우리들은 순교가 명예라고는 생각지 않습니다. 우리의 행위가 역사를 바꾸는 일에는 아무런 힘도 될 수 없을지 모르지만, 최소한 우리는 역사에 참여하고 있습니다. 언젠가 홍콩으로 탈출한 강유위와 일본으로 피신한 양문수가 이 나라의 장래를 변화시키게 된다면, 그것은 바로 저널리즘의 영광임에 틀림없습니다. 나는 그렇게 확신하고 있습니다."

차고에서 마차가 빠져나갔다. 기자들은 내려다보고 있던 취재수첩에서 일제히 얼굴을 들었다. 그러나 그들은 사전에 약속이라도 한 것처럼 누구 한 사람도 뒤를 돌아보지 않았다.

"하는 수 없군… 사살 중지."

원세개는 저격수의 총신을 눌렀다. 외국 기자들은 양문수를 에워싼 채 언덕을 내려왔다.

"신호수, 깃발을 흔들어라. 마차엔 이상 없다. 전투 배치를 해제한다."

양문수는 저격수가 있음을 알고 있었다. 위험을 무릅쓰고 정원으로 나오는 일은 두번 다시 없으리라. 원세개는 지붕의 기왓장을 주먹으로 두드렸다.

"마차에 탄 사람은 외교관 부부일까요?"

동교민항의 번화가에서 서쪽을 향해 멀어져가는 재택의 마차를 쫓아가느라, 쌍안경에 계속 눈을 붙이고 부관이 말했다.

"그래. 일본인 부부였다. 재택 전하도 참 정신없는 사람이야. 아마 몰래 손님을 모아서 무도회라도 열 계획인 모양이지. 정말 골치아픈 난봉꾼이다."

"일단 미행을 할까요?"

"그럴 필요 없어. 재택 전하는 우리들을 감쪽같이 속여넘길 만큼 대단한 재주를 지닌 사람이 아니다."

원세개는 쌍안경을 부관에게 던져주고는 옥상 위에 무릎을 껴안고 앉아, 피곤한 눈으로 석양빛에 반짝이는 정양문을 바라보았다.

영록은 믿을 수가 없다, 문안인사 핑계로 내일 이화원에 들어가 태후께 직접 말씀을 아뢰자, 모반자를 인도해오는 교섭에 태후의 교지를 받들고 자신이 나서도록 하자 —.

원세개는 마음을 진정시키지 못해 기울어져 가는 저녁해를 향해,

야수의 **포효처럼** 아무 의미도 없는 소리를 질렀다.

　질주하는 마차 안은 까닭모를 공기로 가득차 있었다.

　진국공을 한눈에 알아보고 하마터면 차고에서 무릎을 꿇고 예를 올
릴 뻔한 문수를, 사람들이 재빨리 마차 안에다 억지로 밀어넣었다.
문수는 재택공 맞은편에 그리고 영령은 미세스 장 맞은편에 앉았다.

　"댄스를 같이 즐기는 친구예요, 전하. 자 이제, 천진으로 가지요."

　재택은 그들을 보며 생각에 잠겼다. 이브닝 드레스를 입은 아름다
운 여인은 본 적이 없는 얼굴이다. 그러나 일본인 외교관 비슷하게
마직 양복을 입은 남자는 어디선가 본듯한 얼굴이다.

　"저기… 저희집 파티에 오셨던 일이 있으시지요?"

　영어로 물었으나 파나마 모자를 깊숙이 눌러쓴 남자는 아무 말도
하려들지 않는다.

　"전하, 그는 영어를 못합니다."

　"아, 그래요. 난처하군요, 나는 일본어를 못하는데…. 통역을 부
탁드려도 될까요?"

　"그럴 필요 없습니다, 전하. 항상 하시던대로 말씀하시지요."

　"항상이라니요?"

　"자금성이나 왕부에서 사용하시는 말씀으로."

　"차이니즈!"

　남자는 긴장한 얼굴을 들어 모자를 조금 뒤로 제껴서 변발을 잘라
버린 얼굴을 드러냈다.

　"앗! 누군가 했더니, 사료 아닌가?"

　재택은 당황하며 갑자기 품위있는 궁중 용어로 다시 말했다.

　"이번 일로 고생이 많으이. 그런데, 그대는 웬일로 그런 차림을 하
고, 더구나 내 마차에 타게 되었는가?"

　"무례함을 용서하시옵소서, 전하."

문수는 무너져내릴 것 같은 몸을 영령에게 의지하며 가까스로 그렇게만 대답했다.

"무례? 무례임에는 틀림없지만, 무례도 이 정도가 되고 보니 책망할 기분도 아닐세. 대체 어찌 된 일이오? 미세스 장."

미세스 장은 웃음을 참으면서, 손부채를 펼쳐 재택의 귓전을 가렸다.

"그러면, 설명을 드리겠습니다, 전하. 실은 오늘밤 천진 조계에서 밤을 새는 가장무도회가 열립니다. 이제 모두 아시겠지요?"

"그랬군요!"

재택은 갑자기 명랑한 표정이 되었다.

"그럴 듯하군요. 그래서 사료가 일본인 외교관이고 미세스 장은 차이나 드레스의 아가씨. 잠깐, 그럼 이런 내 옷차림은 어떻게 하지요. 너무 안 어울리잖아요."

"아닙니다, 전하."

미세스 장은 도저히 더 이상 참을 수 없다는 듯, 하얀 손으로 입을 가리고 웃었다.

"천진 사교계에선 망포보다 더 훌륭한 가장(假裝)은 없을 거예요. 더구나 재택 전하의 조복차림은 누구도 볼 기회가 없었으니까요."

미세스 장은 다가오는 재택의 입술을 부채로 막으면서, 눈을 둥그렇게 뜨고 있는 문수와 영령을 향해 작게 한숨을 내쉬어보였다.

마차가 일본 공사관의 하얀 문을 막 나섰을 때, 갑자기 번쩍거리는 대머리 서양인 얼굴이 창문에 나타나 재택을 기겁하게 만들었다.

질주하는 마차에 매달려 남자가 창문을 두드린다.

"설마하니 저 남자까지 댄스 친구는 아니겠지요, 미세스 장."

"창문을 좀 내려주시지 않겠어요. 뭔가 말하고 있어요."

창문을 열자 남자가 재택은 쳐다보지도 않고, 커다란 체구를 비틀어넣듯이 하여 문수의 목을 껴안았다.

"누구십니까?"

그가 하는대로 뺨을 마주대면서 문수가 물었다.

"보시는 바와 같이 내 소개를 할 시간이 없어서 안 됐지만, 당신을 축복해주러 왔어요. 축하합니다! 양 노야."

"축하를 받기엔 아직 이릅니다."

"그러면 우리나라 말로 하지요. 〈GOOD LUCK!〉 행운을 빕니다. 아참, 기념으로 이걸 드리겠소."

토머스 버튼은 자신이 늘 애용하던 워터맨 만년필을 문수의 양복주머니에 꽂아주었다.

"이건?"

"나는 이걸로 이십 년이나 싸워왔소. 조금 구식 무기이기는 하지만 아직도 충분히 사용할 수 있어요."

"감사합니다. 그럼 사양치 않고 받겠습니다."

"다시 한번 북경으로 돌아오시오. 나는 그 때까지 이곳에서 기다리겠소. 챠이첸―, 다시 만납시다, 양 노야."

"챠이첸―."

마차에서 뛰어내린 토머스 버튼은 멀찌감치에서 그를 둘러싸고 총을 겨누고 있는 병사들 가운데 우뚝 서서, 양팔을 커다랗게 휘저었다.

창문을 닫으면서 재택은 멍해진 얼굴로 미세스 장에게 물었다.

"중국어는 대단히 능숙해도 꽤 난폭한 사람이군요. 누굽니까? 저 사람은."

"제 애인이에요."

재택이 갑자기 큰소리로 웃었다.

"정말이지, 당신이란 사람은 아름답기만 한게 아니라, 어떻게 그렇게 재치가 풍부하십니까. 재색겸비란 그야말로 당신같은 사람을 두고 하는 말이군요."

"할머니를 닮았으니까요."

미세스 장의 영국식 농담에 완전히 매료당한 진국공 재택은 합장하
듯 손을 마주 잡았다.

78

(인간은 뜻밖으로 목숨이 질긴 존재로구나…….)

햇빛이 쨍쨍한 한낮의 길 위에 사지를 아무렇게나 뻗고 반듯이 누
운 채, 왕일은 그렇게 생각했다.

하다못해 잡목이 우거진 나무그늘을 죽을 곳으로 택하려 했던 것이
시간이 지남에 따라 그늘이 점점 물러가버려, 어느 틈엔지 몸 전체가
뜨거운 태양의 열기 아래 드러났다.

(그러면 내가 여기까지 오는 길고 긴 도중에서 수없이 보았던 그
많은 유골들은 어떻게 된 것일까.)

하북에서 호남까지 그 먼 길을 방랑해 오는 동안, 왕일은 발길이
닿는 곳마다 아무렇게나 내버려진 사체를 끊임없이 목격했다. 굶어
말라비틀어 죽고, 물난리로 죽고, 비적들 손에 죽고, 전염병으로 죽
고… 메뚜기떼가 몰려들어 파먹는 농민들의 사체였다.

산서(山西)에는 몇 천 명이나 되는 사람들이 떼죽음한 마을도 있었
다. 하남의 어떤 지역에서는 공공연히 인육(人肉)을 먹기도 했다. 평
요(平遙)에서는 그것이 노새고기로 위장돼 한 근에 오십 문(文)에 팔
리고, 개휴(介休)에서는 아예 드러내놓고 근당 이십 문씩에 팔렸다.

바위덩어리처럼 단단하게 말라붙은 밭을 돌보는 사람은 아무도 없
었다. 풀뿌리는 남김없이 먹어치웠고 나무줄기는 더 손댈 곳 없이 벗
겨졌다. 그야말로 초근목피(草根木皮)도 남아있지 않았다.

사신(死神)을 뿌리치듯 남쪽으로 내려가니 얼마쯤은 사람사는 세
상인 것 같은 느낌이 들었지만, 그래도 길거리 곳곳에 유골이 나뒹굴

고 있었다. 인육은 먹지 않는지, 사체는 방치된 채 썩어갔다.

처음에는 어떻게 해서든지 살아야겠다고 다짐했다. 그렇게 마음을 굳히자 다른 유민들과 마찬가지로 인육도 먹을 수 있었다. 하지만 점차로 왜 이렇게라도 살아야만 하는가 하는 생각이 들었다. 그 때부터는 그저 일념으로 죽을 장소만을 찾아서 비치적거리며 걸었다.

(뜻밖에도 질긴 목숨이야······.)

왕일은 바짝 말라붙은 등을 일으켜 나무둥치에 기댔다.

그곳을 마지막 장소로 택한 것은 조금 나즈막한 계곡 아래에 아담한 민가가 보였기 때문이다. 흙벽돌을 쌓아 만든 ㄴ자 형의 집앞 작은 연못에는 희고 붉은 수련꽃이 물에 떠있고, 오른쪽에는 버드나무 줄기가 바람에 너울대고 있었다.

왕일은 도움을 청할 기운도 없었다. 다행히 거기까지 간다고 한들, 걸식을 하면서까지 연명하는 것이 무슨 의미가 있겠는가. 그러나 여기서 죽으면, 사체가 새나 동물의 먹이가 되기 전에 누군가의 손에 의해 매장될 수도 있겠지ㅡ, 그렇게 생각했다.

왕일이 쓰러진 것은 길 위에 나무그늘이 길게 드리운 아침녘이었다. 벌써 한나절이나 지그시 죽음을 기다리고 있다. 의식이 흐려지고, 아ㅡ 이제 드디어 죽는구나! 하고 생각해도, 잠깐 졸다가 다시 눈이 떠졌다.

꿈결 같은 의식에 되풀이해 생각나는 것이 있다. 아주 오래 전, 천진의 어느 길거리에서 이상한 달단 노파한테서 들었던 예언이다.

〈너는 이 난세를 끝까지 버티지 않으면 안 된다. 살아서, 천하를 다스리는 자만의 증표인 용옥을 악귀들의 손이 뻗치지 않도록 보호해야 한다. 너는 그 때문에 하늘의 택함을 받고 이 세상에 태어난 자다.〉

왕일은 등허리를 나무둥치에 기댄 채 고개를 숙이고 웃었다. 아무리 동냥아치의 농담이라지만 좀더 바른 말을 해줬으면 좋았을걸, 지금 이렇게 죽음의 순간에 처해 있는 자신과 비교해 보면 그건 익살도 재담도 아니다.

해가 서쪽으로 기울기 시작하자 산골짝에 차가운 바람이 분다. 한밤의 추위는 견뎌내지 못하리라.

왕일은 뿌리쪽에 허리를 대고 등줄기를 쭉 폈다. 몸은 말라붙었고, 옷은 찢어지고, 머리는 다 흐트러졌다. 그렇지만 사대부다운 자세는 갖추고 죽자.

산허리를 미끄러져 내려온 저녁해가 골짜기의 농가를 엷은 감빛으로 물들이고 있다.

무거운 눈꺼풀 틈새로 얼마동안 그런 정경을 바라보고 있으려니, 조그만 사람그림자가 왕일 앞에 섰다.

"아저씨, 여기서 죽을려고 그래요?"

깨끗한 옷차림을 한 소년이 왕일을 내려다보며 말했다.

"여기서 죽으면 너희 동네에 아무래도 짐이 되겠지?"

"그야 뭐…, 아직 죽을 것 같지 않으면 이걸 갖다 주래요. 우리 할아버지가."

소년이 내민 병을 잡아채 왕일은 들어붓듯 마셨다. 산양젖의 달콤함이 뱃속으로 퍼진다.

"애야, 여기가 어디냐?"

"여기는 상담현(湘潭縣)의 소산(韶山)이란 곳이에요. 아저씨는 어디서 왔어요?"

소년은 부드러운 남쪽 사투리로 물었다.

"아주 먼 북쪽에서 왔단다. 내 말 알아듣기 힘들지?"

"예. 내 말도 알아듣기 힘들죠?"

소년은 왕일의 발치에 웅크리고 앉더니, 작은 나뭇가지로 〈호남성 상담현〉이라고 썼다.

"저런. 너 글자 쓸 줄 아는구나."

"선생님한테 배웠어요. 아저씨도 글자 쓸 수 있어요?"

"조금."

왕일은 소년의 손에서 작은 나뭇가지를 넘겨받아, 〈직례성 천진부 왕일〉이라고 썼다.

소년은 남쪽 사투리로 글자를 읽고서 눈을 크게 떴다.

"우와, 그렇게 먼데서 왔어요? 정말 놀랐다. 거기다 왕일이라니, 북양군의 왕일 장군과 같은 이름이네요."

왕일은 산양젖을 다 먹고 나서 소리내어 웃었다.

"애야, 넌 똑똑하구나. 어떻게 그런 이름을 알고 있니?"

"아버지는 군인이었어요. 옛날엔 가난했기 때문에 군인이 될 수밖에 없었다구요. 급료로 받은 돈을 착실히 모아서 지금은 여기에 논을 십오 무(畝 : 백 평)나 갖고 있어요. 부자는 아니지만 저를 공부시킬 정도는 돼요."

"공부는 어디까지 했니?"

"천자문 암기는 끝냈어요. 그리고 효경과 공양전을 조금."

"그래, 빠르구나. 하지만 효경이나 공양전보다 먼저 사서를 공부해야돼. 학문에서 공부하는 순서는 아주 중요하단다."

소년은 둥글고 또렷또렷해 보이는 얼굴을 약간 갸우뚱하고 왕일의 표정을 살폈다.

"아저씨는 거지 아니예요?"

"굶어서 배는 고프지만 거지는 아니다. 제대로 된 학위도 갖고 있단다."

"거짓말."

"거짓말 아니야. 믿을 수 없다면, 사서오경을 전부 외워볼까?"

왕일은 소년이 지금 배우는 효경의 머릿부분을 빠르게 외웠다.

"야 굉장하다…. 아저씨, 생원님이에요?"

"아니, 조금 더 높아."

"…그럼 거인님?"

"아니, 조금 더."

"그럼… 진사님? 아저씨는 진사님이죠, 맞죠? 진사님은 햇님이랑 달님도 마음대로 움직일 수 있다면서요. 엄청나다. 진사님이라면 장사(長沙) 마을에도 그렇게 많지 않아요."

"애야……."

왕일은 소년의 어깨너머로 계곡 아래의 집을 내려다보았다.

"저기가 너희집이냐?"

"네, 그런데요?"

"가정교사가 있느냐?"

"선생님은 자기도 성공해 보겠다고 상해로 떠났어요. 그래서 공부를 계속하려면 장사마을까지 가야 하는데 별로 가고 싶지가 않아요."

"어째서, 공부하기가 싫으냐?"

"공부는 좋아요. 높은 사람이 되고 싶으니까. 그런데 장사에 있는 친척이 싫어요. 참 아저씨, 정말로 진사님이세요?"

"그럼, 정말이구말구."

"그럼 제 가정교사가 돼주세요. 그러면 장사마을로 안 가도 공부를 계속할 수 있어요."

왕일은 이상스런 기분에 휩싸였다. 산양젖 한병에 갑자기 생기를 되찾아서 그럴까. 꿈인지 생시인지 제대로 분간이 안 돼서 왕일은 좀 당황스러웠다. 계곡 아래에 있는 소년의 집은 붉은 석양빛을 흠뻑 받아 불타고 있는 것처럼 보였다. 연못가에서는 소년의 할아버지인 듯한 노인이 강아지를 놀리고 있었다.

"높은 사람이 되고 싶다고? 기특한 아이로구나, 너는. 그런데, 높은 사람이 돼서 뭘 하려고 그러니?"

소년은 무릎을 껴안고 앉아 총명해 보이는 눈으로 왕일을 바라보았다.

"아버지가 주판을 가르쳐 주셔서, 집에서 필요한 장부를 제가 정리하거든요. 그래서 여러 가지를 계산하면서 생각했는데요……."

소년은 땅 위에다 숫자를 나열했다.

"…우리 집에는 논이 천오백 평인데, 일 년에 쌀 육십 가마가 나와
요. 우리 집 식구들 다섯 명이 서른다섯 가마를 먹고 쓰니까, 스물다
섯 가마가 여분으로 남지요."

사서오경에 뛰어난 아이들은 드물지 않지만, 이런 계산을 할 줄 아
는 아이는 처음 본다.

"…그래서?"

"그러니까 그 여분을 팔은 돈으로 다시 땅을 사요. 그렇게 하면 우
리 집도 소작인을 두고 농사 짓는 부자 축에 낄 수 있거든요. 그런데
이상해요. 천오백 평의 논을 갖게 된 것은 아버지랑 할아버지가 땀흘
려 일했기 때문이지만, 이제 앞으로는 편안하게 아무 일 안해도 먹고
산다 그 말예요."

"그게 뭐가 이상하니?"

"소작료를 받아서 편안히 먹고 산다는 것이 이상하지요. 예를 들어
서, 토지가 모두 천자님 것이라고 해보세요. 그러면 모두 평등하게
일하고 똑같은 소작료를 바치게 되니까, 가난한 사람이 없어질 거라
고 생각해요. 천자님도 소작료로 거둬들인 많은 돈으로 제방을 쌓고
운하를 팔 수 있잖아요. 그러면 홍수도 가뭄도 없어지니까 수확이 더
늘어나겠죠. 왜 그렇게 안 하는 거예요?"

"…높은 사람이 되고 싶다는 건, 그런 뜻이냐?"

"네. 아무리 좋은 생각을 갖고 있어도 이런 시골에서는 아무것도
할 수 없으니까요. 하지만 높은 사람이 되면 자신의 생각을 실현시킬
수 있겠지요."

집안 뜨락에서 할아버지가 지팡이를 흔들었다. 어느덧 해가 저물어
노을이 점점 짙어졌다.

"빨리 오라고 하시는 모양이다."

"여하튼 우리 집으로 가세요. 자아, 일어나요."

소년은 작은 어깨로 왕일의 겨드랑이를 끼고 부축해 일으켰다.

"집으로 가서 뭘 어쩔려구?"

"가정교사를 모시고 왔다고 하면 되지요. 아마 모두들 깜짝 놀랄걸요. 괜찮지요 아저씨? 저한테 공부를 가르쳐 주세요."

왕일은 이 고장 사투리에 익숙해지려면 시간이 제법 걸리겠다고 생각했다. 소년의 손에 이끌려 왕일은 어느덧 짙은 노을이 깔린 길을 내려갔다.

"그런데 애야. 네 이름이 뭐냐? 이름도 모르고 집에 가면 얻어먹으러 왔다고 하지 않겠니? 나는 거지가 아니란다."

소년의 집 뜨락에는 어느 틈엔지 가족들이 모두 나와서 불안한 표정으로 산길쪽을 바라보고 있었다.

"그건 그렇군요."

소년은 기다란 나뭇가지 하나를 집어서 땅바닥에다 커다랗게 글자를 썼다.

"모(毛)?"

"네. 그게 제 성이구요, 이름은……."

소년은 왕일의 주위를 맴돌듯이 하며 한자를 나열했다.

"택동. 마오쩌뚱(毛澤東)… 좋은 이름이구나."

"북쪽에서는 그렇게 읽나요? 여기서는 마오쯔우뚱이에요."

"애애, 그렇게 끌지마라. 배가 고파서 걸을 힘도 없단다."

소년은 꼬불꼬불한 오솔길을 똑바로 미끄러져 내려갔다. 나뭇가지를 머리 위로 올려 휘두르면서 뜨락에 모여 서있는 가족들을 향해 큰 소리로 외쳤다.

"대사건이에요, 사건! 도성의 진사님이 나한테 공부를 가르쳐 준대요! 여기 보세요. 배고파 죽어가지만, 진짜 진사님이라구요!"

가족들은 연못가에 모여서서 이쪽을 멍하니 바라보고 있다. 왕일은 남루한 옷이나마 행색을 다시 여몄다. 흐트러진 머리도 손으로 빗어 내리고, 가능한 한 굶주린 것을 눈치 채이지 않도록 등줄기를 꼿꼿하게 폈다.

감빛 노을 속에서 할아버지가 무릎을 꿇어 예를 올렸다. 가족들도 모두 비치적거리며 걸어오는 나그네에게 머리를 조아렸다.

"이제 장사마을 학교에는 안 가도 되지요? 학교 선생님보다 훨씬 훌륭한 진사님이 우리 집에 오셨으니까!"

왕일은 이야기 속에 나오는 것처럼 아름다운 계곡 아래의 집을 향해 한걸음씩 다가가며, 마음 속으로 천진의 길거리에서 들었던 노파의 예언을 자꾸만 반추해보고 있었다.

"왜 그래요, 아저씨. 빨리 오세요!"

생존의 의미 ─. 굶주림, 고뇌, 괴로움에 시달리면서도 살아가야 하는 것에 대한 회의 ─.

기도를 올리듯 하던 노파의 얼굴과 언젠가 꿈 속에서 보았던 건륭제와 신하들의 온화한 얼굴 하나하나가 되살아나, 왕일은 연못가에서 걸음을 멈췄다.

나는 지나치게 나약하다. 그들이 내게 거는 바램은 너무 버겁다.

왕일은 선 채로 흙투성이가 된 맨발 위에 눈물을 떨어뜨렸다. 소년이 뜀박질로 돌아와 불안한 듯이 왕일을 올려다보았다.

"아저씨, 왜 울어요. 우리 집에 오는 게 그렇게 싫어요?"

"그게 아니야. 나는 모두를 배반했다. 수많은 병사들을 죽게 만들었고……."

왕일은 입술을 깨물었다. 그렇다, 소참의 초원에 불행한 소녀를 버려두고 오기도 했다.

"너… 우주라는 글자를 쓸 줄 아니?"

"쓰구말구요. 천자문 제일 처음에 나오는 글자 아녜요. 하늘은 검고 땅은 누렇고 우주는 넓어 끝이 없다."

소년은 왕일의 발치에 웅크리고 앉아서 모래 위에 글자를 썼다.

"보세요. 하나도 안 틀렸지요?"

왕일은 천천히 소년을 안아올려 작은 얼굴을 꼭 감싸주었다.

"너, 귀가 들리지?"

"당연하지요."

"말도 할 수 있지?"

"왜 그런 말을 하세요? 자요, 똑똑하게 말하고 있잖아요."

"정말 높은 사람이 되고 싶니? 진심으로 공부하고 싶니?"

"네, 그건 약속해요. 나는 이 세상을 위해 일하는 사람이 되고 싶어요."

"좋아."

왕일은 소년을 안은 채 저쪽 노을 속에 우두커니 서있는 가족들을 향해 걸음을 옮겼다.

"너는 공부해서 높은 사람이 되거라. 아무것도 못하고 죽어간 아이들과 병사들 몫까지 열심히 해라. 나는 죽을 때까지 네 곁을 떠나지 않을거야. 내가 지닌 것 전부를 네게 주마."

"전부라니요… 아저씨는 아무것도 없잖아요?"

왕일은 걸으면서 소년의 손을 잡아당겨, 자신의 이마와 남루한 옷을 걸친 가슴에 대주었다.

"여기하고 여기에 가득 들어 있단다. 나와 함께 열심히 해볼테냐, 모동지?"

"동지?"

"그래. 함께 배우고 함께 싸우자. 우리들은 동지다."

왕일은 소년을 어깨 위에다 높다랗게 무등을 태우고, 산기슭 둔덕을 넘어서 아직도 선명하게 남아있는 새빨간 노을 속으로 걸어들어갔다.

79

노공호동의 밤하늘은 별이 가득하다.

두 노인이 부귀사의 작은 사당앞 돌계단에 앉아서, 주위를 둘러싸고 있는 커다란 대추나무 위의 밤하늘을 올려다보고 있다.

"오늘밤은 하늘이 아주 맑게 갠 모양이구면."

"그러게. 별이 저렇게 많은 걸 보니."

"가르쳐주지 않겠소? 앞으로 형세가 어떻게 돼갈건지……."

"글쎄… 하늘은 맑아도 눈이 어두워져서, 이젠 별점을 제대로 읽을 수가 없어."

백태태는 너절한 옷소매로 주름투성이의 눈시울을 눌렀다. 안 노야는 보이지도 않는 눈을 들어 그래도 마치 무언가가 보이는 것처럼 밤하늘을 응시했다.

"그런데 백태태, 대체 몇 살이나 됐는가?"

"그깟거 일일이 헤아려 뭐하누. 나이라는 게 양손가락 꼽다가 남으면 세기도 귀찮아진다우. 이 하늘 아래 건륭대제 시대를 기억하고 있는 것은 아마도 나 하나뿐이 아닌가 싶소."

"허어… 건륭대제 시대를 기억하는가?"

"기억하고 있다 뿐인가, 내가 어렸을 적에 대제께서 머리를 쓰다듬어 주셨다우. 거짓말 아니오, 안 노야. 원명원 분수가에서 놀다가 산책하시던 대제와 딱 마주치지 않았겠소. 깜짝 놀라서 그 자리에 고개를 숙이고 엎드렸더니, 크고 부드러운 손으로 내 머리를 쓰다듬어 주셨어."

"어떤 분이셨소?"

"음… 나이는 벌써 많이 드셨을 때였는데 체격이 아주 좋으셨지.

웃는 얼굴이 얼마나 인자하신지 지금도 잊혀지지가 않아."

"원명원도 프랑스 사람들이 불태우고 말았지. 분수도 어전도 다 부수고……."

"그래. 그것들은 건륭대제께서 아끼던 화가가 가진 솜씨를 다 발휘해 멋지게 만든 것이었는데."

"양키들은 어째서 어전을 부수는 그런 짓을 했을까?"

"꽤나 약올랐던 모양이지. 듣자하니 그만한 서양식 어전이랑 분수는 프랑스에도 없다더구먼."

"나는 젊었을 때, 노불야를 모시고 몇 번인가 그 어전에 들어가 본적이 있어. 정전(正殿)에 천장이 없는 좀 특이한 건물이었지."

"아니 아니. 나도 들어가 봤는데 천장이 없는 게 아니야. 진짜 하늘과 분별을 못할 정도로 맑고 푸른 하늘이 천장 전체에 그려져 있었던 거야."

"뭐라구? …그랬었는가. 우리 환관들은 모두 〈푸른 천장의 어전〉이라고 불렀는데…, 그게 가짜 하늘이었구나."

"진짜보다 더 푸른 하늘이었어. 만든 것이기는 해도 가짜라고는 할수 없을거야."

안 노야는 잃어버린 푸른 하늘을 찾으려는 것인지, 보이지 않는 시선을 하늘로 던졌다.

"아 참, 그렇지. 얘기를 하다보니 지금 막 한 가지 생각났다―."

백태태는 메마른 입술 위에 소녀같은 웃음을 띠었다.

"그 때 건륭대제께서 너무 놀라 소리도 못내고 있는 나랑 또 같이 놀던 공주님을 그 푸른 천장의 어전으로 데리고 가셨어. 용포 소매 속에서 양손을 내밀어 친히 우리들 손을 붙잡고 말이야."

"저런. 그렇게 황공할 데가……."

백태태는 성스러워 보일만치 새하얀 목덜미를 별빛에 드러내고 옛기억을 되살렸다.

"안 노야는 그 어전에 서양식 풍금이 있었던 것을 기억하는가?"

"그럼, 알고말고. 오르간이라는 서양 악기 말이지. 뿔같이 생긴 것이 잔뜩 달린……."

"그래. 건륭대제는 우리들을 푸른 천장 그림 아래 세워놓고, 용포 소매를 걷으시더니 신발까지 벗고서 우리를 위해 아름다운 서양 음악을 들려주셨어. 아— 지금 이렇게 생각하니 가슴에 다시 살아난다. 얼마나 아름다운 곡이었는지. 마치 선율에 맞춰서 그림 속의 천사가 춤추며 내려오고, 귀인들은 환희의 노래를 부르고, 사철의 꽃들이 한꺼번에 피어나는 느낌이었어. 나도 그 때, 그 천장화가 설마하니 그려놓은 조형물이라고는 생각지 못했어. 그건 확실히 신이 만든 하늘보다도 더 푸른 하늘, 바라보는 사람을 모든 미혹과 고통에서 풀려나게 하는, 창궁(蒼穹) 그 자체였어."

안 노야는 군청색 하늘을 향해 깊은 한숨을 쉬었다.

"그래, 정말로 눈이 번쩍 뜨일 만큼 푸른 창궁이었다. 그 한가운데에 유난히 반짝이는 별이 있었지. 생각나나? 백태태."

"그럼, 지금도 생생해. 그건 달단의 점성술에서 부귀와 권위 모두를 관장한다는 묘성이었어. 그런데 그것이 왜 푸른 하늘 한가운데에 그려져 있었을까. 화가는 대체 무슨 의도로 그걸 그려넣었을까?"

"그렇게 심각하게 생각할 것 없어. 화가는 신이 만들지 않은 것을 그 어전 한가운데다 그려서 보여준거야. 창궁의 묘성—, 얼마나 멋들어진가. 그 푸른 천장의 어전에서는 누구나 자신을 잊고 멍해지곤 했어."

백태태는 뼈만 앙상하게 남은 가느다란 손가락으로, 밤하늘에 기울어가는 오리온좌의 세 별을 더듬었다. 묘성이 남쪽 하늘에서 빛을 발하고 있었다.

"인간의 기량은 한이 없어……."

"그런가봐. 신이 정해 놓은 것에는 한이 있지만."

별빛이 쏟아져내리는 뜨락에 호궁소리가 울렸다. 비스듬한 문루 기둥에 등을 기대고 앉아, 젊은 환관이 더듬거리며 호궁을 켜고 있었다.

"저 사람, 어전복을 입고 있네. …그런데 눈이 안 보이나?"

"음. 만세궁의 장안적까지 했던 사람인데, 만세야가 유폐된 후 산차에게 붙잡혀 다리가 부서졌어."

"저런, 가엾어라. 눈까지 뽑혔구먼."

"아니, 눈은 바늘을 갖고 제손으로 찔렀어. 말도 거의 하지 않아. 정말 별난 녀석이야. 애 난금아, 그게 아니다. 거기서는 활을 더 길게 빼고… 그래, 그렇지. 그렇게 하면 된다."

안 노야는 비탄스럽게 말했다.

"업혀서 여기에 왔을 때, 큰소리로 마구 울부짖었어. 이젠 아무것도 보고 싶지 않아, 아무것도 듣고 싶지 않아, 하면서 말이야. 차라리 만세야가 시해를 당했더라면 쟤도 아무 거리낌없이 따라 죽었을텐데, 어쨌거나 불쌍한 녀석이야."

백태태는 하늘 한쪽을 지그시 응시하고 있다. 한참 동안을 그렇게 바라보고 나서 턱을 괴고 있던 지팡이를 천천히 들어올리며 백태태가 외쳤다.

"아─, 화개(華蓋 : 수레를 덮는 가리개)의 별이 동쪽으로 움직였다. 이제는 됐다, 사료가 살아났다!"

일순, 호궁의 음률이 멈췄다.

그날 밤, 대고항은 짙은 안개에 휩싸여 있었다.

앞바다에 정박한 함선은 밤새 뱃머리등을 밝혀놓고 무적을 계속 울렸다.

낮의 소요와는 달리 밤은 고요하고 태평스럽게 지났다. 이윽고 유백색으로 물든 새벽이 열릴 즈음, 먼 여정에 지쳐 볼품 없이 돼버린 진국공의 마차가 마침내 부둣가에 도착했다.

영령은 바구니에 넣어 안고 있는 고양이 울음소리에 눈을 떴다. 다른 사람들은 아직도 깊은 잠에 빠져 있다.

문을 열어준 시종의 손을 잡고 영령은 안개가 자욱한 부두에 내려섰다.

"태우고 갈 배는 와있나요?"

시종은 떨리는 손으로 선착장을 가리켰다. 안개 사이로 일장기를 단 거룻배가 보였다.

"와있기는 한데……."

시종은 두려움에 질려 어찌할 바를 모르는 모습이다.

"저희는 아무 상관없으니까요…, 당신들 때문에 죽임을 당할 수는 없습니다."

실크 햇과 상의를 벗어던지고 시종은 몸을 날려 달아나버렸다. 마부도 벌써 어디로 내뺐는지 보이지 않는다.

말발굽소리가 다가온다. 영령은 부두를 휩싸고 있는 안개 속을 주의 깊게 바라보았다. 가로로 늘어선 기병대가 이쪽을 향해 서서히 접근해 온다.

"큰일났어요, 일어나세요! 기병대가 왔어요."

세 사람은 벌떡 일어나 둥지 속에서 기어나오듯 좁은 마차에서 빠져나왔다. 고양이 바구니를 껴안은 채 영령은 그 자리에 멍하니 서있었다. 이십여 기에 달하는 기병대는 북양군 정장에 사벨을 철그럭거리며, 네 사람을 부두 끝머리로 몰아세우듯 다가온다.

"아이구 맙소사. 엄청난 무도회가 됐습니다, 미세스 장. 번잡스런 일에는 끼어들지 않으려고 애써 지금까지 잘 피해왔는데, 이제 나도 별수없이 황상의 뒤를 따라 영대로 가게 생겼군요……."

아직 잠이 덜깬 재택은 트릿한 눈을 크게 뜨고서 푸념을 늘어놓았다.

"어제처럼 전하의 위광으로 어떻게 위기를 넘길 수 없을까요?"

"보세요, 미세스 장. 저 무서운 얼굴. 원수는 외나무다리에서 만난다더니, 아주 잘 만났다는 표정 아닙니까."

"잠깐만요……."

미세스 장은 고개를 길게 빼고서 안개 속을 찬찬히 바라보았다.

"저건, 원세개의 기병대가 아니예요. 섭사성의 무의군인데요?"

"원세개든지 섭사성이든지 다를 게 없어요. 천진에 주둔하고 있는 무의군이 오는 것은 당연한 일이겠지요. 모두 영록의 부하이기는 마찬가지니까."

양쪽 가장자리 기병은 남빛 바탕에 흰색으로 〈의 毅〉라는 글자가 새겨진 삼각 깃발을 들고 있다.

양문수는 재택 앞에 무릎을 꿇고 엎드렸다.

"송구스럽기 그지없사옵니다, 전하. 이제와서 어떻게 사죄드려야 좋을는지……."

"됐어 됐어. 전혀 말도 안 되는 일이 벌어지기는 했지만, 이렇게 된 이상 어떡하겠나. 그래도 노불야는 내 목숨까지 거두어들이라고는 하지 않았을 테니까. 그보다 사료, 그대가 가엾게 됐네. 만에 하나라도 그대는 목숨을 건질 수 없을거야."

"신은 전하를 속였사옵니다."

"하하하, 그렇지 않네. 내가 계략에 걸려든거지. 이보게, 볼썽 사나우니 일어서게나. 양복에 부복은 어울리지 않아."

기병대는 멀리서 마차를 에워싸며 전진을 멈추었다. 지휘관인 듯한 장교가 말에서 내려 재택 앞에 무릎을 꿇고 예를 올렸다.

"진국공 재택 전하이시옵니까?"

"그래, 보고도 모르겠단 말이냐. 내 얼굴이 과거 출신 사대부 모습으로 보이느냐."

재택은 서슴없이 광서제와 닮은 하얀 얼굴을 장교 앞으로 쑥 내밀었다.

"황송하오나, 태후 폐하의 교지이옵니다."

"그래 그래. 모반자를 잡아들이라는 명령이겠지. 도망도 안 치고 숨지도 않을테니까, 얼른 잡아서 구워먹든지 삶아먹든지 마음대로 해라."

사벨의 손잡이를 잡고 한쪽 무릎을 접어 땅에 댄 채, 장교는 얼른 납득이 가지 않는 표정으로 재택을 올려다보았다.

"예? …아니, 그런 것이 아니옵니다. 지난밤, 이 대총관님이 칙사로서 손수 교지를 받들고 오셨사옵니다."

"흥. 그 늙은이가 기차를 잘도 타고 왔구나. 내내 벌벌 떨고 있었겠지."

"…전하. 태후 폐하의 교지를 올리옵니다. 받으시옵소서."

재택은 당황스러운 표정을 감추지 못하면서 교지를 올리느라 일어선 장교 앞에 무릎을 꿇었다.

"아니, 잠깐만. 칙사는 어디로 갔느냐? 어째서 내가 네 발아래 무릎을 접어야 되느냐."

"이 대총관님은 바쁜 일 때문에 즉시 도성으로 돌아갔사옵니다. 부디 언짢게 생각지 마시옵소서. 전하께서 무릎을 접으시는 것은 본관에게가 아니오라, 본관이 봉독해드리는 태후 폐하의 교지이옵니다."

"그쯤은 나도 알고 있다."

미세스 장이 등 뒤에 무릎을 꿇고 앉은 채 쿡 하고 웃음을 터뜨렸다. 재택은 얼른 돌아보고 미간을 찡그렸다.

"뭐가 우스운 겁니까? 모두가 당신때문에 이렇게 됐는데."

"아닙니다, 전하."

미세스 장은 재택의 귓전에 대고 속삭였다.

"태후 폐하께서도 미뉴에트를 좋아하시는 것 같습니다."

"뭐요?"

"아무도 체포하지 않을 겁니다."

장교는 헛기침을 한번 하고 나서 태후의 교지를 봉독했다.

"그대, 진국공 재택—."

"예잇."

재택은 관에 꽂힌 화령을 새꼬리처럼 위를 향해 세우며 부복했다. 미세스 장도, 문수도, 영령도 따라 엎드렸다.

"그대는 변법을 사칭하여 앙화의 재난을 일으킨 무리의 우두머리 양문수를 찾던 중, 끝내 일본 공사관에서 그의 소재를 발견해내자 자신의 몸에 닥칠 위험을 무릅쓰고, 손수 적의 신병을 천진성 밖으로 격리시켰으므로, 그 충성과 용기를 가상히 여기노라—."

"옛? …아, 예에……."

"그러나 외국의 공사와 관료들이 결탁하여 국제법상의 보호를 호소하고 있음이라. 사사로이 정당을 결성하고 무모한 말로서 정치를 어지럽힌 그 역적을 도저히 용서할 수 없는 상황이나, 세계적인 화합이라는 이치를 감안해서 판단한 결과 달리 방법이 없어 국외로 퇴거함을 허락하노라. 그대 재택, 놀라 소란을 피우지 않도록 행동을 삼가하고, 양문수 및 수행하는 자를 즉시 일본 함선에 인도하라. 내 그대의 소박하고 성실하며 빛나는 충성심을 인정하노니, 공무에 진력을 다하여 교지를 정중하게 수행토록 하라. 특별히 명하노라."

상교는 자세를 바르게 하고서, 넝하니 얼굴을 쳐들고 있는 새택의 머리 위에다 태후의 교지를 내밀었다.

"이상, 전하의 노고에 대하여 태후 폐하께서는 대단히 기뻐하고 계시옵니다. 참으로 유감된 일이오나 양문수는 일본으로 망명하도록 허락이 내렸사오니 양해해 주시기 바라옵니다."

"어? 음—."

재차 부복하는 재택의 곁으로 미세스 장이 슬그머니 다가왔다.

"들으셨사옵니까? 전하. 태후 폐하께서는 전하가 하신 일을 잘했노라고 칭찬하셨사옵니다."

"글쎄, 분부하시는 일은 분명히 알겠는데. 뭐가 뭔지 뒤죽박죽이라서… 여하튼 나는 죄 지은 게 아니고, 사료는 일본으로 가게 된다는 그런 말이지요?"

두 사람이 꿇었던 자리에서 몸을 펴고 일어났다. 양문수와 영령은 부복한 채 움직이지 않는다.

"이보게 사료. 잘됐네, 목이 그냥 붙어 있게 된거야. 자아, 빨리 가게나. 이 이상 번거롭게 돼도 곤란하니까."

"참으로 황공하옵나이다. 이 은혜는 언젠가 반드시……."

목이 메어 말을 제대로 잇지 못하는 문수의 팔을 장교와 함께 붙잡아 일으키면서, 재택은 위엄있게 말했다.

"은혜를 갚느니 하는 말은 필요없네. 참 그렇지, 동경에 가거든 무엇이나 진기한 물건이 있으면 우리 집으로 보내주게. 자아, 빨리빨리 가게."

안개는 어느 틈엔지 물가로부터 서서히 걷혀가고 있었다. 잔잔한 아침 바다의 선착장에서 배를 매놓은 밧줄을 잡아당기며 일본인 선원이 문수를 재촉했다.

"가자, 영령."

영령은 문수가 내민 손을 붙들고 일어섰다. 무의군 장교의 보호를 받으며 부두를 걸었다. 거룻배에 타기 전, 두 사람은 다시 한번 재택과 미세스 장을 돌아보고 머리를 숙여 예를 올렸다.

"아 참. 하마터면 잊을 뻔했군."

장교는 군복주머니에서 뭔가를 꺼내 영령의 손에 쥐어주었다.

"대총관님이 이걸 당신에게 전해주라고 했습니다."

"…대총관님이?"

받아든 것을 확인할 틈도 없이 거룻배는 선착장을 떠났다. 장교가 정중하게 경례를 붙이자 만복의 예로 답하면서, 영령은 손을 폈다.

"그게 뭐냐? 영령."

울면 안 돼, 영령은 입술을 깨물며 흐르는 안개 속으로 하늘을 우러렀다.

"대총관이 왜 이런걸 네게 주었을까?"

절대로 울어선 안 돼. 영령은 핏물이 배도록 입술을 깨물고 있었다.

불행이라니, 그런건 하나도 없어. 원래는 얼어붙은 저 정해 땅에서 파파랑 마마랑 그리고 오빠들처럼, 벌써 바짝 말라붙어 굶어죽고 말았을 테니까.

장교가 전해준 건륭전을 손에 꼭 쥐고 있는 영령의 가슴 속에서는 뜨거운 불꽃이 피어올랐다.

영령은 뱃전에서 안개 속으로 몸을 내밀었다.

"찾아봐요, 소야. 운이 오빠가 어딘가에 있을 거예요."

"춘아가?"

거룻배는 육지에서 되몰아치는 안개에 밀려 해하(海河)의 하구로 나섰다. 영령은 뱃전의 가장 높은 곳으로 올라가 점점 멀어지는 제방을 바라보았다.

"아주 오래 전에 약속했어요. 운이 오빠는 하인들을 많이 데리고, 살구색 가마를 타고 돌아오겠다고. 돈을 많이 벌어갖고 집에 꼭 돌아오겠다고 내게 약속했어요."

영령은 큰소리로 오빠의 이름을 불렀다. 십몇 년 전, 아주 어렸을 적에 정해의 길거리에서 헤어진 후 한번도 만나지 못한 오빠의 얼굴이 전혀 기억나지 않는다. 다만 매달려 우는 자신을 꼬옥 부둥켜 안아주며, 흙투성이가 된 얼굴을 열심히 핥아내던 부드러운 혀의 감촉만은 기억 속에 뚜렷이 남아있다.

"운이 오빠! 어디에 있어요? 어디?"

해하의 흐름에 실린 거룻배가 바다쪽으로 선수를 돌려 뱃길을 잡았을 때, 하구를 뒤덮고 있던 안개가 일순 좌우로 갈라졌다.

영령은 분명히 보았다. 제방 끝머리에 살구색 팔인교를 타고 있는 오빠의 모습을.

기화 산호의 2품관. 금계(錦鷄)를 수놓은 망포 조복. 그리고 오빠의 목덜미에서는 대총관 태감의 작위를 표시하는 쌍안의 공작깃이, 해하의 살가운 바람결에 가볍게 흔들거리고 있었다.

"춘아! 어이, 춘아!"

문수는 양손을 들어 크게 흔들었다. 오빠는 답하지 않았다.

가마 팔걸이에 망포 소맷자락을 올려놓은 채, 물결을 타고 멀어져 가는 거룻배를 하염없이 바라보고 있을 뿐이었다.

울면 안 돼. 절대로 울어선 안 돼. 집도 없어지고 가족들도 모두 죽고 말았지만, 그래도 운이 오빠는 분명히 약속을 지켰으니까.

영령은 오빠의 모습을 또렷한 눈망울로 바라보며 주먹을 꼭 쥐었다. 턱을 떨면서 눈물을 삼켰다.

"그런데, 미세스 장. 나와의 약속은? ……."

두 사람을 태운 배가 바다의 안개 속으로 사라져 자취를 감추자, 재택은 미뉴에트를 추듯이 여인의 손끝을 잡아 어깨높이로 들어올렸다.

"네, 전하. 댄스 상대라면 언제든지."

"미뉴에트는 이제 질렸습니다. 당신의 스텝은 도저히 따라갈 수가 없어요."

"전하는 영어를 아주 잘하시는군요. 댄스 실력도 보통이 아니시고. 전하는 분명 런던 사교계의 인기 스타가 되실 거예요."

"파트너가 없습니다."

"비(妃) 전하를 동반하시면 되잖아요?"

재택은 바다에서 시선을 돌려 발끝에다 무거운 한숨을 떨어뜨렸다.

"비는 내게 어울리지 않습니다. 별로 사랑하지도 않고… 아시겠지요. 태후 폐하의 조카라는 것뿐으로, 내가 아직 어렸을 때 억지로 떠맡았으니까요."

"스캔들이 될텐데요. 저하고 런던에 가셨다가는."

"상관 없습니다. 추문도 남자의 재능에 속합니다."

미세스 장은 부채로 입술을 가린 채, 재택 앞에서 우아한 모습으로 허리를 굽혔다.

"무도회는 이걸로 끝났습니다. 전하의 상대가 되어 드릴 수 있어서 영광이었습니다."

재택은 허둥거리며 가녀린 손을 잡아끌었다.

"나는 진심입니다. 당신이 함께 런던으로 가주기만 한다면, 나는 지위도 명예도 모두 버리겠습니다."

"전하는 제게 관한 건 아무것도 모르세요. 출신도 모르는 여자에게 프로포즈를 하시면 안 되지요."

"그런건 아무래도 좋습니다. 당신이 어느 집 딸이든, 누구의 연인이고 누구의 아내든 상관없습니다. 나는 당신을 사랑하고 말았으니까요."

"어머나, 황홀한 말씀. 하지만……."

미세스 장은 아름다운 얼굴을 숨결이 느껴질만치 가까이 붙이며 천천히 부채를 접었다.

"…하지만, 아무래도 좋은 일은 아닐걸요. 틀림없이."

"가르쳐 주세요. 당신은 대체 누굽니까?"

"누구라고 말씀드릴 수 없어요. 태후 폐하의 조카를 사랑하지 못하는 전하가 태후 폐하의 손녀를 사랑할 수 있겠나요. 전하의 뜻을 받아들일 수 없어서 대단히 죄송해요. 너무 나쁘게 생각지 마세요."

금세 얼굴이 새파래지며 그 자리에 우뚝 서버린 재택의 팔에서 미끄러져 나와, 미세스 장은 물가쪽 난간에 등줄기를 학처럼 길게 빼고 사라져가는 거룻배를 향해 부채를 흔들었다.

80

재첨 —.

우리들 사이를 가로막고 있던 의례와 관습의 장벽을 모두 허물어버리고 그대를 이렇게 부르기로 하자.

지금까지 내가 만났던 사람들 중에서 가장 총명한 인물이었으리라고 생각하는 그대는, 어쩌면 내심 그렇게 불러주기를 바라고 있었던 것은 아닌지. 새로운 정치를 시작할 때, 그대가 건청궁의 옥좌에서 내려와 무근전 마룻바닥에 우리들과 똑같은 높이의 의자에 나란히 앉았던 이유는, 다분히 그런 것이었다고 생각한다.

지난 백 일 간을 돌아보는 것은 그만 두기로 하자. 여하튼 그날 무근전에 모였던 동지들은 대부분이 처형당했다. 그대는 남해의 외진 곳에 유폐되고, 강유위는 영국 상선에 몸을 실어 어딘가로 떠나버리고, 나 또한 많은 사람들의 도움을 받아 일본으로 향하고 있다.

이 며칠간, 나는 일본 공사관에 숨어, 살아있는 시체가 되어 있었다. 자신이 누구인지, 그곳이 어디인지도 모르고, 이 재난에 대해 생각할 여유도 없이, 거의 얼빠진 상태에 있었다고 해도 좋으리라. 그런 기분은 그대도 마찬가지일 것이라고 생각하지만.

나는 지금 황해를 남하하는 일본 여객선의 일등 선실에서 이 편지를 쓰고 있다. 그러나 이 편지가 그대 손에 전해질 리 없으니 그저 독백에 지나지 않으리. 아마 내 양복 안주머니에 넣어둔 채, 누구의 눈에 띄는 일도 없이 낡아버릴 것이다. 이제부터 시작되는 이국 생활에서 크든 작든 변질되어 갈 것임에 틀림없는 나는, 자신이 예전에

342

높은 긍지를 지닌 중화의 진사였던 증거로 이 수기를 남기고자 생각했다. 그렇다면 내 특기인 팔고문으로 쓸까도 생각했지만, 그것은 우리들이 갈구하던 것, 그리고 그대가 원하던 것에 걸맞지 않는다. 그래서 조점(曹霑)이나 오경재(吳敬梓)가 민중의 오락을 위해 쓴 소설처럼 평이한 문장을, 세상에 태어나 처음으로 사용해 봤다. 생각했던 것보다 뜻밖에도 기분이 편안하다. 필기구는 붓이 아니라 일본 공사관을 나설 때 용감한 서양인 신문기자한테 선물로 받은 이상한 세필(細筆)이다. 이것도 기분 좋게 잘 써진다.

이렇게 쉬운 문장으로 글을 쓰노라니, 팔고문을 익혀 시짓기에 심취하고, 고전적에 통달한 우리들의 교양이라는 것이 얼마나 독선적인 자가당착에 지나지 않았던가를 새삼스럽게 깨닫게 된다. 그런 우리들이 모여서 열강과 어깨를 나란히 겨루는 나라를 만들려 했다고 생각하니, 어처구니가 없기도 하고 슬퍼지기도 한다.

이 일본 여객선은 어떤 재벌의 소유라는데 대단히 우수한 설비를 갖추고 있으며 배의 속력도 매우 빠르다. 대고를 출항했을 때, 북양 해군의 군함이 추격해 왔으나 별로 당황하는 기색도 없이 따돌렸다. 발해만을 빠져나온 근해부터는 일본의 구축함이 곁에서 따라오고 있다. 선장 말에 따르면 한발 먼저 일본으로 돌아간 이토 히로부미 공이 나를 위해 호위하도록 보낸 것이라 한다. 저절로 고개가 숙여진다.

황혼이 물드는 바다 위로 모국땅이 점점 멀어져 간다. 멀리 산동의 불빛이, 미련을 두지 말고 떠나라고, 몹시 울적한 내 마음을 달래주는 듯하다.

무엇이 어찌됐든 나는, 요코하마 항에 도착하기 전에 도망쳐나간 나의 영혼을 다시 불러모아야 하리라. 이렇게 황폐해지고 멍청해진 얼굴로 이국 땅을 밟을 수는 없으니까.

그대 곁에는 대체 몇 명이나 되는 시종과 신하가 남아있는지. 어쩌면 지금까지 친밀했던 사람은 아무도 접근할 수 없고, 감시하는 환관들만이 초라한 임시거택 주위를 둘러싸고 있는 것은 아닌지.

이런 말을 하는 나도 모든 것을 잃었다. 향리인 절강(浙江)으로 돌아가 있던 처자도 아마 붙잡혀 죽임을 당했을 것이다. 통탄과 회한이 가슴에 사무치기는 하지만, 그것도 나라의 법인지라 하는 수 없는 일. 오히려 천하의 공인(公人)이 사사로운 정에 얽매이는 것이야말로 얼마나 보기 흉한 꼴이냐고 스스로를 달랜다.

천만다행인 것은, 첩의 자식으로 태어난 나는 친가와는 거의 왕래를 끊고 있었다. 때문에 이번 일로 정해의 양씨 가문에까지 누(累)를 끼치지는 않으리라 생각하지만, 글쎄 어떨는지.

그런데 재첩.

내게는 오직 한 사람, 나를 따르는 사람이 있다. 아주 어릴 적부터 내가 여동생처럼 키워온 처녀아이인데 올해 열여덟 살이다. 일본 특무기관이 만든 줄거리에 의하면, 앞으로 나와 이 처녀아이는 중국인 무역상 부부로 위장해서 살아가야 될 것 같다. 신변을 보호하기 위해서는 최선의 방법이겠으나, 태어났을 때부터 잘 아는 아이여서 아무리 위장이라고는 해도 낯간지러운 기분이다.

아무래도 인연이라는 게 분명 있기는 있는 모양이다. 그대는 아마 깜짝 놀라겠지만 이 처녀아이는 이번에 내정의 대총관 태감이 된 이춘운―, 대단한 수완가로 태후의 신임이 두텁고 모든 사람들한테 좋은 평판을 얻고 있는, 그 샤오리즈의 친동생이다.

우리 집에서 일하던 시종과 하인들은 정변이 일어나자마자 모두 도망치고 말았다. 하지만 돌아갈 곳이 없는 이 아이만이 남아서, 어떤 경로를 거쳐서인지는 모르지만 내가 숨어 있는 일본 공사관으로 불쑥 찾아왔다. 아마도 오빠 샤오리즈가 비밀리에 손을 썼을 것으로 짐작은 하지만.

이런 내 사사로운 이야기를 쓰는 데는 이유가 있다.

몹시 부끄러운 일이지만 나는 이 아이와 다시 만난 이래, 줄곧 이 아이를 괴롭혔다. 예전에는 이 아이에게 이렇게 심하게 해본 적이 한 번도 없었는데, 나는 요 며칠동안 마치 노예처럼 때리고 걷어차고 윽박질렀다. 방금 전에도 나는 술 힘까지 빌어 심한 폭력을 휘두르고 말았다.

아이는 지금 선실 한구석에 앉아 멍든 얼굴을 식히고 있다.

어째서 그런 짓을 했는지, 실은 나 자신도 잘 모른다. 그러나 이 아이는 결코 울지 않는다. 어릴 적부터 눈물을 깨물어 삼키며 웃었다. 필시 마음이 허탈해진 나를 위로할 심산으로 줄곧 웃음짓는 것일 테지만, 그런 줄 알면서도 나는 그 웃는 얼굴이 고통스러워 견딜 수가 없다.

실컷 폭력을 휘두른 후에, 나는 어떤 중대한 사실을 깨닫고 소름이 쭉 끼쳤다. 이 일만은 그대가 꼭 들어주기를 바란다. 우리들의 이상이 맥없이 와해돼버리고 말았던 원인은 바로 이런 것이 아니었던가 하고 나는 생각했다.

앞에서 나는, 전에는 이 아이에게 심하게 대했던 일이 한번도 없었다고 말했다. 하지만 정말로 그랬을까.

나는 서자(庶子)라지만 태어날 때부터 대지주의 아들이었다. 생활의 구차스러움이란 아무것도 없었고 학문을 닦을 수 있는 환경도 주어졌다. 나는 그것을 마치 하늘이 내게 베풀어준 특혜라도 되는 것처럼, 그렇게 믿고 행동하며 살아왔다.

이 아이는 원래 우리집 땅을 부쳐먹는 시골 마을의 가난한 소작인 딸이다. 아이도 아마 그것을 하늘이 내린 숙명이라 여기며 살아왔을 것이다.

생각해보면, 나는 아이를 진정한 마음으로 상냥하게 대했던 것이 아니다. 부끄러운 일이기는 하지만 나는 가진 자의 알량한 도량으로서 이 아이에게 시혜를 베푼 것이다. 아이 또한 그것을 자연스레 받아들인 것이고. 우리들의 관계는 줄곧 그런 형상이었다.

조금 전, 도망칠 곳도 숨을 곳도 없는 좁은 선실에서, 나는 아이를 마구잡이로 때려눕히고 말았다. 나는 그렇게 사정없이 때리면서, 그것이 마치 나의 당연한 권리인양, 맞는 것이 아이의 의무인양 생각했던게 틀림없다.

나는 주먹을 휘두름으로써 최고조의 격앙된 감정에 이르렀다. 드디어는 아이 위에 말처럼 올라타고서, 곁에 있던 대리석 화병을 들어 얼굴을 내리치려 했다. 그래도 아이는 울려고도 사람을 부르려고도 않고, 방어할 생각을 포기한 채 나의 폭력을 감수했다.

한순간, 모든 것을 각오하고 나를 올려보던 그 맑은 눈동자—, 그 속에 맺힌 슬픔을 어떻게 표현해야 되는지.

나는 그 때, 우리들이 좌절할 수밖에 없었던 원인을 알게 되었다. 우리들이 그렇게도 오랫동안, 그렇게도 진지하게, 그렇게도 간절한 마음으로 실현하고자 했던 변법정치를, 민중들이 전혀 받아들이지 않아 결국 무참하게 무너져버리고 만 이유를, 나는 확실하게 깨달은 것이다.

원망해야 할 것은 자희 태후의 전횡도, 영록을 비롯한 수구파의 간계도, 원세개의 여우같은 지략도 아니다. 적은 바로 우리들 속에 있었다.

들어주게, 재첨.

우리들 사대부는, 물론 황제인 그대를 포함하여 모두가, 민중에게 은혜를 베풀어주려고 했었다. 그 시혜가 크면 클수록 선정을 펼치는 것이라고 믿고 있었다.

민중은 무력하다. 햇빛이 쨍쨍 내리쬐는 여름에는 눈물까지 말라붙고, 꽁꽁 얼어붙는 겨울에는 기아와 한파가 갈마들며 닥쳐와 도랑과 골짜기를 전전하는 수밖에 달리 방법을 모른다. 저항할 힘도, 원망하고 한탄할 힘도 그들에게는 없다.

내가 때리는 대로 맞고 쓰러져, 목숨까지 잃을 뻔했던 이 아이의 눈동자가 내게 그것을 가르쳐 주었다.

재첨. 아홉겹으로 둘러싸인 성벽 안에서 태어나 자란 그대에게 이런 것을 이해하라고 말하는 것은 어쩌면 가혹한 짓인지도 모른다. 그러나 나는 인간으로서 정말 드물게 보는 그대의 총명함을 믿는다.

그대에게는 천명이 있었고 내게는 천혜(天惠)라는 것이 주어졌었다. 우리는 굶주리지 않아도 되는 겨우 한움큼의 인간 속에 끼어 있었다. 그러면 왜, 공평무사하다고 믿는 하늘이 우리들에게만 그것을 주었는가.

대답은 간단하다. 하늘은 우리들에게 정치가로서의 사명을 부여했던 것이다. 우리들은 우리와 아무것도 다르지 않은 인간들인 민중 가운데서 선택받아 그들의 행복을 위하여 힘을 다하도록 하늘로부터 명령을 받았던 것이다.

우리들이 해야할 일은 결코 은혜를 베푸는 일이 아니었다. 햇빛이 쨍쨍한 여름에는 그들과 함께 눈물을 말리고, 한겨울의 얼어붙은 대지 위를 함께 구르는 일이야말로 선택된 정치가의 사명이었음에도 불구하고 그것을 여태까지 한번도 깨달은 적이 없었다.

사부의 가르침에 따라 결단코 뇌물을 받지 않았던 나는, 청렴결백한 인간이라는 평가를 받았다. 하지만 그것이 그저 명색뿐인 형태의 아주 작은 청렴에 지나지 않았던 것임을, 나는 지금 알았다.

나는 내가 부리는 하녀를 때렸다. 이 아이가 오랜 세월동안 나를 위해 음식을 만들고 바느질을 하고, 속옷까지 세탁해 주었던 일 따위는 모두 잊고서 나는 이 아이를 심하게 매질했다.

대리석 화병을 들어올렸을 때, 나는 문득 생각했다. 이 아이가 죽고 나면 밥은 누가 지어주나. 빨래는 누가 해주나 하고. 그리고 이 아이도 그 때, 자신이 죽은 뒤 이 사람은 어떻게 살아갈 것인가를 염려했을 게 틀림없다.

공자의 가르침인 충성과 공경의 원리를 나는 그 때 알았다. 그리고 존귀한 사서오경의 가르침을 실제로는 아무것도 이해하지 못하고, 그저 통째로 암기만 하여 과거에 등제한 우리들 사대부가 정치를 논할 때, 국가는 스스로 쇠망의 길로 들어섰다는 것도.

강유위는, 개혁은 자강(自强)이라고 했다.

참으로 그 말 그대로다. 스스로를 깨닫고 스스로를 단련하여 강하게 만드는 것 이외에 개혁은 있을 수 없다. 외국의 침략이라든가, 천재지변이라든가, 개개인의 숙명이라든가, 그런 것들은 자기를 개혁하는 것과는 전혀 관계가 없는, 소위 인간을 둘러싸고 있는 일종의 환경에 불과하리라.

그러나 변법 자강의 국시가, 무엇보다도 우선 정치가인 우리들 한 사람 한 사람 마음 속에 반드시 필요한 요소였다는 것을, 우리는 아무도, 당사자인 강유위조차도 깨닫지 못했다.

우리의 이상이라고 받들었던 변법정치가 공허하고 비현실적인 것이라고 혹평받았던 이유는 바로 그것이었다. 강유위의 이상이 잘못 되었던 것은 결코 아니다. 다시 말해서 우리들이 무근전에서 열심히 논의했던 정책은 어떤 것이든 한 점이라도 실수가 있었던 것이 아니다. 모든 것은 우리들 마음 속에서 일어난 과오였다.

나는 많은 동지들이 체포되어 처형당하는 속에서, 나 하나가 살아남는 것에 우연을 느끼고 있었다. 그러나 나와 행동을 함께 하고 있는 하녀가, 아직도 도리에 어긋난 내 분노 앞에서 목숨을 버릴 각오가 되어 있음을 알고, 지금 내게 일어나고 있는 이와 같은 어떤 요행이 지극히 필연적인 현실임을 깨달았다. 많은 사람들이 나를 죽여서는 안 된다고 노력한 결과, 나는 살아남게 된 것이다.

바꾸어 말하면, 그만치 사람들의 기대를 한몸에 받고 있는데, 소리지르고 날뛰며 야수처럼 광분하는 것밖에 모르는 나는 얼마나 어리석은 인간인가.

한때는 진심으로 죽음을 원했다. 그러나 지금은 결단코 살아야한다고 생각하고 있다. 제발 그대도 그렇게 생각해 주지 않겠나. 살아서 서로가 다시 만나 4억의 백성들을 위하여 힘을 다해봐야 하지 않겠는가. 그래, 은혜를 베푸는 것이 아니라 정성을 다하는 것이다.

동지 담사동은 생사의 갈림길에서 헤어질 때 이렇게 말했다. 〈사료, 너는 어려운 길로 가라, 나는 쉬운 길을 택한다〉, 라고.

그 말이 지닌 의미를 나는 깊이 새기지 않으면 안 된다.

왜냐하면 나는 예전에 2만 명의 거인이 응시한 순천회시의 선량이었으니까. 아니, 백만의 서생이 모두 꼭 그렇게 되기를 간절히 바라는 과거 일등의 진사, 4억의 백성이 일월성신까지도 움직인다고 믿는 진사 중의 진사, 〈장원〉이었기 때문에.

선량이라는 것은 그 영광과 맞먹는 양의 책임을 항상 걸머지고 있다. 담사동은 장원으로 뽑힌 자가 역사에 대해 져야 할 책임은, 단순히 제목숨 하나 버림으로써 상쇄될 수 있을 만치 가벼운 것이 아니라고 내게 깨우쳐 준 것임에 틀림없다.

12년 전 회시가 시작된 첫날 밤, 나는 이상스런 체험을 했다. 옆방에 있던 노인이 심야에 피를 토하고 마지막 숨이 끊어지려는 찰나에 자신의 답안을 과거에 등제시켜 달라고 애원했던 것이다. 나는 오랫동안, 답안지를 바꿔치는 부정한 방법에 의해 등제한 것이라 생각하고 있었다. 노인의 답안을 내 답안과 바꿔쳐서 회시에 합격했다고 믿고 있었다.

생각해보면 그건 있을 수 없는 일이다. 스무살의 나는 일족의 기대를 등짐처럼 지고, 향리의 흥망을 양어깨에 걸고서 과거에 도전했다. 등제의 영광을 꿈꾸는 한편 진사 칭호와 함께 덮쳐올 책임때문에 공포감을 느끼고 있었다. 그런 모순이 현실과 뒤섞여 답안지를 바꿔치기하는 꿈을 꾸도록 만들었던 것이다. 그만큼 나는 강박관념 속에서 진사를 목표로 하며, 도저히 감당해내지 못할 책임에 몸서리를 쳤던 것이다.

나중에 안 일이지만 이런 이야기는 조금도 진기한 게 아니었다. 나의 스승이며 장인인 양희정 상서조차, 회시 첫날밤에 답안지를 바꿔치는 체험을 했다고 토로했다. 답안지를 작성하다 우울해져서 변소엘 다녀와보니, 누군지 모를 백발 노인이 책상 앞에 앉아있다가 자기 답안을 과거에 등제시켜 달라고 애원하더라는 것이다. 이와 비슷한 이야기는 다른 사람한테서도 여러 번 들었다.

강유위에게 과거를 폐지하자고 제안한 것은 바로 나였다. 시험의 결과에만 중점을 두기 때문에 정말 유능한 정치가가 나오지 않는 것이라고, 나는 내 경험을 거울삼아서 강유위에게 주장했다. 그는 과거제도를 폐지하고 새로 관립학교제도를 만들어 유능한 관료를 육성하고자 했다. 실은 그것이 가장 올바른 방법이다. 그러나 일을 지나치게 서둘렀다.

여하튼 인격적인 숙성 여하에 관계없이 진사된 자의 책임은 무겁다. 하물며 장원한 자에게 있어서랴—.

그래도 나는, 자신이 높은 긍지를 지닌 장원의 수재임을 잊지 않는다. 그리고 목숨이 붙어있는 한, 비록 이국의 귀찮은 존재가 될지라도, 사랑하는 처자를 죽음으로 몰아넣게 될지라도, 변발을 잘라 전혀 다른 모습으로 바꾸고 말지라도, 나는 선량된 자의 긍지를 걸고 최선의 노력을 다할 것이다.

그 노력만이 동요하는 과거제도의 유산이며, 나아가서는 위대한 중화의 예지라고 굳게 믿기 때문이다.

그러므로 그대도, 그대 자신이 저 태조공과 강희·건륭제의 혈통을 이어온 자손임을, 그리고 4억의 백성들이 받드는 중화의 황제임을 잊지말고, 최선을 다해 노력하고 자강을 이루기 바란다. 그 노력과 자강만이 그대의 천명이다.

동지 재첨. 지금 군신의 예를 뛰어넘어 이렇게 부르는 것을, 부디 용서하기 바란다.

몸은 비록 자유를 잃고 남해의 영대에 갇혀있어도, 그대는 우리들의 영원한 동지다.

—— 문수는 지친 몸을 기분좋게 보듬어 안아들이는 따사로움 때문에 잠에서 깨어났다.

술에 취해 폭력을 휘두르고, 책상 앞에 앉아 보내지도 못할 편지를 써서 집어던지고는, 다시 술을 퍼마시고 침대에 쓰러졌다. 그대로 잠이 들었던 모양이다. 선실의 둥근 창으로 흘러드는 달그림자가 하얀 벽에 희미하니 둥근 그림자를 그려놓고 있었다.

깊은 밤, 황해의 잔잔한 물살을 헤쳐나가는 배의 흔들림은 요람처럼 기분이 좋다. 거칠대로 거칠어졌던 마음이 거짓말처럼 잔잔하게 가라앉는다.

비몽사몽간에 여자를 안았다.

뜨겁고 격렬하게, 마치 가슴 속에 쌓였던 앙금을 모조리 토해내듯, 아무 생각없이 덮어놓고 여자를 안아들였다.

"고마워요, 소야. 고맙습니다."

꿈이 아니다. 순식간에 취기가 사라져 몸을 일으키려는 문수의 가슴을 영령의 체온이 내리눌렀다.

"무슨 짓이야……."

문수의 물음에는 아랑곳없이 마치 고동소리를 듣고 있는 것처럼 가슴에 얼굴을 묻고 엎드린 채, 영령이 중얼거렸다.

"이제 화내지 말아주세요. 저도 어떻게 해야 될지 모르겠어요. 이걸로 이제 용서해주시지 않겠어요? 예전처럼 자상한 소야로 돌아와주세요."

이불 한자락을 소리가 나도록 질겅질겅 씹으면서, 영령은 맨살의 등허리를 아직도 바들바들 떨며 슬픔을 억누르고 있었다.

문수는 침대 한쪽으로 비켜났다. 이건 말도 안 된다.

"그게 아냐. 그런게 아니야."

중요한 일을 잊고 있었다. 영령의 약혼자는 죽었다. 자신은 어째서 남의 심정을 이렇게도 전혀 헤아리지 못하는가. 죽은 것은 동지 답사동이 아니다. 영령의 남편이 될 사람이었다.

"왜 그랬니, 영령. 어째서 내게 안긴거냐?"

"이래선 안 되는 건가요? 제가 할 수 있는 일을 줄곧 생각했지만, 뭘 어떻게 해야 좋을지 갈피를 잡을 수가 없었어요."

"너는 복생의 아내가 아니더냐?"

책상 위에 놓인 바구니 속에서 고양이가 울었다. 영령의 새하얀 등허리가, 금방이라도 부서져 흐트러질 것처럼 격하게 떨리고 있었다.

"알았다, 영령. 이제 화내지 않을게. 미안하다."

영령은 터져나오는 울음을 억지로 누르며 야수처럼 긴 신음소리를 냈다. 아무리 해도 견딜 수 없는 슬픔을 견디느라, 감내하기 힘든 고통을 참느라, 영령은 이불자락을 물어뜯으면서 목메인 신음소리를 계속 토했다.

"너는 왜 그렇게 슬픔을 억제하니?"

"어렸을 때, 소야와 약속했어요."

"약속?"

"제가 도성으로 올라올 때, 죽은 엄마를 생각하면서 언제나 울고만 있었잖아요. 기억해 보세요, 소야?"

아니, 다부진 아이였다. 애먹였던 기억이 별로 없다.

"사단패루에서 빨간 공을 사주셨는데, 그게 너무 좋아서 밤 늦게까지 갖고 놀았었죠."

그런 일이 있었다. 문수가 책상 앞에 앉으면, 영령은 언제나 공을 안고 밖으로 나갔다.

밤이 깊었을 즈음, 하숙집 안뜰에 영령의 모습이 안 보여 불러도 대답이 없었다. 허둥거리며 밖으로 찾아나선 골목길의 어둠 속에서 영령이 울고 있었다. 무너진 벽돌담에 등을 기대고 당자곡을 틀어올린 작은 얼굴을 무릎 사이에 묻고서 울고 있던 소녀의 모습이 가슴에 되살아났다.

"그날 밤, 소야는 내내 저를 껴안고 재워주셨어요. 영령, 이제 울지마라, 네가 울면 나까지 슬퍼진단다 그러면서. 그 때, 소야와 약속했어요. 이제 평생 울지 않겠다고."

"그래서, 여태까지 울지 않았던 거니?"

"하지만 소야는 지금 너무 슬프잖아요. 모든 것이 엉망이 돼버렸기 때문에 슬퍼서 소리 지르고 날뛰고 그러는 거잖아요. 내가 울면 소야는 더더욱 슬퍼지겠지요?"

"웃는 네 얼굴을 보는 것도 괴로웠다."

"알고 있어요. 그래서 저는 줄곧 이리저리 궁리하고 있었는데, 어떻게 하면 좋을지 생각이 나질 않아서……."

영령은 천천히 몸을 일으켰다. 아직도 떨고 있는 하얀 등에, 아무런 이유도 없이 구타당한 흔적이 달빛 속에 새파랗게 멍든 자국으로 떠올랐다.

"소야……."

떨리는 몸을 억누르는 것처럼 양팔로 젖가슴을 껴안으면서, 영령은 간신히 말했다.

"도저히 참을 수가 없어요. 저, 울어도 돼요? 이제 정말 죽을 때까지, 다시는 안 울겠다고 약속할 테니까요, 꼭 한 번만 울면 안 돼요?"

아무런 대답도 하지 못하고, 문수는 영령의 등에 떠오른 새파란 멍자국을 쓰다듬었다.

그러자 영령은 바구니 속의 고양이를 꺼내어 가슴에 껴안고서 엉금엉금 기어가, 달빛이 흘러드는 둥근 창문가에 기대 앉았다. 그리고는 그 벽에 매달려 통곡했다.

어두운 밤바다 저편 끝머리에서는 산동의 불빛이 출렁이고 있었
다.

"미안해요, 복생님. 미안해요! 미안해요!"

문수는 침대 위에 꽃이파리가 되어 떨어져 있는 붉은색 처녀의 증
표를 멍한 눈빛으로 바라보았다.

등줄기를 꼿꼿이 편 자세로 일본 공사관의 아카시아 길을, 뒤도
한번 돌아보지 않고 의연하게 걸어가던 담사동의 뒷모습이 눈앞에
어렸다.

복생은 4억 민중의 아픔을 알고 있었다. 그 사람이야말로 뙤약볕이
내리쬐는 여름엔 그들과 함께 눈물을 말리고, 얼어붙은 대지를 민중
들과 함께 구르던 영웅이었다.

문득 그런 생각이 떠올랐을 때, 양문수는 휘갈겨 써서 책상 위에
아무렇게나 던져놓았던 수취인 없는 편지를 꼬깃꼬깃 꾸겨 멀어져 가
는 산동의 불빛을 향해 힘껏 내던졌다.

동지 담사동이 선택한 길이 가장 손쉬운 것이었다면, 그가 말한 힘
들고 어려운 길을 자신은 어떻게 걸어가야 하는가.

엎드린 채 생각에 잠긴 문수의 귓가에 영웅의 목소리가 들려왔다.

"어렵게 생각지 말게, 사료. 지혜도 힘도 아무것도 필요없어. 사랑
만 있으면 돼. 대지도 하늘도 시간도, 모든 것을 다 덮어버릴 수 있
는 사랑하는 마음만 있으면ㅡ."

이화원에 뒤늦은 가을이 찾아왔다.

그날, 세번째로 집정의 옥좌에 오르기 위해 자금성으로 돌아갈 예
정이었던 서태후 자희는, 문득 만수산에 올라가야겠다고 생각했다.

정변때문에 중지된 때늦은 중양의 관례를, 곤명호 북쪽에 우뚝 솟아 있는 불향각(佛香閣) 누각에서 지내고 가자고 말을 꺼낸 것이다.

하루라도 빨리 성으로 돌아가 혼란에 빠진 정국을 수습하지 않으면 안 되는데, 성으로 돌아가는 일이 별반 이렇다 할 이유도 없이 날짜 가 늦춰지고 말았다.

낙수당을 떠날 때, 태후는 누대에 즐비하니 걸어놓은 조롱에서, 방 생하는 것이라며 작은 새들을 모두 날려보냈다.

춘아는 태후의 기분을 너무나 잘 알고 있다. 여름이 시작되던 무 렵, 황제에게 모든 것을 맡기고서 은거할 결심으로 찾아왔던 별궁인 데, 이제 다시 이곳을 떠나자니 발걸음이 무거우리다.

그리고, 두번 다시 돌아가지 않으리라 했던 자금성으로 들어가면, 노령의 태후를 기다리고 있는 것은 산더미처럼 쌓인 정무와 주인을 잃은 황제의 보좌뿐이다.

사십팔 명의 환관이 메는 커다란 가마는 곤명호 주위를 돌아서 나 아갔다. 앞뒤로는 오백 명의 환관과 궁녀들이 에워싸고, 그리고 황후 와 비빈들이 탄 가마가 그 뒤를 따랐다.

번쩍거리는 배운전(排雲殿) 앞에서 태후는 큰 가마에서 내려 의자 가 붙은 가마로 갈아탔다. 그곳에서부터 만수산 위의 불향각까지는 긴 계단을 올라가야 한다. 올려다보면 가마를 메고 가야할 환관들 입 에서 저절로 한숨이 새나올 성도로 높나란, 그야말로 구장구척(九丈 九尺)의 누각이 높푸른 가을 하늘을 이고 우뚝 솟아 있다.

이 장려한 건축물은 예전에 건륭제가 세웠으나, 삼십여 년 전 영불 연합군에 의해 파괴되었고, 현재의 건물은 자희 태후가 원래대로 복 원한 것이다.

하얀 대리석 기단 위에 팔각 4층의 누각으로 이루어진 불향각은 그 자태가 대단히 아름답다. 하지만 태후는 그곳에 오를 때마다 건륭대 제가 지었던 원래 불향각의 아름다움은 이런 것이 아니었다고 한탄했다. 본래의 불향각을 본 적이 없는 춘아는, 과연 이보다 더 아름다운 건물이 이 세상에 정말 있었을까, 싶었다.

가마를 타고 올라가면서 태후는 곁에서 따라오는 춘아를 향해 절절한 마음으로 말했다.

"이건 가짜야. 양키놈들이 불태워버린 불향각의 아름다움은 전혀 이런 게 아니었어. 건륭대제는 어떻게 그렇게 아름다운 건축물을 마술처럼 만들어낼 수 있었을까. 그리고 양키놈들은 어째서 목표물을 정해놓기라도 했던 것처럼 그것들만 골라 불태워버린 것인지."

태후는 군함 만들려던 자금을 이화원 복원에 충당했다고 한다. 그래서 구식 군함밖에 갖지못한 북양군 함대는 일본함대에 무참히 패했고, 그후에 남은 것이라곤 곤명호에 떠있는 석방(石舫 : 돌로 된 쌍배)뿐이라는 것이다.

검소와 절약을 생활신조로 삼고, 특히 숫자에 밝았던 태후가 왜 그런 낭비를 했을까, 춘아는 도무지 납득이 가지 않았다.

그날 태후는 몹시 울적한 것 같았다. 만수산 누각 꼭대기에 올라 국화주를 마시며 장수를 축원하는 등고절(登高節)을 빌미 삼아, 태후는 그곳에서 떠나기 싫은 별궁을 바라보고 싶은 것이다. 그 속마음을 짐작한 대부분의 사람들은 불향각까지 오르지 않고, 산아래 배운전에서 태후가 내려오기를 기다렸다.

결국 불향각의 대리석 누대까지 수행한 사람은, 젊은 신임 대총관과 약간의 측근들뿐이었다.

발 아래에는 커다란 거울을 엎어놓은 듯한 곤명호가 반짝이고, 가을 햇살을 담뿍 머금은 중원의 대지가 지평선 끝까지 바라보였다.

태후는 술잔을 들어 입술만 한번 축였을 뿐, 묵묵히 눈 아래 펼쳐진 별궁의 풍경을 물끄러미 바라보고 있었다. 누대의 햇빛 속에 꼼짝 않고 서있는 태후는, 늘 입는 검은색 과부옷에 화장도 않고, 장신구라고는 틀어올린 머리에 꽂은 산호잠(珊瑚簪)과 진주 목걸이 그리고 비취 팔찌뿐이었다.

한동안 그렇게 풍경을 바라본 뒤, 태후는 춘아 하나만을 데리고 불향각의 누대 위에 있는 다락방으로 올라갔다.

곤명호를 향해 문이 활짝 열려 있는 누대 위 다락방에는, 자개를 박은 흑단 의자 하나가 쓸쓸히 놓여 있을 뿐이었다. 밀려들어온 바람이 다락방 안에 머물러 있던 여름 내음을 빼앗아 달아났다.

등을 지탱해주던 꼿꼿한 심지를 빼버린 것처럼, 태후는 의자에 웅크리고 앉아 턱을 쑥 내밀고서 눈앞에 펼쳐진 풍경을 넋빠진 사람처럼 바라본다.

그런 태후의 모습이 몹시 늙어 보인다.

춘아는 그 발치에 부복했다. 장수를 축원하는 말을 준비하고 있었는데 어쩐 일인지 생각나지 않는다. 춘아는 차가운 바닥에 이마가 닿도록 머리를 조아리며 엉뚱한 말을 했다.

"가련하시옵니다, 폐하."

힘이 다 빠져버린 노파의 목소리가 머리 위에서 답했다.

"조금도 가련하게 생각할 것 없다. 나는 내 생각대로 했을 뿐이다."

"아니옵니다. 폐하의 일을 또 나쁘게 말하는 자가 있사옵니다. 노재는 그것을 보고 들어야 하는 게 견딜 수 없사옵니다."

"그렇겠지. 악녀라는 둥 마귀라는 둥……. 하지만, 춘아. 마지막 한 사람이 그렇게 되지 않으면 새로운 시대는 열리지 않는다. 그걸로 되었느니라. 좋은 일이야."

"조금도 좋지 않사옵니다. 지금 만조백관 모두는 폐하를 섬기는 것이 아니라 그저 두려워서 떨고 있을 뿐이옵니다. 길일을 택해 성으로 돌아가는 길이온데 자금성에서 마중나온 대신은 한 사람도 없고, 후궁의 시종과 신하들 또한 산 위에까지 오르지 않았사옵니다."

결국 많은 사람들이 태후 폐하를 정말 마녀처럼 생각하고 있는 게 아닐까 하고 춘아는 가엾은 눈으로 태후를 보았다.

"괜찮아, 그만 됐다. 나는 너 하나만 있으면 된다. 어찌 됐거나 본디 태생이 가난뱅이 기인의 딸이라, 입을 것조차 변변치 못했었다. 나는 지금, 네가 생각하는 만큼 고생이라고는 전혀 느끼지 않아."

춘아는 바닥에 이마를 댄 채 고개를 저었다. 태후는 거짓말을 하고 있다.

"노재는 결코 노조종 마마의 곁을 떠나지 않을 것이옵니다. 폐하를 외롭게 하지 않을 것이옵니다."

태후는 춘아의 목덜미에 닿을 정도로 깊은 한숨을 쉬었다.

"너는 참 착하구나. 무엇을 주어도 아깝지 않아. 얘, 춘아—."

관에 닿은 태후의 손, 얼마나 다정스러운가.

"네게, 내가 가지고 있는 것 전부를 주마. 양키놈들에게 빼앗기기 전에, 지금 모두 어딘가에다 갖다 숨겨 놓아라. 별궁에서도 성에서도 네 마음대로 가져가도록 해라. 내가 죽은 뒤에 너는 이 세상에서 제일가는 부자가 되는거야."

예언대로 되고 말았다. 그렇게 생각한 순간, 춘아는 이마를 바닥에 부딪치며 태후의 뜻을 거절했다.

"노재는 아무것도 필요 없사옵니다. 옥도 황금도 보석도, 아무것도 필요 없사옵니다."

"저런 저런."

태후는 의자에서 내려와 춘아의 뺨을 두 손으로 감싸올렸다.

"나와 너 사이다. 번잡한 표현은 집어치우고 네가 편한 말로 얘기해보렴. 여기엔 아무도 없으니까."

태후의 늙은 눈동자를 가까이에서 보는 순간, 춘아는 몸을 부르르 떨었다.

"노재가—, 제가 오늘까지 살아올 수 있었던 것은 폐하의 덕분이
에요. 목숨도 구해주셨는데 이 위에 무엇을 더 달라고 하겠어요. 저
는 도저히 그럴 수 없어요. 그리고 저는, 조금도 착한 사람이 아니예
요. 받아서는 안 되는 거라서 월급까지 몽땅 성당이랑 도자장에게 주
어버린 거예요. 그렇잖아요, 폐하? 저는 말똥줍는 아이였는데 처음
에는 노불야가 황금똥을 누는 줄 알았기 때문에, 그걸 줏어서 팔면
돈이 될거라고 생각해서 도성으로 왔어요. 진짜로 얘기하면 제 손에
서는 아직도 더러운 똥냄새가 나요. 똥으로 뒤범벅이 된 이런 손에
보물이라니요, 받아서는 안 돼요. 손에 넣어선 안 돼요."

"아니다, 춘아."

태후는 무의식 중에 허리에 감춘 춘아의 손을 잡아당겨 자신의 뺨
에 댔다.

그리고는 춘아의 손에 주름진 자신의 손을 겹쳐 올려놓고, 갑자기
전혀 생각지도 못했던 것을 혼잣말처럼 중얼거렸다.

"손이라면 내가 더 더러워져 있지. 나는 말이다, 이 손으로 남편을
죽였다. 이 손으로 자식을 죽였다."

"…거짓말!"

"거짓말 아니야. 그걸 아는 사람은 증국번과 공친왕, 순친왕하고…
그리고 살아있는 사람은 나와 소전뿐이다. 천명이 없는 천하를 어떻
게 해보려고, 멍청한 함풍제와 동치제를 내기 죽였다. 나는 남편과
자식을 죽였어."

태후의 깊은 슬픔이 뺨을 흘러내려 춘아의 손에 방울져 떨어졌다.

인적없는 열하의 별궁 한 방에서, 남편에게 독배를 권하는 태후의
모습이 떠올랐다. 고즈넉히 잠든 양심전에서, 방탕한 아들의 입술에
환약을 억지로 밀어넣는 태후의 얼굴을 춘아는 또렷하게 떠올렸다.
태후의 뜨거운 눈물을 손으로 감지하며, 춘아는 아무말 없이 고개를
저었다.

"나는 마귀다. 남편을 죽이고 자식을 죽인 마귀야. 마귀가 되어 사십 년 동안 이 나라를 어찌어찌 지탱해오기는 했지만 말이다."

깊디깊은 이 슬픔이 태후가 지닌 힘의 근원이었음을 춘아는 이제야 비로소 깨달았다.

"그래서, 영록의 무리가 무슨 말을 하든지, 나는 재첨만은 죽이지 않아. 이 나라는 내가 멸망시킨다."

태후가 일어섰다. 하늘로 열려 있는 문을 통해 멀리 시선을 던지며, 태후는 분명하게 잘라 말했다.

"춘아, 성으로 가자! 나는 아직 할 일이 남았다."

춘아는 허리를 굽히고 종종걸음으로 문을 나섰다. 난간에서 몸을 내밀어 누대 아래 기다리고 있는 시종들에게 명했다.

"노조종 마마, 이제부터 도성을 향해 납신다. 갈아입을 옷을 대령하라!"

궁녀들이 재빨리 가져온 함을 열었을 때, 춘아는 참지 못하고 울음을 터뜨렸다. 궁녀와 환관들은 모두 누대 아래로 내려가 기다리라고 명했다.

"노재, 노조종 마마의 옷을 갈아입혀 드리겠사옵나이다."

태후는 다락방 한가운데 선 채, 검은색 과부옷의 팔소매를 들어올렸다. 춘아는 울면서 태후의 검은색 옷을 벗기고 용포를 입혔다.

"아직 재첨의 냄새가 나는구나."

"아니옵니다. 건륭 폐하의 잔향이옵니다."

"재순, 그 아이 냄새도 난다."

"그것은 강희대제의 향내이옵니다."

"그 사람, 함풍제의 냄새도 난다."

"순치제의 냄새이옵니다. 달단의 용자, 애친각라의 냄새이옵나이다."

번쩍이는 황제의 용포를 입고, 황색 비단 어깨띠를 걸치고, 사슴가

죽 장화를 신고, 흑담비 관을 쓴 자희 태후는 여태까지와는 전혀 다른 모습으로 거대해 보였다.

태후는 춘아가 무릎을 꿇고 받쳐올린 백옥의 여의봉을 가슴께에다 꼭 쥐고서 의자에 앉았다. 춘아는 마음 속으로 이제 세번째로 태화전 옥좌에 올라 줄줄이 늘어선 문무백관을 내려보는 태후의 모습을 그려 보았다.

그것은 삼황오제 시대의 먼 옛날부터 면면히 이어져 내려온 역사의 최후를 장식하는, 전혀 색다른 형체로 나타난 중화 황제의 모습이었다.

춘아는 흐느끼며, 눈을 감고 있는 과부의 얼굴에 화장을 했다. 분을 바르고 입술연지를 칠하고 눈썹을 그린다. 다시 눈을 뜬 태후의 얼굴에는, 달단의 대 칸이 지니는 위엄이 빠짐없이 갖추어져 있었다.

살그머니 물러나 영명한 자태를 우러러 보는 춘아의 머리 속에는 경하의 말도 위로의 말도 아무것도 떠오르지 않았다.

대총관 태감 이춘운은 무릎을 꿇은 채 망포 조복의 소맷자락을 휘날리며, 지금 이 세상에 대하여 선언하듯이 외쳤다.

"챠ー! 모두 물렀거라. 대청제국 금상 성모, 자희 우강이소 예장 성수 공흠헌 숭희(慈禧佑康頤昭豫莊誠壽恭欽獻崇熙) 황태후 폐하, 납신다!"

태후는 만족스러운 듯 크게 고개를 끄덕였다.

"대총관, 가까이 오라!"

태후는 여의봉을 흔들어 춘아를 불렀다.

"아무것도 필요없다고 하니, 그럼 이거라도……."

태후의 어전에 부복한 춘아의 손에, 태후가 언제나 몸에 지니고 있던 작은 목걸이를 떨어뜨렸다. 그것은 금줄에 매달린 새끼손가락만한 금강석이었다. 그 금강석은 춘아의 손바닥 안에서 일곱 색깔의 현란한 광채를 뿜어내고 있었다.

"이건……."

"그건, 언제였는지, 소전이 손수 세공해서 내게 헌상했던 물건이다. 매우 마음에 들어서 늘 아끼던 것이다."

"이 장군께서…, 이건 금강석 아니옵니까?"

태후는 연지를 발라 발그레한 입술 끝을 끌어올리며 생긋이 웃었다.

"글쎄… 진짜 금강석치고는 조금 미지근해. 모조품이라고 하기에는 지나치게 아름답고. 다만, 네가 번뇌로 고통스럽고 혐오스러운 추억에 짓눌려 죽을 지경에 이르렀을 때, 그것을 햇빛에 비쳐보아라. 불가사의한 힘이 솟아날 것이다."

"노재는 지금 기뻐 죽을 지경이옵니다."

"아무튼 누대에 나가 하늘에 비쳐보아라. 금세 몸에 생기가 돌고, 살아갈 희망이 솟구칠게다. 어서 시험해 보아라."

춘아는 얼이 빠진듯한 몸을 이끌고 누대 위로 걸어나갔다. 중원의 대지 위에 크고 둥근 가을 하늘이 펼쳐져 있었다.

금강석을 두 손가락으로 집어올려 한쪽 눈을 감고 하늘에 비쳐본다. 그러자 곧 눈동자 속으로 신이 만든 하늘보다 더 새파랗고 커다란 하늘이 튀어들었다.

"아아, 이건 대체… 메마른 가슴에 생명수가 가득 차옵니다. 삶의 희망이, 힘이, 용기가, 샘처럼 솟아나옵니다!"

춘아가 내지르는 환희의 목소리가 떨렸다.

그것은―, 언젠가 어디선가 보았던 푸른 하늘, 생명이 빛을 발하며 불타오르던 창궁의 색깔이었다.

―그 옛날 그 날, 정해의 여름 하늘도 유난히 파랬다.

"알았어? 운이 오빠. 아파도 참아야 돼!"

영령은 오빠의 고간을 막고 있는 백랍의 봉을 쥐었다.

"빨리! 빨리 하라니까. 아프건 어쨌건 그걸 빼내야 소변이 나오지. 그렇지 않으면 어차피 죽고 말아."

오빠의 숨결이 거칠어지고, 옆으로 누운 전라(全裸)의 몸에 소름이 쫙 끼쳐 있다. 양쪽 발을 짚북데기 침상 가장자리에 묶고, 허리 밑에는 베개를 받쳤다. 오빠는 양손으로 빗자루를 꽉 쥐고 이불 자락을 깨물었다.

영령은 마음 속으로 빌었다.

부처님! 노불야님! 만신님 제발 우리 운이 오빠를 도와주세요. 오줌이 나오게 해주세요.

"자―, 뺀다."

영령은 힘주어 백랍 봉을 빼냈다. 오빠는 비명을 지르며 깡마른 몸체를 두번 세번 침상 위에서 펄쩍였다.

뻥 뚫린 육체의 어두운 동굴에서 힘찬 소변줄기가 활처럼 곡선을 그으며 분출됐다.

"와아, 나왔다! 오빠, 오줌이 나왔어, 잔뜩 나왔어!"

오빠의 얼굴에서 거짓말처럼 죽음의 그림자가 사라지고, 드러난 맨가슴에 보면 볼수록 생기가 되살아난다. 영령은 분수처럼 뿜어나는 오빠의 소변을 흠뻑 뒤집어쓰면서 작은 손바닥을 마주 두드렸다.

영령은 어슴푸레한 안채를 돌아보며 소리쳤다.

"마마! 운이 오빠, 오줌 나왔어요! 잔뜩 나왔어요!"

베틀소리가 잠시 멈췄으나, 이내 건조한 소리를 내기 시작했다. 마마의 혼잣말이 들려왔다.

"아, 아, 방법이 없어……."

실성한 어머니는 그렇게 중얼거리며, 며칠째 실도 걸려있지 않은 베틀에 앉아 꼼짝도 않았다.

"오빠, 물 마셔. 잘 참았어, 많이 마셔. 배 부르게 잔뜩."

영령이 내민 물병에 입을 대고, 오빠는 꿀꺽꿀꺽 마셨다. 생명이 가슴에 가득 찼다.

"맛있지, 오빠. 더 마셔."

영령은 문득 생각난듯, 남루한 파오 품속에서 계란 한 알을 꺼냈다.

"오빠, 이거 먹어. 어저께 그저께 열심히 말똥을 주웠거든. 그래서, 조금 전에 황선생한테 그걸 주고 가져왔어. 이거 먹어봐, 기운이 솟아 날거야."

오빠는 빙그레 웃으며 영령이 내민 손을 밀쳤다.

"너나 먹어. 오빠는 이제 괜찮아."

"왜? 먹어. 배고프잖아."

"그래, 쪼르륵 소리가 난다. 하지만 오빠는 남자니까 괜찮아. 너나 먹어."

춘아는 짚북데기 침상에서 천천히 몸을 일으켜 휘청거리며 일어섰다.

열이 내려간다. 한발짝씩 —, 제대로 가누지 못하는 몸을 동생에게 의지하면서 소년은 한낮의 햇살이 쏟아지는 마당으로 나섰다.

햇빛이 눈을 찌른다. 갈대밭을 건너온 시원한 바람이 벗은 몸을 살갑게 스치고 지나갔다.

살아남은 환희가 가슴을 온통 뒤덮어 말소리가 목에서 잦아들었다.

영령은 오빠의 허리에 매달려 엉엉 울고 있다.

춘아는 뜨겁게 달구어진 대지를 밟고 우뚝 섰다.

춘아는 말똥 색깔로 물든 작은 손을 푸른 하늘로 뻗어, 큰소리로 외쳤다.

"묘성은 어디에 —!" 〈끝〉

역자 후기

7월 어느 날, 어떤 분이 내게 극빈(極貧)이라는 단어를 아느냐고 물었다. 그분이 묻는 의도를 알지 못해 나는 그저 웃음으로 얼버무리고 말았다. 그러면서 언뜻 머리를 스치는 생각이 있었다.

《창궁의 묘성》. 이 작품을 한번 읽어보시겠습니까, 하는…….

극빈(極貧), 숙명(宿命).

이 작품을 읽기 시작한 날부디 지금까지 줄곧 내 머리 속에서 떠나지 않는 단어들이다.

풍요를 넘어 극부(極富)의 사태 속에 휘말려 있는 요즈음 세상에서는 어쩜 빛바랜 채 잊혀져 가는 단어들인지도 모른다. 아직도 우리 주위에는 가난에 허덕이며 도저히 어찌해볼 방법이 없어, 그것을 숙명이라 감내하고 체념하며 살아가는 사람들이 많음에도 불구하고.

내게도 그런 시기가 있었지만, 그분도 어쩌면 극빈의 세월을 살아온 쓰라린 경험이 있기에 그런 질문을 했던 것은 아니었는지.

나는 이 작품을 우리말로 옮기면서 등장인물들이 겪는 죽음보다 더한 삶의 고통에, 내가 지나온 나날을 대비시켜 반추하는 시간들을 가졌다. 비록 어느 정도의 허구성을 지닌 소설이기는 하지만, 주인공을 비롯한 많은 등장인물 하나하나에 주어진 삶의 무게와 감내해야 하는 고통, 그리고 거역할 수 없도록 지워진 숙명의 짐을 가슴이 아리도록 공감하지 않을 수 없었다. 사람들은 흔히 자신의 불행이나 고통이 남들에 비해 훨씬 크고 진한 것으로 여긴다. 그러나 떡은 남의 것이 커 보이면서, 고통은 왜 자기 것이 더 진하게 느껴지는 것인지?

그러나 꽤 많은 날들을 이 작품 속의 인물들과 어우러져 아파하고 괴로워하며 눈물 흘리는 동안, 나는 귀중한 것을 깨닫게 되었다.

받아들일 수밖에 없는 것, 내 의지와 상관없이 짐지워진 것, 절대로 거역할 수 없는 것 ─, 숙명이라 이름한 그 멍에 속에서 지금까지 대체 얼마나 많은 것들을 포기하고 체념하며 살아왔는가를.

그리고 이 작품 속에 등장하는 대부분의 인물들이 한결같이 부르짖는 명제 ─ 인간의 노력으로 극복되지 않는 숙명은 없다는 것을.

그렇다. 우리가 눈으로 보는 하늘보다 더 깊고 더 넓고 더 푸른 창궁(蒼穹) ─, 그 한가운데서 반짝이는 별 하나에다 소망을 걸고 나아가는 삶의 길에서, 우리가 지고 있는 불행이나 고통은 얼마나 미미한 것인가.

그러므로 창궁의 묘성(昴星)이란 힘겨운 숙명의 별이 아니라, 꿈이며 소망이며 그 숙명을 딛고 넘어서 나아가는 무한의 가능성을 시사하는 별이다.

아사다 지로(淺田次郎)는 44세의 나이로 문단에 데뷔한 늦깎이 신진 작가다. 지금까지 겪어온 인생경로를 바탕으로 몇 권의 통속 소설류를 발표한 그로서는 이《창궁의 묘성》은 대단한 역작임에 틀림없다. 스스로가 〈이 작품을 쓰기 위해 작가가 되었다〉고 말할 정도니까.

작품에 대한 문학성 등을 논하기 전에, 이 작품 하나를 완성시키기 위해 작가 자신이 얼마나 많은 노력을 기울였는가는 작품 속에 확연히 드러난다. 역사 속에 녹아있는 넌픽션을 모티브로 하여 독자들을 위한 흥미까지를 가미해 픽션을 구성해야 하는 역사 소설이란 장르가 문학의 어떤 장르보다도 훨씬 어려울 것이라는 느낌은 역자 혼자만의 감상일까. 여하튼 이 작품에 쏟아부은 작자의 열정이 행간마다 느껴져 경외스럽기까지 하다.

혼자만 읽고 치워버리기에는 너무 아까운 작품이었다. 대단히 세밀한 터치로 그린 연필화 소묘를 보는 듯한 원작의 섬세한 감성이 제대로 옮겨졌을지 어떨지의 평가는 독자들의 몫이지만, 번역에 최선의 노력을 기울였다고 감히 말할 수 있다. 일본어 원본에는 없는 한국이판 작가서문까지 받아 싣게 되어 반가웠다.

좋은 작품을 권해 주신 김순호 선생님, 책이 완성되기까지 노고를 아끼지 않은 한국경제신문사 출판국 여러분, 특히 역자의 재능 없음을 크게 질책하지 않고 끝까지 역자보다 더한 혼신의 열정으로 책꼴을 갖추도록 해준 이희호 국장님께 진정으로 감사의 말씀을 드린다.

1996년 11월

이 주 영

•

역자약력

•

서울출생

도쿄 인터컬트 일본어전문학교 졸업.

인터컬트 일본어교사양성소와 SONY영상아카데미 수료.

현재 도쿄거주, 이미지비디오 제작실 〈나래기획〉 대표.

번역서로 《야율초재》《삼국지 역사기행》《삼국지를 읽으면

사람이 보인다》 등.

•

창궁의 묘성(하)

•

지은이 / 아사다 지로

옮긴이 / 이주영

펴낸이 / 박용정

펴낸곳 / 한국경제신문사

등록 / 제2-315(1967. 5. 15)

제1판 1쇄 인쇄 / 1996년 11월 25일

제1판 2쇄 발행 / 1996년 12월 10일

주소 / 서울특별시 중구 중림동 441

대표전화 / 360-4114

직통 / 313-8293 · 312-0063

FAX / 360-4552

•

＊ 파본이나 잘못된 책은 바꿔 드립니다.

ISBN 89-475-5029-9

ISBN 89-475-5030-2(전3권)

•

값 6,500원